It Must Be Love
by Rachel Gibson

夢で逢いましょう

レイチェル・ギブソン
岡本千晶［訳］

ライムブックス

夢で逢いましょう

主要登場人物

ガブリエル（ゲイブ）・ブリードラヴ……アンティーク・ショップのオーナー
ジョセフ（ジョー）・シャナハン……アイダホ州ボイジー市警察の刑事
ケヴィン・カーター……ガブリエルのビジネス・パートナー
フランシス・ホール……ガブリエルの友人。ランジェリー・ショップのオーナー
クレア・ブリードラヴ……ガブリエルの母親
ヨランダ・ブリードラヴ……ガブリエルの叔母
ジョイス・シャナハン……ジョーの母親
デューイ・シャナハン……ジョーの父親
ペニー、タミー、タニア、デビー……ジョーの四人の姉
アン・キャメロン……ジョーの元ガールフレンドの妹。デリのオーナー
ヴィンス・ルチェッティ……ジョーの上司。警部
ジェローム・ウォーカー……ジョーの上司。警察署長
ノリス・ヒラード……大富豪。美術収集家
サム……ジョーが飼っているオウム

1

ジョーことジョセフ・シャナハン刑事は雨が大嫌いだった。汚らわしい犯罪者、口のうまい弁護士、ばかなガチョウどもと同じくらい憎たらしい。犯罪者は社会のくずだし、弁護士は人の不幸を食い物にする連中だし、ガチョウは鳥類にとって厄介者だ。

ジョーは覆面パトカーであるベージュのシボレー・カプリスのフロントバンパーに片足をかけ、身をかがめて脚の筋肉を伸ばした。アン・モリソン・パーク上空にかかる鉛色の雲を見るまでもない。にわか雨にやられるのは確実だ。右太ももに感じる鈍い痛みが、この分ではろくな日にならないなと告げている。

筋肉が伸びて温まると、もう片方の脚もよく伸ばしておいた。一発の九ミリ弾が肉を引き裂き、人生が一変したことを思い出すのは、たいてい、太ももに残る一〇センチちょっとの引きつれのような傷跡を見たときだけだ。あれから九カ月が経ち、数えきれないほどの時間をかけて熱心に理学療法を行った結果、大腿骨にロッドとピンが取りつけられている事実は忘れることができた。ただし、雨が降ると、気圧の変化で傷がずきずき痛みだす。

ジョーは身を起こし、プロボクサーのように首を左右に振ると、裾を切って短くしたスエットパンツのポケットに手を突っ込んでタバコを一箱取り出した。マールボロを一本引き抜き、ジッポーで火をつける。そして炎に目を細めながら、六〇センチと離れていないところでこちらを凝視している丸々太った白いガチョウをじっと見た。鳥は長い首を伸ばし、オレンジ色のくちばしを大きく開けて怒ったようにピンクの舌をシュッと突き出し、よたよたした足取りで近づいてくる。

ジョーは手首のスナップを利かせてジッポーを閉じ、タバコと一緒にポケットに押し込んだ。長い煙を吐き出すと、ガチョウは頭を下げた。ビーズのような小さな丸い目がジョーの股間に釘づけになっている。

「やれるもんならやってみろ。サッカーボールみたいに蹴飛ばしてやるからな」

緊迫した瞬間が訪れ、両者は数秒間こう着状態に陥ったが、やがてガチョウは頭を引っ込め、水かきのついた足で回れ右をして、再びよたよた歩きだした。最後に一目、ジョーのほうをちらっと見てから縁石に飛び乗り、ほかのガチョウたちのほうへ去っていく。

「意気地なしめ」ジョーはつぶやき、退却する強敵から目をそらした。雨よりも、気圧の変化よりも、口のうまい弁護士よりも何よりも、ジョーは警察に情報を提供する連中が嫌いだった。あいつらは自分の身を守るために、妻や母親や親友をあざむく。そうじゃないやつなど、二人とお目にかかったことがない。ジョーの脚に穴が開いたのは、彼の最後の情報提供者で麻薬密売人だったロビー・マーティンのせいだ。ロビーが二枚舌を使ったため、ジョーはかなりの肉と骨、それに大好きだった仕事を失った。だが、あの若い売人はさらに高い代償を払うことになった。自分の命を失ったのだ。

ジョーは車の側面に寄りかかり、タバコを深々と吸った。煙が喉にしみ、ニコチンとタールが肺を満たす。ニコチンは何かが欲しくてたまらない気分を静めてくれた。まるで心を落ち着かせてくれる恋人の愛撫のように。ジョーに言わせれば、胸いっぱいに吸い込む毒素に勝る慰めはそれしかない。

残念ながら、いちばん新しい恋人ウェンディと別れて以来、その唯一の慰めとはごぶさただった。ウェンディは料理がなかなか上手だったし、ストレッチ《スパンデックス》素材に身を包んだ彼女の様子といったら、見事なんてものではなかった。しかし、つきあって二カ月目の記念日を忘れたと言って異常なほど大騒ぎする女性との将来を直視することはできなかった。ウェンディは「あなたはロマンチックじゃない」と言ってジョーを責めた。ふざけるな、俺は誰にも負けないくらいロマンチックな男だ。記念日なんぞで感傷的になったり、ばかなまねをしたりしないだけさ。

ここでもう一服、タバコを深々と吸う。記念日のくだらないごたごたがなくても、どっちみちウェンディとはうまくいかなかっただろう。ジョーにはサムと一緒に過ごす時間が必要だったが、彼女はそれを理解できず、焼きもちを焼いた。しかし、ちゃんと目を配ってやらないと、サムは家具をかじってだめにしてしまうのだ。

ジョーはゆっくりと息を吐き出し、顔の前に漂う煙をじっと見つめた。この前の禁煙は三カ月続いて終わり、最近また禁煙を始めた。でも今日は例外だ。たぶん明日も。ルチェッティ警部のおかげで、立て続けに吸うはめになってしまった。これで捜査が屈辱的な結果に終われば、その後もタバコが欲しくなることは間違いない。

目を細め、煙越しに一人の女性に注目する。背中の中ほどまである、たっぷりした赤茶色の巻き毛。その髪がそよ風にあおられ、肩のあたりまで舞い上がる。アン・モリソン・パークの真ん中で、灰色の空をあがめる女神のように腕を上に伸ばして立っている女性が何者なのか、顔を見なくてもわかる。

名前はガブリエル・ブリードラヴ。アイダホの州都、ボイジーの古い街並みが残る歴史的地区ハイド・パークで、ビジネス・パートナーのケヴィン・カーターとアンティーク・ショップを営んでいる。両者は店を隠れみのにしてもっと儲かる商売、すなわち盗んだ骨董品の売買に手を染めているとの疑いが持たれていた。

店のオーナーはどちらも前科がなく、安物の売買に留まっていれば、警察に目をつけられることもなかっただろう。だが二人にはもっと大きな野心があったのだ。先週、ある有名な印象派の絵画が盗まれた。所有者は、本名よりも〈ポテト王〉としてよく知られているアイダホ一の大富豪ノリス・ヒラード。ここアイダホでは神に次ぐ支配力と影響力を持っている人物だ。ポテト王のモネを盗むとなれば、かなりの度胸がいるだろう。今のところ、ガブリエル・ブリードラヴとケヴィン・カーターは、この事件の第一容疑者だった。拘留中のある人物が警察に二人の名前を密告し、ヒラード家が記録を確認したところ、カーターが半年前にヒラード邸でティファニーランプのコレクションを鑑定していたことがわかったのだ。

ジョーは煙を吸い、ゆっくり吐き出した。ハイド・パークにある、あの小さなアンティーク・ショップは盗品を売買する場所としては申し分ない。賭けてもいい、カーターとブリードラヴはヒラード邸のモネを人目につかないところにしまい込み、ほとぼりが冷めたところで、大金と引き換えに密売人に渡せばいいと思っている。絵を取り戻すための最善策は、密売人の手に渡り、闇市場に流れてしまう前に見つけだすことだ。

ポテト王はかんかんになって、ボイジー警察のウォーカー署長に文句を言いまくり、署長はルチェッティ警部と窃盗犯担当刑事へのプレッシャーを強めていた。ストレスで酒に手が伸びる警官もいるが、ジョーは違う。酒はあまり好きではなかった。彼は心を落ち着かせてくれるマールボロをもう一服吸い、容疑者を観察した。ブリードラヴの素性を手短にまとめたファイルを頭の中で読み返す。

わかっているのは、アイダホ北部の小さな町で生まれ育ったこと。幼いころに父親を亡くし、母親、姉同然の叔母、祖父と一緒に暮らしていたこと。

年齢は二八歳、身長一七八センチ、体重は五九キロ前後といったところだろう。長い脚。短いショートパンツ。ジョーは彼女が上体を前にかがめ、手を地面に着ける様子をじっと見つめながら、タバコの煙と一緒にその光景を楽しんだ。ブリードラヴを尾行する任務に就いてからというもの、彼女の形のいいヒップをありがたく鑑賞するようになっていた。

ガブリエル・ブリードラヴ。なんだかポルノ・スターみたいな響きのする名前だな。声をかけたことは一度もない。だがジョーは、彼女の体のしかるべきところに、しかるべき曲線がちゃんと備わっていることがわかるほど、ごく間近で彼女を見てきたのだった。

それに、彼女の一家がアイダホでは知られた存在であることもわかっている。ブリードラヴ・マイニング社は約九〇年間、アイダホ北部で鉱業を営んでいたが、七〇年代半ばに事業を手放していた。一時はすこぶる裕福だったものの、投資と経営に失敗し、資産がめっきり減ってしまったのだ。

ジョーは、ブリードラヴが片脚立ちでヨガのある種のストレッチをやっている様子を見守っていた。やがて彼女がゆっくり走りだすと、露で覆われた草地のほうにマールボロを指で弾き飛ばし、寄りかかっていたシボレーから勢いよく身を離した。彼女を追って公園を横切り、グリーンベルトと呼ばれる、黒いリボンのように続くアスファルトの上に出る。

グリーンベルトはボイジー川に沿って続き、街を縫うようにして、川沿いにある八つの大きな公園をつないでいる。川の水とコットンウッドの強い香りが朝の空気を満たし、毛羽立った綿毛がそよ風に吹かれて漂い、ジョーのトレーナーの前に貼りついた。

彼は呼吸を整えながら、ゆっくりと楽なペースで一五メートルほど前を走る女性についていった。窃盗が発覚してから一週間尾行を続け、彼女の習慣がわかってきた。つまり、州政府や公的・私的機関の記録からは得られないような情報をつかんだのだ。

ジョーが知る限り、彼女はいつも同じ黒いウエストポーチを身につけ、いつも同じ三キロちょっとのコースをジョギングする。と同時に、彼女は絶えずあたりを見回していた。ジョーは当初、彼女が何かを、あるいは誰かを探しているのかと思ったが、それらしき人物に出くわしたことは一度もなかった。監視に気づかれないかと不安も覚えたが、彼は毎日違う服装をし、違う駐車場に車を止め、違う場所から尾行を始めるように気をつけていた。野球帽で濃い茶色の髪を隠し、しゃれたジョギング・ウエアに身を包んでいた日もある。今朝は頭に赤いバンダナを巻き、ボイジー州立大学《USB》のロゴが入ったグレーのトレーナーを着ている。

　明るいブルーのランニングウエアを着た男性が二人、グリーンベルトをこちらに向かって走ってきた。ブリードラヴとすれ違いざま、男たちは首を伸ばして振り返り、揺れ動く白いショートパンツに目を留めた。再び向き直ったとき、二人の顔には、いい尻だと認めるような、まったく同じ笑顔が浮かんでいた。二人が最後の最後にもう一度、目を凝らして彼女を見たからといって、ジョーは彼らを責めはしなかった。確かに見事な脚とヒップの持ち主だからな。刑務所の制服を着る運命にあるとは、実に気の毒だ。

　ジョーは彼女を追って歩道橋を渡り、アン・モリソン・パークの外に出た。その後も常に一定の間隔を保つように気をつけながら、引き続きボイジー川に沿って走っていく。

　ブリードラヴのプロファイルは典型的な窃盗犯のそれとは一致していなかった。ビジネス・パートナーのカーターと違って、借金で首が回らないわけではない。ギャンブルもやらないし、ドラッグをやる習慣もない。ということは、彼女のような女性が大それた犯罪に加担する動機として考えられる理由は二つしかない。

　一つ目はスリル。際どい生き方を送る魅力はもちろんジョーにも理解できた。アドレナリンは強力なドラッグだ。彼も確かにアドレナリンの刺激が大好きだった。肌がむずむず、ぞくぞくし、髪の毛が逆立つ感覚がたまらなかった。

二つ目はもっとありふれた理由、愛だ。愛は多くの女性をトラブルに巻き込む傾向がある。ジョーは自分がつきあった女性以外にも、くだらないろくでなしのために何でもしようとする女性を見てきた。相手は自分が助かるためなら、平気で女を警察に引き渡す男だというのに。一部の女性が愛ゆえに取る行動を目の当たりにしても、もうびっくりすることはなくなった。監獄の中に座って男のために刑期を務め、マスカラが落ちるほど涙を流し、「あの人について悪いことは何一つお教えできません。彼を愛してるんです」といった、たわ言を口にする女性に出くわしても、もう驚きはしない。

ブリードラヴを追って二つ目の公園に入ると、頭上の木々がだんだんうっそうとしてきた。ジュリア・デイヴィス・パークは先ほどの公園よりも緑が多いうえ、歴史博物館、美術館、ボイジー動物園、それに言わずと知れた市内巡回観光列車《トゥーティン・テイター・ツアー・トレイン》など、施設やアトラクションも備わっている。

ポケットから何かが飛び出す感覚があり、その直後、舗道に物がぽとっと落ちる音がした。空っぽのポケットをつかんで振り返ると、マールボロが一箱、道に落ちている。数秒間ためらったが、ジョーは何歩か引き返した。タバコが数本、アスファルトの上を転がっていく。慌てて立ち止まり、水たまりに入る前にタバコを拾う。容疑者に目を移すと、彼女はいつもどおり落ち着いたペースで走っていたため、彼はタバコに目を戻した。

折らないように注意しながらタバコを箱にしまう。最後の一本まで楽しむつもりだったのだ。容疑者を見失う心配はない。彼女の走るペースときたら関節炎にかかった老いぼれ犬並みだからな。今日はそれがありがたい。

だが道に目を戻すと、思わず手が止り、ジョーは再びタバコをポケットにゆっくりと押し込んだ。訓練を積んだ目に映ったのは、うっそうとそびえ立つ木々と、草のあいだを縫って続く黒い小道のみ。一陣の風が頭上に伸びる大枝を揺らし、トレーナーが胸に貼りついた。

左側に目を走らせ、公園を突っ切って動物園と子供広場のほうに向かう彼女を見つけだす。追跡再開だ。ここから見る限り、公園には人気がない。今にも嵐がやってきそうだし、分別のある人は皆、その前に避難したのだ。だが、公園に人気がないからといって、彼女が誰とも落ち合わないということにはならない。

容疑者が決まったパターンからはずれた行動を取れば、それはたいがい、何かが起きようとしていることを意味する。アドレナリンの味で喉の奥がしびれ、口元に笑みが浮かんだ。ああ、こんな生き生きした感覚を味わうのは、街の北端の路地でヤクの売人を追い詰めたとき以来だ。

だが、ジョーは再び容疑者を見失った。彼女はトイレを通り過ぎ、建物の裏に回って、それきり姿を消したのだ。長年の経験から、彼は速度を落とし、相手が再び現れるのを待った。だが姿は見えない。トレーナーの下に手を入れて肩掛けホルスターの留め金をはずすと、レンガ造りの建物にぴたりと身を寄せ、耳を澄ませた。

捨ててあった食料品店のビニール袋が一枚、地面を転がっていく。だが、風の音と、頭の上でかさかさ鳴っている木々の葉の音以外、何も聞こえない。今の位置からではちょうど何も見えず、ジョーはもっと後ろにいるべきだったと悟った。建物のわきを回ったそのとき、目の高さにヘアスプレーのノズルが現れた。顔にまともに噴射を浴び、たちまち目がかすむ。トレーナーをぐっとつかまれたかと思うと、誰かの膝が股間を直撃したが、わずか一センチちょっとのところで急所ははずれていた。右太ももの筋肉が痙攣《けいれん》する。一方の肩を胸のほうによじって痛みに耐えたが、もしそうでなければ、しゃがみ込んでいたかもしれない。肺からふーっと息を吐き出した次の瞬間、彼は地面に強く叩きつけられ、仰向けに倒れてしまった。スエットパンツのウエストバンドにたくし込んでいた金属の手錠が腰に食い込んでいる。ヘアスプレーのおかげで視界がかすむ中、見上げると、大きく開いた脚のあいだにガブリエル・ブリードラヴが立っていた。体じゅうをえぐっていく痛みをやり過ごし、何とか呼吸を落ち着かせようと努力する。つまりブリードラヴが跳びかかり、人の急所を思い切り蹴飛ばそうとしたわけか。

「何なんだ」ジョーはうめいた。「君はどうかしてる」

「ええ、そうよ。膝小僧を撃《ぶ》ち抜かれたいの?」

目をしばたたき、さらに何度か瞬きをすると、ようやく視界がはっきりしてきた。視線をゆっくり動かし、彼女の顔から腕をたどり、手のほうを見る。くそっ。彼女は片手でスプレーをつかんでおり、指が今にもノズルを押そうとしている。もう片方の手にはデリンジャーと思しき拳銃。その銃口は彼の膝ではなく、鼻にまっすぐ向けられていた。

ジョーの中で、ありとあらゆるものが静まった。拳銃を突きつけられるなんて、冗談じゃない。「銃を下ろせ」と彼は命じた。弾が入っているのかどうかわからないし、銃がまともに作動するのかどうかさえわからない。だが、知りたいとも思わない。ただ視線を上げ、相手の顔を再びじっと見る。彼女は呼吸が一定せず、緑の目が怒りに燃えている。ものすごく動揺しているようだ。

「誰か、警察を呼んで！」彼女は気も狂わんばかりに叫びだした。

ジョーは顔をしかめた。彼女はまんまと人を叩きのめしたばかりか、大声で悲鳴まで上げている。もし、このまま叫び続けたら、こっちの正体を明かさざるを得なくなる。そんなのはまっぴらごめんだ。ヒラード邸窃盗事件の第一容疑者で、自分が容疑者とは知らないことになっている女性を連れて警察署に入っていき、彼女にヘアスプレーで撃退された経緯を説明するのかと思うと、恐怖でどうにかなりそうだった。「銃を下ろせ」彼は同じ言葉を繰り返した。

「そうはいかないわ！　ちょっとでも動いたら、弾をお見舞いするわよ。この変態！」

三〇メートル以内に人はいないだろう。だが確信は持てない。それに勇敢な市民が彼女を救いにくるなんて事態はいちばん願い下げだ。

「誰か助けて！　お願い！」彼女は何十キロ先まで聞こえそうな大きな声でわめいている。

ジョーは歯を食いしばった。この不名誉は一生忘れられないだろう。ウォーカー署長やルチェッティ警部と顔を合わせるところなど想像したくもない。ロビー・マーティンを射殺したあと、ジョーは依然として署長の脱落者リストに載っていた。署長が言いそうなセリフは、ろくに考えなくてもわかる。「シャナハン、どじを踏みやがって！」とどなられて、そのままパトロール課へ左遷の運命だ。おまけに今回は署長のセリフどおり、どじを踏んだことになる。

「誰か警察に電話して！」

「叫ぶのをやめるんだ」ジョーは精いっぱい法執行官らしい口調で命令した。

「警官を呼んで！」

くそっ。「お嬢さん」ジョーは歯を食いしばりながら言った。「俺が警官なんだ！」

彼女は目を細め、ジョーをじっと見下ろした。「ええ、そうなんでしょ。なら、私は知事よ」

ジョーは片手をポケットのほうに動かした。彼女が小さな拳銃で脅すような動きをしたが、彼は逆らうことにした。「左のポケットに身分証明書が入っている」

「動かないで」彼女はもう一度警告した。

赤茶色の巻き毛が風に吹かれて顔の周りで揺れ、収拾がつかなくなっている。あのヘアスプレーは人の顔にではなく、自分の頭に使うべきだったのではないかと思わせるような乱れ方だ。片側の髪を耳にかけたとき、彼女の手は震えていた。その瞬間に彼女を地面に押さえつけることはできた。だが、まずは彼女の気をそらさなくては。さもないと撃たれる危険を冒すはめになる。しかも今度は回復する見込みがなさそうな場所を撃たれるだろう。「自分でポケットに手を入れてみればいい。俺は身動き一つしないから」女性を組み伏せるなんてことはしたくない。殴り倒すのもいやだ。でも、この際、構うもんか。

「私はばかじゃないの。ハイスクールのころから、そんなごまかしに引っかかったことはないんだから」

「おい、頼むよ」ジョーは何とか怒りを抑えようとした。「銃を携帯する許可はもらってるのか？」

「いい加減にして。あなたは警官なんかじゃない。ストーカーよ！　ああ、警官が近くにいてくれたら……。この一週間、私をつけ回してたでしょ。だからあなたを逮捕してもらわなきゃ。アイダホ州にはストーカーを禁じる法律があるの。知ってるだろうけど」彼女は深く息を吸い込み、ゆっくり吐き出した。「何らかの異常行動で前科があるに決まってるわ。たぶん、卑猥な電話をかけて、はあはあ言ってるような、いかれた人なのよ。きっと、女性にいやがらせをして捕まって、今は仮釈放中の身なんでしょ」さらに何度か深呼吸をしてから、彼女はヘアスプレーを投げ捨てた。「やっぱり財布はもらっておいたほうがいいわね」

警官になって一五年、こんなうかつなへまをやらかしたのは初めてだ。容疑者に——それも女性に——飛びかからせてしまうなんて。

こめかみがずきずきし、太ももがうずいた。目も刺すように痛むし、まつ毛がくっついている。「君はどうかしてる」ジョーはポケットに手を突っ込み、いくらか穏やかな声で言った。

「あら、そう？　私に言わせれば、そっちのほうがどうかした人に見えるけど」財布に手を伸ばしているあいだも、彼女はジョーから片ときも目を離さなかった。「警察にあなたの名前と住所を知らせなくちゃ。でも、きっと向こうはもう何者か把握してるわね」

いかにもそのとおり。ただ、口にしている本人がわかっていない。しかしジョーはそれ以上しゃべって時間を無駄にはしなかった。彼女が財布を開き、中にあった警察バッジにちらっと目をやった瞬間、両脚で相手のふくらはぎを挟み込む。そして彼女が地面に倒れたところで上に覆いかぶさり、体重をかけて身動きが取れないようにした。彼女が体をあっちへよじり、こっちへよじりしながらジョーの肩を押しているものだから、デリンジャーが左の耳元に来てしまい、危なっかしくて仕方がない。彼は全身でブリードラヴを地面に押しつけながら彼女の手首をつかみ、無理やり頭の上に移動させた。

彼女の上に長々と横たわると、豊満な乳房と腰がジョーの体に押しつけられた。頭の上で両手をつかまえているうちに、じたばたする勢いはだんだん弱くなったものの、彼女は完全に降参しようとはしなかった。ジョーの顔は彼女の顔からほんの数センチ上にあり、鼻と鼻が二度ぶつかった。彼女が唇を開き、息を深く吸い込んだ。手首を自由にしようともがきながらジョーの目をにらみつけているが、緑の瞳はパニックと恐怖で見開かれている。ジョーの脚に彼女のすべすべした長い脚が絡みつき、トレーナーの裾が上がってわきの下で丸まった。腹がむき出しになり、そこに彼女の下腹部の柔らかな素肌の温もりと、ウエストポーチのナイロンの感触が伝わってくる。

「本当に警官なのね！」ブリードラヴは胸を上下させ、一生懸命息を継ごうとしている。

さっさとデリンジャーを確保して立ち上がらなくては。「そのとおり。銃の不法所持と加重暴行の容疑で逮捕します」

「ああ、よかった！」ジョーの下で彼女が深く息をつき、緊張を解くのがわかった。柔らかくてしなやかな体の丸みが感じられる。「本当にほっとしたわ。いかれた変態かと思ったんだもの」

ブリードラヴは輝くばかりの笑みを浮かべ、ジョーを見上げた。今、逮捕したばかりの女性は、どうやら本当に喜んでいるらしい。だが、彼がこういう体勢でいるとき、いつも相手の女性が見せてくれる幸福に満ちあふれた喜びの表情とはちょっと違っている。一種の思い込みによる喜びといったほうが近いだろう。彼女はただの泥棒じゃない。十中八九、いや、確実に頭がどうかしている。「あなたには黙秘権があります」ジョーは彼女の手からデリンジャーを引き離しながら言った。「あなたには――」

「本気じゃないんでしょう？　逮捕なんかしないわよね？」

「――弁護士立ち会いを求める権利があります」彼は続け、片手で相変わらず彼女の手を頭の上で押さえつけながら、拳銃を数十センチ先に放った。

「でも、それは厳密に言うと、銃というわけじゃないのよ。つまり、銃だけど、銃じゃないの。一九世紀のデリンジャー。アンティークよ。だから、本物とは言えないと思うのよね。それに、弾は入ってないし、入ってたとしても、どっちみち大きな穴は開かなかったわ。ただ持ってただけよ。だって、すごく怖かったんだもの。あなたはずっと私のことをつけてたし……」彼女は言葉を切り、眉根を寄せた。「どうして私をつけてたの?」

ジョーは答える代わりに権利の続きを聞かせてから体をわきに転がし、デリンジャーをすくい上げて慎重に立ち上がった。質問に答える気はない。彼女をどうするつもりか自分でもわかっていない今は。ましてや人を変態、異常者呼ばわりし、急所を蹴り上げようとした相手に答えられるもんか。必要最低限のこと以外の話を彼女にする自信がない。「ほかに武器は持ってますか?」

「いいえ」

「そのウエストポーチをゆっくり、こっちに渡してください。それから、ポケットをひっくり返して」

「車のキーしか持ってないわ」彼女はぶつぶつ文句を言いながらも従った。キーを高く掲げ、ジョーの手のひらに落とす。彼は手を閉じ、キーを前のポケットに突っ込んだ。それから、ウエストポーチを受け取り、裏返しにする。何も入っていない。

「両手を壁に突いて」

「身体検査をする気?」

「そのとおり」ジョーはレンガの壁に近づいた。

「こんなふうに?」彼女は肩越しに尋ねた。

ジョーは、彼女の丸みのあるヒップから長い脚を目でたどりながら、自分のスエットパンツのウエストバンドにデリンジャーを滑り込ませた。「そのとおり」同じ言葉を繰り返し、彼女の左右の肩に手を置く。この近さで見て気づいたが、彼女の身長は一七八センチではない。ジョーの身長は一八三センチで、彼女とは目の高さがほぼ同じだった。彼女の体のわきに沿って手のひらを下ろし、腰のくびれを通って、ぐるっと腹部のほうへ。そのままシャツの裾のすぐ下に手を滑らせ、ショートパンツのウエストバンドに触れると、柔らかい素肌、それにボディ・ピアスのひんやりした感触が伝わってきた。それから、さらに上の胸の谷間へと手を滑らせていく。

「ちょっと、気をつけてよ！」

「興奮しないでください」と警告する。「こっちは冷静にやってるんですけどね」続いて、彼女の背中を上から下まで軽く叩いて確認し、次に片膝をついて靴下の履き口を確認する。だが、太もものあいだをわざわざ確認しようとはしなかった。彼女を信用したわけではない。下着に武器を隠してジョギングができたとは思えなかっただけだ。

「いったん留置場に入れられたら、罰金を払ってうちに帰ればいいのよね？」

「判事が保釈金の額を決めたら帰れます」

彼女は振り返ってジョーと向き合おうとしたが、ヒップをつかまれているため、それはかなわなかった。

「これまで逮捕されたことなんかないのよ」

それはもうわかっている。

「まさか本当に逮捕されて、指紋や顔写真をとられるわけじゃないでしょう？」

ジョーは最後にもう一度、ショートパンツのウエストバンドを軽く叩いた。「逮捕されるんです。そして、指紋と顔写真をとられる」

彼女は向き直り、目を細めてジョーをにらみつけた。「今の今まで、あなたが本気だとは思ってなかったのよ。私が膝蹴りをしたから、仕返しをしようとしてるんだと思ったの。つまり、蹴ったのが……大事なところだったから……」

「はずれてました」ジョーは素っ気なく伝えた。

「本当に？」

彼は上体を起こし、スエットパンツの後ろに手をやって手錠を取り出した。「その類《たぐい》のことで、勘違いはあり得ません」

「あら……」心からがっかりしているような言い方だ。「じゃあ、私にこんなまねをするなんて、余計信じられない。ちょっとでも礼儀をわきまえていれば、あなたもこれは全部自分のせいだと認めるんでしょうけど」彼女はいったん言葉を切り、深呼吸をした。「あなたはね、自分でものすごく悪いカルマを作っているところなの。きっと、ひどく後悔することになるわ」

ジョーは彼女の目をのぞき込み、手錠をかけた。間違いなく後悔している。大事件の容疑者に蹴飛ばされて尻もちをついたことを後悔しているし、正体をばらしてしまったことを本当に後悔している。それに、これがトラブルの始まりにすぎないこともわかっている。

降りだした雨のしずくが頰に当たり、ジョーは頭上に垂れ込める嵐雲をちらっと見上げた。額とあごに雨粒がもう三滴当たる。彼は冷ややかに笑った。「ばかばかしい」

2

警察の尋問というと、なぜか『マラソンマン』のダスティン・ホフマンを想像してしまうのが常だった。いつも決まって、暗い部屋と、スポットライトと、歯科用ドリルで彼を拷問する、いかれたナチ戦犯を思い浮かべてしまうのだ。

だが、ガブリエルがいる部屋はそのような場所ではなかった。壁は真っ白で、六月下旬の陽射しを通す窓はない。木目風の天板が載ったテーブルの周りに金属製の椅子が置かれている。テーブルの端には電話が一台。ドラッグの危険を警告する大きなポスターが一枚、閉まったドアに貼ってある。

部屋の片隅にはビデオカメラが一台設置してあり、赤いライトが光っている。カメラが作動しているしるしだ。ガブリエルは事情聴取の様子を記録することに同意していた。構うもんですか。私は無実なんだから。協力すれば、警察は迅速に事情聴取を終わらせてくれるだろうし、家に帰れるはず。くたびれているし、お腹もぺこぺこ。それに、日曜日と月曜日しか休めないのに、今週末のクール・フェスティバルの準備がまだたくさん残っている。

気を失ったり過呼吸になったりしてはいけないと思い、過不足なく酸素を取り込めるよう何度か深呼吸をし、自分に言い聞かせる。緊張を吐き出しなさい。あなたは落ち着いている。ガブリエルは片手で髪をかき上げた。ちっとも落ち着かない。ここから解放され、家に帰ってからでないと落ち着けないということはわかっている。家に帰ってようやく、心の中の〈静かな中心〉（不安やストレスが嵐のように渦巻いていてもその影響を受けない台風の目のような場所）を見出し、頭の中の雑音を消すことができるのだ。

指には黒いインクの染みが残り、もう手錠ははずされているのに、手首には今もその感触が残っている。シャナハン刑事に犯罪者のように手錠をかけられ、雨の中、公園を延々と歩かされたからだ。唯一の慰めは、シャナハンも彼女と同様、散歩を楽しんではいなかったこと。

二人ともひと言もしゃべらなかったが、ガブリエルはシャナハン刑事が右の太ももを何度もさすっていることに気づいていた。怪我をしたのはきっと私のせいね。申し訳なく思うべきなのだろう。でも思えない。彼女はおびえ、混乱していた。それに、着ているものがまだ湿っている。何もかも彼のせいよ。せめて私と一緒に苦しめばいいんだわ。

警官に対する加重暴行と銃の不法所持の容疑で連行されたあと、ガブリエルは小さな取調室に連れていかれた。今、彼女の向かい側にはシャナハン刑事とルチェッティ警部が座っている。二人が知りたがっているのは、盗まれた古美術品のことだった。黒いノートの上に覆いかぶさるようにして黒っぽい頭を突き合わせ、熱心に議論を交わしている。盗まれた古美術品が暴行と何の関係があるのかわからない。彼らは関係があると思っているらしいが、二人とも進んで説明する気はないようだ。

頭が混乱していたが、それより始末が悪かったのは、ただ立ち上がって出ていくわけにはいかないとわかったことだった。私の運命はシャナハン刑事の手中にある。知り合って一時間ちょっとだけど、この人は容赦がないと理解できる程度には彼のことがわかっている。

一週間前に初めて見かけたとき、彼はアン・モリソン・パークで木の下に立っていた。ジョギング中だったガブリエルはその前を通り過ぎた。彼の頭の周りにタバコの煙がもくもく漂っていなければ、まったく目に留めなかったかもしれない。その翌日、アルバートソンズで冷凍のポットパイを買っているところを見かけなければ、おそらく彼のことは二度と考えなかっただろう。でもあのとき、裾を切り落としたスエットパンツの中でぱんぱんに張っているたくましい太ももと、野球帽のへりで小さくカールしている髪に注目してしまった。暗い色の目と、その目でこちらを真剣に見つめる様子に、喜びで背筋がぞくぞくしたが、同時に不安にもなった。

数年前、魅力的でセクシーな男性には近づくまいと誓ったのだ。結局、悲しい思いをするし、体と心と精神の調和を乱す原因になってしまうから。ああいう男性はスニッカーズのチョコレート・バーと一緒。見た目はいいし、美味しいけれど、バランスの取れた食事とは呼べない。ときどき、むしょうに欲しくなることはあるものの、最近は、男性のお尻の筋肉よりも魂のほうにずっと興味がある。悟りを得た心にそそられるのだ。

あれから数日して、郵便局の外で車の中にいる彼を目に留めた。そのあとも、彼女のアンティーク・ショップ〈アノマリー〉から通りを少し行ったところで彼は車を止めていた。最初は、気のせいよ、色黒のハンサムな男性が私のあとをつけるだなんて、と自分に言い聞かせていたが、日が経つにつれ、さらに何度も彼を見かけた。話しかけられるほど近くにはいなかったが、遠くにいたわけでもない。

それでも、私が想像力を働かせすぎているだけ、ということで、この件を片づけようとしていた――昨日、バーンズ・アンド・ノーブルで彼を見かけるまでは。彼女はその書店で精油に関する本を買い足そうと思い、物色しているところだった。ふと顔を上げたとき、女性の健康に関する書籍が置いてあるコーナーでこそこそ歩いている彼に気づいたのだ。何か考え込んでいるような暗い顔つきといい、Tシャツをぴんと引っ張っている筋肉といい、彼は月経前症候群《PMS》がもたらす苦痛に同情してくれる類の男性には見えなかった。そのとき、彼女はようやく認めたのだった。彼は連続殺人鬼のように私をこっそりつけ回していたのだ、と。その後、警察に電話をしたところ、署まで来て「身元不明のジョギング・ストーカー」に対する被害届を出すことはできるが、相手が何もしていないのだから、あなたにできることはあまりないと言われてしまった。警察は何の助けにもなってくれず、彼女はわざわざ名前を告げることもなく電話を切ったのだった。

昨日の晩はほとんど眠れず、ベッドに横になったまま、慎重に計画を立てた。あの時点では素晴らしい作戦だと思えたのに。人が大勢いる、文字どおり公共の場にストーカーをおびき出してやろうと考えたのだ。子供広場のわきの広々した場所へ、動物園の前へ、トゥーテイン・テイター・トレインの駅から数百メートルのところへおびき出し、思いっきり悲鳴を上げてやるつもりだった。今でもいい計画だったと思っている。でも残念ながら、とても重要な二つの事柄を見越していなかった。まず天気のせいで何もかもおじゃんになった。それに、言うまでもないが、ストーカーはストーカーではなかった。刑事だったのだ。

木の下に立っている彼を初めて目にしたときは、友人フランシスの家にかかっているエルヴィス・プレスリーのカレンダーをじっと眺めているような気分だった。今、テーブルの向こうにいるシャナハン刑事を見てみると、どうして彼を「今月のいい男」などと勘違いしてしまったのか不思議になる。相変わらず濡れただらしのないトレーナーを着て、頭に赤いバンダナを巻いている彼は、地獄へまっしぐらのバイク野郎と言ったほうが近い。

「いったい何が聞きたいんです？」ガブリエルはシャナハン刑事ともう一人の男性を交互に見つめた。「私がここに連れてこられたのは、さっき公園であんなことがあったからだと思ってたんですけど」

「今日までに、これを見たことがありますか？」シャナハン刑事が彼女のほうに新しい写真を滑らせながら尋ねた。

ガブリエルは地元紙で同じ写真を目にしたことがあった。ヒラード家のモネが盗まれたという記事も読んだし、テレビのローカル・ニュース、全国版のニュースでも耳にしたことがある。

「これが何かわかりますね？」

「見たところ、モネの絵だということはわかります」ガブリエルは悲しげに微笑み、写真を押し返した。「『アイダホ・ステーツマン』の記事も読みました。ヒラードさんのところから盗まれた絵でしょう」

「何か知っていることを教えていただけませんかね？」シャナハン刑事が鋭い目でじっとこちらを見つめている。まるで君の頭に答えは書いてある、ちゃんと見えているんだぞと言わんばかりに。

怖じ気づかないように頑張ったが、どうにもならない。やっぱり震えてしまう。だって、こんな大きな人と、こんな小さな部屋に缶詰めにされているんだもの。「窃盗事件については、皆が読んだり聞いたりしていることしか知りません」つまり相当詳しい。というのも、この事件はとてもセンセーショナルだったから。市長は公然と憤りを口にし、絵の持ち主は我を忘れて逆上し、全国ネットのニュースでボイジー警察をのろまな田舎者集団呼ばわりしたのだった。それを見たガブリエルは、アイダホに対する偏見がこれで改善されるだろう、と思った。アイダホといえば、たいていポテトを愛する白人至上主義の銃マニアであふれた州として描かれる。本当のところは、皆が皆、ポテト好きというわけではないし、人口の九九・九九パーセントはアーリアン・ネーションズ（アイダホを本拠地とする巨大ネオナチ組織。白人至上主義国家の建設を目指している）やその関連組織とかかわりは持っていない。それに、どのみち、組織のメンバーの大半はアイダホで生まれた人間ではない。

銃マニアについては本当かもしれないけど。

「美術《アート》に興味はありますか？」そう尋ねるシャナハン刑事の太い声が、部屋の隅々を満たしていくように思えた。

「もちろん。私もアーチストですから」まあ、私の場合、アーチストというより絵描きかな。肖像画の腕はまあまあだけど、手足は複雑で、どうしても上手に描けるようにならない。でも絵を描くのは大好き。本当に大事なのはその気持ちだけよ。

「では、ヒラード氏が何としても絵を取り戻したいと思っていることは理解できますね」シャナハン刑事はそう言って写真をわきに置いた。

「想像はつきます」それでも、この事件が自分とどうかかわりがあるのかはわからない。一時期、ノリス・ヒラードはうちの家族と親交があったけど、それもずいぶん昔の話。

「この男ですが、見たか、あるいは会ったことがありますか？」シャナハン刑事が彼女のほうに別の写真を滑らせた。「名前はサル・カッチンジャー」

ガブリエルは写真に目をやり、首を横に振った。その男はとんでもなく分厚いメガネをかけているばかりか、青白くて、かなりさえない顔をしている。会ったことはあるが、写真で見てもわからないだけ、という可能性はもちろんある。いちばんいい状況で撮られた写真ではないのだから。さっき私が撮られた写真だって、おそらくぞっとする代物だろう。

「いいえ。会ったことはないと思います」ガブリエルは男の顔写真をテーブルの向こうに押し戻した。

「あなたのビジネス・パートナー、ケヴィン・カーターがこの男の名前を口にするのを聞いたことはありますか？」もう一人の刑事が尋ねた。

ガブリエルは、髪に白いものが交じった年長の男のほうに目を向けた。プラスチックのIDカードにはルチェッティ警部とある。映画やテレビでさんざん見たからわかるのよ。この人は「いい警官」、シャナハン刑事は「悪い警官」を演じている。シャナハン刑事にいい警官役はとても無理、ということではない。でも、二人のうち、本当にいい人そうに見えるのはルチェッティ警部のほうだ。おじのジャッドにちょっと似ているし、シャナハン刑事に比べると、ルチェッティ警部のほうがオーラに敵意が感じられない。「ケヴィンですって？　ケヴィンが写真の人と何の関係があるんですか？」

「カッチンジャーはプロの泥棒です。すご腕で、最高の物しか盗まない。一週間ちょっと前、二万五〇〇〇ドル以上の価値がある盗品の古美術品を盗んだ容疑で逮捕されました。拘留中、彼がにおわせたんですよ。ヒラード氏の絵画を持っている人物を知っているかもしれない、とね」ルチェッティ警部は彼女に話しながら、写真の束のほうに片手をひらつかせた。「例のモネを盗みだす仕事を持ちかけられたが、断ったんだそうです」

ガブリエルは胸の前で腕を組み、椅子に深く座り直した。「どうして私にそんな話をするんですか？　その人と話したほうがよさそうに思えますけど」彼女はテーブルの向こうにある顔写真を指差した。

「もう話しましたよ。自白しているあいだに、彼はフェンスの上で寝返ったんです」警部はそこで言葉を切り、何か言うべきことがあるのでしょう、とばかりにガブリエルを見た。

故買人《こばいにん》、すなわち盗品を売買する人間という意味で「フェンス」という言葉を使ったのだろう。金網フェンスの上で寝返りを打っている人の話をしたのではない。でも、私と何の関係があるのかさっぱりわからない。「どういう意味なのか、正確に教えていただくべきなんでしょうね」ガブリエルはシャナハン刑事のほうをあごで示した。「それと、この数日間、最後の審判を告げる大天使につけ回されていた理由は何ですか？」

シャナハン刑事の眉間には依然として、しわがしっかり刻まれており、警部の顔は依然として無表情だった。「カッチンジャーによれば、あなたのパートナーは盗品と承知のうえで、そのような骨董品を売買しています」ルチェッティ警部は一息ついてから続けた。「それに、ヒラード邸の盗難事件では、仲介役を務めているとの疑いが持たれている。となると、多くの罪を犯していることになるんですよ。重窃盗罪を含めてね」

ガブリエルは息が詰まった。「ケヴィンが？　まさか。そのカッチンジャーとかいう人が嘘をついてるのよ！」

「では、カッチンジャーはなぜそんな嘘をつくんでしょうね？」ルチェッティ警部が尋ねた。

「彼は警察に協力する代わりに、情状酌量を約束されているんですよ」

「ケヴィンは絶対にそんなことしません」ガブリエルは断言した。心臓がどきどきし、どんなに深呼吸をしても心は静まらないし、頭も整理できなかった。

「どうしてわかるんですか？」

「とにかく、わかるんです。彼は違法なことには絶対にかかわったりしません」

「そうなんですか?」シャナハン刑事の目の表情も、言い方も、彼が苛立っていることを物語っていた。「それはまた、どうして?」

ガブリエルはシャナハンにちらっと目をやった。バンダナの下から濃い茶色のカールがこぼれ、額にかかっている。彼は小さなノートに手を伸ばし、中に走り書きを始めた。マイナスのエネルギーが暗雲のように彼を取り巻き、あたりに充満していった。怒りを抑えるという点で、彼は明らかに問題を抱えている。

「それは……」ガブリエルは口を開き、二人の男性をかわるがわる見つめた。「一つには、彼とは長いつきあいだからです。盗品を売っていれば、きっと気づきます。ほとんど毎日一緒に働いてるんですよ。彼がその手の秘密を隠していれば、わかるはずです」

「どうして?」ルチェッティ警部が尋ねた。

彼はオーラを信じる類の人には見えなかったので、最近ケヴィンの周囲に黒い斑点がまったく感じられなかったという話はしないでおいた。「とにかく、わかるんです」

「ほかに理由は?」シャナハン刑事が尋ねた。

「あるわ。彼、水瓶座なの」

シャナハン刑事の手から放たれたペンが空を切り、くるくる回転して背後に落ちた。「勘弁してくれよ」苦痛で思わずうめいたといった感じの言い方だ。

ガブリエルは彼をにらみつけた。「でも、そうなのよ。水瓶座は嘘やごまかしをひどく嫌います。偽善や裏表のある言動が大嫌いなんです。エイブラハム・リンカーンは水瓶座でした。ご存じでしょう」

「いや、それは知りませんでした」ルチェッティ警部が答え、ノートに手を伸ばした。警部はノートを自分の前に置き、胸ポケットから銀色のペンを取り出した。「しかし、これが深刻な事態だと理解されているようにはとても思えませんね。警官に対する加重暴行罪は最高で一五年の刑になるんですよ」

「一五年！　この人が私をつけ回さなければ、攻撃なんかしませんでした。どっちにしろ、本気でやったわけじゃありません。私は平和主義者ですから」

「平和主義者は銃を持ち歩いたりしません」シャナハン刑事が念を押した。

ガブリエルは不機嫌でいらいらしているシャナハン刑事をわざと無視した。

「ブリードラヴさん」警部が続けた。「あなたには加重暴行罪のほかに重窃盗罪の容疑も加わっています。州刑務所で三〇年過ごすことになるでしょうね。あなたはそれだけたくさんの問題を抱えているんです」

「重窃盗罪？　私が？」ガブリエルは片手を胸に置いた。「どうして？」

「ヒラード家のモネですよ」

「私がヒラードさんの盗まれた絵と何か関係があるとおっしゃるんですか？」

「あなたは事件に関与しています」

「ちょっと待って」ガブリエルは目の前のテーブルにばんと両手を置いた。「私がヒラードさんのモネを盗んだと思ってるんですか？」こんな不愉快な状況でなかったら、笑いだしていただろう。「私は今まで何一つ盗んだことはありません」よりによってこんなときに、彼女の素晴らしい良心は、それは違うでしょうと反論してきた。「まあ、七歳のときに盗んだキャンディ・バーを数に入れなければってことですけど。でも、ものすごく後悔して、食べてもそれほど美味しいとは思えなかったんです」

「ブリードラヴさん」シャナハン刑事が言葉を挟んだ。「七歳のときに盗んだキャンディ・バーのことなんか、どうでもいいんですよ」

ガブリエルは二人の男性に素早く目を走らせた。ルチェッティ警部はあ然としており、シャナハン刑事の額と口の両端には深いしわが刻まれている。

もう、とっくに穏やかで落ち着いているふりはできなくなっていた。神経がぴりぴりしている。ガブリエルは涙があふれてくるのをどうすることもできず、テーブルに肘を突き、両手で顔を覆った。弁護士の立ち会いを求める権利を放棄してはいけなかったのかもしれない。でも、今まで弁護士なんか必要ないと思っていたんだもの。生まれ育った小さな町では、警察官を始め、皆と知り合いだった。ヨランダ叔母さんがついうっかり、ほかの人の物を持っていってしまうと、そのあと必ず警官が叔母さんをうちに連れて帰ってきてくれたっけ。

もちろん、あの町には警官が三人しかいなかったけど、彼らは大型車で町を走り回り、三人分以上の働きをしていた。皆を助けてくれるいい人たちだった。

ガブリエルは膝の上に手を下ろし、涙で濡れた目を上げてテーブルの向こうを再び見た。ルチェッティ警部は相変わらずじろじろこちらを見ていたが、彼女と同じくらいうんざりしている様子だった。シャナハン刑事の姿はない。おそらく親指を締めつける拷問器具を取りにいったのだろう。

ガブリエルはため息をつき、涙をぬぐった。ああ困った。一時間前は、何も悪いことはしていないとわかれば、きっと解放してもらえると思っていたのに。いや、何もというわけじゃないか。シャナハン刑事にストーキングされていると思わなければ、デリンジャーを携帯することはなかっただろう。それに、アイダホでは銃を隠して携帯したからといって本当に警察ざたになった人はいない。でも、やっとわかった。彼らは私が何らかの形で事件にかかわっていると思っている。私はかかわっていないし、ケヴィンだってかかわっていない。ケヴィンのことはわかりすぎるくらいわかっている。だから彼がかかわっているなんて信じられない。確かにケヴィンはアノマリーのほかにいくつか会社を経営していて、事業家として成功している。たくさん稼いでいるし、まあ、ちょっとがつがつしたところはあるかもしれない。自己陶酔するタイプだし、自分の魂よりもお金に大きな関心を持っている。でも、それはまったく犯罪ではない。

「これをご覧になってはいかがですか？」ルチェッティ警部がそう言って、テーブルの向こうから骨董品の鑑定額が書かれた書類とポラロイド写真の束を滑らせた。

体じゅうが震えるのがわかった。三〇年の刑と言われたときよりもぞっとする。

写真に写っている骨董品の大半はもともと東洋の物で、スタッフォードシャー（英国における磁器発祥地の）の物もいくつかあった。複製ではなく本物なら、とても高価な骨董品でもある。ガブリエルは保険の鑑定書に目を向けた。複製ではない。

「これについて何か教えていただけませんか？」

「明朝《みんちょう》磁器の碗です。七〇〇〇から八〇〇〇ドル近くするでしょうね。でも鑑定額は適正です」

「あなたの店でこういう物を売っているんですか？」

「売ったっていいんでしょうけど、売ってません」ガブリエルは、さらにいくつかの骨董品に関する記載事項を読んだ。「一般的にこういう物は、オークションや古美術品しか扱わない店に出したほうがよく売れるんです。スタッフォードシャーを探してアノマリーに来る人はいません。もしうちのお客さんが、ここに写ってる牛の形をした小さなクリーマーを手に取ったら、値札を見てびっくりして、すぐに棚に戻してしまいます。で、この商品はそのまま何年も棚の上に置きっぱなしということになるでしょうね」

「今日までに、これらの品々を見たことがありましたか？」

ガブリエルは書類をわきに押しのけ、テーブルの反対側にいる警部を見た。「私がこれを盗んだとおっしゃるんですか？」

「三カ月前、ウォーム・スプリングス・アヴェニューのある家から盗まれたことはわかってるんですけどね」

「私はやってません！」

「わかってます」ルチェッティ警部が微笑み、テーブルの向こうから腕を伸ばしてガブリエルの手を軽く叩いた。「サル・カッチンジャーはすでに吐いてるんですよ。いいですか、もし違法行為にかかわっていないのなら、何も心配することはありません。ですが、あなたのボーイフレンドが盗品の売買にたま……いや、目玉までどっぷり浸かっていることは事実としてわかっているんです」

ガブリエルは顔をしかめた。「ボーイフレンド？　ケヴィンはボーイフレンドじゃありません。ビジネス・パートナーとつきあうのはどうかと思いますので」

警部は首をかしげ、今一つ合わないパズルのピースをえり分けようとするかのように彼女の顔を見た。「では、彼とデートをしたことはないんですね？」

「まあ、何度かはしました」ガブリエルは素っ気なく手をひらつかせながら続けた。「だからこそ、そういうのはよくないとわかるんです。デートしたといっても何年も前の話ですけど。私たち、相性がよくないと気づいたんです。彼は共和党員だし、私は無所属候補に投票しますから」それは事実だったが、本当の理由ではなかった。本当の理由はとても個人的なことで、テーブルの向こうにいる男性に説明はできない。ケヴィンは唇がとても薄い、その結果、彼は肉体的魅力に欠けると判断した、などとルチェッティ警部に話せるわけがない。ケヴィンに初めてキスされたとき、彼に感じていたかもしれない恋愛感情は消え失せてしまったのだ。でも、ケヴィンの唇がよくなかったからといって、彼が罪を犯したとか、悪人だということにはならない。シャナハン刑事は素晴らしい唇の持ち主だけど、それは人の見た目が当てにならないといういい証拠だ。だって、彼は本当にいやなやつだもの。

「ブリードラヴさん、嘘発見器によるテストを受けることに同意していただけませんか？」

ルチェッティ警部の質問で、男性と唇に関する無言の考察は中断された。

　ガブリエルが不愉快そうに鼻にしわを寄せる。「本気でおっしゃってるんですか？」嘘を見つけるためのテストを受けるだなんて、考えるのもいや。真実を話してるんだから、それを証明する必要なんかあるわけないじゃない。嘘をついたことはないわ。とにかく、わざとついたことはない。ときどき事実をはぐらかしたり、避けたりはするけど、それは嘘とはまったく違う。嘘をつくと悪いカルマを作ってしまうのよ。私はカルマを信じている。信じるように育てられたの。

「本当のことを話しているなら、何も恐れることはないでしょう。無実を証明する手段だと思ってください。無実を証明したくはないんですか？」

　答える前にドアが勢いよく開き、ガブリエルが一度も見たことのない人物が入ってきた。背が高くて痩せていて、ぴかぴかしたピンク色の頭皮に乏しい白髪を横になでつけている男性だ。小わきにマニラ・フォルダーを抱えている。「やあ、どうも、ブリードラヴさん」彼はそう言ってガブリエルと握手をした。「署長のジェローム・ウォーカーです。あなたの件で、地方検事のブラックバーンと話してきたところなんですが、検事は訴追を免除しても構わないと言っています」

「何の訴追ですか？」

「今のところ、銃の不法所持と、法執行官への加重暴行罪ですね」

「法執行官への」という部分がガブリエルを不安にさせた。たとえ何を確信してデリンジャーを隠し持っていたにせよ、警察の人たちがそれは正当化できないと思っているのは明らかだ。最高で一五年の刑。じゃあ、最低では何年になるのだろう？　いや、そんなこと知りたくもない。

選択肢は二つ。弁護士を雇って裁判で争うか、警察に協力するか。どちらも、これっぽっちも魅力がない。でも、警察の提案とやらを聞いてみてもいいだろう。「私は何をすればいいんですか？」

「秘密情報提供者として合意書にサインをしていただけたら、あなたのお店に覆面捜査官を配置します」

「客として？」

「いや。仕事を探している親戚を装えばいいかと思ったんですけどね」

「ケヴィンはもう自分の店で私の親戚は働かせてくれないわ」祖母のいとこの孫、ベイブ・フェアチャイルドをクビにするはめになって以来、親戚は雇ってくれない。というのも、ベイブは空中浮遊やテレパシーの話をして店の客を怖がらせてしまったのだ。「それに、あまりお役に立てるとは思えませんし。私、今週の金曜と土曜は店にいませんから。ジュリア・デイヴィス・パークのクール・フェスティバルに参加する予定なんです」

テーブルの向こうでウォーカー署長が椅子を引いて腰を下ろし、マニラ・フォルダーを自分の前に置いた。「クアーズ・フェスティバル？」

「ク、ー、ル、です。フランス語で〈心〉。私はアロマセラピーのブースを出すことになってます」

「あなたが、その心の何とかに行っているあいだ、カーターは店に出ていますか？」

「ええ」

「よかった。では、あなたの代理として便利屋を雇うというのはどうでしょう？」

「何とも言えません」実はケヴィンとは、人を雇おうかと話し合ったことがあった。システム・ラックを広いほうの壁に移動させ、奥の部屋に保管用の棚を増やすためだ。ガブリエルも奥のカウンターの板を取り替えたいと思っていたのだが、昨年末のホリディ・シーズンは店の売り上げが期待したほどではなく、ケヴィンは人を雇うなんて余計な出費だと言って、そのアイディアを却下したのだった。

「ケヴィンは今、お金にうるさくて……」

ウォーカー署長がマニラ・フォルダーから紙を二枚取り出した。「賃金はあなたが出すということで持ちかけたらどうですかね？　もちろん、そのお金は警察が払い戻しいたします」

ひょっとすると、私はこの情報提供者の問題そのものを間違った角度から見ているのかもしれない。ケヴィンは罪を犯していないけれど、たぶん私が警察への協力に同意すれば、彼を本当に助けることになるのだろう。警察が店に来たって、罪の証拠になるような物は何も見つけられないに決まっている。それなら調べさせたらいいじゃない？　私がうまく立ち回れば、やりたかった店の改造費用を州政府に出してもらえる。「ケヴィンは、新聞に募集広告を出したり、どこの誰だかわからない人を雇うのを本当にいやがるんです。その便利屋さんとは知り合いのふりをしないとだめでしょうね」

ドアが開き、シャナハン刑事が入ってきた。スエットパンツははきかえ、バンダナもはずしている。髪は湿っていて、後ろにきれいになでつけてあったが、少しだけ巻き毛が額にこぼれ、眉にかかっていた。

彼は白いワイシャツの上にショルダー・ホルスターをつけていた。広い胸にぴったりフィットしたシャツはウエストに向かって幅が狭くなり、カーキ色のズボンにたくしこまれている。袖は肘までまくってあり、手首にはシルバーの腕時計。ブルーとベージュのネクタイのわきにある胸ポケットにIDカードが留めてあった。彼は茶色の瞳でガブリエルをじっと見つめながら、ウォーカー署長に三枚目の書類を渡した。

署長はざっと目を通し、テーブルの向こうからペンと一緒にそれを彼女のほうに滑らせた。

「何ですか？」ガブリエルは注意を書類に向け、シャナハン刑事を無視しようとした。

「秘密情報提供者の同意書です」ウォーカー署長が答える。「あなたのボーイフレンドを雇うということではどうですか？」

「だめです」ガブリエルは首を横に振り、うつむいたまま、目の前にある書類をひたすら見ている。真剣なつきあいをしている男性はしばらくいなかった。悟りを得た精神と肉体的な魅力を併せ持つ男性を見つけるのはとても難しいということがわかってきたのだ。自分の精神と心がイエスと言うときは、体のほうがたいていノーと言う。あるいはその逆だ。彼女は手で髪をかき上げながら、目の前の書類をしげしげと眺めた。「ボーイフレンドはいませんから」

「もういますよ。新しいボーイフレンドに挨拶してください」

恐ろしい予感が背筋を駆け上り、ガブリエルはジョー・シャナハンのぱりっとした白いシャツに目を走らせた。それから、ネクタイの縞模様から日焼けした喉、あご、美しく刻まれた唇のラインへと視線を上げていく。彼は口角をすっと上げ、ゆっくりと官能的な笑みを浮かべた。「よろしく、ハニー」

ガブリエルは姿勢を正し、ペンをわきに置いた。「弁護士を呼びます」

3

仕事で世話になっている弁護士に電話をかけたところ、刑事事件を扱う弁護士を紹介してくれた。ガブリエルが思い描いたのはゲーリー・スペンス（有名な米国屈指の法廷弁護士）。バックスキンのコートに身を包んだ弁護士が、私に代わって相手をめためたにやっつけてくれるだろう。しかし、現れたのはロナルド・ロウマンという、ブルックス・ブラザーズのスーツを着て、髪をレザー・カットにした生意気そうな若者だった。彼は待機房で一〇分、面会した後、再び彼女を独り残して行ってしまった。戻ってきたときの彼は、あまり自信があるようには見えなかった。

「検事と話してきたんですが」彼が切りだした。「警察側は加重暴行に対する訴訟手続きを取ろうとしています。あなたがヒラードさんの盗まれたモネについて何か知っていると思っていますし、あなたをこのまま、ここから出してあげるつもりはないみたいですね」

「あんな腹立たしい絵のことなんか、何も知らないわ。私は無実なの」ガブリエルは顔をしかめ、自分の利益を守るべく雇った男を見た。

「いいですか、ブリードラヴさん、僕は無実だと確信しています。でも敵はそうは思っていません。ブラックバーン検事も、ウォーカー署長も、ルチェッティ警部も。それに少なくとも刑事が一人」彼は深いため息をつき、胸の前で腕を組んだ。「大目には見てもらえないでしょう。あなたもビジネス・パートナーも、今や容疑者ですから無理ですね。こちらが捜査に手を貸すことを拒めば、警察は加重暴行に対する訴訟手続きを進めます。でも本当は、そんなことしたくないんですよ。彼らの望みは、カーターさんの身柄を確保し、個人的な帳簿を手に入れて、交友関係を知ることです。そして、できたらヒラードさんの絵を取り戻したいと思っている。彼らはあなたの協力を求めているんです」

警察が何を求めているかはわかっている。ロー・スクールを出たばかりの弁護士に教えてもらうまでもない。自分を救うためには、警察の覆面捜査に加担しなければいけない。そして、私が自分のボーイフレンドを便利屋として雇ったことをケヴィンに納得させなければいけない。そして、「最後の審判を告げる大天使」が私のよき友人であるビジネス・パートナーに重罪の判決を下す証拠を集めているあいだ、ずっと口をつぐんで、そっぽを向いていなければいけないのだ。

生まれて初めて、自分の信念や願望にまったく価値がなくなった。彼らが頼んでいる行為が私のモラルに反しているということなど、誰一人として気にしていないらしい。モラルと言っても、これまでの人生で出会った様々な宗教や文化の要素を組み合わせた寄せ集めだけど。警察は、誠実さを必要とする私の信条を破れ、友人を裏切れと要求している。

「ケヴィンが盗みをしたなんて信じられない」

「僕がここにいるのは、あなたのパートナーの代理をするためじゃありません。あなたを助けるためです。でも、カーターさんが罪を犯しているとすれば、あなたを深刻な犯罪に巻き込んだことになる。あなたは仕事を失う可能性がありますし、少なくとも誠実なビジネス・ウーマンとしての評判は失うでしょうね。カーターさんが無実なら、何も失うものはありません。本当に、何も恐れることはないんです。この提案はカーターさんの疑いを晴らす助けになると考えてください。あるいは、裁判をしたっていいんですよ。陪審による裁判を要求すれば、服役することにはならないでしょう。でも、重罪の前科が残ってしまいます」

ガブリエルは顔を上げて弁護士を見た。重罪判決が下ることを考えると、これまで理解していた以上に動揺してしまった。言うまでもないが、自分が重罪を犯すとは思ってもいなかったのだ。「私が提案に同意して、警察が店にやってきて、店の物を根こそぎ持っていってしまったらどうなるの？」

弁護士は立ち上がり、腕時計にちらっと目を走らせた。「検事と話して、もう少し譲歩してもらえるかどうか確認してみましょう。向こうは何としてもあなたの協力が欲しいんです。だから、こちらの要望も聞いてくれると思いますよ」

「つまり、同意書にサインすべきだと思ってるのね？」

「それはあなたしだいですが、いちばんいい選択肢でしょう。数日間、覆面捜査をさせれば、彼らは出ていきます。店を現状維持するように、いや、今よりもっといい状態にして出ていくように念を押しておきますから。これで選挙権を失わずに済みます。銃を所持する権利だって失わずに済みますよ。ただし、携帯する許可証を取得することをお勧めしますけどね」

実に簡単そうに思えたが、恐ろしくも思えた。しかし、ガブリエルはついに秘密情報提供者になる同意書にサインをした。それに加えて捜査への同意書にもサインをし、考えた。ボンドガールよろしくコードネームでもくれるのかしら？


解放されると、ガブリエルは家に帰り、精油をブレンドしながらいつもの喜びに浸ろうとした。クール・フェスティバルに先立ち、バジルとネロリのマッサージ・オイルを仕上げておく必要があったのだが、小さなブルーのボトルにオイルを入れようとして失敗し、手を止めるはめになったうえ、ラベルを貼るのも、大してうまくはいかなかった。

心と精神がばらばらになっている。リラックスして二つを同調させる努力をしなくては。ガブリエルは寝室であぐらをかいて座り、頭が爆発する前に〈静かな中心〉を見出そうとした。しかし、ジョー・シャナハンの憂鬱そうな顔がしょっちゅう頭に浮かんできて、瞑想の邪魔をする。

シャナハン刑事はガブリエルがデートをしてみようかと思う男性とはまったく逆のタイプだった。暗い色のぼさぼさの髪、浅黒い肌、濃い茶色の目。ふっくらしているけど、にこりともしない唇。広い肩、人間味の感じられない大きな手。理想のタイプどころか、まったく正反対……。でも、ストーカーだと結論を出すまでの数日間は、あの暗い、憂鬱そうな顔つきがものすごく官能的だと思っていた。アルバートソンズで黒いまつ毛の下から見つめられたとき、私の体は冷凍食品売り場で溶けてしまいそうだった。彼の背格好や堂々たる風采には力強さと自信が感じられる。これまで、たくましい大男は無視しようと何度も努力したけど、うまくいったためしがない。

身長のせいよ。背が高いから、いつも周囲でいちばん大きな男性に目が向いてしまうの。私は身長が一七〇センチあるし……。いや、実は一七八センチを二センチ上回っているのだが、本人は絶対に認めようとしないのだ。物心ついたころからずっと、ガブリエルは身長の問題を抱えてきた。学校時代はいつも、クラスの女子の中でいちばん背が高かった。骨ばっていて、不格好で、毎日、背が伸びていた。

どうか止めてください。思いつく限り、ありとあらゆる神様に祈ったものだ。目が覚めたら、胸も足も小さい、小柄な女の子になっていますように、と。もちろん、そんなことは一度も起こらなかったが、ハイスクールの最終学年を迎えるころには、男子の身長も彼女に追いつき、中には彼女を追い越して、デートをしようと誘ってくる男の子も何人かいた。最初のボーイフレンドはバスケットボール部のキャプテンだった。しかし、つきあって三カ月後、彼はガブリエルをふり、チアリーダーのキャプテンに乗り換えた。身長一五七センチのミンディ・クレンショーだ。

それからというもの、背の低い女性の隣に立つときは、背中を丸めちゃだめ、と自分に念を押さなければならなかった。

心のバランスを見出すのはあきらめ、風呂に入ることにした。ラベンダーとイランイランとローズ・アブソリュートを調合した特別なオイルを湯に加える。リラクゼーションを助けると言われているブレンドだ。効果があるのかどうかはわからないが、香りは素晴らしい。ガブリエルは香気を漂わせる湯に滑り込み、バスタブのへりに頭をもたせかけた。温もりに包まれ、目を閉じると、今日の出来事が頭をよぎり、ジョー・シャナハンを思い出すだけで口元に笑みが浮かんでしまった。私の足元に横たわっていた彼、肺から吐き出された彼の息、ぴったり貼りついていた上下のまつ毛……。その記憶は見事に彼女をリラックスさせた。一時間瞑想してもだめだったというのに。

ガブリエルはその記憶にしがみつき、いつの日か――本当に善い行いをして、カルマがそれに報いてやろうと決めてくれたら――またハードタイプのスプレーであいつをやっつけることができるかもしれないとの希望にすがりついた。

ジョーは実家の裏口からノックもせず中に入り、キッチン・カウンターにペット用のキャリーケースを置いた。右側の居間からテレビの音が聞こえてくる。食器棚の扉がガスレンジの前に立てかけてあり、シンクのわきにドリルが置いてあった。やりかけのまま、ほったらかしにされた計画がまた一つ増えたわけだ。ジョーの父親デューイは、住宅建設業者としての稼ぎで妻と五人の子供たちに快適な暮らしをさせてくれたが、我が家の日曜大工はきちんと完成させたためしがないらしい。ジョーは長年の経験からわかっていた。この分だと、また母が「人を雇うわよ」と父を脅し、やりかけの仕事は突如、完成を迎えることになるのだろう。

「誰かいる?」ガレージに両親の車が二台とも止まっているのは確認していたが、一応、声をかける。

「ジョーイなの?」戦車や砲撃の音に交じって、母ジョイス・シャナハンの声がかろうじて聞こえてきた。父にはお気に入りの気晴らしがいくつかある。ジョン・ウェインの映画もその一つだ。どうやらお楽しみのところを邪魔してしまったらしい。

「当たり」ジョーがキャリーケースの中に手を伸ばすと、サムが腕によじ登ってきた。

ジョイスがキッチンに入ってきた。白と黒の縞になった髪を後ろに流し、ストレッチ素材の赤いヘアバンドで押さえている。母親は、ジョーの肩に止まっている三〇センチちょっとのアフリカ灰色オウムをひと目見て、その場に立ち尽くした。唇をぎゅっと結び、不機嫌そうに眉をしかめている。

「うちに置いてくるわけにいかなかったんだ」ジョーは母親の嘆きが言葉になる前に弁解を始めた。「ちゃんと注意を払ってもらえないと、こいつがどうなるか知ってるだろう? 今度こそ行儀よくするって約束させたから」ジョーは肩をすくめ、オウムをちらっと見た。「サム、あれを言ってごらん」

オウムは黄色と黒の目をぱちぱちさせ、足を左右交互に踏み替えてから、甲高い声で叫んだ。「サアヤレヨ、オレニモ、タノシマセテクレ」

ジョーは母親のほうに目を移し、子供を自慢する親のようににっこりとした。「ほらね?

ジェリー・スプリンガー（視聴者・観客参加型の過激なトークショーの司会者。番組では出演者が下品で卑猥な言葉をぶつけ合う）はやめて、『ダーティ・ハリー』のビデオに替えたんだ」

　ベティ・ブープのTシャツを着たジョイスが胸の前で腕を組んだ。身長は一五二センチほどしかないが、母は常にシャナハン家の女王であり、君主であり、支配者だった。「また下品な言葉を口にしたら、この子には出ていってもらいますからね」

「復活祭《イースター》で姉さんたちの子供がここに来たとき、サムに汚い言葉を教えたんだ」ジョーは一〇人いる甥と姪のせいにした。

「あなたのオウムの行儀の悪さを私の孫のせいにしないでちょうだい」ジョイスはため息をつき、手を腰に当てた。「夕飯は食べたの？」

「ああ。仕事から帰る途中で軽く食べてきた」

「あらやだ、まさか惣菜屋の脂っこいチキンや、あのまずいフライドポテトじゃないでしょうね」ジョイスは首を横に振った。「ラザニアと美味しいグリーンサラダが少し残ってるわ。持って帰りなさい」

　多くの家庭がそうであるように、シャナハン家の女性たちは食べ物で愛情と関心を示すのだ。たいてい、ジョーも迷惑だとは思わない。ただし、女性陣がいっぺんにそれをしようとしなければ。あるいは、ポテトチップスばかり食べている一〇歳の子供の話をするように、彼の食生活について論じたりしなければ。「そりゃあ、ありがたい」ジョーはサムのほうに顔を向けた。「おばあちゃんが、おまえにラザニアを作ってくれたぞ」

「ふん。あなたが孫の顔を見せてくれるとすれば、その子がいちばんそれに近そうだから、歓迎してあげようかしら。でも、言葉遣いが改まったかどうか、ちゃんと確かめたほうがいいわね」

孫の話が出たら退却の合図だ。今、逃げないと、話題が「息子の生活に短い間隔で出入りしているらしき女性たち」へ移っていくのは避けられない。「サムは心を入れ替えたんだ」ジョーは母親のわきをすっと通り越し、居間に入った。部屋は母親がガレージセールで手に入れた最新の掘り出し物――壁かけ用の鉄の燭台と、それによく合った甲冑の盾――で飾られている。父親は茶色のリクライニングチェアに納まり、片手にリモコン、もう片方の手にはアイスティの入った背の高いグラスを持ってくつろいでいた。椅子とおそろいのソファを隔てるランプテーブルにタバコの箱とライターが載っている。ジョーは最近、六〇代半ばを迎えた父親の髪に妙な現象が起きていることに気づいていた。髪は相変わらずふさふさしていて、真っ白なのだが、去年、その髪がまっすぐ前に向かって伸びだしたのだ。まるで座っている父親の背に強風が吹きつけているかのように。

「こういう映画はもう作られないだろうな」デューイは床置き型のテレビから目を離さずに言った。音量を落とし、さらに続ける。「最近のCGってやつは、本当に撮った映画とは別物だ。ジョン・ウェインは戦い方を心得ていたし、戦場を格好よく撮る術《すべ》も心得ていた」

ジョーが座ると同時に、サムが肩から飛び降り、うろこ状の黒い足でソファの背をつかんだ。「あまり遠くに行くなよ」と声をかけ、タバコに手を伸ばす。マールボロをすっと指のあいだに挟んだが、火はつけなかった。サムにできる限り受動喫煙をさせたくなかったのだ。

「また吸ってるのか？」デューイがようやくデューク（ジョン・ウェインの愛称）から目を引き離した。

「やめたのかと思ってたよ。何があったんだ？」

「ノリス・ヒラード」ジョーはそれしか言わなかった。詳しく説明するまでもない。シャバの人たちはもう一人残らず、盗まれたモネの一件を知っている。ジョーは皆に知ってほしかった。事件にかかわっている連中にびびってほしかったのだ。人はびびるとミスを犯す。ミスを犯したら、その現場に行って、やつらを逮捕してやる。だが、ガブリエル・ブリードラヴを逮捕することにはならないだろう。彼女があの魅力的なヒップが隠れるまでどっぷり事件にかかわっていようがいまいが関係ない。額縁から絵を切り離していようがいまいが関係ない。彼女には訴追免除が与えられている。加重暴行や、ヒラード邸窃盗事件で生じる次の起訴だけでなく、ほかの古美術窃盗事件についても一切起訴されないだろう。彼女についているあの弁護士は若いくせに、イタチのように抜け目のないやつだ。

「手がかりは？」

「多少はある」父親はわかりきった質問はせず、ジョーも詳しく説明はしなかった。「ドリルと大工道具をいくつか貸してほしいんだ」話して構わないとしても、ジョーは秘密情報提供者のことは話したくなかった。情報提供者というものを信用していなかったからだが、それだけではない。新しい情報提供者は実際、まったくあてにならないやつだし、デリンジャー片手にあんな派手なことをやってくれたものだから、こっちは危うく、もう一段階降格になるところだったのだ。また失態を演じれば、今度こそ上の連中は回りくどい言い方はしないだろう。はっきり異動を言い渡すはずだ。今朝、あの公園で悪夢に見舞われたおかげで、カーターの首を皿に載せて届けなくてはならなくなった。名誉を挽回しなくては。それができなければ、パトロール課まで格下げされ、二度と日の目を見られないだろう。制服組に恨みがあるわけじゃない。彼らが最前線で頑張ってくれるからこそ、刑事は仕事をすることができる。でも、俺はあまりにも長く刑事をしてきて、あまりにもたくさんのたわ言に耐えてきたんだ。今さら銃を持った赤毛の女にキャリアを台無しにされてたまるか。

「ジョー、先週、あなたのために、いい物を手に入れたの」母親は勢いよく居間に入ってきて息子にそう告げると、そのまま奥の部屋へ向かった。

前回、母親が彼のために「手に入れた」「いい物」は、壁かけ用と思われるアルミ製のペアのクジャクだった。目下、クジャクは自宅のベッドの下で、マクラメ編みの大きなフクロウの隣に置かれている。「まったくもう」ジョーはうめき、火のついていないタバコをランプテーブルの上に放った。「ああいうことは、やめてもらいたいよ。ガレージセールのガラクタはうんざりだ」

「逆らうんじゃない。あれは病気だ」父親はテレビに注意を戻した。「アルコール依存症みたいなもんさ。中毒になってしまって、自分でもどうにもならないんだよ」

居間に戻ってきたジョイス・シャナハンは、縦半分に切られた鞍《くら》を持っていた。「五ドルで買ったのよ」誇らしげに言い、それをジョーの足のわきに置いた。「一〇〇ドルって言われたけど、値切ったの」

「ガレージセールノガラクタハ、ウンザリダ」サムがジョーの言葉をまね、おまけに「グワーッ」と甲高い声で鳴いた。

ジョイスの視線は、息子からソファの背に止まっているオウムへと移った。「その子に私のソファの上でそそうをさせないほうが身のためね」

約束はまったくできそうにない。ジョーは鞍を指差した。「それをどうしろって言うんだ？　半分に切った馬を探せって？」

「壁に飾るのよ」電話が鳴り、ジョイスはキッチンに向かいながら振り返り、言い添えた。

「鞍のわきに小さな輪っかがついてるから」

「壁の間柱《まばしら》に釘で打ちつけたほうがいい」父親がアドバイスした。「じゃないと、石膏ボードの壁がはがれる恐れがあるからな」

ジョーは鐙《あぶみ》が一つだけついた鞍をじっと見つめた。ベッドの下のスペースもそろそろ満員御礼だ。そのとき、別の部屋から突然、母の笑い声がした。サムがびくっとして、尾っぽの下の赤い羽をのぞかせて翼をばたつかせたかと思うと、テレビのほうに飛んでいき、そこに飾ってある木製のバードハウスのてっぺんに止まった。ハウスは中が見えるようになってい て、床には作り物の巣とプラスチックの卵が貼りついている。サムは灰色の頭を傾け、くちばしを上げ、電話のベルをそっくりまねしてみせた。

「サム、やめなさい」ジョーが警告した途端、サムはジョイスの笑い声をまねた。あまりにも完璧で、なんとも気味が悪い……。

「おまえの鳥はシェイクン・ベイク（味つきパン粉。付属のビニール袋に肉と一緒に入れて振り、オーブンで焼く）行きの運命だな」父親が予言した。

「わかってるよ、それぐらい」サムが突然、この小さなバードハウスをくちばしでばらばらにしてやろうと決心しないことを願うばかりだ。

玄関のドアがバンと開き、ジョーの七歳の甥トッドが駆け込んできた。続いて一三歳の姪クリスティ、一〇歳のサラも入ってくる。

「こんばんは、ジョー叔父さん」二人の姪が声をそろえて挨拶をした。

「やあ」

「サムも連れてきたの？」クリスティが尋ねた。

ジョーはテレビのほうをあごで示した。「少し神経質になってるんだ。周りで大きな声を上げたり、急に動いたりしないでくれよ。それから、もう汚い言葉を教えちゃだめだ」

「そんなことしないわ、ジョー叔父さん」サラが約束した。ちょっと大きすぎる目で、ちょっと無邪気すぎるぐらいの態度で。

「それ何？」トッドが鞍を指差した。

「鞍の半分」

「なんで半分なの？」

だよな。「あげようか？」

「やったあ！」

ジョーの姉、タニアがあとから入ってきて、後ろ手でドアを閉めた。

「こんばんは、父さん」それから、注意を弟のほうに向けた。「あら、ジョーイ。その鞍、母さんがくれたんでしょう。五ドルで手に入れたんですって。信じられる？」

間違いない。タニアもガレージセール病に感染してしまったんだ。

「ダレガヘヲコイタ？　グワーッ」

「こらっ、だめだと言ったろ」ジョーは姪たちに注意をした。二人は床で笑い転げている。

「何がそんなにおかしいの？」ジョイスが居間に入ってきたが、誰かが答える間もなく、電話が再び鳴った。「まったく」母親が首を横に振って、またキッチンに入っていく。しかし数秒後、相変わらず首を振りながら戻ってきた。「出る前に切れちゃったわ」

ジョーは疑うように横目でサムを見た。そしてサムが首をかしげたとき、ジョーの疑念は確信に変わり、電話がまた鳴りだした。

「まったくもう」母親は回れ右をしてキッチンに行ってしまった。

「パパは虫を食べたんだよ」ジョーの気を引こうと、トッドが口を開いた。「僕たち、ホットドッグを焼いて、パパは虫を食べたんだ」

「そうなのよ。ベンは、姉と母親のせいで、この子が女の子っぽくなってると思ってるの。だからキャンプに連れてったってわけ」タニアはジョーの隣に腰を下ろし、詳しく説明した。

「トッドを私たちから遠ざけて、男らしいことをさせる必要があるんですって」

よくわかる……。ジョーも四人の姉に囲まれて育ち、女装をさせられたり、無理やり口紅を塗られたりしたことがあったのだ。八歳のとき、「あんたは両性具有者として生まれ、ジョセフィーヌと名づけられたのよ」と言われ、そのまま納得してしまった。両性具有が何なのかもわからずにいたのだが、一二歳のとき、辞書で調べてようやくその意味がわかった。それから数週間というもの、いちばん上のペニー姉さんのように胸が大きく膨らんでしまうんじゃないかと、びくびくしながら過ごしたのだ。運よく、自分の体に妙な変化が起きていないかとチェックしているところを父親に見つかった。おまえは両性具有なんかじゃない。父親はそう言って息子を安心させ、その後キャンプや釣りに連れていき、一週間入浴させなかった。

姉たちは強力接着剤でくっつけたように結束していて、決して容赦してくれなかった。大人になっても弟を困らせるのが大好きで、彼の心理に破壊的な影響を及ぼしてきた。しかし、姉たちの人生に入り込んでくる男たちがひどい仕打ちをしているんじゃないかと一瞬でも疑えば、彼はその男どもを遠慮なくぶちのめしていた。

「それで、ホットドッグに虫が止まったもんだから、トッドは悲鳴を上げて、食べようとしなかったんでしょう」タニアが続けた。「無理もないわ。私はこの子を責めたりしない。でもベンは、その虫をつかんで食べちゃったの。男らしいところを見せようとして。こう言ったんですって。〝パパがこの虫を食えたら、おまえもそのホットドッグが食えるはずだ〟」

筋は通ってるな。「ホットドッグ、食べたのか?」甥に訊いてみた。

トッドがうなずき、欠けたところのある前歯を見せて、にこっと笑った。「それに、虫も食べたんだ。黒いやつ」

ジョーは甥のそばかすだらけの顔をのぞき込み、二人はぐるになっている仲間のように笑みを交わした。「立ち小便ができる」男同士が交わす笑顔。女子には絶対理解できない笑顔だ。

「また切れたのよ」ジョイスが居間にいる人々に告げた。

「発信者番号表示の機能がついた電話にするべきよ」タニアが忠告する。「うちはそれにしたの。私はいつも、誰がかけてきたのか確認してから出るようにしているわ」

「そうしようかしら」ジョイスがトール・ペイントを施した古い揺り椅子に座ろうとして腰を下ろした瞬間、またベルが鳴りだした。「うちの電話も古くなってきたしねえ」母親はため息をついて立ち上がった。

「最後にかかってきた電話にかけ直す方法があるの。教えてあげる」タニアも立ち上がり、母親のあとからキッチンに入っていく。

姪たちがまた笑い転げ、トッドも手で口をふさいだ。

「やっぱりな」デューイがデュークから目を離さずに言う。「その鳥は、わざわざ災難に身をさらそうとしている。間違いない」

ジョーは頭の後ろで手を組み、足首を交差させ、ヒラード氏のモネ盗難事件以来、初めてくつろいだ気分を味わった。シャナハン家は大家族で、やかましい人々の集まりだ。母親のソファに座って騒ぎに囲まれていると、我が家に帰ってきたという感じがするが、それと同時に、街の反対側にある、がらんとした自分の家が思い出された。

一年ほど前まで、妻を見つけて家庭を持つことについて、あまり心配はしていなかった。まだ時間はあるとずっと思っていたのだ。しかし、人は撃たれたりすると、人生を広い視野からとらえるようになる。本当に大切なものは何かを思い知るのだ。それは自分の家族。

確かにジョーにはサムがいる。行儀は悪いが、とても愉快な二歳児と暮らしているようなものだ。でも、サムとはキャンプファイヤーを焚いてソーセージを焼くことはできない。虫を食べてみせることもできない。同年代の警官にはたいがい子供がいる。怪我が回復してきて、家の周りをぶらぶらしていたとき、自分が手にしているのは時間だけだと気づき、彼はこんなことを考え始めた。リトルリーグの試合を観戦し、自分の子供がベースを蹴って駆け回る姿を見守るのはどんな感じだろう？　頭の中で自分の子供を思い描くのは簡単だった。だが妻を想像するのはもう少し難しい。

えり好みしすぎているとは思わないが、自分が何を望み、何を望まないのかはわかっている。月々の記念日といった些細なことで大騒ぎをする女性、サムを好きになってくれない女性は困る。それに、脂肪の摂取量や、か細い太もものサイズばかり気にしているベジタリアンが好みではないことも経験上、わかっていた。

仕事から帰ったら、家で待っていてくれる人が欲しい。買ってきた夕食を片手に家に入るのはいやだ。彼は落ち着いた女性、地に足がしっかり着いた女性を望んでいた。それに、セックスの好みが似ている女性を望んでいることは言うまでもない。断然、激しいセックスがいい。ときには、とことんみだらに、ときには上品に。でも、いつだって心の赴くままに楽しみたい。ためらうことなく自分に触れてくれて、彼にも触れさせてくれる女性を望んでいる。そのような女性を見つめ、下腹部で欲望が渦巻く感覚を味わいたい。その人を見つめ、相手も同じ欲望を覚えていると実感したい。

自分にふさわしい女性は会った瞬間にわかると常々思っていた。どんなふうに悟るのか、それはよくわからない。とにかく会えばわかるはず。ノックアウト・パンチを食らったように、あるいは稲妻に打たれたように、眉間にびびっとくる。それだけのこと。そして、この人だと悟るのだ。

タニアが眉間にしわを寄せて再び居間に入ってきた。「最後にかかってきたのは母さんの友達、バーニーズさんの番号だった。どうしてバーニーズさんがいたずら電話なんかするのかしら?」

ジョーは肩をすくめた。真犯人を追う姉の目をくらましてやるか。「退屈なんだろう。新人のころ、あるおばさんがだいたい月一のペースで警察に通報してきてさ、そのたびに、誰かが家に侵入してきた、とても高価なアフガン絨毯を盗もうとしてるって言うんだよ」

「で、アフガン絨毯じゃなかったのね?」

「もちろん。姉さんにも見せたかったな。あの緑とオレンジと紫色の派手な絨毯。もう見ただけで、目がちかちかしそうだった。とにかく、おばさんはいつも、バニラクッキーとルート・ビアを用意して待ってたよ。高齢者ってのはときどき、本当に寂しくなって、話し相手を見つけるために奇妙なことをやってしまうんだ」

タニアは茶色の瞳で弟の目をじっと見つめ、眉間のしわをさらに深めた。「面倒を見てくれる人を見つけないと、あんたがそうなるのよ」

シャナハン家の女性たちは昔からずっと、異性関係のことであれこれ口を挟んできたが、ジョーが撃たれてからというもの、彼が幸せな結婚をするよう、いっそう努力をするようになった。結婚イコール幸せだと思っているのだ。ジョーが身を固め、彼女たちが考える、快適な心地いい暮らしをしてほしいと思っている。その気持ちはわかるが、寄ってたかって心配されると頭がおかしくなってしまう。実は結婚については真剣に考えていたのだが、伝える勇気がなかった。そんなことをすれば、母も姉たちもカササギみたいにやかましくおせっかいをしてくるだろう。

「すごくいい人がいるんだけど――」

「やめてくれよ」ジョーは姉の言葉をさえぎった。姉貴の友達なんて、考える気にもならない。考えられるのは、細かいことまで一つ残らず、うちの家族に報告されてしまうということだけだ。弟はもう三五だというのに、姉たちは相変わらず五歳児扱いしている。まるで、背骨の下のほうにあるわよと教えてやらなければ、弟は自分のお尻がある場所もわからないと言わんばかりだ。

「どうして？」

「いい人は好きじゃないんだ」

「そこがおかしいのよ。人柄より胸の大きさが気になるんでしょ」

「俺はどこもおかしくない。それに、胸は大きさじゃない。形が重要なんだ」

タニアが鼻を鳴らした。いまだかつて、女性がこんな大きな音を立てるのを耳にした記憶がない。

「何だよ？」

「ものすごく孤独な老人になっても知らないからね」

「サムが話し相手になってくれるさ。こいつはたぶん、俺より長生きする」

「ジョーイ、鳥は数に入らないのよ。最近、つきあっている人はいるの？　家族に紹介してもいいと思えるような人とか、結婚を考えている相手とか？」

「いない」

「どうして？」

「自分にふさわしい女性が見つからないから」

「死刑囚が結婚相手を見つけるわけじゃあるまいし」姉は言った。「難しいことじゃないでしょう」

4

ハイド・パークの小さな歴史的地区は、ボイジーの丘陵地帯のふもとに位置している。一九七〇年代には郊外に人が流出し、ショッピングモールがもてはやされたこともあって、忘れられた存在になっていた。しかし近年、商店は改装がなされ、ペンキも塗り直され、街全体に活気がよみがえったおかげで、この界隈もその恩恵にあずかってきた。

ハイド・パークは距離にして二ブロック分、市内で最も古い部類に入る住宅地に囲まれていた。そこの居住者は、ボヘミアンやら富裕層やら、様々な人たちが入り混じっている。富める者、貧しき者、若者、ひびが入った歩道と同じくらい歳を重ね、背中が曲がった老人たち。世に認められようと奮闘する芸術家と裕福なヤッピーが隣り合って暮らしている。復元されたヴィクトリア朝風の建物の隣に、窓の周りにオレンジ色の日輪模様《サンバースト》が描かれた、おんぼろの紫の家が建っており、道路の縁石のわきには、ぽつぽつ穴が開いた古い馬車用の踏み石までそろっていた。

そこで営まれているビジネスは、住人と同様、多方面にわたっていた。靴の修理店は、誰も覚えていないくらい昔からこの地区で商売をしているし、そのブロックのはずれでは、今も五ドルで散髪ができる。タバコやピザやエスプレッソも買えるし、〈悪魔か天使か《ノーティ・オア・ナイス》〉というランジェリー・ショップでは、キャンディで出来た食べられる下着も買えるのだ。車でセブン・イレブンに行けば、ガソリンを入れたあと、スラーピーと『ナショナル・エンクワイアラー』が買えるし、半ブロック歩けば、本や自転車やスノーシューズも物色できる。ハイド・パークには何でもそろっている。ガブリエル・ブリードラヴとアノマリーはこの地区の雰囲気にぴったり溶け込んでいた。

ハイド・パークに朝日が降り注ぎ、アノマリーの表の窓から店内に光が差し込んでいる。東洋の磁器の皿や洗面器が大きな窓を埋めつくすようにディスプレーされ、扇形の大きな尾をひらつかせる体長五センチの金魚が、ベルベル絨毯の上に不規則な影を投げていた。

ガブリエルは薄暗い店の中に立ち、優美なコバルトブルーのオイル・ウォーマーにパチュリーを数滴垂らした。様々な精油のブレンドを試みて、もうかれこれ一年になる。試しては失敗し、また試し……ずっとその繰り返しだ。

化学的な特徴を勉強したり、小さなボトルにオイルを入れたり、バーナーやブレンド用の容器を使ったりしていると、なんだか狂気の科学者《マッド・サイエンティスト》になった気分だった。素晴らしい香りを作り出すことは、アーチストとしての側面に訴えるものがある。ガブリエルは、ある種の香りは、化学的特徴により、あるいは、ほのぼのした楽しい記憶を誘発することにより、心と精神と体を癒す可能性があると信じていた。そしてつい先週、独自のユニークなブレンドを見事作り出したのだった。それをきれいなバラ色のボトルに入れて並べ、マーケティング戦略の一環として、店内を柑橘系と官能的な花の香りでほのかに満たしてみたところ、ブレンド・オイルは初日で売り切れてしまった。彼女はクール・フェスティバルでもこの調子でオイルが売れることを期待していた。

今日のブレンドは、ユニークではないものの、心を落ち着かせる効果があると言われている。ガブリエルはパチュリーの茶色いボトルにスポイト付きのキャップを置き、しっかり閉めてから、ほかの精油が入っている木の箱に戻した。続いてセージの精油を取り、慎重に二滴加えた。パチュリーもセージも、ストレスを軽減し、緊張を緩め、衰弱した神経を和らげるのに有効と言われている。今日はあと二〇分もすれば覆面警官がやってくるのだから、ガブリエルとしては三つの効果がすべて必要だったのだ。

裏口のドアが開いて閉まる音がした。心の奥底に大きな不安が居座っている。ガブリエルは振り返って店の奥にちらっと目をやり、「おはよう、ケヴィン」と、ビジネス・パートナーに声をかけた。セージのボトルを箱に戻す手が震えている。まだ九時半だというのに、もう神経がすり減ってへとへとだ。ゆうべは、ケヴィンに嘘をついてもいいと自分を納得させる努力をしながら夜を明かし、シャナハン刑事に店で覆面捜査をさせれば、本当にケヴィンの汚名をすすぐ力になれるのよと自分に言い聞かせた。しかし、ガブリエルには大きな問題があった。誰もが知っていることだが、嘘をつくのが下手なのだ。正直なところ、あの刑事を好きなふりができるとは思わない。ましてや彼のガールフレンドだと想像するなんてできっこない。

嘘をつくのは大嫌い。悪いカルマを作るのはいや。でも、ものすごく大きな悪報を受けようとしているときに、一つ余計に嘘をついたから何だっていうの？

「やあ」ケヴィンが廊下から声をかけ、照明のスイッチを入れた。「今日は何を料理してるんだい？」

「パチュリーとセージ」

「店がグレイトフル・デッド（ヒッピー、サイケデリック・カルチャーを代表するバンド）のライブ会場みたいなにおいになるわけだ？」

「たぶんね。これはうちの母向けのブレンドよ」それに、緊張を緩める助けになるし。このにおいをかぐと、楽しい思い出がよみがえってくる。たとえば、母クレアと一緒にグレイトフル・デッドを追いかけて、アメリカじゅうを旅して回った夏のこととか。当時、ガブリエルは一〇歳。おんぼろのフォルクスワーゲンでキャンプをしたり、豆腐を食べたり、持っているものを何でもかんでも絞り染めにしたりするのが大好きだった。母はあの旅を「私たちが目覚めた夏」という言い方をする。私たちが目覚めたのかどうか、ガブリエルにはよくわからなかったが、あのとき母は初めて「私には超能力がある」と娘に告げたのだ。それまで二人はメソジストだったのだが。

「君のお母さんと叔母さんは、夏休み、何をする予定なんだい？　連絡はあった？」

ガブリエルは木箱の蓋を閉め、部屋の反対側にいるケヴィンを見た。彼は二人が一緒に使っているオフィスの戸口に立っている。

「ここ数日、ないわね」

「お母さんは戻ってきたら、しばらく叔母さんと一緒にこの街の家で過ごすんだろうか？　それともおじいさんがいる北部を訪ねていくのかな？」

ケヴィンが母と叔母に関心を示すのは、心から知りたがっているというより、あの二人がいると彼が落ち着かなくなることと関係があるのではないかしら？　クレアとヨランダ・ブリードラヴは義理の姉妹だが、同時に親友でもあり、一緒に暮らしていた。それに、二人はときどき互いの心を読み合っている。あの様子は見慣れないと気味が悪いのかもしれない。

「どうかしらねえ。ボイジーに着いたら、ビーザーを迎えにきて、そのあと祖父の様子を見にいくんじゃないかしら」

「ビーザーって？」

「母の猫」と答えたものの、友人の青い目を見つめていると、罪悪感で胃が締めつけられた。ケヴィンは三〇歳になったばかりだが、見た目は二二といったところ。背はガブリエルより数センチ低く、ブロンドの髪が日に焼けて白っぽくなっている。経理の仕事をしているが、気持ちは古美術商だ。彼がアノマリーのビジネス面を切り盛りしてくれるおかげで、ガブリエルは創造性を自由に発揮できていた。ケヴィンは罪を犯していない。それに、彼が店を隠れみのにして盗品を売ろうとしているだなんて、一瞬たりとも思ったことはない。ガブリエルは口を開け、警察署で練習した嘘を言おうとしたが、言葉が喉に詰まってしまった。

「今日は午前中、事務仕事をするよ」ケヴィンはそう言って戸口の向こうに姿を消した。

ガブリエルはライターを手に取り、小さなオイル・ウォーマーにセットしたキャンドルに火をつけた。もう一度、自分に言い聞かせてみる。ケヴィンは知る由もないだろうけど、私は実際には彼を助けているの。本当に、シャナハン刑事に彼をいけにえとして差し出すわけじゃないんだから。

やっぱり、そんなふりはできない。でも、できるできないの問題じゃない。二〇分もしないうちに、あの刑事が店にやってくる。それまでに、数日間の予定で彼を雑用係として雇ったのだとケヴィンに思い込ませなければいけない。ガブリエルはガーゼ地のスカートのポケットにライターを突っ込み、衝動買いした商品で取り散らかったフロントカウンターを通り過ぎ、オフィスに入っていった。机の上にかがみ込み、何かの書類を読んでいるケヴィンのブロンドの頭にちらっと目を走らせ、深呼吸をする。「私、便利屋を雇ったの。あの棚を店の奥に移してもらうためにね」無理やり嘘を口にする。「前にその件で話し合ったこと、覚えてるでしょ？」

ケヴィンが顔を上げ、眉間にしわを寄せた。「覚えてるさ。僕らは来年まで待つってことにしたんだ」

違う。あなたがそう決めたのよ。「そんなに待てないと思ったから雇ったの。マーラに彼の手伝いをしてもらえばいいわ」ガブリエルは、午後アルバイトに来ている若い大学生を引き合いに出した。「ジョーはもうすぐここに来ることになってるの」罪悪感にさいなまれた目をケヴィンに無理やり向け続けるのは、これまでの人生でいちばん耐え難いことだと言っていい。

沈黙が部屋を満たす。身を切られるような瞬間が過ぎ、ケヴィンが顔をしかめて彼女を見た。「そのジョーという人は君の身内なんだね？」

シャナハン刑事が同じ遺伝子のプールで泳いでいるだなんて。考えただけで、彼のガールフレンドのふりをするのと同じくらい心がかき乱された。「まさか」ガブリエルは送り状の束をそろえた。「安心して。身内じゃないから」目の前の書類が気になっているようなふりをしながら苦しい嘘を絞り出す。「ボーイフレンドなの」

眉間のしわが消え、ケヴィンの顔はただ当惑しているように見えた。「ボーイフレンドがいたとは知らなかった。前もって言ってくれればよかったのに」

「自分の気持ちに自信が持てるまで言いたくなかったのよ」嘘の上塗りだ。「縁起の悪いことはしたくなかったし」

「なるほど。それで、知り合ってどれくらいになるんだい？」

「まだそんなに経ってない」それだけは嘘じゃないわよね。

「知り合ったきっかけは？」

ガブリエルは、腰や太ももや胸の谷間に置かれたジョーの手を思い出した。彼の下半身が押しつけられ、首や頬がかっと熱くなったことも。「公園でジョギングをしていて……」声に罪悪感が表れているのは自分でもわかっている。

「今月は人を雇う余裕がない。例のバカラが入荷したから支払いをしなくちゃいけないだろう。来月のほうがいい」

私たちにとっては来月のほうがいいんだろうけど、ボイジー警察はそうはいかないのよ。

「今週、やっちゃわないと。賃金は私が払うから。それなら、あなたも反対するわけにいかないでしょう」

ケヴィンは椅子に深く座り直し、胸の前で腕を組んだ。「そんなに棚を動かしたいのか？なんで今やらなきゃいけない？　どうしたんだ？」

「どうもしないわ」これが思いつく限り、最良の答えだった。

「いったい、どういうことなんだ？」

ガブリエルは、憶測を巡らせているようなケヴィンの青い目を見つめ、今に始まったことではなかったが、すっかり白状してしまおうかと思った。そうすれば、彼の汚名をすすぐためにに、二人でひそかに力を合わせることができる。そのとき、情報提供者としてサインをした同意書が頭に浮かんだ。あの取り決めを破れば、かなり深刻な結果を招くだろう。でも、結果なんか知るもんですか。私が第一に忠誠を尽くす相手はケヴィンだし、彼は私の誠実な気持ちを受け取るに値する人。ビジネス・パートナーなのだから。それにもっと大切なことがある。彼は私の友達だ。

「顔が真っ赤だよ。私、困ってますって感じだけど」

「体がほてってるの」

「更年期じゃあるまいし。白状してないことがまだ何かあるんだろう。こんなの、君らしくないよ。便利屋を好きになっちゃったのか?」

ガブリエルはぞっとしてあえぎそうになったが、かろうじて抑えた。「そんなんじゃないわ」

「欲望に負けたんだな」

「違うってば!」

裏口のドアをノックする音がした。「ボーイフレンドのお出ましだぞ」

ケヴィンの表情から判断するに、彼は私が便利屋に夢中になっていると本当に信じている。彼はときどき、ほとんどわかっていないのに、自分は何でもわかっていると思い込んでしまうのだ。でも私にわかる範囲で言えば、それは男性全般に当てはまる。ガブリエルは自分の机の上に送り状の束を置き、オフィスから出ていった。ジョー・シャナハンのガールフレンドのふりをするのかと思うと、心穏やかではいられない。彼女は小さなキッチンを兼ねた、奥の倉庫代わりのスペースを通り抜け、重たい木のドアを開けた。

彼はそこに立っていた。擦り切れたリーバイスと白いTシャツと黒いオーラを身にまとって。暗い色の髪は少し切って整えてあり、パイロット・サングラスが目を隠している。表情は読み取れない。

「時間通りに来たのね」ガブリエルはサングラスに映る自分に向かって言った。

濃い茶色の眉の片方がすっと上がる。「いつものことさ」彼は一方の手でガブリエルの腕をつかんで外に引っ張り出し、もう片方の手でドアを閉めた。「カーターはいるのか?」

ガブリエルのペザントブラウスと彼の胸を隔てているのは薄い空気の層だけとなり、彼女の顔は彼の香りで包まれた。サンダルウッド、シダー、それに何かとても興味をそそるにおいがする。それが何かわかれば、ブレンドしてボトルに詰めることができるのに。

「ええ」ガブリエルは、むき出しの腕をつかんでいるジョーの手をはずした。それから、彼のわきをすり抜け、大きなゴミ収集箱の向こう側を目指して路地を進んでいった。素肌に彼の手の感触がまだ残っている。

ジョーは彼女と一緒に移動しながら、低い声で尋ねた。「どう伝えたんだ?」

「言われたとおりに伝えたわ」と答えたが、その続きはかろうじて聞こえるくらいの小声になってしまった。「棚を動かすのにボーイフレンドを雇ったって」

「それで、彼は信じたのか?」

サングラスに映る自分に話しかけていると、気持ちが落ち着かなくなり、ガブリエルは彼の上唇のくぼみに視線を下ろした。「もちろん。私は絶対に嘘をつかないと知ってるもの」

「なるほど。君がビジネス・パートナーにボーイフレンドを紹介する前に、知っておくべきことはあるのか?」

「まあね」

彼は唇を軽く結んだ。「何なんだ?」

ケヴィンはガブリエルが便利屋に恋をしたと思っているが、そんなことは本当に認めたくない。そこで、彼女は少し嘘をついた。「彼ね、あなたが私にぞっこんだと思ってるの」

「なら、彼がそう思う理由は？」

「私がそう言ったから」いつから嘘をつくのがこんなに楽しくなったのだろう？「だから、あなたは私にものすごく親切にしなくちゃいけないのよ」

彼は相変わらず唇をまっすぐ結んでいる。面白がってはいないようだ。

「明日はバラの花を持ってくるべきかもね」

「ああ、だったら君はかたずをのんで待ってるべきかもな」

ジョーはW2フォーム（納税用の申告用紙。雇用主が被雇用者と税務当局に提出する）にでたらめな住所と社会保険番号を走り書きしながら、目を上げずにすべてのものに注意を払い、周囲の状況を頭に叩き込んだ。覆面捜査は一年近くごぶさただったが、これは自転車に乗るようなもの。ペテン師のあざむき方は忘れていなかった。

耳を澄ませていると、サンダルが床を叩く音が遠ざかっていき、ガブリエルが部屋を出ていくのがわかった。それから、カーターがモンブランのボールペンを親指でカチカチとノックするやかましい音も聞こえてくる。初めてこの部屋に入ったとき、ジョーが目に留めたのは、高さのある二つのファイル・キャビネット、ガブリエルが使っているスペースの、床から天井まである二枚の細長い窓、それに、彼女の机の上にどっさり積まれた様々ながらくただった。一方、ケヴィンの机に載っているのは、パソコン、かごに入った針金、賃金台帳。彼のスペースにあるものはすべて、きちんと考えて寸法を測り、定規を使って配置したかに見える。本当に神経質な支配魔のやることだ。

ジョーはW2フォームを記入し終えると、真正面に座っている男に渡して言った。「いつも、こういう書類は書かされないんだけどね。給料はたいがい現金でもらうし、役所にはばれっこない」

ケヴィンが書類にざっと目を通した。「このあたりで商売をする人間は、何もかもきちんと合法的にやってるんだ」と、顔も上げずに言う。

ジョーは椅子の背にもたれ、胸の前で腕を組んだ。この大嘘つき。彼はここに来てから約二秒で、ケヴィン・カーターは間違いなく黒だと判断した。これまであまりにたくさん重罪犯を逮捕してきたから、その兆候は見ればわかるのだ。

ケヴィンは分不相応に暮らしている。欲しい物は何でも今すぐ手に入れようとする風潮の世の中で生きているとしてもだ。車はポルシェ、身に着ける物はシャツからイタリア製のローファーに至るまで、すべてデザイナーズ・ブランドときている。机の後ろの壁にはパトリック・ナーゲル（八〇年代に活躍したイラストレーター。アール・デコ調の冷ややかな女性の絵で有名）の複製画を二枚飾り、字を書くときには二〇〇ドルもするペンを使う。アノマリーや古美術鑑定のビジネスに加え、この街でいくつもの事業を手がけてはいるが、丘の上のかなり広い土地に住んでいる。居間の窓から望む街の景色のよし悪しで男の価値が判断される場所だ。昨年、彼が国税庁に申告した収入の合計額は五万ドル。こんな額では、とてもあのライフスタイルを維持できるものではない。

犯罪行為に通じる共通の道筋が一つあるとすれば、それは「やりすぎ」だ。遅かれ早かれ、悪党は皆、過剰にうぬぼれ、過剰に薬をやり、過剰に借金をし、節度を無視するようになる。ケヴィン・カーターは、犯罪的「やりすぎ」の生きる広告塔だ。頭の上にネオンサインをつけて歩き回っていると言ってもいい。多くの先人と同様、愚かにも「やりすぎ」を見せびらかし、うぬぼれにもほどがあるが、自分は捕まらないと信じている。しかし、今度ばかりは完全にお手上げで、プレッシャーを感じているに違いない。同じ故買でも、モネの絵となれば、アンティークの燭台やグレービーソース入れと同じようにはいかないのだ。

ケヴィンは書類をわきに置き、顔を上げてジョーを見た。「ガブリエルと知り合ってどれくらいなんだい?」

ガブリエル・ブリードラヴについては別問題だ。今の時点で、彼女が罪を犯していようが、本人が言うとおり無実だろうがどうでもよかったが、何が彼女をあんなふうにさせるのか知りたかった。ケヴィンよりもガブリエルを鑑定するほうがよっぽど難しい。ジョーは彼女をどう判断すべきかわからなかった。彼女がピーナッツ・バターよりもいかれている《ナッティ》ということ以外には……。「それなりに」

「じゃあ、彼女がすぐ人を信用してしまうことはわかってるんだろう。大切に思っている人を助けるためなら何でもしようとするんだよ」

それが高じて、大切な人が盗品を売買するのを助けているのだろうか? 「ああ、本当に優しい人だ」

「そのとおり。それに、彼女が利用されるのを目にしたくないんでね。僕には人を見る目がある。君はどうにか暮らせる程度にしか仕事をしないタイプの男だ。たぶん、それ以上の稼ぎはないんだろう」

ジョーは首をかしげ、大いなる偏見を抱いた小さな男に笑いかけた。ケヴィンと仲たがいをするのは絶対に避けたい。仲たがいどころか、その逆だ。この男に信用してもらい、俺たちは仲間だと納得させなくてはならないのだ。「へえ、知り合って五分でそんなことまでわかるのかい？」

「まあ、率直に言って、便利屋は大した金にならない。もし商売がうまくいっているなら、ガブリエルは君のために、無理やりここで仕事をこしらえることもなかっただろう」ケヴィンはキャスターつきの椅子を引き、立ち上がった。「君以外に、彼女のボーイフレンドで仕事を必要としていた男は一人もいなかった。去年、彼女がつきあってた哲学の教授は物足りない感じの男だったけど、少なくとも金は持ってたよ」

ジョーは、ケヴィンがファイル・キャビネットまで歩いていき、引き出しを開ける様子を観察した。黙ったまま、ケヴィンにずっとしゃべらせている。

「彼女は目下、君に恋をしていると思っている」彼はW2フォームをファイルしながら続けた。「そして若い女性は、男の体にほれると、金のことはどうでもよくなる」

ジョーは立ち上がり、胸の前で腕を組んだ。あのお嬢さんから聞いた話と違ってるじゃないか。私は絶対に嘘をつかないなんて言ったって、この程度か。

「今朝、君が入ってきたときはちょっと驚いたよ。彼女がいつもつきあうタイプの男じゃないからね」

「彼女がつきあうタイプって？」

「風変わりなニューエイジタイプさ。ぼうっと瞑想したり、人類の宇宙意識といった、ばかげたことについて議論する類の男だよ」引き出しが閉まり、ケヴィンはそこに一方の肩をもたせかけた。「君は瞑想したがるような男には見えない」

よかった……。

「さっき、裏の路地で何を話してたんだ？」

ケヴィンは裏口のドアのところで盗み聞きをしていたのだろうか？　でも、もしそうだとしたら、今、こんなやり取りはしていないはず。ジョーは口角を上げ、ゆっくりと微笑んだ。

「話なんかしてるわけないだろ？」

ケヴィンも笑みを返す。男のすることはわかってるさ、と言いたげな笑顔だ。ジョーはオフィスを出た。

店に入ったところで、まず気づいたのはにおいだった。ここはヘッドショップ（マリファナなどの幻覚剤や関連雑貨を扱う店）みたいなにおいがする。俺の情報提供者は、強い大麻《ガンジャ》でしょっちゅうトリップしてるんだろうか？　だとすれば、いろいろつじつまが合うな。

ジョーは店内を見回し、古い物と新しい物の奇妙な取り合わせを観察した。あるコーナーには、派手なペンやペーパーナイフ、文房具一式が入った箱が、細かい仕切り棚《ピジョンホール》のついた机に置かれている。彼は中央のカウンターと、キャッシュ・レジスターのわきのガラスケースに陳列されたアンティークの宝石に目をやった。見たものをすべて記憶に留めた後、注意を引かれたのは、ショーウィンドウわきに置かれたはしごと、そのてっぺんに立っているあの女性だった。

明るい日の光が彼女の横顔を照らし、赤茶色の長い髪にも差し込み、黄色いガーゼ地のブラウスとスカートが透けて見える。ジョーの視線は彼女の顔からあご、ほっそりした肩、豊かな胸へと移っていった。昨日はあの公園でひどく腹を立てていたし、太ももが死ぬほど痛かったが、死んでたわけじゃない。ぴったり押しつけられた彼女の柔らかい体をしっかり意識していた。武器を隠し持っていないかどうか調べたときは乳房の感触を、その数分後、覆面パトカーまで歩いていくときは、冷たい雨で彼女のTシャツがびしょ濡れになり、乳首が硬くなっていく様子を意識していた。

ジョーの目は、彼女のウエストから張り出したヒップへと移っていった。スカートの下は、ビキニ・パンティしかつけていないように見える。たぶん白かベージュだ。一週間、尾行したおかげで、彼女の見事なヒップと長い脚を正しく鑑賞する力が養われたのだ。免許証にどう書いてあろうが関係ない。彼女の身長は一八三センチ近くあるはずだし、長い脚がそれを証明している。男の腰にごく自然に引っかかる類の脚だ。

「手伝おうか?」ジョーはガブリエルに近づき、彼女の体の女性らしい魅力的な曲線をたどって顔のほうへ視線を上げていく。

「助かるわ」彼女はたっぷりした髪を一方の肩に寄せてから、もう一方の肩越しに彼を見下ろし、ショーウィンドウの陳列台に置かれたブルー・アンド・ホワイトの大皿を手に取った。

「午前中、これを買いにくるお客さんがいるの」

ジョーが皿を受け取って後ろに下がると、ガブリエルがはしごを降りてきた。

「ケヴィンはあなたが私の便利屋だと信じてくれた?」彼女はやっと聞こえるぐらいのささやき声で尋ねた。

「単なる便利屋じゃないと思ってるよ」ジョーはガブリエルが目の前に立つまで待った。

「君の目当ては俺の体だと思ってる」彼女が髪をかき上げ、ふわふわしたカールがまるで寝起きのようにもつれていく様子を彼はじっと見ていた。彼女は昨日も警察署で同じ仕草をした。認めるのも癪《しゃく》だが、ものすごくセクシーだ。

「冗談でしょ」

ジョーは彼女に数歩近づき、耳元でささやいた。「俺は君の若いツバメだそうだ」艶やかな髪はバラの香りがする。

「誤解を正しておいて」

「なんで、そんなことしなきゃいけないんだ?」背筋を伸ばし、ショックを受けているガブリエルに笑いかけた。

「そんなふうに思われることをした覚えはないもの」彼女が皿を受け取り、彼をよけて歩いていく。「そういう堕落したカルマを作らなきゃいけないほど悪いことは絶対してないから」

ジョーの笑みが消え、うなじに寒気が走る。すっかり忘れていた……。はしごの上に立って、柔らかな曲線という曲線に陽射しを浴びている姿を見ていたら、彼女の頭がいかれていることをしばし忘れてしまった。

ガブリエル・ブリードラヴは普通に見えるが、普通じゃない。カルマやオーラの存在を信じ、人の性格を星座で判断する。ひょっとすると、プレスリーとも交信できると信じているかもしれない。変人だ。彼女に感謝すべきだな。あのヒップを眺めるためにここにいるんじゃないと思い出させてくれたのだから。彼女のおかげで、こっちは刑事としてのキャリアが危険にさらされていて、大きな手入れを成功させなければいけないのだ。それについては疑いの余地がない。ジョーは彼女の背中から目をそらし、店をちらっと見回した。「移動したい棚はどこにあるんだ?」

ガブリエルは、カウンターのレジのわきに大皿を置いた。「あそこ」彼女が示したのは、部屋の反対側の壁にボルトで固定された、メタルフレームとガラス板のシステム・ラックだった。「あれを奥の壁に移したいの」

昨日、彼女から「棚」と言われたときは、てっきりディスプレー用の飾り棚かと思ったのだが。支柱を壁に取りつけたり、棚をつなげたりということになれば、作業には数日かかるだろう。塗装もするとすれば、ケヴィン・カーターをパクるための証拠を探す時間をもう二日、ひょっとすると三日延ばせるかもしれない。そして、俺がこの手であいつをパクってやるんだ。それについては、一瞬たりとも疑ったことはない。

ジョーは部屋を横切り、ガラスの棚まで歩いていった。この仕事はしばらくかかりそうだとわかったことが嬉しかった。ドラマで描かれる警察の仕事と違って、実際の事件は一時間では解決しない。逮捕につながるだけの証拠を集めるには、何日も、何週間も、ときには何カ月もかかるのだ。待つ時間もかなりある。誰かが行動に出たり、へまをしたり、逃げ出したりするのをひたすら待つ時間が。

カラーグラス、磁器、銀やピューターの写真立てにざっと目を走らせる。棚のわきには古いトランクが一つ。その上に編みかごがいくつか載っている。そこからポシェット風の小さなバッグを取り、鼻の前に掲げてみる。トランクの上に載っている物より、中身が気になった。ヒラード氏の絵がそう簡単に見つかるとは思っていない。実にわかりやすい場所で小袋に入った麻薬や盗品を見つけたことはあるが、この事件に関しては、そこまでの幸運には恵まれないだろう。

「それはただのポプリ」

ジョーはガブリエルを振り返り、かごに布バッグを放りこんだ。「もうわかってたよ。でもお世話さま」

「あなたが何かの幻覚剤と間違えるんじゃないかと思ったの」

彼女の緑色の瞳を見つめ、そこにユーモアの光を感じ取った気がしたが、確信は持てなかった。あっけなく狂気の光に変わる可能性もあるからな……。ジョーの視線は彼女を通り越し、がらんとした部屋に向けられた。カーターはまだオフィスにいる。願わくは、せっせと自分で自分の首を絞めていてほしいところだ。「麻薬取締官を八年やってたんだ。違いはわかってるつもりだよ。君はわかるのか？」

「その質問には答えるべきじゃないと思う。罪に問われる可能性があるという理由でね」楽しげな笑みが浮かび、赤い唇の両端がすっと上がった。どう見ても、彼女は自分が面白い人間だと思っている。「でも言っとくけど、仮に私がドラッグをやったことがあったとしても、何も白状しないと肝に銘じているの。昔の話だし、宗教上の理由だったから」

本当に後悔することになる予感はしたが、とにかく訊いてみた。「宗教上の理由って？」

「真実と悟りを得るためよ」詳しい説明が続く。「より高い知識と精神的充足感を求め、心の境界を破るため」

やっぱりな。訊くんじゃなかった。

「善と悪、生と死の宇宙的関連性を探求するため」

「〝新しい生命と文明を求め、人類未踏の宇宙に勇敢に航海した……〟」ジョーは穏やかな口調で『スタートレック』冒頭のナレーションを付け足してやった。「君とカーク船長はいろいろと共通点がありそうだな」

ガブリエルが顔をしかめ、笑みが消え去った。

「トランクには何が入ってる？」

「クリスマス用のライト」

「最後に確認したのは？」

「クリスマス」

ガブリエルの背後で何かが動いた。ジョーはカウンターに注意を向け、ケヴィンがレジまで歩いていって、引き出しをぽんと開ける様子を観察した。「ガブリエル、午前中、いくつか商用があるんで、出かけるけど――」ケヴィンは引き出しに現金を補充した。「三時までには戻る」

ガブリエルはくるっと向きを変え、ビジネス・パートナーを見た。緊張感がその場の空気を支配したが、ほかの二人は気づいていないらしい。喉が詰まったものの、逮捕されて以来、初めてほっとし、少し元気になったのも事実だった。こんな狂気のさたにも終わりが見えてきたからだ。ケヴィンが早く出かけてくれれば、その分、この刑事は早く捜査ができるし、証拠は何も見つからないとわかるだろう。そして、刑事は私の店と、私の人生から出ていってくれる。「了解。どうぞごゆっくり。本当に忙しかったら、戻ってこなくても大丈夫だから」

ガブリエルを見ていたケヴィンは、彼女のすぐ後ろに立っている男に視線を移した。「戻ってくるよ」

ケヴィンがいなくなった途端、ガブリエルはジョーをちらっと振り返った。「さあ刑事さん、好きにしたら?」それからカウンターに移動し、先ほど陳列台から下ろした皿を薄紙で包み始めた。横目で見ていると、彼はリーバイスの後ろのポケットから小さな黒い手帳を引っ張り出した。それを開き、店の中をゆっくり歩きながらページを一枚めくり、立ち止まって別のページに何やら走り書きをしている。

「バイトのマーラ・パグリーノは何時に来る？」彼は顔も上げずに尋ねた。

「一時半」

ジョーはウェッジウッドのバター皿の底に描かれたマークを確認し、手帳をぱたんと閉じた。「ケヴィンが早く帰ってきたら、ここで引き止めて、中に入れないようにしてくれ」そう言って、彼はオフィスに入り、ドアを閉めた。

「どうやって？」ガブリエルはがらんとした店に向かって呼びかけた。もしケヴィンが早く帰ってきたら、彼の机をくまなくあさっている刑事から、どうやって遠ざけておけばいいのだろう？　タックルして止めることぐらいしか思い浮かばない。でも、ケヴィンが早く帰ってくるかどうか、ジョーが机をあさっている現場を押さえるかどうかは、本当はどうでもいいことなのだろう。ケヴィンはとんでもなくきちんとした人だから、誰かが自分の物に触れれば必ずわかってしまう。

その後二時間というもの、ガブリエルの神経はきりきりととぐろを巻いていった。時計が時を刻むごとに、完全な神経衰弱へと近づいていく。いつもの仕事に没頭しようとしたが、だめだった。閉ざされたオフィスのドアの向こうで刑事が有罪の証拠を探していることは、わかりすぎるぐらいわかっていたからだ。

首を突っ込んで彼がいったい何をしているのか確かめようと思い、オフィスのドアまで何度も歩いていったが、そのたびに怖じ気づいてしまった。小さな音がするたびにびくっとして、喉と胃が締めつけられ、昼食用に持ってきたブロッコリーのスープも飲むことができない。ジョーは一時にようやくオフィスから出てきたが、そのころにはもう、ガブリエルは緊張のあまり叫びたい気分になっていた。だが、叫ぶ代わりに深呼吸をし、心を落ち着かせてくれる七語のマントラを心の中で唱えた。一八年前、父親の死に対処するため、自分で考えたマントラだ。

「よし」ジョーは〈静かな中心〉を見出そうとする彼女の試みを妨げた。「じゃあ、また明日」

罪を証明するものは何も見つからなかったに違いない。でも当然よ。見つかるべきものなど何もないのだから。ガブリエルはジョーのあとから奥の部屋に入った。「帰っちゃうの？」

ジョーは彼女の目をのぞき込み、口の片側をすっと上げた。「まさか寂しいなんて言うんじゃないだろうな？」

「言うわけないでしょう。でも、棚はどうするのよ？　ケヴィンに何て言えばいいの？」

「明日から働いてもらうことにしたと言えばいいさ」ジョーはTシャツのポケットからサングラスを取り出した。「ここの電話に盗聴器をつけなきゃならない。だから、明日の朝は少し早めに来てほしい。作業はものの数分で済むよ」

「電話を盗聴する気？　裁判所命令か何か要るんじゃないの？」

「いや、要るのは君の許可だけだし、君は許可してくれる」

「するもんですか」

ジョーが黒い眉根を寄せ、目の表情が厳しくなった。「なぜしないんだ？　君は、ヒラード邸のモネ盗難事件とはまったく関係ないと言ってたと思ったけど」

「そうよ」

「じゃあ、隠し事でもあるような態度は取らないことだ」

「許可をする気はないわ。ひどいプライバシーの侵害だもの」

ジョーは驚き、目を細めて彼女を見た。「やましいところがあるなら、そう言うだろうな。許可すれば、君とケヴィンが潔白だと証明する助けになるんだぞ」

「でも、潔白だと思ってないんでしょ？」

「ああ」彼はためらうことなく答えた。

盗聴器をどこにつければいいか彼に言わずにいるのは大変な努力を要した。彼は自信を持っている。絶対的確信を持っているけど、ひどく間違っている。盗聴器をつけたところで、どうせ何も得られないでしょう。でも彼が間違っていることを証明するには、やらせるしかない。「いいわ。ビデオカメラを置くなり、車で嘘発見器を運んでくるなり、親指を締めつける拷問器具を持ってくるなり、どうぞご自由に」

「今のところ、盗聴器だけで十分だ」ジョーは裏口のドアを開け、サングラスをかけた。

「拷問器具は、その手の物に興奮する、倒錯した情報提供者のために取っておくよ」官能的な唇が曲線を描き、挑発するような笑みが浮かんだ。手錠をかけられ、刑務所に連れていかれても、女がそれを許してしまいそうになる類の笑みだ。「興味があるのかい？」

ガブリエルは足元に視線を落とし、人をとりこにするその笑みの魔力から逃れた。彼にすっかり心を動かされてしまいそうで、ぞっとしたのだ。「遠慮しとく」

ジョーはガブリエルのあごの下に指を引っかけ、顔をもう一度自分のほうに向かせた。魅惑的な声が肌の上をかすめていく。「本当に手荒なまねはしないさ」

サングラスをじっと見つめたが、ガブリエルには彼がからかっているのか、本気で言っているのかわからなかった。彼が誘惑しようとしているのか、それは自分の想像にすぎないのかどうかもわからない。「パスするわ」

「弱虫だな」彼は手を下ろし、一歩後ろに下がった。「気が変わったら教えてくれ」

ジョーが出ていってからしばらく、ガブリエルは閉まったドアを見つめていた。ちょっとした妙な動揺が胃を刺激している。食事をしてないせいよ、と自分に言い聞かせようとしたが、本当にそう思っていたわけではない。あの刑事がいなくなったのだから、気分がよくなってもいいはずなのに、ならなかった。彼は明日の朝、盗聴器を持って再びやってくる。人の会話を盗み聞きするために。

仕事を終えて帰宅するころには、脳が腫れて頭が破裂しそうな気分になっていた。よくわからないけど、ストレスで後頭部の骨にひびが入っているのではないかしら、とガブリエルは思った。

青いトヨタのピックアップ・トラックを飛ばし、ほかの車のあいだをジグザグに縫って、いつもは一〇分かかる道のりを五分で帰ってきてしまった。自宅裏のガレージに車を入れる瞬間がこんなに嬉しかったことはない。

一年前に買ったレンガ造りの小さな家は、彼女の生活を物語るこまごましたものであふれていた。通りに面した出窓には、桃色のクッションに囲まれて巨大な黒猫が寝そべっている。太りすぎで面倒くさがりなものだから、ちゃんと挨拶しろと要求したりはしないのだ。たくさんの窓ガラスから日光が注ぎ、板張りの床と花柄のラグの上に光の立方体が広がっていた。組み立て式のソファや椅子にはパステルグリーンと桃色の布が張られ、細長い部屋のあちこちに青々した植物が置かれている。艶やかなレンガ造りの暖炉の上には、袖椅子に載っている黒い子猫の水彩画がかかっていた。

ガブリエルはひと目でこの家にほれ込んでしまった。前の持ち主と同様、年を重ねていて、時代を経たものにしか出せない個性によって丹念に作り上げられた家だ。小さな食堂には作りつけの戸棚が備わっていて、その先のキッチンには天井まで届く食器棚がずらりと並んでいる。寝室は二つ。そのうちの一つを彼女はアトリエとして使っていた。

パイプ類はうなるような低い音を立てているし、板張りの床は冷たいし、バスルームの洗面台には水がぽたぽた垂れている。トイレは、ハンドルを上下に軽く揺すらないと水が流れっぱなしになるし、寝室の窓は塗料が枠に貼りついて開かない。そんな欠陥があるにもかかわらず、いや、そんな欠陥があるからこそ、この家が大いに気に入っていた。

歩きながら服を脱ぎ捨て、アトリエに向かう。慌ただしく食堂とキッチンを通り抜け、フェスティバル用に準備しておいた日焼け止めオイルやブレンド・オイルが入った小さな容器とボトルの前を通り過ぎ、アトリエにたどり着いたときには、白いビキニ・パンティだけの姿になっていた。

部屋の真ん中に置かれた画架に、絵の具のはねが飛んだシャツが引っかかっている。ガブリエルはそれを着てボタンを途中まで留めると、画材道具を集めだした。

自分を包囲し、オーラを黒く染めている悪魔のような怒りを解放する唯一の方法はわかっている。瞑想やアロマセラピーはとっくに試し、怒りと内なる苦痛を表現する方法は一つしか残っていなかった。体からそれを追い出す方法は一つしかない。

わざわざカンバスを用意したり、最初にアウトラインをスケッチしたりはしなかった。どろどろした油絵の具を薄めたり、暗い色に白を混ぜたりもしなかった。何を描くつもりなのか、はっきりわかってさえいなかった。彼女はただ描いた。いちいち時間をかけて、筆の動かし方を慎重に計算することもなく、服が絵の具で汚れても気にしなかった。

ただ、ひたすら描くのみ。

数時間後、自分が描いた悪魔がジョー・シャナハンにそっくりだとわかっても、銀色の手錠で拘束された哀れな子羊の頭が羊毛ではなく、艶やかな赤毛で覆われているのを目にしても、驚きはしなかった。

一歩下がって、厳しい目でその絵を観察してみる。自分が素晴らしいアーティストでないことは承知していた。絵を描くのが大好きだから描いているのだが、それにしても、この絵が最高傑作ではないことはわかる。絵の具を厚く塗りすぎたし、子羊の頭を取り巻く後光《ハロー》は、ハローというよりマシュマロだ。アトリエの白い壁際に積み上げられたほかの肖像画と出来は大して変わらない。それにほかの絵と同様、今度もまた、手と足を描くのはまたの機会ということになった。

心が軽くなった気がして頬がゆるむ。「気に入ったわ」がらんとした部屋に向かってそう告げると、ガブリエルは絵筆を黒い絵の具に突っ込み、悪魔にぞっとするような羽を描き加えた。

5

シャナハン刑事が受話器に発信器を取りつける様子をじっと見ていたら、うなじの毛が逆立った。それから、刑事はねじ回しを手に取り、はずした物をすべて元の位置に戻した。

「それだけ？」ガブリエルは小声で尋ねた。

蓋の開いた道具箱が足元に置いてあり、彼はその中にねじ回しを落とした。「なんで、そこそしゃべってるんだ？」

咳払いをして言い直す。「刑事さん、終わったの？」

シャナハン刑事は肩越しにガブリエルをちらっと見てから、電話を台に戻した。「ジョーと呼んでくれよ。恋人なんだから。忘れたのか？」

ゆうべはそれを忘れようと頑張ったのに。「ボーイフレンドよ」

「同じことだ」

ガブリエルはあきれた顔をしないように努め、失敗した。「じゃあ、教えて」いったん言葉を切り、息を吐き出す。「ジョー、結婚してるの？」

ジョーは振り返って彼女と向き合い、片足に体重をかけた。「してない」

「熱愛中のラッキー・ガールは？」

彼はグレーのTシャツの前で腕を組んだ。「今はいない」

「最近、別れたとか？」

「ああ」

「どれくらい、つきあってたの？」

ジョーは視線を下ろし、彼女のターコイズ色のナイロンシャツを見た。左右の胸に緑と黄色の大きな蝶が描かれている。「なんで、そんなこと気にするんだ？」

「楽しい会話をしようとしてるだけよ」

ジョーは再び目を上げ、彼女の顔を見た。「二カ月」

「本当に？　その彼女、目が覚めるまでに、どうしてそんなに時間がかかったのかしら？」

彼は目を細め、ガブリエルのほうに身をかがめた。「頭がどうかしてるんじゃないのか？　それは君が心配することじゃないだろ？　君は今、窮地に陥っていて、そこから救ってやれる人間は俺なんだ。人をいらつかせるんじゃなくて、気に入られるようにすべきだろう」

時刻はやっと九時を回ったところだというのに、ガブリエルはもうたっぷり九年分、ジョー・シャナハン刑事に耐えている気がした。頭がどうかしてると言われたり、信念をばかにされたり、もういい加減にして。いじめられたり、無理やり情報提供者にさせられたり、電話に盗聴器をつけられたり、もううんざりよ。ガブリエルはジョーをじっと見つめ、もっと挑発してやるべきかじっくり考えた。いつもならいい人でいようと努力するのだが、今朝はあまりいい気分ではない。腰に手をあて、彼を怒らせることをあえて言ってみた。「気に入るようなところがないもの」

ジョーの視線は彼女の顔の上をゆっくり移動し、すっとその先に向けられた。再び視線が戻ってきたとき、彼は茶色の瞳で深く射るように彼女の目を見つめたが、口を開くと、低くセクシーな声で「ゆうべはそんなふうに思ってなかっただろう」と言った。

ゆうべ？　「いったい何の話？」

「裸で俺のベッドのシーツに絡まってたじゃないか。君は俺の名前を叫んだかと思うと、神に祈ってただろう」

ガブリエルは両手をわきに下ろした。「は？」

ジョーが何を言っているのか理解する間もなく、顔を手のひらで包まれ、彼のほうに引き寄せられた。「さあ、キスしてくれ」彼がささやき、息が頬をかすめていく。「君の舌が欲しい」

さあ、キスしてくれ？　ガブリエルは口もきけないほどびっくりして、マネキンのように突っ立っている以外、どうすることもできなかった。サンダルウッドの石けんの香りが襲い、彼の唇が下りてきて、彼女の唇に重なった。ジョーはガブリエルの唇の端にそっとキスをし、温かい手で彼女の顔を支えながら耳の上の髪に指を絡ませた。茶色の目が彼女の視界をふさいだが、緊張した厳しい表情は、官能的な熱い唇の感触とまるで矛盾している。唇の合わせ目に彼の舌先が触れ、ガブリエルは息が詰まった。足の裏に衝撃が走り、思わずつま先を丸めてしまう。温かい、ちくちくした感覚は、そのままみぞおちに居座った。優しいキスは甘いと言ってもよく、彼女は必死で目を開け、自分に念を押そうとした——まるで本当の恋人みたいに私の唇にキスしているのは、黒いオーラをまとった、鼻っ柱の強い警官の唇よ。しかし、その瞬間に感じた彼のオーラは黒くなかった。赤いオーラだ。焼けつくような、情熱の赤。彼の情熱が二人を取り巻き、説得力のある触れ方で、降参しろと迫ってくる。

ガブリエルの負けだった。まぶたが自然と閉じ、上下の唇が離れる。ジョーは彼女の口をうまく開かせ、舌で彼女の舌に触れた。熱い、なめらかな舌で、相手の反応を誘うように。ガブリエルが彼に唇を押しつけると、キスは激しくなり、体じゅうに興奮が押し寄せた。ジョーはいいにおいがする。でも彼のキスの味のほうがもっといい。ガブリエルはジョーのほうに身を傾けたが、彼は彼女の顔を包んでいた手を下ろし、キスを終わらせてしまった。

「行ったな」ジョーはかろうじて聞こえるぐらいの声でささやいた。

「うーん……」ひんやりした空気が濡れた唇をかすめ、ガブリエルは目を開けた。「何が?」

「ケヴィンだよ」

何度か瞬きをし、ようやく、頭がはっきりしてきた。背後にちらっと目をやったが、オフィスには二人のほか、誰もいない。表の店のほうからレジの引き出しが開く音がした。

「戸口に立ってたんだ」

「ああ」ガブリエルは向き直ったものの、ジョーの目を見ることができず、「私もそうかな、と思ったの」と、ぼそぼそつぶやいた。いつから嘘をつくのがこんなに楽になってしまったのだろう？　でも答えはわかっている。ジュリア・デイヴィス・パークでシャナハン刑事にタックルされたときからだ。ガブリエルは彼をよけて自分の机に向かい、膝ががくがくしないうちに腰を下ろした。

頭がぼうっとして、少し混乱している。逆さまにぶら下がって瞑想を試み、結局「重力ブーツ」（鉄棒などに足でぶら下がるための装具。主にストレッチや筋トレ用）が脱げて落ちてしまったときと似たような感覚だ。「今日はシルバー・ウィンズの営業マンと会う約束があって、お昼から留守にするわ。たぶん二時ぐらいまで。勝手にやってね」

ジョーが肩をすくめる。「何とかするさ」

「よかった！」言い方に少々、熱がこもりすぎた。書類の山のいちばん上にあったカタログを手に取り、真ん中のページまでめくったが、何を探しているのかわかっていない。先ほどの屈辱的瞬間を頭の中で再現するのに忙しかったのだ。彼はケヴィンの前で、私を黙らせるためにキスをし、私は彼の唇の下でバターのように溶けてしまった……。両手が震え、ガブリエルはその手を膝の上に引っ込めた。

「ガブリエル」

「何？」

「こっちを見てごらん」

無理やり目を向けたが、彼が暗い陰気な顔をしかめているのを見ても驚きはしなかった。

「さっきのキスのことで怒ってるんじゃないだろうな？」声をひそめているので、オフィスの外には聞こえていないはず。

ガブリエルは首を横に振り、片側の髪を耳にかけた。「あんなことをした理由はわかってたもの」

「どうしてわかった？　彼に背中を向けてたくせに」ジョーは身をかがめて道具箱とドリルをつかみ、彼女をもう一度見た。「ああ、そうか、忘れてたよ。君は霊能者だ」

「違うわ」

「なら、安心した」

「母はそうだけど」

ジョーはいっそう顔をしかめ、ドアのほうを向いて、小声でこんなようなことを言った。

「まったく、勘弁してくれよ」

部屋を出ていく彼を目で追った。首の後ろに触れている、くるっとカールした短い髪から広い肩を通り、ソフト・グレーのTシャツをたどって視線を下ろしていく。裾はリーバイスにたくし込まれ、右のポケットが財布で膨れていた。やがて、ワーク・ブーツのヒールがリノリウムの床を踏み、重たい音が遠ざかっていった。

ガブリエルは机に肘をつき、両手で顔を支えた。チャクラ（ヨガにおいて、人体の生命エネルギーの中枢となる七つの部位）の熱烈な信奉者ではないけれど、体と心と精神は調和の取れた関係にあるべきだと一〇〇パーセント信じている。今の私は、その三つが全部まとめて混乱状態にある。あの刑事に対する体の反応に心はぞっとしているし、心と体が二つに分裂してしまったせいで、精神はただただ混乱している。

「もう入っても大丈夫かな」

ガブリエルは両手を下ろし、オフィスに入ってくるケヴィンを見た。「ごめんなさい」

「なんで謝るんだ？　僕が早く出勤してくるとは知らなかったんだろう」ケヴィンは自分の机にブリーフケースを置き、はからずも彼女の罪悪感に追い討ちをかける言葉を口にした。

「ジョーはいい男だ。よくわかったよ」

私がケヴィンとの友情を裏切ったことだけじゃない。ジョーに対する私の態度をケヴィンがはからずも大目に見てくれたおかげで、事態は何もかもひどく悪化してしまった。あの男は罪を立証できるような証拠が見つかると期待して電話に盗聴器をつけたというのに。もちろんケヴィンは盗聴器のことを知らない。でも、私は気をつけてと言ってあげられないのよ。

「ああ、もう……」ガブリエルはため息をつき、再び片手で頬を支えた。警察が容疑者リストからケヴィンと私の名前を削除するころには、あの刑事から言われたとおり、頭がどうかなってるんじゃないかしら。

「どうしたんだ？」ケヴィンが机のわきを回り、電話に手を伸ばした。

「今、使っちゃだめ」盗聴器から救うべく、ガブリエルは彼を止めた。

ケヴィンが手を引っ込める。「君が先に使いたいってこと？」

私、何やってるのかしら？　彼は無実よ。盗聴したところで、警察が耳にするのはケヴィンの仕事の話だけでしょう。絵の具が乾くのをじっと見ているようなものよ。退屈でしょうがないでしょうね。いい気味だわ。でも……ケヴィンにはガールフレンドが何人かいるし、私がオフィスに入っていくと、背中を向けて受話器を手で覆うことがある。恋愛関係にまつわる、ごく個人的な込み入った話をしているところを目撃された、といった様子で。「ううん、私は今、使わなくてもいいんだけど、とにかくだめなの……」ガブリエルはいったん言葉を切った。あいまいになりすぎず、具体的になりすぎない言い方で彼を救うにはどうすればいいの？　あなたの電話を警察が盗み聞きしていると伝えることなく彼を救うには、どうすればいいの？「とにかく、すごく個人的な話はしないで」と再び口を開く。「ガールフレンドにすごくプライベートな話があるなら、うちに帰ってからにしたほうがいいんじゃないかしら」

ケヴィンがジョーと同じような目つきで彼女を見た——君は頭がおかしいと言いたげに。

「僕が何をすると思ったんだ？　わいせつな電話か？」

「まさか。でも、ガールフレンドとプライベートな話はしないほうがいいと思う。つまり、ここは仕事場だし」

「僕がそんなことをするって言うのか？」ケヴィンはスーツのジャケットの前で腕を組み、青い目を細めた。「君はどうなんだ？　何分か前、君の顔は、あの便利屋にぴったり貼りついていただろう」

ああ、怒ってる。でも、近いうちに、私に感謝することになるはずよ。「今日の午後、シルバー・ウィンズの営業マンとランチをするの」ガブリエルはわざと話題を変えた。「二時間ほど出かけるから」

ケヴィンは腰を下ろし、パソコンを立ち上げたが、何もしゃべらなかった。ガブリエルが積荷の受取証をチェックしているあいだも、オフィスの自分のスペースを片づけているあいだも――彼の怒りを和らげようと思ったのだ――ひと言も口をきかなかった。

約束の時間までの三時間が永遠にも感じられた。ガブリエルは、磁器のオイル・ウォーマーにラベンダーとセージの精油を足し、商品をいくつか販売したが、右側の壁で棚を取りはずしている刑事を絶えずこっそり見張っていた。

彼がさらに盗聴器をつけたり、ブーツからリボルバーを引き出して誰かを撃ったりしないように観察していたのだが、彼が重たいガラスの棚板をはずすときは、Tシャツの下で二頭筋が引き締まる様子をじっと見つめ、彼が棚板を奥の部屋に運んでいくときは、幅のあるたくましい肩に見とれてしまった。彼は西部のガンマンのように、ツールベルトを腰の低い位置にかけ、慣れた手つきでベルトの前についているポケットに木ねじを挿しこんでいる。たとえ見ていなくとも、彼がいつ部屋を出て、いつ戻ったのかわかった。まるでブラックホールの見えない力に引っ張られているかのように彼の存在を感じてしまう。客の相手をしていないとき、ガブリエルはいつ終わるともなく延々と掃除をして過ごし、できる限り彼と話をするのを避け、直接、何か訊かれたときだけ答えるようにしていた。

一〇時を迎えるころには緊張で首のつけ根が締めつけられ、一一時には右の目尻がぴくぴく引きつるようになった。そして一二時一五分前、彼女はとうとう小さな革のバックパックを引っつかみ、ストレスいっぱいの店から明るい陽射しの中へ出ていった。一〇年のお務めを終え、今、仮出所を許可されたような気分を味わいながら。

それから、ダウンタウンの中心部にあるレストランでシルバー・ウィンズの営業マンと落ち合い、二階のテラス席に座って、優美なシルバーのネックレスやイヤリングについて商談をした。下の通りを車が通過すると、かすかな風が頭上を覆うグリーンのパラソルをはためかせる。ガブリエルは大好きなチキンの炒め物とアイスティを注文し、午前中の緊張が頭から出ていってくれるのを待った。

目の痙攣は消えたものの、完全にはリラックスできそうになかった。どんなに頑張っても〈静かな中心〉を見出せず、精神を再び調和させることができない。どんなに抵抗しても、意識はジョー・シャナハンのところに戻ってしまい、留守のあいだ、彼がケヴィンをだまして誤った自白を引き出すために取りそうな手段をあれこれ考えてしまった。筋骨たくましく、体の大きいジョセフ・シャナハン刑事に繊細なところがあるとは思えない。店に戻ったら手錠で椅子に拘束された哀れなケヴィンの姿を目にすることになるのだろう。

二時間後、半分覚悟をしながら再び店に入っていくと、ガブリエルを迎えたのは、まったく思いがけない現象だった。笑いだ。ケヴィンとマーラの笑い声が重なり合って聞こえてくる。二人ともはしごのそばに立ち、にこにこしながらジョー・シャナハンを見上げていた。まるで、僕らは素晴らしい仲間だと言わんばかりに。

私のビジネス・パートナーが、彼を刑務所にぶち込んでやると心に決めた刑事と一緒に笑っている……。ガブリエルにはわかっていた。ケヴィンは誰よりも刑務所を嫌うだろう。あそこで強制される服や髪型、携帯電話が使えないことが我慢ならないだろう。

ガブリエルの視線は、哀れなケヴィンの笑顔から、奥の壁に並んだ天井まである八本の支柱に向けられた。ジョーが片手にドリル、もう片方の手に水平器を持って、はしごのてっぺんに立っており、ツールベルトの後ろ側に巻き尺がくっついている。

まさかジョーが棚の取りつけをちゃんとこなせるほど大工仕事に通じているとは思わなかった。でも、メタルフレームのシステムラックはまっすぐ立っているように見える。ということは、どうやら私が想像していた以上に彼はこの分野に詳しいらしい。マーラが壁のわきで膝をつき、固定が済んでいない最後の支柱の足元を支えた。ジョーをちらっと見上げたとき、大きな茶色の目には、ちょっと恐れかしこまっているような表情が浮かんでいた。マーラはうぶだから、ジョーが発散する麝香《じゃこう》のようなフェロモンにまいってしまったのだろう。

三人はガブリエルにも、磁器の花瓶のディスプレーを見ている客にも気づいていない。

「そんなに甘くないさ」ケヴィンが上にいる刑事に向かって言った。「骨董品の売買で儲けるには、知識に裏づけされた眼識と本能を兼ね備えてなきゃだめなんだ」

ジョーが金属の支柱の最上部にドリルでねじを二本取りつけ、会話が途切れた。「骨董品に関する知識はほとんどゼロだな」彼ははしごを下りながら白状した。「母親がガレージセール・マニアだけど、俺には、ああいう物はどれも同じに見える」それからマーラの隣に膝をつき、残りのねじをドリルで取りつけた。「ありがとう、助かったよ」彼はそう言って再び立ち上がった。

「どういたしまして。ほかにお手伝いすることは？」マーラが尋ねた。まるで、私も犯罪というものを一口かじってみたいと思っているかのような顔をしている。

「だいたい終わったから」ジョーは足を踏ん張り、さらにもう数本、ねじを取りつけた。

「ガレージセールで骨董品を見つける人もいる」ドリルの音が再びやみ、ケヴィンが口を開いた。「でも、本格的にやってる古美術商は普通、エステートセール（故人の全財産を処分するためのセール。遺産管理人か遺族がその家を開放して開く）かオークションにしか行かない。ガブリエルとはそういうところで知り合ったんだ。二人とも同じ水彩画に入札していてね。地元の画家が描いた田園風景の絵だったな」

「美術にも疎くてね」ジョーがまた白状し、まるで四五口径マグナムを持つように、片手にドリルをつかんだまま、はしごの段に前腕を乗せた。「絵を買おうと思ったら、その手のことに詳しい人間に訊かなきゃいけないだろうな」

「それも賢いやり方だ。大半の人は、本当に価値のあるものがわかってないし、自分が持っている絵が本物かどうかもわかってない。一流の画廊にいかに多くの贋作がかかっているか知ったら、君も驚くぞ。ある画廊に強盗が入って――」

「あれはモーニング・アートだったでしょ」ケヴィンがこれ以上、自分に不利になることを口走る前に、ガブリエルは彼の言葉をさえぎった。「私たちが入札してたのはモーニング・アートの絵よ」

ガブリエルが近づいていくと、ケヴィンは首を横に振った。「いや、そうじゃないだろう。

モーニング・アートはぞっとする」

ジョーが振り返り、ガブリエルと目を合わせて、ゆっくりと尋ねた。「モーニングって、日が昇る朝のこと？」勘違いしているわけではない。彼は私の目的はわかっている。「朝じゃなくて」でも、そんなことはどうでもいい。「哀悼のほうのモーニング。亡くなった大切な人の髪の毛で作る絵のことよ。一八世紀から一九世紀にかけて流行したんだけど、ヘア・アートには、今でも小さな市場があるの。曾《ひい》曾曾おばあさんの髪の毛で作った絵に皆が皆、嫌悪感を持つわけじゃないわ。中にはものすごく美しい作品もあるんだから」

「俺にはぞっとする話に思えるけどね」ジョーは向きを変え、オレンジ色のコードをつかんでドリルを床に下ろした。

マーラが鼻にしわを寄せる。「同感です。ぞっとするし、気持ち悪いですよ」

ガブリエルはヘア・アートが大好きだった。あれはいつ見ても心が惹きつけられる。それに、筋の通らない理屈であれ、マーラにこんなことを言われて、味方が敵に鞍替えしてしまったような気分だ。「花瓶を見ているお客様の相手をしなきゃだめでしょう」とマーラに告げたが、意図した以上に声の調子がきつくなってしまった。マーラが困惑して眉根を寄せ、店を横切っていく。目尻がまた痙攣を始め、ガブリエルはそこを指で押さえた。私の人生は崩壊しようとしている。その元凶は、タイトなジーンズとTシャツに身を包み、ダイエット・コークのCM（セクシーな作業員が休憩時間にコークを飲む様子を、別のビルからOLたちが見下ろしている）に出てくる建設作業員よろしく目の前に立っているあいつだ。

分の気分を悪化させた。

「大丈夫？」ケヴィンが尋ねたが、わかりやすい気遣いが、かえって気分を悪化させた。

「だめ。ちょっと頭痛がするし、胃がむかむかするの」

ジョーが少し離れたところから手を伸ばし、ガブリエルの髪を耳にかけた。いかにも、自分にはそうする権利がある、俺は彼女のことを気にかけているんだといった感じの触れ方で。もちろん、権利はないし、気にかけてもいない。これはすべて、ケヴィンをだますための演技だ。

「何を食べたんだい？」ジョーが尋ねた。

「ランチのせいじゃないわ」ガブリエルは彼の茶色の瞳をじっと見つめ、正直に言った。「朝からこうなの」キスをされてからというもの、みぞおちが妙に痙攣するようになったのだ。私も彼が嫌いだけど、同じくらい私を嫌っている血も涙もない刑事にキスされたせい……。彼は、しっかりしろよとばかりに温かい手のひらでガブリエルの頬を軽く叩いた。

「もしかして？　ああ、生理痛か」ケヴィンは、これですべて納得がいったかのように結論を導き出した。「君はその手の気分のむらに効くハーブを調合したのかと僕も思ってたんだが」

ジョーの口元がカーブを描き、楽しげな笑みが浮かんだ。彼は手を下ろし、ツールベルトに親指を引っかけた。

確かにフランシスのために、ＰＭＳを緩和してくれそうな精油をブレンドしたことはあった。でも、私はＰＭＳとも生理痛とも無縁だし、オイルのお世話になる必要はない。誰に対しても、常にものすごく感じよく接してるでしょう。まったくもう。「気分のむらなんてないから」ガブリエルは胸の下で腕を組み、相手をにらみつけないように努力した。「私はいつだって、文句のつけようがないくらい愛想よくしているわ。誰にでも訊いてみなさいよ！」

二人の男性は、怖くて何も言えないな、といった様子でガブリエルを見た。ケヴィンが私を裏切ったことは明らかだ。敵方に寝返ったのよ。自分の敵に。

「今日はもう帰って休んだほうがいい」ケヴィンが言ってくれたが、そうするわけにはいかなかった。ここに留まって、彼をジョーから、そして彼自身から救わなければいけないのだ。

「以前つきあってたガールフレンドは、温熱パッドを巻いて横になり、チョコレートを食べてたな。生理痛とか気分のむらに効きそうなのは、それしかないんだってさ」

「私は生理痛じゃないし、気分のむらもない」男の人は、こういう話をするのはいやなんじゃないの？　気が動転しちゃうんじゃないの？　でも二人とも、きまり悪そうな顔はしていない。それどころか、ジョーは笑いをこらえているようにさえ見える。

「生理痛《マイドール》の薬を飲んだほうがいいんじゃないかな」ジョーは微笑みながら言い添えた。私の苦しみが、マイドールなんかで取り除けないことはわかりきってるくせに。

ケヴィンもうなずいた。頭の痛みがこめかみへ移っていく。もう、あなたを救う気はないわ。ジョー・シャナハンからも、刑務所からも。あなたが刑務所で、重量挙げ選手の特別なお友達になったって、私にはやましいところは、これっぽっちもない。ガブリエルは両手を上げ、こうすれば頭が割れずに済むとばかりに、こめかみを押さえた。

「こんなに怒った彼女を見るのは初めてだ」ケヴィンはまるでガブリエルが目の前にいないかのように言った。

ジョーは首をかしげ、彼女をしげしげと眺めるふりをした。「以前つきあってたガールフレンドは、月に一度、カマキリみたいになってたっけな。こっちがうかつなことを言うと、人に食ってかかるんだ。ほかのときは、本当に優しかったんだけどね」

非暴力主義のガブリエルは、両手をぎゅっと握り締め、わきに下ろした。誰かさんを殴ってやりたいのよ。暗い色の髪と目がとてもお似合いな誰かさんをね。この人に邪悪な考えを持つように強要され、私は悪いカルマを作らざるを得なくなっている。「それって、どのガールフレンドのこと？　丸二カ月もつきあって、あなたを捨てた彼女？」

「捨てられたんじゃない。彼女とは別れたんだ」ジョーは手を伸ばし、ガブリエルの腰に腕を回して自分のわきに引き寄せると、薄いナイロンのシャツの上から彼女の肌をさすった。「いいねえ、焼きもちを焼いてくれるなんて嬉しいよ」彼はガブリエルの耳のすぐ上で、低い、官能的な声でささやいた。「横目でにらんでるとセクシーだ」

生温かい息が頭皮にかかり、少しでも顔の向きを変えれば、彼の唇が頬をかすめそうだった。彼の肌が放つ素晴らしい香りに包まれながら、ガブリエルは不思議に思った。どうしてこんな邪悪な男から、こんな素敵なにおいがするのだろう？「あなたは普通に見えるけど、本当は地獄からやってきた悪魔なのよ」彼女はジョーの横っ腹を肘で押した。とても強く。

彼が音を立てて息を吐き出すと、その腕の中から逃れた。

「これって、今夜は何もさせてくれないってことなんだろう」ジョーはうめき声を上げ、わき腹をつかんだ。

裏切り者のケヴィンが笑った。まるで、この刑事がコメディアンであるかのように。

「うちに帰るわ」ガブリエルは振り向きもせず、部屋を出た。私は頑張った。私のいないあいだにケヴィンが自分の首を絞めるようなことをしたって、後ろめたくもなんともない。

裏口のドアがバタンと閉まる音がして、ケヴィンはガブリエルのボーイフレンドに目を走らせた。「彼女、本当に怒っちゃったんだな」

「そのうち収まる。俺が昔のガールフレンドの話をするのが我慢ならないんだよ」ジョーは片足に体重をかけ、胸の前で腕を組んだ。「君と一、二度デートしたって言ってたけど」

ケヴィンは先ほど、独占欲丸出しでガブリエルに触れるジョーを目にしたし、今朝二人がキスする場面も目撃していた。自分に対する嫉妬の兆候を探したが、それは見当たらなかった。彼が知る限り、ガブリエルの好みはひょろっとした男性だった。ここにいる男はそういうタイプじゃない。分厚い筋肉と腕力の持ち主だ。彼女のほうがほれてしまったんだな。

「何度かデートはした。でも僕らは前よりもいい友達になったんだ」ケヴィンはジョーを安心させるように言った。実際には、ガブリエルよりケヴィンのほうがその気になっていたのだが。「何も心配することないよ」

「心配はしていない。どうなんだろうと思っただけさ」

ケヴィンは常々自信というものを高く評価してきた。ジョーには文句なしに自信が備わっている。もし、この男がハンサムなうえに収入までよかったら、ひと目で彼を嫌っただろう。しかし、ジョーはこのとおり負け組だ。だからケヴィンは無力感をこれっぽっちも抱かなかったのだ。「たぶん、君はガブリエルにふさわしい男なんだろうな」

「なぜそう思うんだ？」

なぜかって？　それは、これから数日間、彼女の気をそらせておきたかったし、ジョーは彼女の心を独り占めにしてくれそうに思えたからだ。「二人とも多くを望まないからさ」ケヴィンはオフィスのほうを向くと、首を横に振りながら中に入り、自分の机に腰を下ろした。ガブリエルのボーイフレンドは、多くを期待しない負け組で、何とか暮らしていければ、それですっかり満足できる男。

だがケヴィンはそうではない。彼はガブリエルのように金持ちの家に生まれたわけではないし、ジョーのように容姿に恵まれたわけでもない。モルモン教徒の家庭で、七人兄弟の六番目として生まれた。たくさんの子供が農場の小さな家に詰め込まれているものだから、すぐに見落とされる。髪の色に多少のバリエーションがあったのと、明らかな性別の違いを除けば、カーター家の子供は皆、そっくりだった。

年に一度の誕生日を除けば、子供たち一人一人に特別な注意が払われることはまったくなかった。皆、一族として一まとめで扱われるのだ。子供たちの大半は、このような大家族で育つことをとても気に入っていたし、ほかの兄弟姉妹に対して絆や特別な親しみを感じていた。しかし、ケヴィンは違った。自分が目に見えない透明な存在に感じられ、それがいやでたまらなかった。

彼はずっと一生懸命働いてきた。学校に行く前も、放課後も、夏休みのあいだもずっと。お下がりの服と、毎年秋に買ってもらう新しい靴以外に、親から与えられたものは何もなかった。一生懸命働いているのは相変わらずだが、今は大いに楽しんで仕事をしている。それに、欲しい物があって、それが合法的事業では手に入らないとしても、必ずほかの手段が存在する。

金には力がある。絶対に。金のない男の価値はゼロ以下だ。そいつは透明な存在なのだから。

6

裏庭に置いた子供用プールの真ん中で透明のゴム製いかだに乗って浮かんでいると、ガブリエルはようやく、ずっと探し求めていた心の平和を見出した。その日の午後、店から帰宅するとすぐ、プールに水を入れ、銀色のビキニに着替えた。プールは幅が三メートル、深さが一メートルあり、周囲にオレンジやブルーでジャングルの動物が描かれている。水面には野草やバラの花びら、レモンのスライスが漂い、花と柑橘系の香りが神経を静めてくれた。もちろん、頭からジョーを完全に取り除くことは不可能だが、宇宙からプラスのエネルギーをたっぷり吸収し、頭の片隅に追いやることはできた。

今日は自分でブレンドした日焼け止めオイルの効果を確認しておこうと思い、彼女は肌の露出した部分にセサミ・オイルと小麦胚芽《ウィート・ジャーム》オイルとラベンダーをブレンドしたオイルを塗っていた。ラベンダーは最後の瞬間にひらめいて加えた一種の安全策。ラベンダー自体に日焼け止めの効果はないが、傷を癒す特性があり、万が一、皮膚が炎症を起こすといけないので入れたのだ。それに、ラベンダーの香りがゴマや小麦のにおいを隠してくれるので、餌箱を探してやってくる、お腹を空かせた鳥たちの余計な注意を引かずに済むだろう。

ガブリエルはときおり水着の端を持ち上げ、日焼けの程度をチェックした。肌は赤くなることなく、時間が経つにつれ、いい具合にブロンズ色になっていく。

五時半に友人のフランシス・ホール＝ヴァレント＝マッツォーニ——苗字はまたホールだけになったばかりなのだが——が立ち寄り、赤いレースのTバック・パンティと、おそろいのブラをプレゼントしてくれた。フランシスは、アノマリーから半ブロック行ったところにあるランジェリー・ショップ〈ノーティ・オア・ナイス〉のオーナーで、クロッチレス・パンティや、シースルーのナイトガウンなど、最新の在庫品を持ってちょくちょくやってくる。ガブリエルは、レースの下着に興味はないと友人に告げる気にはなれず、結局、プレゼントのほとんどはクローゼットの箱にしまわれることになるのだった。フランシスはブロンドで、瞳はブルー、年齢は三一歳、二度の離婚経験がある。これまで思い出したくない恋愛もたくさん経験してきた彼女は、男女の問題のほとんどは甘草《リコリス》味のパンティで解決できると信じていた。

「この前、作ってあげた化粧水の効果はどう？」ガブリエルは、ポーチの下で籐椅子に腰かけた友人に向かって尋ねた。

「オートミールのマスクやPMS用のオイルよりは効いたけど」

ガブリエルは水面に指を走らせ、バラの花びらや野草をかき混ぜた。はたして、私が考えたトリートメントの方法が悪いのか、それともフランシスの気の短かさが悪いのか。フランシスはいつも手っ取り早い解決策を探している。安易な答えを求め、わざわざ自分の魂を探求したり、心の平和や、その中に存在する幸福を見出そうとしたりはしない。その結果、彼女の人生は常に危機に面していた。負け組男を引き寄せてしまい、ゴシップのネタならマガジンラックに収まらないほど提供している。とはいえ、フランシスにはガブリエルが感心してしまういいところもたくさんあった。面白くて明るいし、自分が望むものを追い求めている。それに純粋な心の持ち主だ。

「しばらく話してなかったわね。先週、黒っぽい髪の大柄な男につけられてる気がするって言ってたけど、それ以来だわ」

この一時間で初めて、ガブリエルはジョー・シャナハン刑事のことを考えた。彼が人生に侵入してきたこと。彼のせいで悪いカルマを重ねてしまったこと。彼は威張っているし、無礼だし、男性ホルモンがみなぎっていて、「夕方五時の影」と呼ばれる無精ひげが午後四時一五分から頬を暗く染めている。それに、キスをすると、彼のオーラは私が知る限り、どんな男性が発するオーラよりも濃い赤に変わる。

デリンジャーを向けた相手が覆面捜査官で、結局、彼の秘密情報提供者になったとフランシスに話してしまおうかしら。でも、これはあまりにも大きな秘密でとても打ち明けられない。

ガブリエルは目の上に手をかざし、友人を見た。これまで秘密をうまく隠せたためしがなかったのだ。「私が何かしゃべったら、誰にも言わないって約束してくれなきゃだめよ」そう切り出し、彼女は刑務所の密告者のように秘密を語り始めたが、厄介な部分をわざと省略した。たとえば、彼は下着モデルのような、ぴくぴく動く、がっしりした筋肉の持ち主であるとか、たとえ最高にお堅い女が相手でも、誘惑してサポート・ストッキングを脱がせてしまうようなキスをした、といったことを。「ジョー・シャナハンは横柄で無礼な男なんだけど、私はケヴィンがこのばかげたたわごとから解放されるまで、にっちもさっちもいかないのよ」話を締めくくると、罪が清められた気がした。今度ばかりは、ガブリエルの問題のほうが友人の問題よりも深刻だった。

フランシスはしばらく黙っていたが、やがて「ふーん」とつぶやき、バラ色のサングラスをかけた。「で、その男の見た目はどうなの?」

ガブリエルは顔を太陽に向け、目を閉じてジョーの顔を思い描いた。鋭い目、ぴんと伸びたまつ毛、官能的な唇のライン、完全に左右対称な広い額、まっすぐな鼻、力強いあご。たっぷりした茶色の髪は、耳のあたりと首の後ろでカールしていて、男らしい強そうな顔立ちを和らげている。それに、彼はものすごくいいにおいがした。「大したことない」

「あら、残念ね。私が無理やり刑事に協力させられるとしたら、ヌード・カレンダーに載ってるような男がいいわ」

それはまさにジョーを言い表す言葉だ、とガブリエルは思った。

「その人に重たい箱を運ばせて、汗まみれにさせるの」フランシスの空想は続く。「そして、彼が前かがみになったときに、硬いお尻を眺める」

ガブリエルは顔をしかめた。「私が注目するのは男性の魂よ。見た目は重要じゃないわ」

「ねえ、その話、前にも聞いたけど、もし本当なら、前につきあってたハロルド・マドックスとはどうして寝なかったの？」

確かに一理ある。でも、男性のルックスが魂の本質と同じくらい重要だなんて絶対に認めるつもりはない。そうじゃないもの。精神的に成熟した、悟りを得た人のほうが、先史時代の穴居人よりずっとセクシー。問題は、肉体的な魅力がときどき判断の邪魔をするということ。「私なりに理由があったのよ」

「そうね、彼は退屈だったし、もじゃもじゃの髪をポニーテールにしてたし、皆が彼をあなたのお父さんだと勘違いしてたもの」

「そんなに年取ってなかったわ」

「何とでも言いなさいよ」

フランシスが選んだ男性や夫について意見しようと思えばできたが、ガブリエルは黙っていることにした。

「ケヴィンが容疑者だとしても、私はそれほど驚かないけど」フランシスが言った。「彼ならこそこそ立ち回りそうだわ」

ガブリエルは少し離れたところにいる友人に目を向け、眉をひそめた。フランシスとケヴィンはしばらくつきあっていたことがあり、二人は今、愛憎半ばする関係にあった。ガブリエルはその理由や経緯を尋ねたことはなく、知りたいとも思わなかった。「根拠を訊いても、彼が好きじゃないから、としか言わないんでしょ」

「たぶんね。でも、とにかく、ちゃんと目を光らせていると約束して。あなたは友達を無条件に信用しすぎるのよ」フランシスは立ち上がり、サンドレスのしわを伸ばした。

無条件に信用するわけじゃない。でも、自分が与えた分の信用が相手から返ってくるのだと信じている。こちらが惜しみなく信用しなければ、相手も同じようには信用してくれないでしょう。「帰るの？」

「ええ。配管工とデートの約束をしたの。きっと面白いデートになるはずよ。彼、すごくいい体をしてるんだけど、無口なのよねえ。もし、あまりにも退屈だったら、家まで送ってもらって、彼のモンキー・レンチを見せてもらうことにするわ」

彼のモンキー・レンチについては、わざとコメントしなかった。「プレーヤーのスイッチ、入れてくれる？」ガブリエルは、籐のテーブルに載っている古いカセットプレーヤーを指差した。

「こんなくだらない音楽、よく聴けるわね」

「試しに聴いてみるべきよ。人生の意味が見つかるかもしれない」

「そうねえ、私はエアロスミスにしとく。スティーヴン・タイラーが人生の意味を与えてくれるもの」

「『夢を見続けろ《ドリーム・オン》』でしょ」

「あはは」フランシスが、帰るわね、とばかりに裏口のスクリーン・ドアをばたんと閉めた。

ガブリエルは、炎症の兆候がないかどうか調べるために日焼けのラインを確認してから目を

巻のごとく私の人生に入り込んでくることを定めたのだろう、といった疑問に対する答えを。かねる疑問に対する答えを探そうとしたのだ。たとえば、運命はなぜ、ジョーが宇宙の大竜閉じ、宇宙との結びつきに意識を集中させた。彼女は答えを見出そうとした。意味を理解し

ジョーはシャクナゲの茂みにタバコを投げ捨て、重たい木のドアに向かって手を上げた。ノックをしたと同時にドアが開き、知らない女性が現れた。ブロンドの髪をショートにし、艶やかなピンク色の唇をしたその人は、バラ色のサングラスの奥から彼をじっと見つめている。数週間見張っていた住所ではあったが、ジョーは後ろに下がり、家のわきに真っ赤な数字で示された住居番号を確認した。「ガブリエル・ブリードラヴさんを探してるんですが」

「ジョーね」

彼はびっくりして、視線を目の前の女性に戻した。

サングラスのレンズの向こうで、青い目が彼の胸を下へとたどっていく。「ボーイフレンドだって話だったけど、私に言わなかったことがたくさんあるのは間違いないわね」彼女は目を上げ、ジョーの顔を見て微笑んだ。「どうして、いいところを省いたのかしら?」

あの情報提供者は俺について、どんな話をしたのだろう? ほかにも訊きたいことはあるが、彼女に会わなければいけない理由はそれだけではない。ジョーはこれまで、ガブリエルほどばか正直で非友好的な情報提供者と仕事をしたことがなかった。彼女が洗いざらい白状して、彼の正体をばらしてしまうのではないかと心配になったのだ。落ち着いて協力しても

らわないと困る。もうラブシーンはごめんだ。せっかく仲間になったケヴィンとのあいだに割って入られるのも願い下げだ。「ガブリエルは？」

「裏庭のプールにいるわ」彼女は外に出て、後ろ手でドアを閉めた。「こっちよ。案内してあげる」それから、ジョーをエスコートして家のわきに回り、つるバラに覆われた背の高い塀のほうを指差した。開いた門のアーチが塀を二つに隔てている。

「そこを入っていって」案内してくれた女性は門を示すと、向きを変えて立ち去った。

ジョーはアーチをくぐり、大またで二歩進んだが、急に足を止めた。裏庭はたくさんの色と、いい香りのする花であふれている。そして、ガブリエル・ブリードラヴが子供用の浅いプールに浮いていた。ジョーの目はたちまち彼女をとらえたが、彼の注意を引き寄せたのは、数日前、身体検査をしたときに触ったボディ・ピアスだった。へそにピアスをする女性が特に好きというわけじゃないが……くそっ。あの小さな銀の輪っかを見ていると口の中が乾いてしまう。

ガブリエルが手で水面をなで、濡れた指を腹部にこすりつけた。小さな水滴がみぞおちやわき腹を流れていく。透き通ったしずくが一筋の日光をとらえながら、腹部をゆっくりと流れ落ち、へその中に消えた。ジョーの腹部はざわつき、かっと熱くなった。下半身に欲望が押し寄せる。自分がだんだん硬く、重たくなっていくのがわかり、彼は芝生の上に立ち尽くした。ありがたくない考えに襲われ、それをどうすることもできない。プールに入って、彼女の腰に腕を巻きつけ、へそから流れ出る水滴を吸い、そこに舌をつけて温かい肌をなめてみたいと思ったのだ。ジョーは自分に言い聞かせようとした。いいか、彼女は正気じゃない、いかれてる、頭がおかしいんだ。しかし、あれから九時間経ったというのに、彼は自分の口に押し当てられた、彼女の唇の柔らかい感触をまだ覚えていた。

あのキスは仕事の一部だった。正体をばらされる前に彼女を黙らせようと思ってしたことだ。当然、体は反応したし、彼女の温かい唇の味や、ぴったり押しつけられた乳房の感触に対する自分の反応に驚きはしなかった。しかし、舌を入れてしまったのは大きな間違いだった。おかげで彼女の口の中がペパーミントのような、情熱そのもののような味がするとわかってしまった。指に絡みつく髪が柔らかかったこと、彼女がエキゾチックな花の香りを漂わせていたことも覚えている。あのとき、ガブリエルは彼を押しのけたり、抵抗したりはしなかった。彼女の反応は下半身まで伝わり、ジョーを完全に支配した。彼は約二秒で完全に硬くなり、両手を滑らせて彼女の乳房をわしづかみにしてしまわぬよう、かろうじて自分を抑えていた。彼は刑事だ。だが、一人の男でもある。

裏庭で突っ立ったまま、ジョーはいつの間にか、ガブリエルの下腹部を覆う銀色の小さな三角の布に目を向け、いつの間にか、あの布地の下はどうなっているのだろうと考えていたが、それは彼が刑事だからではなく、一人の男であるからにほかならない。彼の視線は、ガブリエルの右の太ももの内側にある小さなほくろへ移り、長い脚をたどって紫色に塗られたつま先の爪にたどり着き、そこから再びシルバーのボディ・ピアスに戻って、ビキニのてっぺんへと至った。幅のある縫い目が左右の乳首の上を横切り、ぴったりしたビキニ・トップが完璧な形に盛り上がった小麦色の二つの乳房を押し上げていた。ジョーの足元で地面ががくんとずれてそのまま落下し、自分も一緒に落ちていくような気がした。彼女は情報提供者だ。それに頭がどうかしている。と同時に、彼女はとても美しい。ジョーはただ、スナック菓子のアルミのパッケージをはがすように、あのビキニをはぎ取り、とにかく胸の谷間に顔をうずめたいと思った。

ジョーの視線は、ガブリエルの喉のくぼみへ移り、あごを通って、ふっくらした唇へと導かれていく。彼女の唇が動くのをじっと見つめていると、裏庭に足を踏み入れて以来初めて、穏やかな男性の声がすることに気づいた。洞くつがどうのこうのと言っている。「ここはあなたの洞くつ」睡眠薬《セコナール》でも飲んだかのような物憂げな声だ。「ここはあなたの場所。本当の自分自身を見つけられる場所、あなたの中心が見つかる場所なのです。深く息を吸って……お腹に意識を持っていきます……。そのまま意識を解放し、私のあとに続いてください……。私の心は安らいでいる……オーム・ナー・マー・シー・ヴァー・ヤー……フーム」

足元の地面が戻ってきた。ジョー・シャナハンの世界で、すべてが秩序を取り戻した。気持ちはしっかりしている。もう大丈夫だ。ガブリエルはやっぱりいかれてるし、何も変わってない。ジョーは、かろうじて死を免れた瞬間にも似た、笑いたくてどうしようもない衝動に駆られた。「君がヤニー（ギリシア出身のキーボード奏者。ニューエージ・ミュージック界の大御所）のファンだってことは知っておくべきだったな」テープの声に負けないくらい大きな声で呼びかけた。

ガブリエルがぱちっと目を開け、上体を起こす。透明のいかだが傾き、彼女が手足をじたばたさせ、水に落ちる様をジョーはじっと見ていた。再び水面に顔を出したとき、彼女の髪には、ピンクや赤のバラの花びらがくっついていた。ガブリエルはプールの底に座っており、その周りでレモンのスライスや野草がぷかぷか浮いている。

「ここで何してるの？」ガブリエルが早口で言った。

「話し合う必要がある」ジョーは笑いながら答えた。顔がほころんでしまうのを抑えようとしたが、だめだったのだ。

「あなたに話すことはないわ」

「じゃあ、聞いていればいい」彼は裏口のドアのわきに置いてあるプレーヤーのほうに移動した。「まずは、ヤニーを追い払わなきゃいけないな」

「ヤニーなんか聴いてない。それは、ラージャ・ヨガの瞑想法なの」

「なるほど」ジョーはストップ・ボタンを押し、彼女のほうに顔を向けた。

ガブリエルが立ち上がると、水が体を滑り落ち、紫色の花がついた小枝がビキニの胸に引っかかった。「これっていつものパターン」彼女は一方の肩に髪を寄せ、水を絞った。「静かな中心を見つけたと思うと、あなたがずかずか入ってきて、私のバランスをぶち壊すのよ」

バランスと名のつくものについて、どうせ生半可な知識しか持ち合わせてなかったんだろう、と思いながら、ジョーは籐椅子にかかっている白いバスタオルをつかみ、プールのへりまで歩いていった。しかし、彼女が精神的に不安定であろうがなかろうがどうでもよかった。彼はガブリエルのボーイフレンド役を押しつけられたわけだが、この二日、彼女の歓迎ぶりときたら、まるで彼を疫病神扱いだ。ケヴィンも今は疑っていないかもしれない。だが、彼女のとげとげしい振る舞いを、ただの焼きもちだ、生理痛だと言って、いつまでもごまかしていられるものではない。「俺たち、努力することはできるんじゃないのか？」ジョーはタオルを手渡した。

ガブリエルの手がぴたりと止まった。ジョーをじっと見つめ、怪しむように緑色の目を細めている。「何を努力するの？」彼女はタオルを受け取り、プールから出た。

「お互いの接し方だよ。君が俺を敵だと思っているのはわかってる。でも俺は敵じゃない」自分の情報提供者をこれっぽっちも信頼していないとはいえ、彼女には信頼してもらわないと困る。こっちは情報提供者の安全に対して責任があるし、彼女を守るのも任務のうちだ。つまり物理的に守るということだが。

もし二人の仲が険悪になって、ガブリエルがケヴィンを頼れば、彼女を守れなくなってしまう。ケヴィンが彼女を傷つけるとは思わないが、一つ先手を打つとすれば、それは不測の事態に備えること。そうすれば、不意をつかれて慌てるはめにはならない。「俺に仕事をさせてくれないと困るんだよ。必要なものが早く手に入れば、その分、俺はさっさと君の生活から出ていけるんだ。二人で何か取り決めをしなきゃいけないな」

ガブリエルはタオルで顔と首を軽く押さえ、ビキニに引っかかっている紫の花を取り除いた。「つまり、歩み寄るってこと？」

とんでもない。神経過敏になるのはやめて、俺に熱を上げているように振る舞うべきだと言ってるんだ。地獄の悪魔呼ばわりされるのは、もうごめんなんだよ。「いいだろう」ガブリエルはジョーをしげしげと見つめ、花の小枝をまたプールに放り込んだ。「どういうふうに？」

「まず、君は気持ちを落ち着けて、特殊部隊《スワット》が店のショーウィンドウを爆破しようとしているかのような振る舞いをやめるべきだ」

「それで？」

「二人とも不本意だろうが、君は俺のガールフレンドってことになってる。連続殺人犯を相手にしているみたいな態度はやめてくれ」

ガブリエルが胸のてっぺんをタオルでぽんぽん叩いているので、ジョーはわざと彼女の顔に目を釘づけにしておいた。視線を下ろして、また空想の世界に浸るつもりは毛頭ない。

「私がそのとおりにしたら？　あなたは何をしてくれるの？」

「君が絶対、巻き込まれないように——」

「だめだめ」ガブリエルは首を横に振り、腰にタオルを巻いた。「そんな脅し、もう通じない。だって、私はケヴィンが罪を犯したと思ってないもの」

ジョーは片足に体重をかけ、腕組みをした。相手の出方は心得ている。情報提供者はここで、金をゆすり取ろうとしたり、リハビリ中に薬をやったことより、罰金未払いの駐車違反切符のほうを早く帳消しにしてくれと言ったりする。ひょっとすると、自分用の警察バッジを手に入れようとするかもしれないのだ。「君の望みは？」

「先入観を持たないでほしいの。ケヴィンがやったと決めてかからないで」

駐車違反切符の帳消しのほうが楽だな。ジョーの頭の中では、ケヴィン・カーターの有罪は疑いの余地がなかった。しかし、神から与えられた才能を駆使して、良心の呵責などこれっぽっちも見せず、厚かましい嘘をつきとおすことも覆面捜査官の仕事の一部だ。「いいとも。先入観は持たないようにする」

「本当に？」

ジョーは口元をリラックスさせ、俺は君の相棒さと言いたげな笑みを作った。「もちろん」

ガブリエルはジョーの頭の中を読み取ろうとするかのように、彼の目をじっと見つめた。

「刑事さん、ピノキオみたいに鼻が伸びてる」

ジョーの笑顔が本物になった。彼女はいかれてるが、ばかというわけじゃない。これまで、さんざん人を相手にしてきたから違いはわかるし、どちらかを選べと言われたら、絶対いかれているほうを選ぶだろう。彼は両手のひらを見せ、「努力はしてみるよ」と言って、腕をわきに下ろした。「ということで、どう？」

ガブリエルはため息をつき、左の腰の上でタオルを結んだ。「それが精いっぱいの歩み寄りなら、しょうがないわね」それから向きを変え、家のほうに歩きだしたが、振り返ってジョーを見た。「もう、夕食は済ませた？」

「いや」ジョーは途中でスーパーに寄って、自分用のチキンとサム用のニンジンを買って帰ろうと思っていた。

「これから夕飯を作るの。いたければ、いていいわよ」ちっとも熱意の感じられない言い方だ。

「夕食をご一緒にと誘ってくれてるのかな？　本当のガールフレンドみたいに？」

「私はお腹が空いてるし、あなたはまだ食事をしてない」ガブリエルが肩をすくめ、裏口のほうに歩いていく。「これくらいにしておきましょう」

ジョーの視線が彼女の濡れた髪のうねりをたどり、毛先から背骨へ滴り落ちていくしずくを追っている。「作れるのか？」

「料理はすごく得意なの」

後ろを歩きながら、ジョーは目を伏せ、この一週間でありがたく鑑賞するようになった彼女の腰の揺れ方、丸みのあるヒップ、それに、膝の裏をかすめているタオルを眺めた。料理上手な彼女が用意してくれる夕食か。いいねえ。もちろん、この機会を利用すれば、ケヴィンとの関係について訊くこともできるし、俺がいるところで彼女にリラックスしてもらえるようにもなる。「夕食のメニューは？」

「ストロガノフとフランスパンとサラダ」ガブリエルは階段をいくつか上り、裏口のスクリーン・ドアを開けた。

ジョーはすぐ後ろに続き、ガブリエルの頭上に手を伸ばして木の戸枠をつかみ、ドアが閉まらないように押さえた。

そのとき、ガブリエルが急に立ち止まった。注意していなかったら、ジョーは彼女を押し倒していただろう。むき出しの背中に胸が軽く当たってしまった。彼女がくるっと振り向き、薄いコットンのTシャツ越しに肩が彼の胸をかすめた。「あなた、ベジタリアン？」

「とんでもない。君はそうなのか？」

ガブリエルは大きな緑の瞳で彼の目をじっと見つめ、困ったように眉間に小さくしわを寄せた。そして、何やら不思議な態度を取ったが、まあ、彼女が何をしようが驚くべきじゃないな、とジョーは思った。ガブリエルは何かのにおいをかぐように、鼻から深く息を吸ったのだ。ジョーには彼女の肌にしみついている花の香りしかわからない。それから、彼女はやっぱり忘れようと言いたげに首を小さく横に振り、何事もなかったかのように、そのまま家の中に入っていった。ジョーもついていったが、ふと自分のわきの下のにおいを確かめたい衝動に駆られた。

「乳製品も卵も採らない完全菜食主義を目指したことがあるの」ガブリエルはそう言いながら、洗濯機と乾燥機が置いてある部屋を抜け、明るい黄色に塗られたキッチンへ入っていく。

「そのほうが健康的なライフスタイルでしょ。でも、残念ながら私は堕落してるのよ」

「堕落したベジタリアンってわけか？」そんなの聞いたことがない、と思ったが、ジョーは大して驚きもしなかった。

「ええ。肉を食べたい衝動を抑えようとしてるんだけど、意志が弱くて。私は欲望をコントロールできないという問題を抱えているの」

ジョーにとって、欲望のコントロールはたいがい問題ではなかった。今までのところは……。

「血管に悪い食べ物は、たいがい好きね。自分でも気づかないうちに、マクドナルドへ入りかけていることがあるわ」

片隅に置かれた朝食用テーブルの上にステンドグラスの窓があり、部屋の隅々ばかりか、小さな木のテーブルに並んだガラスの小ビンにも様々な色の破片を投げかけている。キッチンはアノマリーと同じような、ローズ・オイルとパチュリーのにおいはするものの、ほかのにおいはしない。彼女は料理が得意だと言っているが、それも怪しいんじゃないのか？カウンターの上に目をやっても、ストロガノフがぐつぐつ音を立てている鍋は見当たらない。焼きたてパンのにおいもしない。彼女が冷蔵庫を開け、容器に入ったソース、パック入りの生パスタ、フランスパンを一本取り出したとき、ジョーの疑問は確信に変わった。

「料理が得意なんだと思ってたけど」

「そうよ」ガブリエルは冷蔵庫を閉め、出したものをすべてコンロの隣に置いた。「左脚のわきにあるキャビネットを開けて、鍋を二つ出してくれる？」

ジョーが身をかがめて扉を開けると、水切り用のざるが足の上に落ちてきた。この散らかりようは、うちのキャビネットよりひどい……。

「ああ、ちょうどよかった。それも必要ね」

ジョーが鍋と水切りをつかんで体を起こすと、ガブリエルは冷蔵庫の扉に寄りかかり、分厚くちぎったフランスパンを片手に立っていた。彼女の視線がジョーのジーンズから胸へと漂う様子を、彼はじっと見つめた。彼女はパンをゆっくりかんでから飲み込み、口の端についたパンくずを舌の先でなめ、ようやく顔を上げて彼を見た。「食べる?」

パンが食べたいかと訊いてるんじゃないかもしれない。彼女の顔を探ってみたが、澄んだ緑の瞳に挑発するような表情はまったくうかがえない。彼女が情報提供者でなかったら、食べたいものは何か、喜んで教えてやるのにな。まずは彼女の唇からスタートして、ゆっくりと、太ももの内側にある小さなほくろを味わいたい。ビキニをぴんと引っ張っている、大きな柔らかそうな乳房を両手でめいっぱいつかみたくてたまらない。しかし、彼女は情報提供者なのだから、ボーイスカウトのごとく振る舞わなければならない。「いや、結構だ」

「そう。じゃあ、私は着替えてくる。そのあいだに、小さいほうの鍋にストロガノフを移して、大きいほうの鍋に水を入れて沸かしておいて。お湯が沸騰してきたら、パスタを加えてね。茹で時間は五分よ」ガブリエルは勢いをつけて冷蔵庫から離れ、彼の前を通り過ぎたが、一瞬立ち止まって鼻から深く息を吸い込んだ。そして、先ほどとまったく同じように眉間にしわを寄せ、首を横に振った。「とにかく、パスタが茹で上がるまでには戻ってくるわ」

ガブリエルはパンをちぎって食べながらキッチンをさっそうと出ていき、ジョーはそれを見つめながら考えた。なんで、こんなことになってしまったんだろう? 料理は得意だというビキニの女性から食事に招かれたのに、彼女は着替えるあいだに料理をしておけと言い残して行ってしまった。それに、あのにおいをかぐ仕草はどうなってるんだ? もう二度もやったじゃないか。ジョーは少し被害妄想的な気分になっていた。

ガブリエルがまた突然キッチンに顔を出した。「私がいないあいだにモネを探すつもりじゃないでしょうね？」

「しないよ。君が戻ってくるまで待つ」

「よかった」彼女は笑顔でそう言うと、大鍋に水を入れた。再び姿を消した。

ジョーはシンクに移動し、尻尾を巻きつけてきた。猫はあまり好きではない。太った黒猫が一匹、彼の脚に体をすり寄せ、ふくらはぎに尻尾を巻きつけてきた。猫はあまり好きではない。まったく役立たずな動物じゃないか。犬は訓練すれば麻薬をかぎつけることができるし、鳥は仕込めばしゃべったり、片脚で逆さまにぶら下がったりすることができる。でも猫はそうはいかない。彼はワーキング・ブーツのつま先で猫をそっと押しのけ、コンロに向かった。

ジョーの視線が戸口のほうへ漂っていく。ガブリエルが戻ってくるまでに、あとどれくらいかかるだろう？　彼女がいないあいだに引き出しを調べなかったのは気がとがめたわけではなく、ちゃんと理由があった。まず第一に、探したところで何か見つかるとは思っていなかったからだ。ガブリエルがヒラード邸の盗難事件にかかわっているとすれば、彼を家に招くとは思えないし、クローゼットにモネの絵を丸めて隠しているなら、緊張のあまり、ストロガノフのことで、くだらないおしゃべりはできなかっただろう。第二に、彼女には信用してもらわないと困るからだ。家捜ししているところを見つかれば、それは絶対にあり得ない。この刑事はそれほど悪い男ではないと彼女に証明する必要があるが、死ぬほど難しいことじゃないだろう。俺はビールを飲みながら口説いた女性の数を自慢するような男ではないが、女性にはたいがい好かれる。セックスだってなかなかのものだ。ベッドをともにする女性が自分と同じくらい楽しんでくれるように常に手を尽くしているし、メグ・ライアンは『恋人たちの予感』の中で「女性はイッたふりができる」と言っていたが、女性が達したふりをすれば見抜く自信はある。それに終わったあとすぐ、ごろんと横を向いていびきをかいたりしないし、女性の上にどさっと崩れ落ちたりもしない。

ジョーはコンロに載せた鍋にストロガノフを移し、火をつけて中火にした。俺は女性の前で泣くようななよなよしたデリケートな男ではないが、女性からは親切な人間だと思われている。絶対に。

足に何か載っている。見下ろすと、例の猫がブーツの上に座っていた。「あっちへ行けよ、毛玉野郎」そっとつつくと、猫はリノリウムの床を歩いてすーっと去っていった。

ガブリエルはレースのブラのフロントホックを胸の谷間で留め、短めの青いTシャツを頭からかぶった。たとえジョーがキッチンは調べないと言っても、その言葉を本当に信じてはいなかった。目の届かないところで何をしているかわかったもんじゃないし、目を離さずにいるときでも信用なんかしていない。でも彼の言うとおりだ。店や自分の生活の中で彼と穏やかに接する方法を見つけなくちゃ。やるべき仕事があるのに、彼の行動をいちいち見張ったり、何かあるたびに早退したりしなければいけない状況では、それどころではなくなってしまう。

色あせたジーンズに足を突っ込み、へそのすぐ下でボタンを留める。仕事の心配に加えて、自分の体が危険な状態にあることもわかっていた。ストレス性の頭痛や、気持ちの悪い顔のひきつりを抱えてこのまま過ごしていたら、いつ健康上の深刻な問題に発展するかわからない。たとえば、ホルモンのバランスが崩れるとか、脳下垂体が過剰に機能するとか……。

ドレッサーからブラシをつかんで濡れた髪をとかし、四柱式ベッドを覆うレースのカバーの上に座って自分に言い聞かせてみる。私の人生に入り込んでくる人には皆、何か理由があるはずよ。心を開けば、ジョーが存在することの崇高な意味がきっと見出せる。すると、キャビネットから鍋を取り出そうと身をかがめたときの彼の後ろ姿が頭に浮かび、ガブリエルは部屋の向かい側の姿見に映る自分をにらみつけた。ジーンズに包まれた彼の後ろ姿にスピリチュアルな意味などまったくない。

ガブリエルはブラシをわきにほうり、髪をざっと編んで、根元に青いリボンを結んだ。ジョーは暗い、陰気な刑事で、人の神経をずたずたにし、生活をめちゃくちゃにし、不調和をもたらした。おかげで体と精神のバランスが崩れている。至高とはほど遠い混乱状態よ。要するに、崇高な目的などまったく見出せないってこと。

でも、彼はいいにおいがした。

数分後、ガブリエルがキッチンに入っていくと、ジョーはシンクの前に立ってパスタの水を切っており、頭が湯気に包まれていた。ふと見ると、母親の猫が彼の足のあいだで8の字を描きながら、尻尾をふくらはぎに巻きつけ、大きな声でニャーニャー鳴いている。

「ビーザー！」ガブリエルはその雌猫をすくい上げ、胸に抱き寄せた。「刑事さんの邪魔をしないの。さもないと、地面に叩きつけられて逮捕されちゃうからね。私は経験者だから知ってるの」

「君を地面に叩きつけた覚えはない」湯気が消えてきた。「叩きつけられたやつがいたとすれば、それは俺だ」

「ああ、そうね」ガブリエルは、彼がまつ毛をくっつけて地面に横たわっていたことを思い出し、にんまりした。「私があなたを出し抜いたのよ」

ジョーが肩越しにガブリエルを見て、水切りを振った。口元に少し笑みが浮かび、こめかみのあたりの髪が湿気でカールしている。「でも、結局上になったのは誰だったかな、おてんばさん？」彼の視線は、彼女の編んだ髪からむき出しの足へと降りていき、再び上がってきた。「パスタは茹で上がったよ」

「じゃあ、それをストロガノフの鍋にあけて混ぜておいて」

「君は何をするんだ？」

「ビーザーに餌をやるの。じゃないと、この子、あなたを放っておいてくれないわよ。ごはんを作ってるんだってわかってるし、食べ物に取りつかれてるんだから」ガブリエルは裏口のドアのわきにあるキャビネットに歩いていき、キャットフードの箱を取り出した。「餌をやり終わったら、サラダを作るわ」箱の蓋をはがし、中身を陶器の器に入れ、ビーザーが食べ始めると、冷蔵庫を開けて、カット野菜のサラダが入った袋を取り出した。

「そんなことだろうと思った」

ジョーのほうを見ると、彼はソースにパスタを加え、木のスプーンでかき混ぜていた。あごひげの影で、日焼けした頬がさらに暗く見え、唇の官能的なラインが強調されている。

「何が?」

「レタスはもうカットしてあるやつだってことさ。夕食に招かれて、自分で料理しろと言われたのは、これが初めてだ」

彼を客だと思ったわけじゃない。来てしまったからやむを得ず入れてあげたといったほうが近いのに。「なんか変……」

「ああ。変だよ」ジョーは木のスプーンを持ったまま、部屋の片隅に置いてある朝食用のテーブルを示した。「あそこにずらっと並んでるやつは何なんだ?」

「クール・フェスティバル用に準備したブレンド・オイル」ガブリエルはレタスを二つのボールに分けながら説明した「私、精油を使ったオリジナルのコスメやヒーリング・オイルを作ってるの。今日は、セサミ・オイルとウイート・ジャーム・オイルとラベンダーで作った日焼け止めオイルの効果を確認しておかなきゃいけなかったから、プールであんなことをしてたのよ」

「効果はあったのか?」

ガブリエルはTシャツの首を引き下ろし、日焼けした胸についた真っ白なビキニの跡をしげしげと眺めた。「やけどにはなってない」ちらっとジョーを見たが、彼はガブリエルの顔も日焼けのラインも見ていなかった。見ているのは、むき出しになった彼女の腹部だ。とても熱い視線が一心に注がれ、肌が赤く染まる。「サラダのドレッシング、何がいい？」ガブリエルはこう尋ねるのがやっとだった。

ジョーは一方の肩をすくめてストロガノフの鍋に意識を集中してしまい、ガブリエルはさっきの彼の目つきは私の想像だったのかしらと思った。「ランチ・ドレッシング」

「ああ……」ガブリエルはどぎまぎしていたが、気づかれないように冷蔵庫のほうを向いた。「イタリアンとファット・フリーのイタリアンしかない」

「じゃあ、なんで選択肢があるみたいな訊き方をするんだ？」

「選択肢ならあるわ」彼が二人のあいだに何も起こらなかったふりをできるのなら、私だってできる。しかし、ガブリエルは彼の演技のほうがうまいような気がした。「イタリアンかファット・フリーのイタリアンよ」

「イタリアン」

「よかった」ガブリエルはサラダにドレッシングをかけると、器を食堂へ運び、取り散らかったペデスタルテーブルに並べた。家で誰かと夕食をともにすることはあまりなく、カタログやブレンド・オイルのレシピを食器棚に突っ込まなければならなかった。テーブルの上が片づくと、中央に短い蜜蠟キャンドルを一つ置き、火を灯した。それから、リネンのプレイスマットとおそろいのナプキン、銀のナプキンリング、それに祖母から受け継いだ銀の食器を出してきた。赤いケシの花が描かれたビレロイ&ボッホの皿をつかみ、あの刑事にいい印象を与えようと思ってるわけじゃないのよと、自分に言い聞かせる。私は「いい物」を使いたいの。だって、めったに使う機会がないんだもの。ほかに理由はないわ。

　いちばん上等な食器を手に、ガブリエルは再びキッチンに入っていった。ジョーは彼女が出ていったときと同じ場所に立ち、こちらに背中を向けている。彼女は戸口で立ち止まり、彼の濃い茶色の髪と首、広い肩と背中をじっと見つめた。視線をリーバイスのポケットまで動かし、さらに脚に沿って下ろしていく。最後にハンサムな男性を夕食に呼んだのはいつだったか思い出せない。最近つきあった二人のボーイフレンドはハンサムと呼べるタイプではなかったから、数に入らない。ハロルドは素晴らしい人で、精神的な悟りにまつわる彼の話を聞くのは大好きだった。説教じみているとか、あまりにも現実離れしているとか、そういう人ではなかったけれど、確かにフランシスの言うとおりだ。ハロルドは年上すぎた。

　ハロルドの前につきあったのはリック・ハッタウェイ。顔は月並みだったものの、感じのいい人で、禅目覚まし時計《ゼン・アラーム・クロック》（鐘の音のような穏やかなアラームが間隔を置いて鳴る、木製の目覚まし時計）を作る仕事をしていた。どちらの男性も、私の脈を速めたり、そわそわさせたり、熱い視線で肌をほてらせたりすることはなかった。ハロルドにしろリックにしろ、私の関心は性的なものではなかったし、彼らとの関係はキス止まりだった。

　男性を魂の質ではなく、ルックスで判断していたのはずいぶん昔のこと。自然保護論者へ転向する前の話だ。当時は皿を洗うのがいやでいやで、紙皿しか使っていなかった。つきあっていたボーイフレンドは、おおかたウェッジウッドと使い捨ての紙皿《チャイネット》の区別もつかなかっただろう。そのころは自分のことを本格的なアーチストだと思っていて、単に美的感覚に訴えるかどうかで男性を選んでいた。悟りを得ている人は一人もいなかったし、あまり賢くない人もいたけれど、知性はまったくどうでもよかった。要は筋肉。筋肉と引き締まったヒップと体力が肝心だった。

ガブリエルはジョーの背骨に沿って視線を上げた。悔しいけど認めよう。ディナーテーブルの向こうにいる彼が、ハンサムで、男性ホルモンたっぷりの男らしい人であることを見落としていた。確かにジョーは、悟りを得ることに関心はなさそうだけど、首の筋肉がたくましい普通の男性よりは頭が良さそうに見える。だがそのとき、彼が腕を上げて頭をかがめ、自分のわきの下のにおいをかいだ。

ガブリエルは手に持った皿を見つめた。紙皿にしておけばよかった……。

7

ガブリエルはジョーのテーブル・マナーにびっくりした。半ダースパックのオールド・ミルウォーキーで酔っ払っているばかな学生みたいに、口を開けてくちゃくちゃかんだり、体をかいたり、げっぷをしたりはしないのだ。それどころか、膝の上にナプキンを広げ、ペットのオウム、サムにまつわるとんでもない話をして楽しませてくれた。もし分別がなかったら、彼は私を魅了しようとしている、あるいは、あのがっしりした体のどこか深いところに、まともな魂が埋もれているのかもしれないと思ってしまっただろう。

「サムは体重に問題があってね」ストロガノフをほおばる合間に言った。「ピザとチートスが大好きなんだ」

「鳥にピザやチートスをあげてるの？」

「もうあまりあげてない。あいつのために運動用の器具を組み立ててやるはめになったよ。今は、俺がトレーニングするときに、あいつにもやらせてる」

ガブリエルはジョーの話を信じるべきかどうかわからなかった。「鳥にどうやってトレーニングさせるの？　飛んでっちゃうんじゃない？」

「うまくだまして、遊んでると思わせるんだ」ジョーがパンをちぎって食べ、飲み込んでから言葉を続けた。「ベンチプレスの台の隣に器具が置いてあって、俺が部屋で一緒にいてやるあいだはずっと、あいつもはしごやチェーンを上ってる」

ガブリエルは自分のパンを食べ、蜜蠟キャンドルの向こうにいる相手を観察した。食堂の窓から薄手のカーテン越しに注ぐ柔らかな光が部屋を満たし、ジョー・シャナハン刑事を照らしている。男らしい顔がリラックスして、おとなしそうに見えるけど、これは光のいたずらに違いない。だって、正面にいる男性は、確かに魅力はある人だけど、ごく最近の経験から、おとなしくもなんともないとわかっているもの。優しいところなんかない。でも、ペットの鳥をかわいがる男性なら、性格の悪さを補う取り得がまるでないとは言えないのかも。

「サムを飼って、どれくらい?」

「まだ一年そこそこだけど、ずっと一緒にいるような気がするよ。デビーが買ってくれたんだ」

「デビーって、ごきょうだい?」

「ああ。きょうだいは四人いる」

「うわあ、すごい」子供のころ、ガブリエルはいつもきょうだいが欲しいと思っていた。

「あなたがいちばん上?」

「いちばん下。姉が四人だ」

「末っ子……」と言ったものの、大人の男としてのジョー以外、何も想像することができない。強烈な男性ホルモンを発散させている彼に、頬を輝かせた、かわいらしい男の子の面影はない。「四人のお姉さんに囲まれて育つなんて、きっと楽しかったでしょうね」

「ほとんど地獄だったよ」ジョーはフォークをくるくる回してパスタを一口分、すくい取った。

「どうして？」

彼はパスタを口に押し込み、それをかみながらガブリエルをじっと見ている。答えるつもりはなさそうな顔をしていたが、やがて食べていたものを飲み込み、白状した。「姉貴たちの服を着せられて、五番目の妹みたいに扱われた」

ガブリエルは笑わないように努力したものの、下唇が震えてしまった。

「笑い事じゃない。何とかごっこをするときだって、俺は犬の役さえやらせてもらえなかったんだ。タニアにいつも犬の役を取られてた」

今度はガブリエルも笑いだし、彼の手を叩いて、もう大丈夫よと言ってあげようかとさえ思ったが、やめておいた。「どうやら、お姉さんはその埋め合わせをしたようね。おわびのしるしに、誕生日に鳥を買ってくれたのよ」

「サムは、しばらく自宅療養していたときに、デビーがくれたんだ。姉貴としては、鳥でもいれば、回復するまでのあいだ、弟の話し相手になるだろうし、子犬より手がかからなくていいと思ったんだろう」ジョーはもう笑顔になっている。「手がかからないって判断は間違ってたけどね」

「どうして自宅療養なんかしてたの？」

笑顔が消え、彼は大きな肩をすくめた。「麻薬の手入れで撃たれたんだ。そもそも計画は最初からうまくいってなかったのさ」

「撃たれたの？」自分の眉が額を押し上げているのがわかった。「どこを？」

「右の太もも」ジョーはそう答えると、急に話題を変えてしまった。「さっき、玄関をノックしたとき、君の友達に会った」

撃たれた話を詳しく聞きたかったのに。でも、彼は明らかにこの話題を打ち切りにしたがっている。「フランシス？」

「名前は言わなかったけど、俺のことは、君からボーイフレンドだと聞いていると言ってた。ほかに何を話したんだ？」ジョーは言い終わってから、パスタの最後の一口を食べた。

「だいたい、そんなところかな」ガブリエルは言葉をにごし、アイスティに手を伸ばした。

「彼女、私がストーカーにつけられてると思っていたことを知ってるの。それで、あれはどうなったのかって、今日、訊かれちゃったのよ。今、その男とつきあってると答えておいたから」

ジョーはゆっくりパスタを飲み込み、二人を隔てるわずかな空間の向こうからガブリエルをしげしげと眺めた。「ストーカーだと思っていた男とつきあっていると言ったのか？」

ガブリエルはアイスティを飲み、うなずいた。「うん……」

「それで、彼女は変だと思わなかったのか？」

ガブリエルは首を縦に振り、グラスを置いた。「フランシスは恋愛関係で問題を抱えているし、女もときには一か八か賭けに出なきゃいけないってわかってるのよ。それに、男性に追いかけられるのって、すごくロマンチックでしょ」

「ストーカーに？」

「そうねえ。人生にはヒキガエルにキスしなきゃいけないこともあるし」

「何匹も相手にしたのか？」

ガブリエルはフォークでサラダを広げ、あてつけがましく彼の唇に目を向けた。「一匹だけよ」それから、レタスを口に押し込んだ。

ジョーがグラスに手を伸ばし、静かに笑う声が部屋を満たす。あのときガブリエルがヒキガエルを相手にするような反応を示さなかったことは二人ともわかっていた。「ヒキガエルにキスすること以外で、君についてもっと教えてくれないかな」水滴が一つ、グラスを伝って彼のTシャツに落ち、左胸に小さな丸い跡ができた。

「私を尋問してるの？」

「とんでもない」

「どこかに私のファイルがあって、情報がぎっしり書き込んであるんでしょう？　虫歯が何本あるとか、スピード違反の切符を何回切られたとか……」

ジョーはグラスの縁越しにガブリエルと目を合わせ、彼女を見つめながらアイスティをぐっと飲み込み、グラスを置いた。「歯の治療歴はチェックしていないが、君は去年の五月に制限速度三二キロのゾーンを五六キロで走って切符を切られてる。それと一九のとき、ワーゲンで電柱に突っ込んだが、運よく、ミラーを傷つけ、額を三針縫うだけで済んだ」

ジョーが運転歴を知っていても、ガブリエルは驚きもしなかった。でも、自分の人生にまつわることを彼がいろいろ知っているのに、自分はジョーのことをほとんど何も知らないというのは気持ちが悪い。「興味深いわね。ほかに何を知ってるの？」

「君はおじいさんから名前をもらってる」

これも大して驚くことではない。「うちも、子供に祖父母にちなんだ名前をつけるような家族なのよ。祖母のほうの名前は、ユーナック・ベリル・ポーと、テルマ・ドリタ・コックス・ブリードラヴ（ユーナックには「宦官」の意味がありコックスは男性器を連想させる言葉）。だから私はラッキーだったと思う」ガブリエルは肩をすくめた。「ほかには？」

「君は二つの大学に通ったが、どちらの大学からも学位をもらってない」

どう見ても、彼は本質的なことがわかってない。私のことは何一つわかってない。「学位をもらうために大学に行ったんじゃないわ」ガブリエルは話を始め、ほとんど空になったサラダボールを皿の上に重ね、わきにどけた。ストロガノフにはほとんど手をつけていなかったが、テーブルの向こうにいるジョーを見たら、突然、あまり食べたい気分ではなくなったのだ。「自分が興味を持ったことを学びに行ったのよ。そこで知りたかったことを学んだから、次に興味を持ったことをまた学びに行ったの」彼女はテーブルに片腕を置き、頬杖をついた。「学位や修了証書なんか、誰だって何かしらがもらえるでしょう。大したもんじゃないわ。どこかの大学でもらった紙一枚で、その人が決まるわけじゃない。そんなものがあったって、私という人間はわからない」

ジョーは膝の上からリネンのナプキンを取り、グラスのわきに置いた。「じゃあ、君がどんな人間なのか話してくれてもいいだろう。俺がまだ知らないことを教えてくれよ」

罪になるような証拠を暴露させたいのだろう、とガブリエルは思った。でも何も知らない。本当に何も知らない。そこで、自分に関することで、彼には思いも寄らないだろうと確信できる事実を話して聞かせた。「衝動とフェチについて、フロイトが言わんとしたことを解明しているところなの。フロイトによれば、私には口唇《こうしん》期《き》固着（乳児期に口や唇の欲求が満たされなかった、あるいは刺激が多すぎたため、成人してからもその段階の欲求に異常に固執する状態）があるみたい」

ジョーの笑みが口の片側をぐっと引き上げ、視線が彼女の唇に下りていく。「本当に？」

「あまり興奮しないでよね」ガブリエルが笑った。「フロイトって頭のいい人だけど、ペニス羨望なんてばかげた概念を重視したのよ。そんなくだらないことを考えつくのは男だけ。ペニスを欲しがる女性なんか、お目にかかったことがないもの」

テーブルの向こうからじっと見ていたジョーが口のもう片側を上げ、にやっと笑った。

「俺のを欲しがった女性は何人か知ってるけどね」

セックスに関してはリベラルな意見を持っているとはいえ、ガブリエルは頬がかっと熱くなった。「そういう意味で言ったんじゃない」

ジョーは声を上げて笑い、椅子の前脚を浮かせた。「ケヴィンと出会った経緯について教えてくれないか？」

ケヴィンがもうジョーに全部話しているはず。ジョーは私が嘘をつくところを押さえるために訊いているのかしら？　嘘をつかなきゃいけないことなんか何もない。「たぶんケヴィンが話したと思うけど、私たちは、あるエステート・オークションで初めて会ったの。アノマリーを開く何年か前の話。彼はポートランドから越してきたばかりで、ダウンタウンのある古美術商に雇われてた。私は、ポカテロとツインフォールズとボイジーに店を持っている古美術商のところで働いてたの。オークションで会ってからというもの、彼とはばったり一緒になることがよくあって……」ガブリエルはいったん言葉を切り、テーブルの上のパンくずを払い落とした。「その後、私は仕事をクビになったんだけど、彼に呼び出されて、もしよければ、一緒にビジネスを始めないかと誘われたの」

「いきなり？」

「彼は、私がヘア・アートの買い取りを増やしたせいで解雇された話を聞いてたのよ。私の雇い主はヘア・アートに偏見があってね、かかった費用は弁償したのに、どっちにしろ私はクビ」

「それで、ケヴィンが君を呼び出し、二人はビジネスを始めることにした……」ジョーは胸の前で腕を組み、椅子を少し揺らした。「そんなあっさり決めてしまったのか？」

「いいえ。彼は古美術だけを扱いたかったんだけど、私のほうが古美術への熱が少し冷めちゃって。そこで、お互い歩み寄って、珍しい物をいろいろ売るアンティーク・ショップを出すことにしたの。開店資金の六割は私が提供したわ」

「どうやって？」

金の話をするのはいやだった。「あなたもきっと知ってるだろうけど、私には信託財産があるの」ガブリエルはその半分以上をアノマリーに投資していた。世の人は彼女の苗字を知ると、たいがい底なしの銀行口座を持っているのだろうと勝手に決めてかかるが、そうではない。もし店が失敗すれば、破産も同然。しかし、投資が無駄になることはさほど気にしていない。むしろ、自分の店に注ぎ込んだ時間とエネルギー、店への愛着が無駄になるのかと思うと、そのほうがたまらないのだ。たいがいの人は、どれだけ金儲けができたかを成功の尺度にしている。だがガブリエルは違う。確かに請求書の支払いはちゃんと済ませたいと思っているが、彼女の成功の尺度は、喜びを感じられるかどうかだ。彼女自身は、自分はとても成功していると考えていた。

「ケヴィンはどうなんだ？」

ガブリエルにとって成功とは喜びを意味するが、ケヴィンにそれが当てはまらないことはわかっている。彼にとっての成功は、形があって触れるもの。手に持ったり、運転できたり、身につけたりできるもの。それを手にしたおかげで悟りが得られるわけではないけれど、犯罪者になるわけでもない。それに、この成功を手にしたおかげで彼はよきビジネス・パートナーになってくれた。「残りの四割を銀行で借りてくれたわ」

「このビジネスを始める前に、ちゃんと調査しなかったのか？」

「したに決まってるでしょう。私だってばかじゃない。小さな商売を成功させるには、店を出す場所がいちばん重要な要素になるの。ハイド・パークは人の流れが途切れないし——」

「ちょっと待った」ジョーが片手を上げてさえぎった。「そういうことじゃなくて、それだけの大金を投資する前に、ケヴィンの素性や経歴を詳しく調べなかったのかと訊いてるんだ」

「犯罪歴を調べたりはしなかったけど、彼の前の雇い主たちとは話したわよ。皆、すごく好意的なことを言ってたわ」それから、これはジョーには絶対理解できないと承知しつつ、とにかく、次の言葉を——早口で——口にした。「それと、彼に返事をする前に、しばらくそのことについて瞑想した」

ジョーの両手がからだのわきにすとんと落ち、眉間にしわが寄る。「瞑想した？　ろくに知らない男と商売を始めるのに、瞑想以外にやるべきことはなかったのか？」

「ええ」

「どうして？」

「カルマだもの」

椅子の脚がバタンと大きな音を立てて床に当たる。「何だって？」

「カルマが自分に返ってきたのよ。仕事を失って落ち込んでいたら、ケヴィンが人に指図されずに済むチャンスをくれたんだから」

ジョーはかなり長いあいだ何も言わなかった。「つまり——」彼が再び口を開く。「ケヴィンのオファーは、君が前世でいい行いをした報いだと言いたいのか？」

「そうじゃない。私、輪廻《りんね》は信じてないの」カルマを信じていると言うと、混乱する人もいるし、シャナハン刑事に理解できるとはあまり思っていない。「ケヴィンとビジネスを始めるのは、今の人生で私がしたことに対する報いだったのよ。いいことをしようが、悪いことをしようが、今の自分に影響を及ぼすの。死後の自分じゃない。人は死んだら、生きているときとはまったく別の意識段階へ移る。今の人生で得た悟りや知識によって、魂がどの段階へ昇っていくかが決まるのよ」

「天国とか地獄とか、そういう話をしてるのか？」

軽蔑的な質問が来ることは覚悟していたので、ガブリエルは驚きもしなかった。「あなたなら天国と呼ぶでしょうね」

「君は何と呼んでるんだ？」

「たいてい、どんな呼び方もしないわ。天国と呼んでもいいし、地獄でも、涅槃《ねはん》でも、何でもいい。私にわかるのは、死んだら自分の魂が向かう場所はそこだということだけ」

「君は神の存在を信じてるのか？」

その質問にも慣れている。「ええ。でも、たぶんあなたの信じ方とは違うわね。神が望んでいるのは、私がヒナギク畑に座って、神が創造した素晴らしい美で自分の感覚を満たしながら、内なる平和をじっと見つめることだと信じているの。神はきっと、風通しの悪い教会でじっと座って、誰かに十戒に従った生き方を教わるよりも、実際に戒めに従って生きてもらいたいと望んでいるのよ。信心深いことと、精神的に豊かであることには大きな違いがあると思う。両方持ち合わせている場合もあるんでしょうけど、私にはわからない。わかるのは、多くの人がまるで名札のように信仰を身につけ、それを車のバンパー・ステッカーみたいな、ただのスローガンにしてしまうということ。でも、精神の豊かさはそういうものじゃない。心と魂から生まれてくるものなの」ガブリエルはジョーに笑われるか、君には悪魔の角とひづめが生えていたのかと言いたげな目で見られるのだろうと思った。だが、ジョーの反応はついに彼女を驚かせた。

「それについては君の言うとおりかもしれないな」そう言って立ち上がると、彼はサラダボールを皿に重ね、銀の食器をまとめてキッチンに運んでいった。

ガブリエルはあとからついていき、彼がシンクで皿の汚れを洗い流すのを見守った。食べたものを自分で片づけるような男性だとは思ってもいなかったのだ。ものすごく男らしく見えるせいかもしれない。額でビールの缶をつぶすようなタイプかと思っていた。

「ちょっと訊いていいかな?」ジョーが蛇口を締めた。「俺がジュリア・デイヴィス・パークで君を逮捕したことはカルマなのか?」

ガブリエルは胸の下で腕を組み、彼のわきのカウンターに腰を押しつけて寄りかかった。

「いいえ。私はあなたがカルマになるほど悪いことはしてません」

「たぶん——」ジョーは低い魅惑的な声で言い、肩越しにガブリエルを見た。「俺は君がいい行いをした報いなんだ」

ガブリエルは背筋がぞくぞくするのを無視した。これじゃあまるで、態度の悪い、情緒に欠ける刑事に惹かれているみたいじゃないの。そんなんじゃないわ。「冗談はやめて。毒キノコ程度の悟りしか開いてないくせに」彼女はコンロに載っている鍋を指差した。「洗い物、全部やってくれるんでしょ？」

「いやだね。料理は俺が全部やったんだ」

パンをスライスして、サラダにドレッシングをかけたのは私よ。彼が全部やったわけじゃない。もう新世紀になったんだから、ジョーみたいな穴居人も洞くつから出て、家事の分担を果たすべきよ。でも、その点について彼に教えてあげるのはやめておこう。「じゃあ、また早朝にお会いするということで」

「そうだな」ジョーはリーバイスのフロント・ポケットに片手を突っ込み、鍵の束を取り出した。「ただ、金曜日は裁判で証言しなきゃいけないんだ。店に出られるのは、たぶん午後になる」

「私、金曜と土曜はクール・フェスティバルに参加してるから」

「ああ、そうだった。様子を見に、ブースに寄らせてもらうよ」

ジョーから逃げられる、彼がもたらすストレスから逃げられると楽しみにしてたのに。

「結構です」

彼は手に持っている鍵からちらっと目を上げ、首をかしげた。「とにかく顔を出すよ。俺のことが恋しくならないようにね」

「ジョー、あなたのことなんか、口内炎ほども恋しくならないわ」

ジョーはクックッと笑い、向きを変えて裏口のドアのほうに歩いていった。「気をつけたほうがいい。嘘をつくと悪いカルマを作ってしまうそうだからな」


ジョーの赤いフォード・ブロンコがアルバートソンズのいちばん奥の駐車スペースにゆっくりと入っていく。この四輪駆動車は買ってからまだ二カ月も経っていない。どこかの子供にドアをへこまされたくなかったのだ。時刻は八時半、谷を囲む山の頂のすぐ上に、沈みかけた太陽が引っかかっている。

店はもうあまりにぎわっておらず、ジョーは急いで中に入って、サムの大好きなベビー・キャロットを一袋つかんだ。

「あら、ジョー・シャナハンじゃない？」

ジョーは袋から目を上げ、カートにキャベツを載せている女性を見た。小柄で、たっぷりした艶やかな茶色の髪をポニーテールにしている。薄化粧。まるでぴかぴかになるまで磨いたような、かわいらしい顔。こちらをじっと見ている大きな青い瞳になんとなく見覚えがある。前に逮捕したことがある女性だろうか？

「私よ。アン・キャメロン、子供のころ、近所だった。あなたの実家から通りを少し行ったところに住んでたのよ。あなた、姉のシェリーとつきあってたでしょう」

そうか、だから見覚えがあったんだ。一六歳のとき、両親のシボレー・ビスケインの後部座席でシェリーと体を激しく触り合ったことがある。彼女は胸を触らせてくれた最初の女の子だった。しかもブラの下で。つまり、手のひらで女の子の乳房に直接触れたのだ。男なら、これは誰にとっても画期的な出来事だろう。「ああ、もちろん覚えてるよ。アン、元気だった？」

「ええ、おかげさまで」アンはキャベツをさらに何個かカートに入れ、ニンジンの袋に手を伸ばした。「ご両親はお元気？」

「相変わらずでね」ジョーは彼女のカートの中で山になっている野菜に注目した。「大家族の食事の準備？　それともウサギの飼育でもしてるのかな？」

アンが笑って首を横に振った。「どっちでもないわ。私は結婚もしてないし、子供もいない。八番通りで惣菜店《デリ》をやってるの。それで、今日はもう材料を使い切ってしまったんだけど、野菜の配達が明日の午後になっちゃうのよ。それだとお昼のかき入れ時に間に合わないでしょう」

「デリ？　じゃあ、きっと料理が上手なんだろうな」

「料理はすごく得意なの」

二時間前、銀色のビキニ姿の女性が同じことを言ったっけな。その後、彼女は寝室に姿を消し、人に夕食を作らせた。そのうえ、人が用意した食事をつついただけなんだから、こっちは踏んだり蹴ったりだ。

「そのうち寄ってね。サンドイッチを作ってあげる。パスタもおすすめよ。私が作る極細パスタとシュリンプ・スキャンピの和え物は最高なんだから。もちろん一から手作り。二人で積もる話でもしましょう」

ジョーはアンの澄んだ青い瞳と、彼を見上げて微笑んだときにできたえくぼを見た。普通だ。頭がいかれている気配はまったくない。しかし、男にはひと目で女性の本性を見分けることができないのだ。「君はカルマやオーラの存在を信じたり、ヤニーを聴いたりする?」

笑顔が消え、アンはこの人おかしいんじゃないかしら、と言わんばかりの顔でじっと彼を見つめている。ジョーは笑い、ベビー・キャロットの袋を宙に放り投げ、キャッチした。

「ああ、寄らせてもらうよ。八番通りのどの辺?」


ガブリエルは、自分は衝動的に掃除をする人間だと思っている。やらなくちゃと衝動に駆られたときに掃除をするのだ。残念ながら、クローゼットや戸棚を片づけたい衝動に襲われるのは年に一度きり。しかも数時間しか続かない。そのとき家にいなければ、彼女のクローゼットはあと丸一年、片づけてもらうのを待たざるを得なくなる。

レモンの香りがする洗剤をシンクに絞り出し、お湯を張った。なんなら、ストロガノフの鍋を洗ったあと、やる気を出して、キャビネットを片づけてみようかしら。そうすれば、またお客さんが来ても、ジョーのときみたいに、足の上に水切りが落ちてきたりしないだろう。

黄色いゴム手袋をはめたちょうどそのとき、電話が鳴った。三回目のベルで受話器を取ると、母の声が耳に響いた。

「ビーザーはどうしてる？」クレア・ブリードラヴが挨拶も抜きでしゃべりだした。

ガブリエルがちらっと振り返ると、裏口のわきに敷いてあるラグの上で、大きな毛玉が気を失ったように倒れている。「喜びのあまり、床にひれ伏してる」

「よかった。あの子、お行儀よくしてた？」

「ほとんど食べてるか寝てるかよ。今、どこ？　もう街に来てるの？」

「ヨランダも私も、あなたのおじいちゃんのところにいるわ。明日の午前中、車でボイジーに向かうつもり」

ガブリエルは耳と肩で受話器を挟んだ。「カンクン（メキシコの保養地）はどうだった？」

「ああ、よかったんだけどねえ、何があったか、あなたにも話しておかなくちゃ。ヨランダと私は予定を切り上げなきゃならなかったのよ。だって、旅行のあいだずっと、悪い予感に悩まされていたんだもの。ご近所の誰かに恐ろしい悲劇が降りかかるのがわかったのよ。おじいちゃんがかかわってる気がしたから、皆に警告するために飛んで帰ってきたというわけ」

ガブリエルはシンクの皿に注意を向けた。彼女の人生はすでに大変動していて、今はとても母親と一緒にトワイライト・ゾーンを旅する気分ではなかった。「何があったの？」一応、訊いてみる。どっちにしろ母親が話すことはわかっていたけれど。

「三日前、ヨランダと私がまだメキシコにいたころ、おじいちゃんがミセス・ヤンガーマンのプードルをはねたのよ」

ガブリエルは受話器を落としそうになり、洗剤だらけの手でつかまなければならなかった。

「そんな！　まさかマレーじゃないでしょうね？」

「残念ながらそう。ひかれて、ぺしゃんこにされちゃったの。かわいそうに。あの子の魂はプードルの楽園に送られたわ。私は、あれが事故だったと必ずしも確信してるわけじゃないの。それはミセス・ヤンガーマンも同じ。おじいちゃんがマレーをどう思ってたか、あなたも知ってるでしょう」

祖父が近所のあの犬をどう思っていたか、もちろん知っている。小さなマレーは、のべつまくなしに吠えていただけでなく、人の脚にまとわりつくのが癖だった。祖父があの犬をわざとひくようなことまでするとは思いたくなかったが、マレーは祖父のふくらはぎに一度ならず、熱心に注意を向けていたので、祖父がわざとやった可能性を除外することはできなかった。

「それだけじゃないの。今日の午後、ヨランダと一緒にミセス・ヤンガーマンのところへお悔やみを言いに行ったんだけど、居間で座って、彼女を慰めようとしていたとき、額の裏側の空間にはっきりと感じたのよ。ねえ、ガブリエル、あんなはっきりとした強いビジョン、見たことないわ。本当にはっきり見えたのよ。黒っぽい髪が耳に軽くかかっていて、カールしてた。背の高い男性でね……」

「背が高くて、色黒で、ハンサムだった、でしょ？」ガブリエルは肩と耳のあいだに受話器を挟み、皿を洗い始めた。

「そうなのよ。もう、言葉じゃ言い表せないくらい、わくわくしちゃったわ」

「ええ、きっとそうでしょうね」ガブリエルはつぶやき、皿を水にくぐらせて、水切りかごに置いた。

「でも、私の運命の人じゃないのよねえ」

「あら、がっかりね。ヨランダ叔母さんのお相手?」

「あなたの運命の人よ。あなたは、私のビジョンに現れた男性と情熱的なロマンスを味わうことになる」

「ママ、ロマンスなんか要らないわ」ガブリエルはため息をつき、サラダボールとグラスをシンクに沈めた。「今のところ、私の人生はわくわくを受け入れるわけにはいかないの」娘に情熱的な恋人が現れると予言する母親が、いったい世の中にどれくらいいるのかしら?

たぶん、たくさんはいないだろう。

「わかってるでしょ、ガブリエル。消えてしまえばいいと思ったって、運命は消えてくれないのよ」電話の向こうから聞こえる声がたしなめる。「そうしたいなら、抵抗したって構わないけど、どんな場合でも結果は同じ。あなたが私ほど運命を強く信じていないのはわかってるし、それが間違ってると言うつもりはまったくないわ。私は昔からずっと、精神的な喜びを求めなさい、悟りを得るために自分なりの道を選びなさいとあなたを力づけてきたでしょう。あなたが生まれたとき……」

ガブリエルはあきれたように目を上に向けた。クレア・ブリードラヴが娘に何か強要したり、指図をしたり、支配的な態度を取ったりしたことは一度もない。世の中はこういうものと手ほどきをし、あとは自分の道を選びなさいと娘に強く言い聞かせてきた。自由と自由恋愛をよしとする母親との暮らしは、ほとんどの場合、とても楽しかったが、七〇年代後半から八〇年代前半にかけてはガブリエルにとって、そうは思えない時期だった。休暇にアリゾナのアメリカ・インディアンの遺跡で鉱脈探査《ダウジング》をしたり、北カリフォルニアのヌーディスト・ビーチで自然に親しんだりするのではなく、ディズニーランドに連れていってもらって普通に楽しく過ごす子供たちがうらやましかったのだ。

「……そして、私は三〇のとき、透視能力を授かったのよ」クレアはお気に入りの話を続けている。「昨日のことのように思い出すわ。ほら、あれは私たちが精神的に目覚めた夏だったわよねえ。あなたのパパが亡くなったすぐあとのことよ。ある朝、目が覚めたら、いつもと様子が違っていて、私は霊能力を受け入れようと心に決めたの。あのとき、私は選ばれたのよ」

「わかってる」ガブリエルはサラダボールとグラスをすすぎ、水切りかごに置いた。

「それなら、私の言ってることが作り話じゃないとわかるわね。彼が見えたのよ、ガブリエル。それとね、あなたはこれから、この男性と情熱的な出会いをするわ」

「数カ月前だったら、大歓迎のニュースだったかもしれないけど、今日は違うの」ガブリエルはため息をついた。「情熱を求める気力がないみたい」

「あなたに選択の余地があるとは思えないわ。彼、とても頑固そうな顔をしてたから。強引というか、実際にはぞっとする感じと言ったほうがいいわね。すごく鋭い暗い目をしていて、口元がとても官能的なのよ」

ガブリエルは背筋がぞくっとし、鍋をゆっくりと水に沈めた。

「さっきも言ったけど、私の運命の人かと思って、本当にわくわくしちゃったの。運命がこの年の女に、タイトなジーンズにツールベルトをした若い男性を与えてくれるだなんて、普通じゃないものねえ」

白い泡をじっと見つめる。急に喉がからからになった。「ママの運命の人かもしれないでしょう」

「違うわよ。私のことなんか目に入ってないみたいに、あなたの名前をささやいたんだから。彼の声には紛れもない欲望が感じられたし、それを耳にしたときは、生まれて初めて気絶するんじゃないかと思ったわ」

その感覚はわかる、とガブリエルは思った。私も頭がくらくらする……。

「ミセス・ヤンガーマンがすごく心配して、かわいそうなマレーのことも、一瞬忘れちゃったくらいなんだから。ねえ、いいからよく聞いて。私には、あなたの運命の人が見えたの。あなたは情熱的な恋人に恵まれたのね。彼は素晴らしい贈り物よ」

「でも要らないわ。その人を引っ込めて！」

「そんなこと、できるわけないでしょ。それに、彼のあの表情からして、あなたが何を望もうが関係ないという気がするわ」

ばかばかしい。母の言葉で正しいのは一つだけ。私は運命なんか信じてない。ツールベルトをした男と関係は持たないと自分が決めれば、とにかく関係を持つことにはならないわ。

電話を切るころにはもう、体がしびれ、少し混乱していた。長い年月を経て、彼女は母親の霊的な予言を「ロバの尻尾つけゲーム」（ロバの絵を壁に張り、目隠しをした子供が尻尾をうまくつける、「福笑い」に似たゲーム）みたいだと考えるようになった。母のビジョンはとっぴで、間違った方向にいくこともあれば、かなり真に迫っていることもある。ときどき、ぴたりと当たっていて、気味が悪くなってしまうのだ。

ガブリエルはシンクに戻り、自分に言い聞かせた。ママは、ソニーとシェール、ボブ・ディランとジョーン・バエズ、ドナルド・トランプとイヴァナがよりを戻すなんて予言もしてたじゃないの。どう見ても、色恋ざたの霊的予言となると、さっぱり見当がつかないらしい。今回、母親の予言は奇想天外、制御不能で突っ走っていた。ガブリエルは黒っぽい髪の情熱的な恋人など欲しくなかったし、ジョー・シャナハンが鼻っ柱の強い刑事以外の存在だなどと思いたくはなかった。

ところがその晩、初めて彼の夢を見た。寝室にやってきた彼は、眠たげな暗い目で彼女を見つめ、口元に官能的な曲線を浮かべていた。真紅のオーラ以外、何一つ身にまとわずに。翌朝、目覚めたとき、それがこれまで見た中でいちばんエロチックな夢だったのか、いちばんひどい悪夢だったのか、ガブリエルにはわからなかった。

8

間違いない。あれは悪夢だった。

翌朝、ジョーがしかるべき場所がすべて擦り切れたジーンズとカクタス・バーのTシャツという格好でアノマリーに入ってきた瞬間、ガブリエルは全身が熱くなった。楽で涼しいから、わざわざ緑と黒のレースのクリンクルドレスを着てきたのに、彼と視線が絡み合った途端、体温が上がり、化粧室に行って、濡らしたペーパータオルを頬に当てるはめになった。ジョーを見るだけでどうしても思い出してしまう。夢の中で彼がどんなふうに触れたか、何をささやいたか、何をしたがったか、どこから始めようとしていたか……。

ガブリエルは常に忙しくしていよう、ジョーのことは考えないようにしようとしたが、木曜日はたいがい店が暇で、その日も例外ではなかった。彼女はオレンジとローズの精油をオイル・ウォーマーに数滴垂らし、キャンドルに火をつけた。店が柑橘系とフローラルの香りで満たされると、ディスプレーしてあるカット・クリスタルのニンフと蝶を分解し、埃を払ってまた並べ直し、ジョーを横目で観察した。彼は奥の壁で、昨日移動させたシステムラックのわきに火花を散らしながらドリルで穴を開けている。ガブリエルは目で彼の背骨をたどり、後頭部へと視線を走らせ、夢で彼の髪を指ですいたときの感触がどうだったか思い出した。あれはとてもリアルに感じられたけれど、もちろん頭の中で起きたことにすぎない。それなのに、私ったら平静を失い、真っ昼間からどきどきしているなんて、ばかみたい。

視線を感じたのか、ジョーが振り返り、じろじろ見ているガブリエルに目を留めた。警戒するような目でじっと見つめ返され、彼女は即座に蝶と戯れるニンフに注意を向けたが、間に合わず、頬がほてってしまった。

ケヴィンはいつもどおり、午前中はほとんどドアを閉めてオフィスにこもっており、買い付け先や仕入れ先と電話をしたり、別の事業の業務を処理したりしていた。木曜日はマーラが非番なので、閉店までジョーと二人きりになる可能性が高いことはわかっている。ガブリエルは気持ちを抑えるように深呼吸をした。これがあと何時間続くのかは考えないようにしよう。とりたててすることのない時間。ジョーと……二人きり……。

ガブリエルは、彼が補修用しっくいの入った容器にパテ・ナイフを浸す様子をクリスタルの陳列ケース越しに見つめ、ジョーのような男性の関心を引くのは、どんなタイプの女性だろうと考えた。しっかりした体つきの、美しいスポーツ選手のような女性？　それともパンを焼いたり、ベッドやテーブルの下にたまった埃を気にしたりするような女性？　私はどちらのタイプでもない。

一〇時を迎えるころには、ガブリエルの神経もどうにかコントロールできる程度に落ち着いてきた。壁の穴もふさがり、ジョーがやるべき別の仕事を考えなくてはならない。二人は、奥の収納室に棚を取りつけることにした。面倒な作業ではない。厚さ二センチのベニヤ板を大型のL字金具で固定するだけだ。

客は一人もいなかったので、ガブリエルは収納室にジョーを案内した。広さは化粧室とさほど変わらず、天井から六〇ワットの電球が一つぶら下がっている。もし玄関から客が入ってきても、店の奥でベルが鳴るようになっているからわかるだろう。

二人は、包装箱や発泡スチロールの緩衝材が入った袋を引きずって部屋の片隅にどけた。それから、ジョーは腰の低い位置にツールベルトをつけ、金属製の巻き尺の先端をガブリエルに持たせた。彼女が膝をついてしゃがみ、巻き尺を壁の角に当てる。

「ジョー、プライベートなことを訊いてもいい？」

ジョーは片膝をつき、壁の反対側の角に巻き尺を当ててから、ガブリエルにちらっと目を走らせた。しかし、視線は彼女の顔には届かず、腕から胸へと移動し、そこにずっと留まっている。ガブリエルがドレスを見下ろすと、身ごろの部分が前に垂れ、胸の谷間と黒いレースのブラがジョーに丸見えになっていた。彼女は空いているほうの手を胸に当て、身ごろを直した。

ジョーは恥ずかしそうな素振りをみじんも見せず、ようやく視線を彼女の顔に向けた。

「訊くのは構わないが、答えるとは限らないぜ」そして、鉛筆で壁に何やら書き留める。

男性に見つめられ、その瞬間をとらえたことはこれまでにもあったけれど、そういう男性には少なくともばつが悪そうにする分別があった。でもジョーは違う。「結婚したことはあるの？」

「ない。一度、しそうになったことはある」

「婚約はしたのね？」

「いや。でも、考えてみようかと思いかけた」

考えてみようかと思いかけた？　そんなの、考えたうちに入らない。「何があったの？」

「彼女の母親をよく見て、とっとと退散したんだ」ジョーは再びガブリエルに目を走らせ、本当におかしそうに微笑んだ。「もう手を離していいよ」すると、巻き尺が壁に沿って勢いよく跳ね上がり、彼の親指にパチンと当たった。「くそっ！」

「失礼」

「わざとやっただろ」

「それは思い違い。私は平和主義者なの。でも、やってみようかと思いかけたわ」ガブリエルは立ち上がり、一方の肩を壁に押しつけて寄りかかり、胸の下で腕を組んだ。「あなたもきっと、ものすごく選り好みをするタイプの男なのね。自分の奥さんになる人は、ベティ・クロッカー（インスタント食品、ケーキミックス類のブランド名および宣伝用の架空キャラクター。この女性が執筆した形を取る料理本も人気）みたいに料理ができる、スーパーモデルみたいな女性がいいと思ってるんでしょ」

「スーパーモデルみたいじゃなくたっていいさ。適当に魅力的ならいい。それに、ものすごく長い爪はごめんだ。そういう爪をした女性はおっかなくてね」ジョーは再びガブリエルに笑いかけたが、今度はゆっくりとセクシーな笑みを浮かべた。「短剣みたいな爪が宝石のそばにあるのを見るときほど恐ろしいことはない」

経験で言っているのかどうか尋ねはしなかった。知りたくもない。「でも、ベティ・クロッカーの部分は当たりでしょ？」

ジョーは肩をすくめ、天井に向かって巻き尺を壁沿いに伸ばした。「俺にとっては大事なことだ。料理はしたくないんでね」いったん言葉を切って寸法を測り、先ほど記したメモのわきに書き留める。「買い物や家の掃除や洗濯もしたくない。女性がいやがらずにやってくれることはしたくないんだ」

「本気で言ってるの？」彼はごく普通の人に見えるけど、人生のどこかで知的成長が止まってしまったんだ。「何を根拠に女は掃除や洗濯をいやがらないなんて思うんだろう？ 女性は生まれつき靴下を洗ったり、トイレを磨いたりする生物学的素質を持ってるわけじゃないと知ったら、あなたも驚くでしょうね」

巻き尺が金属のケースにするっと吸い込まれ、ジョーがそれをベルトに引っかけた。「かもな。俺にわかるのは、女性は男性ほど掃除や洗濯をいやがらないように思えるということだけだ。男は車のオイル交換をいやがらないけど、女性は十数キロ先のサービスショップまでわざわざ行くだろう。それと一緒さ」

ええ、もちろん行くわ。自分でオイル交換をするなんて、よっぽどの変わり者よ。ガブリエルは首を横に振った。「あなたはまだ当分、独身でいることになるわね」

「何だって？ 霊能者のお友達が俺の未来を予言してくれるってわけか？」

「霊能者じゃなくたって、一生あなたのメイドを務めたいと思う女性がいないことぐらいわかる。まあ、それで何か得るものがあるなら話は別でしょうけど」ガブリエルはやけっぱちになったホームレスの女性を思い浮かべ、少し訂正しておいた。

「得るものならあるさ」ジョーが大またで二歩前に進み、二人の距離が縮まった。「俺だ」

「私が考えていたのは、いいものなんだけど」

「俺はいいものを持ってる。すごくいいものをね」彼は部屋の外に聞こえないように、低い声で言った。「どれくらいいいか、証明してやろうか？」

「結構よ」ガブリエルが体を起こして壁から離れると、ジョーがすぐそばに立っており、目の虹彩の黒い縁が見えるほどだった。

彼が手を上げ、彼女の片側の頬にかかった髪を耳にかけてくれた。親指が頬をかすめていく。「君の番だ」

ガブリエルがかぶりを振る。彼が自分のよさを証明すると決心したら、私は大して抵抗しないかもしれない……。「だめよ。本当に。あなたが言ったことは信じるから」

小さな部屋に彼の静かな笑い声が広がった。「君が質問に答える番だってことだよ」

「ああ……」どうしてこんなにがっかりしているのか自分でもわからない。

「なぜ君みたいな人が、いまだに独身なんだ？」

それはどういう意味？　少し怒りを呼び起こそうとしたものの、吐息混じりの声を出してしまい、腹立たしさはあまり伝わらなかった。「君みたいって？」

ジョーは彼女のあごから頬へと親指を滑らせ、下唇をさすった。「さっきまでやってました、って感じの、その乱れた髪と大きな緑の瞳を見せつけられたら、男は何もかも忘れてしまう」

彼の言葉が放つ熱がガブリエルのみぞおちに居座り、膝ががくがくした。「どんなふうに？」

「たとえば、君にキスしたらいいんじゃないかと思ったり……」彼がゆっくり唇を下ろす。「体じゅうにね」手でガブリエルのヒップを愛撫し、引き寄せると、ツールベルトの革のポケットが彼女の腹部に押しつけられた。「君とここで本当の恋人同士みたいに過ごせばいいじゃないかと思ったり……」ジョーの唇がガブリエルの唇をかすめ、彼女は受け入れるべく口を開いた。欲望の強さに抵抗できず、つま先を丸めてしまう。ジョーの舌の先が触れたかと思うと、ガブリエルの舌は彼の温かい口の中に引き込まれた。彼は時間をかけ、唇と舌でゆっくりと、いつまでも愛撫を続けながら喜びを引き出していく。ガブリエルを壁に押しつけ、彼女の左右の手に指を絡ませ、その手を顔のわきに持っていって、身動きが取れないようにした。そのあいだも彼女の濡れた唇は彼の唇とぴったり重なっており、彼は舌をそっと押し込んでは、引っ込めていた。

ジョーは唇で彼女をなだめながら、じらしてもいる。ガブリエルは壁に押しつけられたまま背中をそらせ、彼の硬い胸に乳房を押しつけた。乳首が硬くなり、彼のキスが激しくなると、彼女の内側は濡れて潤った。熱い液体が下腹部にたまり、胸の奥のほうからうめきがもれる。彼女もそれを耳にしたが、自分の中から出てきた声だとほとんど気づいていない。

そのとき、咳払いのような声がした。催眠作用のある真紅のオーラに包囲されたまま、ガブリエルは考えた。ジョーは私の口に舌を入れているのに、どうして咳払いができるんだろう?


「ゲイブ、便利屋くんのお世話が済んだら、破損したスシ皿の積荷の送り状に目を通してくれよ」

ジョーが体を引いた。ガブリエルの目には、彼が自分と同じくらいぼうっとしているように見える。そういえば、ジョーは何もしゃべっていなかったと気づき、彼女が振り向いたそのとき、ケヴィンが奥の部屋から店のほうへ歩いていく姿が目に入った。客が来たことを知らせるベルが鳴っている。ケヴィンが今まで、ジョーは本当にガブリエルのボーイフレンドなのかと疑っていたとしても、もう疑問に思うまい。

ジョーは一歩下がり、ガブリエルの横の髪を手ですいた。それから息を吐き出し、両わきに手を下ろしたが、まるで見えない力で頭を殴られたかのように、相変わらず、うつろな、途方に暮れた目で見つめている。「そういう服を着て仕事しないほうがいいんじゃないか?」

血管にはまだ欲望が勢いよく流れていたが、ガブリエルは驚き、わけがわからない様子でドレスをちらっと見下ろした。「これ? これのどこがおかしいのよ?」

ジョーは片足に体重をかけ、胸の前で腕を組んだ。「セクシーすぎる」

ガブリエルはびっくりして、しばらく黙っていたが、ジョーの目をのぞき込み、彼がふざけているのではないとわかると、突然笑いだした。笑うしかなかったのだ。

「何がそんなにおかしい？」

「どんなに想像力を働かせたって、このドレスがセクシーだなんて思う人はいないわ」

ジョーが首を横に振る。「たぶん、その黒いレースのブラがいけないんだ」

「人のドレスをじっと見下ろしたりしなければ、ブラのことなんかわからなかったでしょう」

「それに、君が見せつけたりしなければ、俺が見ることもなかった」

「見せつけたですって？」ぐずぐず居座っていた欲望も怒りですっかり冷めてしまい、ガブリエルにはもうこの状況が面白く思えなかった。「黒いブラが見えると抑えがきかなくなるっていうの？」

「普通はならない」ジョーは彼女の頭のてっぺんから足の先まで目を走らせた。「さっき焚いてたやつには何が入ってるんだ？」

「オレンジとローズの精油」

「ほかには何も入れてない？」

「ええ。どうして？」

「君が持ち歩いてる、あの不気味な小ビンには、人の気持ちを変えてしまうものが入ってるんじゃないのか？　魔術とかヴードゥーとかに使うものが入ってるんだろう？」

「私にキスをしたのは、ヴードゥーのオイルのせいだと思ってるの？」

「それなら納得がいくだろ」ばかげてるなんてもんじゃない。ガブリエルは身を乗りだし、人差し指でジョーの胸をついた。「子供のころ、どっかから落ちて頭を打ったのね？」さらにもう一突き。「だからおかしくなったんでしょ？」

ジョーは腕をほどき、温かい手でガブリエルの手をつかんだ。「君は平和主義者かと思ったんだが」

「そうよ。でも、あなたが――」ガブリエルはそこで言葉を切り、店の玄関から聞こえてくる声に耳を澄ませた。声の主たちが奥の部屋に近づいてくる。姿を見るまでもなく、誰が店に入ってきたのかわかった。

「ゲイブはボーイフレンドと一緒に裏にいますよ」ケヴィンが言った。

「ボーイフレンド？　ゆうべ、あの子と話したとき、ボーイフレンドのことなんか何も言ってなかったけど」

ガブリエルはジョーにつかまれていた手を引き抜いて一歩後ろへ下がり、彼の頭のてっぺんから足の先までじろじろ眺めた。目の前にいる彼は、まさに母親が言っていた男性そのもの。頑固で、決然としていて、官能的。ジーンズとツールベルトはまるでネオンサインだ。

「早く」と小声で言う。「そのツールベルトをちょうだい」

「何だって？」

「いいから、言うとおりにして」ツールベルトがなければ、母もジョーがビジョンに出てきた男性だと勘違いすることはないかもしれない。「急いでよ」

ジョーの両手がジーンズの前に下りていき、幅のある革ベルトのバックルをはずす。それをゆっくりと手渡しながら、彼が尋ねた。「ほかにご注文は？」

ガブリエルはベルトを引ったくり、隅に置いてある箱の裏に放り投げた。ベルトがガシャンと壁に当たり、彼女がくるっと向きを変えたちょうどそのとき、母親と叔母のヨランダとケヴィンが店の奥に入ってきた。ガブリエルは収納室から出て、にこっと笑顔を作った。「どうも」いつもと何も変わらないかのように挨拶をする。色黒の情熱的な恋人といちゃついてたわけじゃないのよ、といった感じで。

ジョーは小さな部屋から出ていくガブリエルのまっすぐな肩をじっと見つめた。それから、戸口に背を向け、身なりを整えた。彼女が何と言おうが関係ない。彼女がいつも焚いているものの中には、人の気持ちを変えてしまう媚薬か何かが入っているに違いない。完全に正気を失った理由はほかに説明のしようがない。

ジョーが収納室から出ると、ケヴィンと一緒に見覚えのない女性が二人いた。背が高いほうの女性はガブリエルとそっくりだ。赤茶色の長い髪を真ん中で分け、ビーズがついた皮ひもで縛って顔の両わきに垂らしている。

「ジョー」ガブリエルが振り向いて彼を見た。「母のクレアと叔母のヨランダよ」

ジョーが握手を求めると、ガブリエルの母親に手をぎゅっとつかまれた。「はじめまして」彼は挨拶をし、母親の青い目に見入ってしまった。その目は、額の奥が透けて見えるかのように、穴が開くほど彼を見つめている。

「前にもお会いしたわ」クレアがジョーに告げた。

まさか。会っていれば覚えているはずだ。この女性には妙に強烈なところがあるから、忘れるはずがない。「別の人と勘違いされているのかもしれませんね。お会いしたことはないと思いますが」

「ああ、あなたのほうは私と会うのは初めてですものね」クレアは、これで謎が解けたでしょうとばかりの言い方をした。

「ママ、やめて」

クレアはジョーの手をひっくり返し、手のひらをじっと見つめた。「思ったとおりだわ。ヨランダ、見てちょうだい、この線」

ガブリエルの叔母が近づき、ブロンドの頭をかがめてジョーの手のひらをのぞき込んだ。

「ものすごく頑固ね」ヨランダは柔らかい茶色の目を上げ、悲しそうにガブリエルを見つめて首を横に振った。「ねえ、本当にこの人でいいの?」

ガブリエルがうめき、ジョーはクレアにつかまれている手を引き戻そうとした。ぐいっ、ぐいっと二回引っ張ると、クレアはようやく手を解放してくれた。

「ジョー、誕生日はいつ?」クレアが尋ねる。

ジョーは答えたくなかった。星座にまつわるくだらない話は信じていなかったが、クレアの不気味な目にじっと見つめられると、うなじの毛が逆立ち、思わず口を開いて白状してしまった。「五月一日です」

今度はクレアの番だ。娘を見て首を振る。「おまけに牡牛座」それからヨランダに注意を向けた。「とても素朴な人。上質な食べ物、至上の愛を求める。牡牛座は官能的なのよ」

「真の快楽主義者。素晴らしい忍耐力の持ち主。目標や仕事に集中しているときは容赦がない」ヨランダがリストに追加する。「配偶者に対して独占欲が強く、子供に対しては過保護」

ケヴィンが笑い、ガブリエルは唇を尖らせた。もし母と叔母から、まるで種馬の素質でも評価するかのようにあれこれ言われているのでなければ、ジョーも笑えたのかも。この状況はどう見ても笑えないけど、母と叔母にジョーはボーイフレンドではないときっぱり否定するわけにはいかない。ケヴィンがこんなに近くにいるのだから。ジョーは私に助け舟を出そうにも、できることがあまりないのだろう。でも、さっき私がうっかり侮辱したりしなければ、話題を変えようと努力はしてくれたのかもしれない……。

「ジョーは色黒の情熱的な恋人なんかじゃないの。ママはそう思ってるんだろうけど、本当に違うんだから」

ジョーは、自分は情熱的な男だとかなり自信を持っていた。セックスだってうまいと思っている。これまで不満を言われたことは一度もなかったのだ。ガブリエルのやつ、「この人、下手なのよ」とはっきり文句を言っているようなものじゃないか。ジョーは彼女の腰に腕を回し、こめかみにキスをした。「言葉に気をつけてくれよ。そんなこと言われたら、本番で緊張しちゃうだろう」そして、本番でうまくいかないと考えること自体ばかげていると言わんばかりにクックッと笑った。「俺が掃除や料理は女の仕事じゃないのかと言ったものだから、ガブリエルはちょっと腹を立ててるんだ」

「でも、君はまだ生きてるんだな？」ケヴィンが尋ねた。「僕も、トイレ掃除は女性の君が担当したらどうかと言ってしまったことがある。殴り倒されるかと思ったよ」

「まさか。彼女は平和主義者なんだぜ」ジョーはケヴィンを安心させるように言い、ガブリエルに声をかけた。「な、そうだろう？」

ガブリエルが顔を向け、そこには非暴力主義とはほど遠い表情が浮かんでいた。「あなたのことは、いつだって、喜んで例外扱いしてあげるわ」

ジョーはガブリエルをぎゅっと抱き寄せた。「それこそ男が自分の恋人から聞きたいセリフだよ」そして彼女がひと声、地獄からやってきた悪魔と叫ぶすきも与えず唇を重ね、怒りを封じ込めた。ガブリエルは目を大きく見開いたが、すぐに目を細め、ジョーの肩に両手を置いた。だが、突き飛ばす前に彼のほうが手を離し、彼女の試みは、突き飛ばすどころか、彼にずっとしがみついていようとしているかに見えた。ジョーはにやっとし、一瞬、彼女の怒りが非暴力主義に打ち勝ったのかと思った。しかし、自称、真の平和主義者である彼女は深く息を吸い込み、ゆっくりと吐き出した。それから注意を母親と叔母のほうに向け、ジョーのことは完全に無視した。

「ランチに誘いにきてくれたの？」ガブリエルが尋ねた。

「まだ一〇時半よ」

「じゃあブランチかな。休暇の話が聞きたいわ」

「ビーザーを迎えにいかなくちゃ」とクレアが言い、ジョーを見た。「もちろん、あなたもいらしてね。ヨランダと私は、あなたの気を調べる必要があるの」

「新しいオーラ測定器でテストすべきだわ」ヨランダが言い添える。「そのほうが正確だし――」

「ジョーはきっと、残って仕事をしたほうがいいんだと思う」ガブリエルは叔母の言葉をさえぎった。「仕事がすごく好きなのよ。でしょ？」

オーラ測定器？　勘弁してくれよ。やっぱり変人の家系だったんだな。「そのとおり。でも、お誘い感謝しますよ。また別の機会にでも」

「楽しみにしてて。運命はあなたに特別な人を与えてくれたのよ。私は、この子の優しい心を大事にしてあげてと念を押すために来たの」クレアがそう言って、狙い澄ましたような視線を送ったものだから、ジョーのうなじの毛が再び逆立った。クレアが口を開き、さらに何か言おうとしたが、ガブリエルは母親の腕を取り、店の玄関まで一緒に歩いていった。

「わかってるでしょ。私は運命なんか信じてないの」ジョーの耳にガブリエルの言葉が聞こえてきた。「ジョーは私の運命の人じゃないから」

三人の女性の背後でドアが閉まると、ケヴィンが首を横に振り、低く口笛を吹いた。「かろうじて弾をよけたってところだな。ゲイブのお母さんと叔母さんは本当にいい人たちだけど、あの二人がしゃべりだすと、『エクソシスト』のリンダ・ブレアみたいに頭が回転するところが見られるんじゃないかと思うことがあるよ」

「そんなにひどいのか？」

「ああ。プレスリーとも交信できると思ってる。ガブリエルの一〇〇〇倍いかれてるね。で、君は彼女の身内とお近づきになってしまったわけだ」

このときばかりは、ケヴィンが嘘をついているとは思えなかった。ジョーは向きを変え、昔からの相棒であるかのように、自分の味方をしてくれる男の背中をぽんと叩いた。「変な身内がいるかもしれないが、彼女は見事な脚の持ち主だからな」そろそろ仕事に戻らなくては。自分がここにいる理由を思い出すべきだ。おまえがここにいるのは、情報提供者を壁に釘づけにし、柔らかな体が押しつけられる感触を堪能するためじゃないだろう。あんなことをしたおかげで、すっかり硬くなって、彼女の乳房の先端が胸をつついていること、彼女の甘い唇のことしか考えられなくなってしまった。そろそろケヴィンと仲良くしてやるか。そして、ヒラード邸のモネを盗んだ罪で、やつを捕まえてやる。


翌朝、ジョー・シャナハン刑事は、第四地方裁判所に出向き、州対ロン・カウフシおよびドン・カウフシの公判において真実を証言すると右手を上げて宣誓した。カウフシ兄弟は前科三犯。一連の住居侵入事件で有罪の評決が出れば、長期の刑に服することになる。これは、ジョーが窃盗犯担当に異動させられて間もなく任された事件の一つだった。

ジョーは証人席に座り、平然とネクタイを直した。それから、検察官と兄弟の公選弁護人の質問に答えたが、弁護人に対して前々から抱いている偏見がなければ、この事件の担当に任命された弁護士に同情していたかもしれない。こちらの勝利は絶対確実だ。

被告人席に座っているカウフシ兄弟は大柄で、見た目は力士のようだ。度胸があり、お互い『黄色い老犬』（ある牧場一家と飼い犬の交流を描いた古いディズニー映画）並みに忠実だということは、ジョーもこれまでの経験でわかっていた。この兄弟は大胆な犯行を数カ月続けたのち、ハリソン大通りのある家に侵入しているところを逮捕された。二人の手口は、数週間ごとに下調べをしておいた家の裏口付近に盗んだトレーラー・トラックを駐車し、希少価値のあるコインや切手や骨董品のコレクションなど、金目の物を堂々と車に積み込むというものだった。あるときは、通りの反対側で近所の人々が目撃していたのだが、皆、あの兄弟はプロの引っ越し業者だと思い込んでいたのだ。

ドンを逮捕した警官が身体検査をすると、ツイル地のワーク・パンツのポケットから万能バールが出てきた。その特徴的な形は、市内全域に広がる空き巣現場の木のドアや窓枠に残された跡と一致した。検察側は、カウフシ兄弟を長期間刑務所にぶち込んでおけるだけの十分な直接証拠と状況証拠を集め、情状酌量を交換条件にしたが、それでも兄弟は故買人の名前を吐こうとしなかった。盗人にも仁義ありと言うし、彼らが協力したがらないのはその流儀を通しているのだと思う人もいるだろう。しかし、ジョーはそうは思っていない。おそらく、黙っているほうが自分たちの利益にかなうと考えているのだ。泥棒と故買人は共生関係にある。一方の寄生虫が他方の寄生虫を餌にしてお互い生き残っていくのだ。兄弟はきっと短い刑期で済むと思っており、早くも泥棒稼業への復帰をもくろんでいる。

ジョーは二時間証言し、すべて終わったときには、プロボクサーのようにこぶしを突き上げたい気分だった。勝算は彼のほうにあり、このラウンドは正義の味方が制することになるだろう。悪者が勝つ頻度が高まる一方の世の中で、たとえ数人でも、悪者をしばらく街から排除できるのはいいことだ。今日は二人倒したが、立ち向かうべき相手は二〇〇〇人残っている。


かすかに笑みを浮かべて法廷を出ると、サングラスをかけた。室内のこもった空気から脱出し、日の光を浴びる。どこまでも続く青空と綿雲の下、彼はヒル・ロードのはずれにある自宅まで車を走らせた。農場風のその家は一九五〇年代に建てられたもので、ここに住むようになって五年になるが、その間にカーペットとビニールのクロスをすべて張り替えていた。あとは、浴室の一つに置いてあるオリーブ・グリーンのバスタブをはずすだけだが、今は疲れきっていて、しばらく手をつけられそうにない。彼は床がきしむ音、一段高くなった暖炉の使い古されたレンガが気に入っていた。何より気に入っているのは、家全体に漂う使い込まれた感じの落ち着いた雰囲気だ。

ジョーが玄関に足を踏み入れた瞬間、サムが翼をばたつかせ、野次を飛ばしている建設作業員のように、ヒューーと鳴いた。

「ガールフレンドが欲しいんだろう」話しかけながらサムを鳥かごから出してやる。着替えをしに寝室に入っていくと、サムもあとからついてきた。

「オギョーギヨクシナサイ」ジョーのチェストに置かれた止まり木で、サムが甲高い声で鳴いた。

　ジョーは肩をすくめてスーツを脱いだが、心は別の疑問に向けられていた。ヒラード邸の事件は、いつ、どこで、誰が、なぜやったのか。逮捕にはちっとも近づいていないが、昨日はまったく収穫がなかったわけじゃない。理由がわかったじゃないか。ケヴィン・カーターを犯行に駆り立てた動機がわかったのだ。ケヴィンが大家族に生まれたことをどれほど恨んでいたか、それにも増して、貧しい家庭で育ったことをどれほど恨んでいたかを聞き出せた。

「オギョーギヨクシナサイ」

「行儀よくしなきゃいけないのは、おまえのほうだ」ジョーは白いTシャツの裾をリーバイスにたくし込み、サムをちらっと見上げた。「俺は木をかじったり、怒って自分の羽をむしったりはしない」それから、ニューヨーク・レンジャーズのキャップをかぶり、髪の毛を隠した。過去に逮捕した連中といつばったり出くわすかわかったもんじゃない。クール・フェスティバルのような奇妙なイベントとなればなおさらだ。

　一時近くになって家を出たジョーは、公園に行く途中で少し寄り道をし、八番通りにあるアンのデリの前で車を止めた。アンはカウンターの向こうに立っており、顔を上げてジョーの姿を見ると晴れやかに微笑んだ。「ジョー、いらっしゃい。来てくれると思ってたわ」

　自分に笑いかける彼女を見たら、微笑みを返さずにはいられなかった。「寄らせてもらうと言っただろう」アンの目が興味深そうにきらきら輝く様子が気に入った。素敵な普通の目の輝き。男性のことをもっとよく知りたいと思っている女性はこういう目の輝きを見せるものだ。

ジョーは、白パンとハムとサラミのサンドイッチを注文し、堕落したベジタリアンが何を食べるのかわからなかったので、ガブリエル用には全粒粉のパンにターキーを挟んでもらうことにした。それと、スプラウトをたっぷり……。

「昨日の夜、姉に電話をして、あなたにばったり会ったって話をしたのよ。シェリーがあなたは警官になったはずだと言ってたけど、そうなの？」アンが二種類のパンをスライスし、それぞれに肉を山盛りにした。

「窃盗犯罪を担当している刑事なんだ」

「驚く話じゃないわね。シェリーが言ってたもの。九年生のとき、あなたはよくボディ・チェックをしたがったって」

「あれは一〇年生のときだと思ったけど」

「違うわ」アンはサンドイッチを包み、紙袋に入れた。「サラダかフライドポテトでも入れましょうか？」

ジョーは一歩下がり、いろいろなサラダやデザートがずらりと並んだ長いショーケースをのぞき込んだ。「どれがおすすめ？」

「全部よ。今朝、作ったばかりなの。チーズケーキなんかどう？」

「どうしようかな」ジョーは財布から二〇ドル札を出し、アンに渡した。「チーズケーキにはちょっとうるさいんだ」

「こうしましょう」アンがレジの引き出しを開ける。「少し入れておくから、もしも気に入ったら、明日また来て。それで、休憩時間にコーヒーを一杯ごちそうしてちょうだい」

「休憩時間はいつ?」

アンが再び目を輝かせて微笑むと、頬にえくぼができた。「一〇時半」と答え、つり銭を渡す。

一〇時には出勤しなければならない。「九時にしてもらえるかな?」

「いいわよ」アンはガラスのケースを開けてチーズ・ケーキを二切れ取り出し、パラフィン紙で包んだ。「デートね」

そこまでのつもりはなかった。でもアンは素敵な人だし、料理ができることははっきりしている。彼女は「あなたの腹に一発お見舞いしないで済んでいるのは、ひとえに私が非暴力主義を信条としているからよ」と言いたげな目で見たりはしない。ジョーはアンがサンドイッチの上にケーキとプラスチックのフォークを二本置く様子をじっと見ていた。それから、彼女が紙袋を渡してくれた。

「じゃあね、ジョー、また明日の朝」

ひょっとすると、アンこそ自分が求めている女性なのかもしれない。

9

ジュリア・デイヴィス・パークの野外音楽堂のそばに、ストライプの日よけがついたブースが三〇個並んでいる。高くそびえるオークの木の下では、即興音楽を演奏する集団があぐらをかいて座り、ボンゴのぴんと張られた皮の上で絶え間なく指を動かしている。そこにパン・フルート奏者が加わり、さらにバスで放浪生活をしている少人数の集団が合流し、手作りの楽器を操って、一度聴いたら忘れられない旋律を奏でていた。裸足のダンサーがゆらゆら舞い、ガーゼ地のスカートと三つ編みにした長い髪が、眠気を誘う脈打つような音に合わせてぐるぐる回っており、白人中流社会のアメリカ人たちが、少しまごついた様子でわきから見物していた。

クール・フェスティバルでは、ヒーリング用の水晶、見えないものを見る術《すべ》について書かれた本を買うことができるし、手相を観てもらったり、人生の計画を立ててもらったり、前世を読み取ってもらったりすることもできる。食べ物のブースでは、ベジタリアン向けのタコス、野菜炒め、野菜のチリソース煮込み、ピーナッツ・ソースを添えたビーンズ・ローフなど、自然食を提供していた。

ガブリエルのブースは、スピリチュアル・ヒーラーのマザー・ソウルと、ハーブの達人、オーガニック・ダンのブースに挟まれていた。フェスティバルはニューエイジの精神性と商業主義の融合であり、ガブリエルはこの場にふさわしく、金色のサンバーストとユニコーンが刺繡された、白い袖なしのペザントブラウスを着て、裾を胸の下で結んでいた。それに合わせたスカートは腰の低い位置ではくタイプで、前の部分にボタンがついている。彼女は膝から下のボタンをはずし、ハンドメイドの革サンダルをつっかけていた。髪は下ろし、耳にはボディ・ピアスとおそろいの、細いゴールドのリング・ピアス。一時期やっていたベリーダンスを思い出させる格好だ。

ガブリエルのブレンド・オイルやアロマグッズは思ったよりもずっと好評だった。これまでのところ、いちばん売れているのはヒーリング・オイル。わずかな差でマッサージ・オイルが二番人気となっている。彼女のブースの真正面では、女性が一人、物乞いをしており、その隣で腸内洗浄療法士のダグ・タノがブースを出していた。

残念ながら、ダグは自分のブースにじっとしていてくれなかった。彼はガブリエルのブースにやって来て、腸内洗浄の利点をこれでもかというほど聞かせてくれた。ガブリエルは心の広さを誇りにしている。開けた考えの持ち主だ。他人が信じている様々な形而上学的次元の世界を理解し、受け入れる。正統派とは言えない医術や療法も支持している。でも、ああ、まいった。排泄物を話題にするなんて、私が楽しいと思える限界を超えているし、一歩間違えれば下品の領域に入ってしまう。

「君もぜひ、洗浄しに寄ってくれよ」美容オイルとバス・オイルの小さなボトルを並べ直しているガブリエルにダグが話しかけてくる。

「時間があるかどうかわからないし……」時間を作るかどうかもわからない。腸内洗浄は、誰かがやらなければいけない大事な仕事だろうけど、自分の仕事でなかったのは、やっぱり幸運だったかもしれない。

「とても大事なことは先延ばしにしちゃいけない」とダグが言った。彼の声はちょっと穏やかすぎるし、手の爪は少しぴかぴかしすぎだし、肌がものすごく青白い。「ねえ、本当なんだ。毒素が排出されれば、体がとても軽く感じられるんだよ」

彼の言葉を信じてあげよう。「あら、そうなの?」しかし、何とか口にできたのはそれだけで、あとはアロマセラピーのことで頭がいっぱいになっているふりをした。「あなたのブースに誰かいるみたいだけど」彼を追い払いたいあまり、わざと嘘をついてしまった。

「いや、通り過ぎてくよ」

ガブリエルの視界の片隅で、茶色の紙袋がクリスタルのアトマイザーの隣にぽんと置かれた。「ランチを持ってきた」太くて低い声。この声を聞いて嬉しくなることが本当にあるなんて思ってもみなかった。「お腹、空いてる?」

ガブリエルの目が、ジョーの無地の白いTシャツをたどり、日焼けした喉のくぼみを通って、上唇の深い溝へと移っていった。赤と青のキャップの影が顔の上半分を覆い、唇の官能的なラインを際立たせている。ダグとあんな話をしたあとだというのに、お腹が空いている自分に驚いてしまった。

「もう、ぺこぺこ」ガブリエルは答え、そばに立っている男性のほうを向いた。「ジョー、こちらはダグ・タノ。ダグはあそこにブースを出してるの」歩道の向こうを指差したが、二人の男性の歴然たる違いに目を留めずにはいられなかった。ダグは穏やかな人で、これは彼の精神性と一致している。片やジョーは無骨な雄々しいエネルギーを放ち、その穏やかなことといったら、核爆発並みと言っていいだろう。

ジョーはちらっと振り返り、それからダグのほうに注意を向けた。「腸内洗浄療法？　君がやってるのか？」

「ああ。六番通りにクリニックがあるんだ。減量、デトックス、消化促進、活力の向上のお手伝いをしてる。とても体に優しい療法なんだよ」

「なるほど。尻にホースを突っ込まなきゃいけないんだろう？」

「まあ……そうだけど……」ダグが口ごもった。「突っ込むというのは、ずいぶん激しい表現だなあ。僕のクリニックでは、ものすごく柔らかくて曲がりやすいチューブを入れて――」

「そこまで」ジョーは片手を上げ、ダグをさえぎった。「これから昼めしなんだ。ハムとサラミをじっくり味わいたいんでね」

ダグがとがめるように顔を引きつらせた。「加工肉が大腸に及ぼす影響について読んだことはないのかい？」

「ないね」ジョーが答え、紙袋の中を探っている。「俺には自分の腸の中を見る方法なんて、尻に頭を突っ込むことしか思い浮かばない。なあダグ、そんなの、絶対にあり得ないんだよ」

ガブリエルは自分の口が少し開いてしまうのがわかった。なんて失礼な……。いつも失礼なジョーが言うにしたって失礼だけど……効果てきめん。ダグはくるりと向きを変え、ジョーから逃げるために、ほとんど走るようにしてブースから出ていった。認めるのは癪《しゃく》だったが、ガブリエルはありがたいと思い、少しねたましい気持ちにさえなった。

「なんだ。出ていくつもりはないのかと思ったのに」

「ありがとう、と言うべきよね。あの人、腸の話をやめようとしないし、追っ払えなかったの」

「君の裸のお尻が見たいからだろ」ジョーはガブリエルの手をつかみ、パラフィン紙に包まれたサンドイッチを手のひらに載せた。「あいつを責めるわけにはいかないな」

それからガブリエルのわきを通ってブースの奥に行き、彼女が家から二つ持ってきたディレクターズ・チェアの一つに腰を下ろした。よくわからないけど、彼はお世辞を言っただけよね……。

「今日はマーラが手伝ってくれるのかい？」

「もうちょっとしたら来るわ」ガブリエルは手にしたサンドイッチに目をやった。「これは何？」

「ターキー・サンド。パンは全粒粉だ」

彼女はジョーの隣に腰を下ろし、周囲をちらっと見渡してから、声をひそめて言った。

「知らなかったんでしょうけど、クール・フェスティバルはベジタリアンのイベントなの」

「君は堕落したのかと思ってた」

「今もしてる」ガブリエルは包みを開き、柔らかそうな二枚のパンのあいだに押し込まれたターキーとスプラウトの山をじっと見つめた。腹がぐうっと鳴り、口の中に唾液がたまる。後ろめたいし、自分がすごく目立っている気がする。心をすっかり入れ替えた異端者の気分だ。

ジョーが肘で彼女の腕をつついた。「食えよ。誰にも言わないから」まるで原罪をそそのかす悪魔のささやき。

ガブリエルは目を閉じ、サンドイッチにかぶりついた。ジョーは柄にもなく親切にしてくれたし、お昼を持ってきてくれた。食べないのは失礼だ。今朝は朝食も取らずに家を出てきたし、本当にお腹がぺこぺこだった。それに、これまでのところ、野菜のチリソース煮込みには食欲が湧かなかったのだ。ガブリエルはふーっと息を吐き出した。唇がカーブを描き、至福の笑みが浮かぶ。

「腹、減ってるんだろう?」

彼女が目を開ける。「うん」

ジョーは帽子のつばの下から彼女を見つめながら、自分のサンドイッチをゆっくりとかみ、飲み込んだ。「チーズケーキがある。もし、よければ」

「ケーキも買ってきてくれたの？」ガブリエルは驚き、彼の思いやりに少なからず心を動かされた。

ジョーが肩をすくめる。「そうだよ。別にいいだろう」

「だって、私のこと、好きじゃないんだろうと思ってたから」

ジョーの視線が彼女の口元に下りていく。「悪くは思ってないさ」彼はサンドイッチを一口大きくかじると、人で混み合う公園に注意を向けた。ガブリエルが椅子のわきにある小さなクーラーボックスから水のボトルを二本つかみ、一本をジョーに渡す。彼がそれを受け取り、二人は気心の知れた者同士のように、黙って食べた。ガブリエルは、何か話して沈黙を埋めなくちゃと思っていない自分にびっくりした。くつろいだ気分でジョーと並んで腰を下ろし、ターキーを食べ、何もしゃべらずにいるなんて。その事実が彼女をいっそう驚かせた。

ガブリエルは蹴るようにしてサンダルを脱ぐと、脚を組み、椅子にゆったりともたれて、ブースの前をぞろぞろ通り過ぎていく大勢の人たちを観察した。本当にありとあらゆる人たちが入り混じっている。ベネトンの服を着たプレッピーから、ビルケンシュトックの革サンダルを履いたニューエイジャー、ポリエステルをこよなく愛する退職者、ディスコブームの時代に生まれ、ウッドストックに憧れる人々まで、いろいろだ。今いる場所からさほど離れていないところでジョーに逮捕されて以来、初めてこんなことを考えた。ジョーは私を見てどう思ったのだろう？　ブースを出している人たちの中には、ものすごく妙な風貌をしている人もいるけど、私のこともそんなふうに見ているのかしら？　たとえば、ドレッド・ヘアに鼻ピアス、鮮やかなローブを身につけて、お祈り用のラグの上で瞑想しているマザー・ソウルと同類だと思っているとか？　でも、どうして彼にどう思われているか気にしなきゃいけないの？

　ガブリエルは特大のサンドイッチを半分まで食べたところでお腹がいっぱいになり、残りは包み直して、クーラーボックスの氷の塊の上に置いた。「今日はあなたに会わないだろうと思ってたのよ」彼女がついに沈黙を破った。「店でケヴィンを見張ってるんじゃなかったの？」

「ちょっとしたら行くつもりだ」ジョーはサンドイッチの残りを急いで平らげ、ボトル半分の水で流し込んだ。「ケヴィンはどこにも行かないだろうけど、行ったところで、俺にはすぐわかることさ」

　警察はケヴィンを尾行してるんだ。私にはそんなこと言わなかったと思うけど、本当だとしても驚きはしない。ガブリエルは水のボトルのラベルをつつきながら、横目でジョーを観察した。「今日は何をするつもり？　収納室の棚の仕上げ？」昨日の閉店までに、ジョーは棚板をカットし、壁に棚受け金具《ブラケット》を取りつけていた。あとは、棚板をしかるべき場所に置くだけだ。長くはかからないだろう。

「まずペンキを塗ろうかと思ってる。でも閉店までに終わってしまうだろうな。明日やる仕事を考えないと」

「奥の部屋のカウンターを取り替えるっていうのはどう？　ケヴィンはやってても構わないって言ってたし、そういう作業なら、月曜いっぱいかかるはずよ」

「ケヴィンがこの週末、動きを見せてくれて、月曜には店に行かなくて済むことを願うよ」

ガブリエルの指が止まった。「私たち、この話はしないほうがいいかもね。あなたは相変わらずケヴィンが罪を犯したと思ってるし、私はそう思ってないし」

「どっちにしろ、今はケヴィンの話はしたくない」ジョーはボトルを上に傾けて水を口に流し込み、飲み終えると、下唇についた水滴をなめた。「それよりも、君に大事な質問をいくつかしたくてね」

彼は何か要求があるから親切にしてくれたんだ。疑ってかかるべきだった……。「何？」

「その、『かわいい魔女ジニー』のバーバラ・イーデン（六〇年代後半の人気コメディ・ドラマおよび主演女優。バーバラはアラビア風のセクシーな衣装を身につけていた）みたいな服はどこで手に入れたんだい？」

ガブリエルは短いブラウスとむき出しになった腹部を見下ろした。「それも大事な質問？」

「いや、ちょっと知りたかっただけさ」

ジョーの目が腹に向けられたものだから、ガブリエルは彼が何を考えているのかわからなくなった。「気に入らないの？」

「そんなこと言ってないだろ」ジョーがガブリエルの顔をのぞき込んだが、用心深い刑事の目は無表情で、やはり何を考えているのかわからない。「昨日、店を出たあと――」彼が続けた。「お母さんと叔母さんに、俺のことをどう説明したんだ？」

「本当のことを言ったわ」ガブリエルは胸の下で腕を組み、彼がいつものように不満をあらわにする様子を見つめた。彼は顔をしかめ、こちらをにらみつけている。

「覆面捜査官だと言ったのか？」

「ええ。でも二人とも、誰にも何も言わないわ」ガブリエルは断言した。「約束してくれたもの。それにあの人たちは、運命が私とあなたを引き合わせたと信じてるのよ。その邪魔をするようなことはしないわ」あのときクレアに、ジョーはママのビジョンに出てきた色黒の情熱的な恋人じゃない、本当にただの気難しい刑事なの、と念を押したのだが、説明すればするほど母親は、娘の恋愛において運命は本当に役割を果たしたのだと確信するようになった。そして、しまいにはこう結論を導き出したのだ。跡をつけられてタックルされ、ジョーのような男っぽい覆面捜査官のガールフレンドを演じるはめになるなんて、普通の出来事じゃない。宇宙規模の偶然の一致にしても、とんでもない偶然だ、と。「ほかに知りたいことは？」ガブリエルが尋ねた。

「ある。先週、どうして俺が尾行してるとわかったんだ？　俺の波動《ヴァイヴ》を感じたとか、ふざけたことは言わないでくれよ」

「あなたのヴァイブは感じてない。感じたのは黒いオーラだったって言ったらどうするつもり？」と訊いたものの、正直なところ、彼のオーラに気づいたのは、逮捕されたあとのことだ。

　キャップの影の中でジョーが目を細め、ガブリエルは彼を窮地から救ってやることにした。

「すぐわかったわ。あなた、タバコを吸うでしょう。これが健康にいいんだとばかりに一服してから走りだす人なんか見たことないもの。大麦若葉《ウイート・グラス》の青汁でも飲むならわかるけど、マールボロを一服なんてあり得ない」

「恐れ入りました」

「最初に気づいたのは、あなたが木の下に立ってたときよ。タバコの煙がきのこ雲みたいに頭を取り巻いてた」

ジョーは腕を組み、口をへの字に結んだ。「一つ頼みがある。もし、監視されていることをどうやって見破ったのかと誰かに訊かれたら、あくまでも、黒いオーラだか何かが見えたという話にしといてくれないか？」

「どうして？　ほかの刑事に、タバコのせいで正体がばれたと知られたくないってこと？」

「できればそれは避けたい」

ガブリエルは首をかしげ、気をもませてやろうと思いながら、にこっと微笑んだ。「いいわよ。助けてあげる。でも、これで私に借りができたわね」

「何が望みなんだ？」

「まだわからない。考えてみて、思いついたら言うわ」

「ほかの情報提供者は自分の望みが必ずわかっていたけどな」

「どんなこと？」

「たいてい法に反することだ」ジョーの目がガブリエルの目をじっと見つめている。「たとえば、前科を消してほしいとか、マリファナをやってても見逃してほしいとか」

「そんなこと、してあげるの？」

「いや。でも頼むのは君の自由だ。そして、俺には君のボディ・チェックをする口実ができる」今度はジョーが微笑む番だ。唇がゆっくりとカーブを描き、ガブリエルをどぎまぎさせた。彼は下を向いて彼女の口元を見つめ、ブラウスの前まで視線を下ろした。「ひょっとすると、君を裸にして調べるはめになるかもしれない」

息が詰まりそう。「まさか、そんなことするわけないわ」

「もちろんするさ」ジョーの目はブラウスのボタンの列をたどり、へそのあたりにいつまでも留まっていたが、やがて右の太ももから始まるスカートの割れ目をたどっていった。「警官として正式に宣誓したんだ。俺にはやると誓った守るべき義務、果たすべき義務、容疑者を裸にして調べる義務がある。それが俺の仕事なんだよ」

どぎまぎが続き、体が熱くなる。ガブリエルは決して男をもてあそぶような女性ではなかったが、訊かずにはいられなかった。「それで、仕事は得意なの？」

「ものすごく」

「ずいぶん自信ありげな口ぶりね」

「俺は仕事の片がつくまでねばるとだけ言っておこう」

体が溶けていくような気がしたが、それはブースの外の気温とはまったく関係がなかった。

「仕事って、たとえば？」

「ハニー、君の髪が逆立つことなら何でも」ジョーがガブリエルのほうに身をかがめて低い声で答えると、その声は肌の上に流れだし、体温をもう何度か上昇させた。

ガブリエルは慌てて立ち上がり、スカートのしわを伸ばした。「私、やることがあるから……」とブースの正面を指差したものの、わけがわからない。体の欲望が理性を支配しようと戦っている。混乱状態だ。「やらなくちゃ……」マッサージ・オイルのテーブルに移動し、一列にきちんと並んだ青いボトルをまた並べ直す。混乱なんかしたくない。一つの感情がほかの感情を支配してしまうのはよくないの。いいえ、よくないどころか、悪いことよ。最悪。肌がぞくぞくしたり、どぎまぎしたり、息が詰まったりしたくない。今はだめ。公園の真ん中ではだめ。彼がいるところではだめなのよ。

大学生ぐらいの女の子たちが数人、テーブルに近づいてきて、オイルについて質問をした。ガブリエルは質問に答え、説明し、ジョーに触れられているかのように彼の存在を強く感じていても、そうではないふりをしようとした。ジャスミンのオイルを二ビン売ったところで、ジョーがやってきて背後に立つのを見た、というより感じ取った。

「チーズケーキ、置いていこうか？」

首を横に振った。

「店の冷蔵庫に入れておくよ」

じゃあ、もう行ってしまうのね、と思ったが、そうはならなかった。ジョーが片手を彼女の腰からむき出しの腹部へと回し、背中を自分の胸に引き寄せたのだ。ガブリエルは凍りついた。

ジョーは彼女の髪に顔をうずめ、耳元でささやいた。「赤いタンクトップと緑のショートパンツの男が見えるだろ？」

ガブリエルは歩道の向こうにちらっと目を走らせた。問題の男はフェスティバルに来ているほかの多くの男たちと変わらないように見えた。身ぎれいにしているし、ごく普通の人だ。

「ええ」

「あいつはレイ・クロッツ。大通りを入ったところで質屋をやってる。去年、盗品のビデオデッキを売買した容疑で逮捕した」ジョーが彼女の腹に置いた手を大きく広げ、親指が胸のすぐ下で結んであるブラウスの結び目をかすめた。「レイとは長いつきあいなんだ。君と一緒にいるところを見られないほうがいい」

彼の指が素肌をかすめていることは考えないようにしようと努めたが、それは難しかった。

「どうして？　彼がケヴィンのことを知ってると思ってるの？」

「たぶん知ってる」

ガブリエルが向きを変えた。サンダルを脱いでいたので、頭頂部がちょうどジョーのキャップのつばの下に収まっている。彼の両腕がすっと背中に回って彼女を抱き寄せると、二人の鼻が触れ合い、乳房が彼の胸に押しつけられた。「彼は本当にあなたのことを覚えてると思う？」

ジョーは片手をガブリエルの肘のすぐ上まで滑らせた。「麻薬取締官をしていたときもパクってるんだ。やつはコカインを詰めたコンドームを飲み込んでいて、俺は喉に指を突っ込んで、吐かせるはめになった」その手を上下に動かし、ガブリエルの背骨をさすっている。

「うわっ……」ガブリエルが小声で言った。「気持ち悪い」

「あれは大事な証拠だった」ジョーは彼女の口のすぐ上でしゃべっている。「それを持ち逃げさせるわけにはいかなかったんだよ」

こんな近くに立って彼の肌のにおいをかぎ、彼の声の豊かな音色《ねいろ》で頭がいっぱいになっていると、筋の通った話に思えてくる。まるで、男を吐かせるのも普通のこと、私の素肌に熱い手のひらを置いている彼が何の反応も示さないのも普通のこと、という感じがする。「もう行った？」

「まだだ」

ガブリエルはジョーの目をじっと見つめて尋ねた。「どうするつもり？」

答える代わりに、ジョーはガブリエルを引っ張りながら数歩下がってブースの陰に入り、目を上げて彼女の髪を見つめた。「どうするって、何を？」

「レイよ」

「そのうち行ってしまうさ」ジョーは彼女の目をのぞき込み、腰の後ろをなでた。「もし俺がキスしたら、君は個人的にとらえるだろうか？」

「当たり前でしょう。あなたは違うの？」

「違う」彼が首を横に振り、唇が彼女の唇をかすめた。「これも仕事だ」

「キスすることが？」

「そう」

「人を裸にして調べるのと一緒ってこと？」

「ああ」

「かえってレイの注意を引いちゃうんじゃない？」

「それは状況しだいさ」ジョーはガブリエルの口に向かって言った。「君はうめき声でも上げるつもりなのか？」

「まさか」乳房に押し当てられたジョーの胸が激しく鼓動している。ガブリエルは彼の肩をつかみ、手のひらで硬い筋肉を感じ取った。精神のバランスがシーソーのようにぐらぐら揺れ、欲望へ向かって頭から真っ逆さまに落ちていく。自制心を奪われ、もう誘惑に負けてしまいそうだった。「あなたはそうするつもりなの？」

「しても構わないけど」ジョーはガブリエルの唇にそっとキスをしてから言った。「君の唇の味は素晴らしいよ、ガブリエル・ブリードラヴ」

ガブリエルは自分に言い聞かさなければならなかった。私を強く抱き締めている男性の悟りの程度なんて、ペット・ロック（七〇年代に流行したペットのように持ち歩く石）並みよ。彼は私のソウルメイトじゃないし、親しみさえ感じない。でも彼のキスは素晴らしい。

ジョーが口を開き、舌を差し入れてきた。ガブリエルはうめきはしなかったが、そうしたかった。丸めた指先を彼のTシャツと肩の肉に食い込ませ、しがみつく。彼は頭を一方に傾け、口の中をさらに深く探った。体のわきに手のひらを滑らせ、むき出しになった横腹をなで、親指をへその中に入れている。ガブリエルがキスに没頭し、しばらくこのままでいようとしたそのとき、彼は体を引き、両手をわきに下ろしてしまった。

「ああ、やばい」ガブリエルの左の耳元で彼が小声で言った。

「ジョーイ、あなたなの？」

「何してるのよ、ジョーイ？」ガブリエルの背後で、どこからともなく女性の声が聞こえてきた。

「誰と？」

「女の子といちゃついてるみたい」

「ガールフレンドがいるなんて知らなかった。母さん、知ってたの？」

「知らないわよ。私には何も話してくれないんだから」

ジョーが耳打ちする。「俺が何を言っても合わせてくれよ。そうすれば、たぶん助かる。あの人たちが食器を選んだり、俺たちの結婚式の準備をしたりすることもないだろう」

ガブリエルは振り返り、興味津々な様子でこちらをじっと見返している五組の茶色の瞳を見つめた。その女性たちを囲んで、子供たちがにやにや、くすくす笑っている。ガブリエルは笑うべきか隠れるべきかわからなかった。

「ジョーイ、こちらのお嬢さんはどなた？」

ガブリエルは横にいる男性を肩越しにちらっと見た。**ジョーイ？**　彼の口の両端に括弧《かっこ》のように深い溝が刻まれる。と同時に、ガブリエルはデジャ・ヴのような妙な感覚に襲われ、腕の産毛が逆立った。ただし、今度はジョーが彼女の家族に遭遇したのではない。彼女が彼の家族に遭遇したのだ。ガブリエルが運命を信じていたら、やっぱり母親の言ったとおりだったと思ったかもしれない。つまり、宇宙規模の偶然の一致にしても、とんでもない偶然だということ。だが、彼女は運命など信じていない。それでも、ジョーと出会って以来、自分の人生で起こったぞっとするような展開について、ほかの説明が思い浮かばなかった。

だいぶ経ってから、ジョーは苦しそうに深呼吸をし、家族の紹介を始めた。「ガブリエル、母のジョイスだ」そう言って彼が示した年配の女性は、ランボーの体にベティ・ブープの顔が載っているイラストのTシャツを着ていた。ベティのヘアバンドには「ランボー・ブープ」と書かれている。「こっちは姉のペニー、タミー、タニア、デビー」

「僕もいるよ、ジョーイおじさん」

「私も」

「甥っ子と姪っ子もほとんど来ちゃったみたいだな」ジョーは一人ずつ指差しながら確認していく。「エリック、ティファニー、サラ、ジェレミー、リトル・ピート、クリスティ。どこかにあと四人いるはずだ」

「あの子たちはモールにいるか、教会でバスケットをやってるわ」姉の一人が説明した。

ガブリエルはジョーを見てから、再び彼の家族に目を戻した。まだいるの？　目の前にいる集団はこれでもかというほど圧倒的だ。「全部で何人家族なの？」

「私には子供が五人いるの」ジョイスが答えた。「孫は一〇人。もちろん、これから増える可能性はあるわねえ。ジョーイが結婚して、もう何人か孫ができたらだけど」ジョイスは少し下がって、小さなボトルが並んだテーブルを見た。「これは何？」

「ガブリエルはある種のオイルを作ってるんだ」ジョーが答えた。

「精油をブレンドしたり、アロマセラピーのレシピを作ったりしているんです」ガブリエルは彼の説明を訂正した。「自分の店で、それを販売しています」

「お店はどこにあるの？」

「母さんには見つけられないよ」ジョーは母親が口を開く前に答えた。まるで、何を言われるか恐れているかのように。

姉の一人がジンジャーとシダーウッドのボトルを手に取った。「これって催淫剤？」

ガブリエルがにこっと笑う。そろそろ、シャナハン刑事のカルマが戻ってくるのをお手伝いしてもいいころね。「私がブレンドしたマッサージ・オイルのいくつかには、化学的な催淫作用があるんです。今、手にしてらっしゃるオイルを使うとジョーが興奮しちゃって」ガブリエルはジョーの腰に腕を回し、ぴったり寄り添った。そうよ、たまにはジョーがもじもじするのを見て楽しませてもらわなきゃ。「ね？　そうなんでしょ？」

ジョーが目を細め、ガブリエルが満面の笑みを見せる。

姉はボトルを戻し、ジョーにウインクをした。「二人は知り合ってどれくらいになるの？」

「数日かな」ジョーが答え、ガブリエルの後ろの髪を少し引っ張った。つまり、俺にしゃべらせろということね。

姉たちが互いに目配せをした。「私には数日以上のおつきあいに見えたんだけど。真剣にキスしてたでしょ。真剣にキスしてるみたいに見えたわよねえ？」

姉たちが顔を見合わせてうなずく。「彼女を丸ごと食べようとしてるみたいだった。あれは男が三週間したらするキスじゃないかしら。絶対に数日以上のおつきあいよ」

ガブリエルはジョーの頭に自分の頭をもたせかけ、秘密を打ち明けた。「でも、前世でおつきあいしていたかもしれないんです」

シャナハン家の女性たちはただ目を見張っている。

「彼女、冗談を言ってるんだ」ジョーはそう言って家族を安心させた。

「ああ」

「この前、うちに来たとき――」母親が口を開いた。「ガールフレンドのこと、言ってなかったわよねえ。何も話してくれないんだから」

「ガブリエルはただの友達だよ」ジョーは家族に伝え、ガブリエルの髪をまた少し引っ張った。「だろ？」

ガブリエルは背中をそらせ、わざとぽかんとした顔で彼を見つめた。「あ、ああ！　そうね。そのとおり」

ジョーは眉をひそめ、目の前にいる女性たちに警告をした。「変なことを考えないでくれ」

「変なことって？」姉の一人が尋ねた。まったく悪気はなさそうに目を見開いている。

「俺が近いうちに結婚しそうだとか、そういうことだよ」

「もう三五でしょう」

「女性が好きだってことだけは確かね。ゲイになるんじゃないかと思って、皆、心配してたんだから」

「よくママの赤いハイヒールを履いて、『オズの魔法使い』のドロシーのまねをしてたしね」

「スキップして壁に突っ込んじゃって、おでこを縫うはめになったときのこと、覚えてる？」

「あれは死ぬほどおかしかった」

「勘弁してくれよ、五歳のときの話だ」ジョーは歯を食いしばりながら言った。「それに、姉さんたちがドロシーの格好をさせたんじゃないか」

「この子、すごく気に入ってたわよねえ」

「ちょっと、あんたたち、弟を困らせるんじゃないの」ジョイスが諭した。

ガブリエルはジョーの腰から腕をはずし、手首を彼の肩にかけた。日焼けした肌の下で、彼の頬はどうも赤くなっているように見える。彼女は笑わないように努めた。「あなたももう、赤いハイヒールを履いた服装倒錯者じゃなくなったんだから、結婚相手にふさわしい男ってことね？」

「それに、もう撃たれることもないわ」姉の一人が言い添えた。

「すごくいいやつなのよ」

「子供好きだし」

「ペットもね」

「鳥を飼ってて、本当にかわいがってるの」

「大工仕事もすごく器用にこなすし」

これだけほめてあげたからといって、罪を免れるわけにはいかないのよ、と言いたげに、姉の一人が皆のほうを向いてかぶりを振った。「ううん。器用じゃない。覚えてる？　人形がどうして歩くのか確かめようと思って、私の〝パタパタ・ポーラ〟を分解しちゃったじゃない？」

「ああ、そうだった。脚を一本、元どおりにできなかったのよね。ポーラは横向きに倒れて、くねくねしてただけで」

「そうそう。結局、ポーラはパ、タ、パ、タ、歩けなくなっちゃったの」

「でもまあ——」と、一人がいっそう大きな声を出したおかげで、ほかの姉たちも、理想の結婚相手として、もっとジョーのいいところを売り込むべきだ、ということを思い出した。

「自分のお皿は自分で洗うし」

「そのとおり。それに、もう靴下をピンクに染めちゃうこともないし」

「稼ぎだって悪くないわ」

「それに——」

「歯も全部そろってるよ」ジョーが姉たちをさえぎり、歯ぎしりをしながら言った。「背中に毛は生えてないし、あれだって、まだしっかり立つんだぜ」

「ジョセフ・アンドリュー・シャナハン」母親が息を荒くしながら言い、いちばん近くにいる孫の耳をふさいだ。

「なあ、困らせるなら、ほかの人にしてくれないか？」

「もう行ったほうがよさそうね。機嫌を悪くしちゃったみたいだから」姉たちは、弟のつきを落としたくないとばかりに子供たちを集めると、ほとんど競い合うように、それぞれ別れの言葉を口にした。

「お会いできてよかったです」ガブリエルが皆に挨拶をするとすぐ、姉たちは公園の奥へ向かって歩いていった。

「来週にでも、ジョーと一緒に夕飯を食べにいらっしゃい」ジョイスも声をかけ、その場を去っていった。

「さっきのは何なんだ？　昨日の仕返しか？」

ガブリエルはジョーの肩から手を下ろし、当惑した。「ああ、ほんのちょっとね……」

「それで、どんな気分なんだ？」

「ジョー、認めるのはいやなんだけど、すごくいい気分。というか、仕返しがこんなに気持ちいいなんて思ってもみなかった」

「まあ、楽しんでいられるのも今のうちさ」今度は彼が微笑む番だ。「ひどいしっぺ返しを食らうことになるぞ」

10

人込みの中へ消えていく母親と姉たちを見つめ、ジョーは眉根を寄せた。あっさり解放してくれるなんて。いつもは、こっちが機嫌を悪くすると、とどめを刺してくるのに。「あのときのこと、覚えてる?」と、すっかり聞き飽きた話をあれ以上引っ張り出してこなかったのはなぜだ? 理由はわからないが、隣にいるガブリエルと関係があるんじゃないだろうか? こっちがどう説明しようが、家族は明らかに彼女を本当のガールフレンドだと思っていた。それで、彼女の目に俺が結婚相手として本当にふさわしい男に見えるよう、先を争ってあれこれ言ったのだ。それを思い出してジョーははっとした。ガブリエルをひと目見れば、俺の好みのタイプじゃないと納得できたはずなのに……。

彼はガブリエルをちらっと見て、彼女の美しい顔、ワイルドな髪型、ひざまずいて開いた唇を押しつけたいと思わせる、なめらかで平らな、むき出しの腹部に目を走らせた。彼女は手で簡単に裂けそうな服に魅力的な体を包んでいるが、俺を夢中にさせるために、わざとあんな格好をしてきたのだろうか?

「皆、いい人ね」

「いい人たちだったわけじゃない」ジョーは首を横に振った。「まんまと、いい人たちだと思わせたんだ。君が未来の義理の妹になったときに備えてね」

「私が？」

「あんまり喜ぶんじゃない。相手がどんな女性だろうが、お袋たちは満足なんだ。俺が子供やペットをかわいがるなんて話をなぜしたと思う？」

「ああ！」ガブリエルは驚いたように大きな緑の目を見開いた。「あれって、あなたのことだったの？　変人だったって部分を除けば、誰の話をしてるんだろうと思ってたの」

ジョーはデリの紙袋をつかんだ。「いい子にしてるんだな。さもないと、君が腸内洗浄をしたがってるとダグに言いつけるぞ」

ガブリエルの唇から穏やかな笑い声がもれ、ジョーは不意をつかれた。それまで彼女が心から笑ったのを耳にしたことがなかったのだ。女性らしいかすれぎみの声は甘美で、とても心地よい響きがあり、彼は思いがけず、口元をほころばせてしまった。「また明日の朝、来るよ」

「ここにいるから」

ジョーは向きを変え、フェスティバルの人込みを縫って、車を止めてある駐車場を目指した。用心しないと、しまいには守るべき一線を越えて彼女のことを好きになってしまうかもしれない。彼女を目的達成の手段ではなく、それ以上の存在と見なすようになるだろう。でも、情報提供者以上の存在にするわけにはいかない。魅力的な女性、裸にして舌で探っても構わないと思うような女性と見なすわけにはいかない。ただでさえ厄介なこの事件をこれ以上混乱させるわけにはいかないのだ。

ジョーは人込みに目を走らせ、無意識のうちに麻薬の常用者を探していた。覚せい剤常用者、目の腫れたマリファナ常習者、おどおどした様子で頭をふらつかせているヘロイン中毒者。皆、陶酔感をコントロールできていると思い込んでいるが、陶酔感のほうが彼らを支配していることは、見ればすぐにわかる。麻薬取り締まりの仕事からはずれてほぼ一年になるが、人込みにいると、いまだに麻薬捜査官の目で世の中を見てしまう。そのように自分を訓練してきたのだ。身についたこの習慣は、いったいいつまで続くのだろう？　引退して一〇年経っても、人を見ると殺人犯かその被害者に思えてしまう元殺人課の刑事をジョーは何人か知っていた。

ベージュのシボレー・カプリスがボイジー市立図書館のわきの通りに止まっている。ジョーは覆面パトカーの運転席に滑り込み、ミニバンが一台通り過ぎるのを待って車を出した。頭に浮かんでくるのは、ガブリエルの笑顔、唇の感触、手の下で感じた肌の質感、真ん中で割れたスカートのあいだからのぞいていたなめらかな太もも。欲望で下腹部が鈍いうずきを覚えた。彼女のことはいっさい考えないようにしよう。ガブリエルは変人ではないとしても、トラブルのもとになる。深夜勤務で働くパトロール警官へと格下げになる類のトラブルだ。そんなものは必要ない。警察の内務調査をかろうじて乗り切った身なのだから。もうあんな目には遭いたくない。仕事のためであれ、何のためであれ、もう、ごめんだ。

あれから一年と経っていないが、司法省の審問や面接、彼らの質問に答えざるを得なくなった理由はこの先も決して忘れないだろう。それはわかっている。真っ暗な路地でロビー・マーティンを追い、ロビーのルガーからオレンジの閃光が放たれ、自分も撃ち返したことは二度と忘れない。弾がなくなったコルト四五口径のひんやりしたグリップをつかみ、路地に横たわっていたときのことは一生忘れない。夜気を切り裂くサイレンの音と、木々や家々の壁に反射していた赤と白と青の光。太ももの穴からにじみ出る生温かい血。六メートル先で動かなくなっていたロビー・マーティン。暗闇の中でも鮮明に見えた、白いナイキのランニング・シューズ。ばらばらになった思考がかちかち音を立てる中、あの少年に向かって叫んだが、相手にはもう聞こえていなかった。あのときのことは二度と忘れないだろう。

その後、かなりの時間が経ち、気がつくとジョーは病院のベッドに横たわっていた。母と姉たちが首に抱きついて涙を流し、父親が足元でじっと息子を見守っており、組み立て玩具にでもついてくるような金属の装具で脚が固定されていた。このときになってようやく、頭の中に、その晩の出来事がゆっくりと、何度も何度もよみがえってきて、彼は自分が取ったすべての手段をあれこれ思い返した。あの路地でロビーを追うべきではなかったのかもしれない。見逃してやればよかったのかもしれない。ロビーがどこに住んでいるのかはわかっていた。応援が来るのを待って、車でやつの家に行くべきだったのかもしれない。

おそらくそうなのだろう。でも、俺の仕事は悪いやつを追いかけることだ。地域の人々は街からドラッグを締め出したいと思っている。そうだろう？

もし、あの少年がロベルト・ロドリゲスという名前だったら、たぶん本人の家族以外に、あの事件を気にかける者はいなかっただろう。テレビがトップニュースとして報じることもなかったかもしれない。しかし、ロビーはいずれ上院議員にでもなりそうな顔をしていた。どこから見てもアメリカ人といった感じの少年だ。まっすぐな白い歯を見せて天使のように笑っている典型的なアメリカの白人少年。ロビーを撃った翌朝、『アイダホ・ステーツマン』の一面に彼の写真が載った。気取ったサーファー男のような髪がきらきら輝き、青い大きな目が、朝のコーヒーを飲んでいる読者をじっと見つめていたというわけだ。

そして、読者はその顔を目にし、覆面捜査官は彼を撃ち殺す必要があったのだろうか、と考えた。ロビーが警察から逃走したこと、先に銃を抜いていたこと、麻薬の常用歴があったことはどうでもよくなってしまったのだ。成長期の痛みと戦っている都市では、その過程であらゆる問題が生じるが、それを露骨に外国人や州外の人間が流入してきたせいにする傾向がある。だから、ダウンタウンの病院で生まれ、地元で育った一九歳の麻薬密売人というのは、市民が自分自身や街に対して抱いている認識の中で、はなはだ収まりの悪い存在となった。

そこで、市民は警察に異議を唱えた。市は、住民による審査委員会を開いて致死的銃器の使用に関する警察署の方針を評価すべきではないだろうか、この街には、若者を追い回して殺す、背教者の覆面捜査官がいるのではないだろうか、と考えたのだ。

そして警察署長がローカル・ニュースに出演し、市民に向けてロビーの記録をあらためて提示した。毒物検査により、彼の血液にメタンフェタミンとマリファナを使用していた痕跡がはっきりと認められたという記録を。司法省および警察の内務調査はジョーに非がなかったことを証明し、致死的銃器の使用は必要だったとの結論を出した。しかし、ロビーの写真がテレビの画面や新聞に登場するたびに、人々はやはりいぶかしく思うのだった。

ジョーは警察の心理カウンセラーの診察を受けるようにと命じられたが、話すことはあまりなかった。いったい何を話せというんだ？　俺は少年を殺した。まだ大人とは言えない若者を殺した。命を奪ったのだ。そして、俺がしたことは、やむを得ない行為として正当化された。もしロビーがもっとうまく撃っていたら、俺は死んでいた。それははっきりわかっている。俺に選択の余地はなかった。

彼はこれまで自分にそう言い聞かせてきた。そう信じなければいけなかった。

自宅で二カ月じっと療養し、さらに四カ月、集中的に理学療法を受けた後、職場復帰を許可された。ただし、戻った先は麻薬課ではない。ひそかに窃盗犯罪の担当にさせられていた。いわゆる「異動」だ。しかし、これは間違いなく降格、自分の仕事をしたのに、そのせいで処罰されたような気がした。

アノマリーから半ブロック離れたところにある駐車場にカプリスを入れ、ジョーはトランクからペンキの缶と、刷毛《はけ》やローラーや皿が入った大きな布袋を取り出した。たとえ異動になっても、あの路地でロビーの身に降りかかったことが間違いだったとは思っていない。悲しい不幸な出来事であり、考えないように努めている出来事、人に話そうとは思わない出来事ではあったが、自分の過ちだったとは思っていない。ガブリエル・ブリードラヴの件と違って……。あれこそ自ら招いた大失敗だ。彼女を見くびっていたのだから。でも、時代遅れのデリンジャーとヘアスプレーだけ持って人を公園におびき寄せるという、ばかげた企てをしていたなんて誰が予想しただろう？

店の裏口から中に入り、シンクのわきのカウンターの上にペンキ缶と道具類が入った袋を置く。マーラ・パグリーノがカウンターの反対側に立って、前の日に到着した荷物の中身を出していた。積荷にアンティークは含まれていないようだ。「何が入ってるんだい？」「ガブリエルがバカラのクリスタルを注文したんです」マーラの茶色の目が少し熱心すぎるぐらいにジョーを見つめた。彼女はたっぷりした黒髪をカールさせ、唇を赤くつやつやと輝かせている。マーラと初めて会ったときから、ジョーは彼女が自分に少し熱を上げているかもしれないと気づいていた。マーラは彼のあとをついて回り、あれを持ってきましょうか、これを持ってきましょうかと言ってくる。多少、嬉しくは思うものの、たいがい困ってしまう。マーラは姪のティファニーと一つか二つしか年が違わない。ジョーは女の子には興味がなかった。彼が好きなのは大人の女性だ。唇と手をどうすればいいか教えてあげる必要のない成熟した女性。しかるべき摩擦を生み出すための体の動かし方を知っている女性だ。「手伝いましょうか？」

ジョーは袋から刷毛を取り出した。「公園でガブリエルの手伝いをする予定かと思ってたよ」

「そのつもりでいたんですけど、ケヴィンからクリスタルを出して、箱をどけておくようにと言われたんです。あなたが今日、カウンターの寸法を測るつもりだといけないからって」

ジョーの大工の腕ではカウンターの板まで取り替えることはできない。「そこまでたどり着くのは来週になってからだな」願わくは、来週のことは心配しなくて済むといいのだが。

「ケヴィンはオフィスにいるのかい?」

「ランチに出かけたきり、まだ帰ってこないんです」

「店には誰が出てるんだ?」

「誰も。でも、お客さんが入ってくれば、ベルが聞こえますから」

ジョーは刷毛とペンキ缶をつかみ、小さな収納室に入った。これも覆面捜査官の仕事の一つだが、こんなことをやっていると、若干、正気ではいられなくなる。それでも、外で覆面パトカーの中にじっと座ったまま、〈ヤンキー・ドッグ〉でテイクアウトしてきた物を食べてだんだん太っていくよりはましだ。はるかにましではないけれど。

ジョーは床にペンキ塗り用の垂れよけシートを敷き、前日にカットしておいた棚板を壁に立てかけた。マーラは子犬のようについてきて、今までつきあってきた大学の男の子たちは子供っぽかったという話をノンストップでしゃべっている。一度ベルが鳴り、その場を離れたが、間もなく再び現れ、自分が求めているのは年上の成熟した男性だときっぱり言った。

ケヴィンが戻ってきたときには、ジョーは二枚の棚板にペンキを塗り終えたところで、小さな部屋の壁を塗る準備をしていた。ケヴィンはマーラをひと目見ると、ガブリエルの手伝いに行くようにと言いつけ、店には彼とジョーの二人だけになった。

「あの子は君に熱を上げてしまったみたいだな」マーラが最後にちらっと振り返ってから店を出ていくと、ケヴィンが言った。

「ああ、たぶんね」ジョーは片手で肩の後ろを押さえ、それから腕を頭の上まで伸ばした。認めるのがいやになるほど筋肉がひどく痛む。体は常に鍛えているというのに。だが別の理由が一つだけある。年のせいだ。

「ガブリエルは、筋肉痛を我慢できるだけの金を払ってくれるのかい？」ケヴィンは全身、デザイナーズ・ブランドで装い、片手にパーティ用品のアウトレット・ストアの大きな袋、もう片方の手には、通りを行ったところにあるランジェリー・ショップの袋を持っている。

「ちゃんと払ってくれるさ」ジョーは体のわきに腕を垂らした。「俺には、金はそれほど重要じゃないけどね」

「じゃあ、君は貧乏をした経験がないんだな。僕はあるって話はしただろう。貧乏は最悪だ。人の一生を左右してしまう」

「というと？」

「人は身につけているシャツのブランドや靴の状態で判断される。金がすべてさ。金がなければ、くず扱いされる。それに女。いや、今のは忘れてくれ。女性の件は、君には関係ないもんな。以上」

ジョーはトランクの端に腰を下ろし、胸の上で腕を組んだ。「どういうタイプの女性の気を引くかで話は違ってくる」

「恐しく注文の多い女性さ。トヨタとメルセデスの違いがわかる女性だよ」

「なるほどね」ジョーは頭を後ろに倒してから、目の前にいる男性を見た。「ものすごく金がかかる女か。君にはそういう金があるってこと？」

「ああ。それに、持ってないとしても、手に入れる方法は知っている。自分に必要なものを手に入れる方法はわかってるんだ」

大当たり《ビンゴ》。「方法って？」

ケヴィンはただ微笑み、首を横に振った。「話したところで、君は信じないさ」

「話してみろよ」ジョーはしつこく訊いた。

「悪いけど、言えないんだ」

「株に投資してるとか？」

「僕は自分に、ケヴィン・カーターに投資している、とだけ言っておこう」

引き際ならわきまえている。「その袋には何が入ってるんだい？」ジョーはケヴィンの手を指差した。

「明日、ガールフレンドのチャイナのバースデイ・パーティを開くんだ」

「冗談だろ？　チャイナって本名なのか？　それとも芸名？」

「どっちでもないよ」ケヴィンがくすくす笑った。「本名のサンディより、そっちのほうが気に入っているだけでね。今朝、ガブリエルのブースに寄って、パーティの話をしたんだけど、君と彼女は別の予定があるって言ってたな」

捜査の邪魔をするのはやめてくれとはっきり伝えたと思っていたが……。ガブリエルにはまた言って聞かせなきゃだめみたいだな。「少しだけなら、二人で顔を出せると思うよ」

「本当に？　彼女、夜は絶対に家で過ごすと決めてるみたいだったけど」

普段のジョーは、バーのスツールに座って女の話をするタイプの男ではない。自分の彼女であれ、人の彼女であれ。しかし、今は事情が違う。これは仕事だし、どう演じるべきかは心得ている。彼は、秘密を打ち明けるかのように少し体を前に傾けた。「ここだけの話、ガブリエルは淫乱なんだ」

「いやあ、僕はずっと、彼女はお堅い人かと思ってたよ」

「顔に出ないタイプでね」ジョーは体をそらせ、俺たちは男同士の仲間だろうと言わんばかりに、にやっと笑った。「でも、数時間なら彼女を我慢させておけるんじゃないかな。パーティは何時から始まるんだい？」

「八時だ」ケヴィンは答えると同時にオフィスに向かい、ジョーはそれから二時間、ペンキ塗りに没頭した。夜になってアノマリーが閉店したあと、彼は警察署に寄って、ヒラード邸盗難事件に関する日報に目を通した。朝の点呼以降、これといった新しい情報はない。ケヴィンは昼食時にダウンタウンのレストランで身元不明の女性と会っていた。それからパーティ・グッズを購入し、コンビニに寄って特大サイズの清涼飲料を買っている。わくわくする内容だな……。

ジョーはケヴィンとの会話を報告し、パーティに招待されたことをルチェッティ警部に知らせた。それから、自分の机から書類の束をつかみ、サムが待つ我が家へと向かった。

夕食には、リブ肉を直火で焼き、姉のデビーが留守のあいだに冷蔵庫に入れておいてくれたマカロニ・サラダを食べた。サムはテーブルの上で自分の皿のわきに立っているだけで、鳥の餌とベビー・キャロットを食べようとしない。

「サムハ、ジョーガダイスキ」

「肉はやらないよ」

「サムハ、ジョーガダイスキ、グワーッ」

「だめだってば」

サムは黄色と黒の目をぱちぱちさせ、くちばしを上げて電話のベルの鳴きまねをした。

「もう何カ月も、その手には引っかかってないだろう」ジョーはフォークでマカロニをつついた。ソフトクリームを見せびらかして二歳児をからかっているような気分だ。「獣医さんに言われたんだ。おまえは食べる量を減らして、もっと運動しなきゃだめだって。じゃないと、肝臓病になってしまうぞ」

サムはジョーの肩に飛び乗り、羽で覆われた頭をジョーの耳にすり寄せた。「カワイコチャン」

「おまえは太ってるんだ」食事のあいだ、ジョーはサムに強く言い聞かせ、自分が食べているものはやらなかったが、サムがクリント・イーストウッドの映画に出てくるジョーのお気に入りのセリフをまねすると、つい甘くなり、アン・キャメロンがくれたチーズ・ケーキを少しかじらせてやった。ケーキはアンが言ったとおり、美味しかった。ということは、彼女にコーヒーをおごらなくちゃいけないな。ジョーは子供のころのアンを思い出そうとした。すると、針金のようなフレームの眼鏡をかけた女の子の顔がぼんやりと浮かんできた。彼女の両親の家には、光沢のあるビロード張りのエメラルド・グリーンのソファがいくつかあり、彼女はその一つに腰を下ろして、ジョーが姉のシェリーを待っているあいだ、彼をじっと見つめていた。当時はたぶん一〇歳くらいだったろう。ということは六歳ほど年下。ガブリエルと同じぐらいってところか。

ガブリエルのことを考えたら、額に鈍い痛みを覚え、ジョーは親指と中指で鼻柱をつまんだ。彼女をどうしたものか……。知恵を絞ったところで、さっぱりわからない。

沈みゆく夕日が注ぎ、谷が薄明かりに包まれる中、ジョーはサムを鳥用の檻に入れ、ビデオデッキに『ダーティ・ハリー』のテープを押し込んだ。『ジェリー・スプリンガー・ショー〈過激すぎてテレビでは見せられないノーカット版〉』以外で、サムが気に入っているビデオはこれだけだ。ディズニーや『セサミストリート』のチャンネルにしたり、買ってきた教育用ビデオをセットして、ほら観てごらん、とサムに勧めたこともあった。しかし、サムはジェリーの熱狂的ファンになっており、世の大半の親と同様、ジョーもすっかりさじを投げてしまったのだ。

その後、彼はブロンコで街の反対側にある小さなレンガ造りの家に向かい、縁石のわきに車を止めた。玄関のドアの上でポーチライトがピンクの光を放っている。何日か前の夜は緑の電球だった。意味があるのか、とジョーは思ったものの、いや、別に知りたいわけじゃないと思い直した。

リスが二四、ものすごい勢いで芝生と歩道を突っ切っていき、オークの古木の樹皮を軽快に駆け上っていく。半分上ったところでリスたちが動きを止めてジョーをにらみ、ふさふさした尻尾の先を素早く動かした。動揺した様子でぺちゃくちゃしゃべる声がやかましく、なんだか、隠しておいた木の実を盗むとは厚かましいやつだと責められているような気がした。猫もさることながら、リスはもっと気に入らない。

玄関を三回叩くとドアが開いた。目の前に立っているガブリエルは大きな白いシャツを着て、ボタンを上まで留めている。緑色の目が大きくなり、顔が真っ赤になった。

「ジョー！　ここで何してるの？」

その質問に答えるよりも先に、ジョーは彼女をじっと見据え、頭の上でまとめたポニーテールからこぼれる赤茶色のカールから、足首に結んであるビーズ付きの大麻《ヘンプ》へと目を走らせた。シャツの袖は前腕の途中までまくってあり、裾はむき出しの膝の数センチ上までしかない。ジョーが見る限り、ガブリエルは様々な色のペンキの染みのほかは、ほとんど身につけていない。「話がある」彼は、だんだん赤みを増していく頬に視線を戻した。

「今？」違法なことをしていたところを見つかってしまったかのように、ガブリエルは背後にちらっと目をやった。

「ああ。何をしてるんだい？」

「何もしてないわよ！」ひどく後ろめたいことがありそうな顔をしている。

「この前、捜査の邪魔はするなと伝えたはずだが、君が理解してないといけないから、もう一度、言っておく。ケヴィンをかばおうとするのはやめてくれ」

「そんなことしてない」背後の明かりが彼女の髪を照らし、白いシャツが透けて豊かな胸とスリムなヒップの輪郭を映し出している。

「明日の晩、ケヴィンが開くパーティの招待を断っただろう。二人で行くと言っておいたからな」

「行きたくないのよ。ケヴィンと私は友達だし、ビジネス・パートナーだけど、つきあってるわけじゃない。私は、仕事を離れたら、一緒に過ごさないようにするのがいちばんいいとずっと思ってきたの」

「残念だな」ジョーはガブリエルが中に入れてくれるのを待った。だが、彼女は入れてくれず、腕を組んだものだから、彼の注意は左胸についた黒い絵の具に向けられた。

「ケヴィンの友達はうわべだけの人たちだし、行っても楽しめないわよ」

「楽しむために行くんじゃない」

「モネを探すつもりなのね？」

「そう」

「まあいいわ。でも、もう二度とキスなんかしないで」

ジョーは驚いて、上目遣いでガブリエルを見た。彼女の要求は完全に筋が通っているだけに、彼は認めるというより、いらいらした。「個人的にとらえるなと言っただろう」

「そんなふうに思ってないけど、いやなの」

「何がいやなんだ？　俺とキスすることか？　それとも、キスを個人的にとらえちゃいけないことか？」

「あなたとキスすること」

「よく言うよ。いつもすっかりその気になって、息を切らしてるじゃないか」

「それはあなたの思い違い」

ジョーは首を横に振り、笑みを浮かべながら言った。「さあ、どうだか」

ガブリエルがため息をついた。「刑事さん、用事はそれだけ？」

「明日、八時に迎えに来る」ジョーは向きを変えて出ていこうとしたが、振り返って彼女を見た。「ああ、ガブリエル？」

「何？」

「セクシーな服で頼むよ」

ガブリエルはドアを閉め、そこに背中をもたせかけた。頭がくらくらするし、吐き気もする。なんだか、自分がジョーを呼び寄せてしまったような気がする。彼女は深呼吸をし、激しく鼓動する胸の上に手を置いた。ジョーがどんぴしゃりなタイミングで玄関に現れたのは、何らかの奇妙な偶然だ。

その日の午後、彼がブースを出ていってからずっと、ガブリエルは彼の絵を描きたいという、抑えがたい激しい欲望を感じていた。今度は、赤いオーラに包まれて立っている彼を描きたかった。裸の彼を。クール・フェスティバルで実りある一日を過ごして帰宅すると、彼女はそのままアトリエに入り、カンバスを用意した。それからジョーの顔、たくましい筋肉をスケッチし、色を塗った。インスピレーションを得るためにミケランジェロのダヴィデ像を思い浮かべ、ジョーの局部を描き始めたまさにそのとき、彼がノックをしたのだった。ガブリエルはドアを開け、そこに立っている彼を目にした。何をしていたのかばれたのではないかと思い、しばらく不安でびくびくしていたのだ。服を着ていない彼をのぞき見しているところを見つかってしまった気がして、後ろめたさを覚えた。

運命は信じていない。自由意志を信じすぎるくらい信じている。でも、何かを予感させるようにうなじの毛が逆立つのを無視することができない。

ガブリエルは勢いをつけてドアから離れ、アトリエに向かった。ジョーに言ったことは本当だ。もう二度とキスなんかしたくない。一週間前、彼に嘘をつくのは思ったよりも簡単だとわかったけれど、自分には嘘をつけそうにない。理由を探る気にもなれないが、ジョーのそばに立って彼の吐息がささやくように頬をなで、唇が自分の唇をかすめていくと、それほどいやではないと思ってしまう。それどころか、まったくいやではない。

愛情を正直に、オープンに表現するのはいいことだと思っている。でも、人でにぎわう公園ではしたくないし、ジョー・シャナハン刑事とはしたくない。彼は私を愛しているわけではないし、キスをするのも仕事のうちだと思っているとはっきり口にした。ガブリエルはキスされたときの自分の反応について考え、理にかなった結論を導き出した。ジョーに触れられたせいで、私のバイオリズムがめちゃくちゃになり、何もかも調子が狂ってしまったのよ。言ってみれば、体と心と精神を結びつけている気がしゃっくりの発作を起こしたか、ショートしてしまったようなもの。

今度また二人が議論しているところへケヴィンが入ってきたり、ジョーの過去を知る人物を見かけたりした場合は、何か別の対策を考えてもらわなくちゃ。もう二度と、そばに立って、彼の肌のにおいで五感を満たしたりするもんですか。口の奥まで達し、息もつけなくなる非個人的なキスなんてごめんだわ。それに、彼のために「セクシーな服」を着るなんて絶対にあり得ない。

次の日の晩、玄関のベルが鳴ったとき、ガブリエルは今度こそジョーと向き合う心の準備はできていると思った。もう驚いたりするもんですか。彼女は自分をコントロールしていたし、もしジョーが擦り切れたジーンズとTシャツを着ていたら、何とか対処もできただろう。しかし、ジョーをひと目見た途端、彼女の〈静かな中心〉はきりきり舞いして、宇宙の彼方へ吹き飛んでしまった。

彼の日焼けした頬は〈夕方五時の影〉がきちんと剃ってあり、すべすべしていた。リブ織りの黒いポロシャツはシルク製で、広い胸と平らな腹にぴったりフィットしている。きれいに折り目のついたタック入りのギャバのズボンに、メッシュの革のベルト。靴は履き古したランニングシューズやワークブーツではなく、スエードのコイン・ローファーだ。彼はすごくいいにおいがするし、いつもより素敵に見える。

ジョーと違って、ガブリエルはわざと手抜きの格好をしていた。楽なのがいちばんとばかりに、無地の白いブラウスを着て、裾がちょうど膝上に来る、青と白のチェック柄の、ぶかっとした胸当てつきジャンパースカートをはいていた。化粧はほとんどしていない。髪の毛にも手を加えておらず、いつもどおり、肩や背中にかかる部分をカールさせているだけだ。唯一妥協したファッションらしきものといえば、耳にはめたシルバーのリング・ピアスと、右手中指にはめた同じくシルバーのプレーンなリングだけ。ストッキングはたんすの引き出しに置き去りにして、素足にカンバス地のスニーカーを履いていた。これならセクシーと正反対の格好だろう、と思ったのだ。

ジョーの一方の眉がすっと上がり、彼もそう思っていることがわかった。「トト（『オズの魔法使い』に登場するドロシーの愛犬）はどこにいるんだい？」

そこまでひどくないでしょう。「ちょっと、私はママの赤いハイヒールでスキップして、壁に突っ込んだ人とは違うのよ」

ジョーはガブリエルと目線を合わせた。「俺は五歳だったんだ」

「でも、そうだったって皆が言ってたじゃない」ガブリエルはポーチに出て、背後のドアの鍵を閉めた。「それに、パーティはきっとカジュアルにやるんだと思う」マクラメ編みのバッグに鍵をしまい、ジョーに顔を向ける。彼はそこからまったく動いておらず、ガブリエルのむき出しの腕が彼の胸をこすった。

「それはどうかな」ジョーは、まるで本当にデートに出かけるかのように彼女の肘をつかみ、忘れようにも忘れられない、あの恐ろしいベージュのシボレーへ連れていった。この前は後部座席で手錠をかけられていたけれど。「ケヴィンとお近づきになった者として言わせてもらえば、彼がカジュアルなことをするとは思えない。まあ、カジュアル・セックスなら話は別かもしれないが」

ジョーの手のひらの温もりが腕に広がり、指先まで伝わった。ガブリエルは無理やり気持ちを落ち着かせ、彼と並んで歩いている。私はジョーに触られたからって、その手を振り切りたいと思ってるわけじゃない、彼と同じくらい落ち着いているし、動揺もしてないわ、と言わんばかりに。彼に触られ、手のひらが汗ばんでいくけど、それは無視しよう。ケヴィンに関する彼の意見に反論するつもりはない。というのも、彼が言ったことはほとんど正しかったから。つまり、ケヴィンはよくも悪くも、世のほかの男性と大差はないということ。

「昨日の夜は、ブロンコに乗ってたと思ったけど」

「そのとおり。でもケヴィンには文無しの負け犬だと思われてるんでね。そう思わせておきたいのさ」ジョーは身をかがめて運転席のドアを開けた。彼の胸が再び腕をかすめ、ガブリエルは鼻から深く息を吸った。このコロンはシダーとネロリの組み合わせかしら、それともまったく別の香り？

「なんで、そんなことするんだ？」

「そんなことって？」

「いやなにおいがするみたいに、くんくん俺のにおいをかいでるだろ」ジョーが肘を放すと、ガブリエルはまたリラックスできたような気がした。

「思いすごしよ」ガブリエルは車に乗り込んだ。ジョーと違って、車内は彼に逮捕された日と同様、ひどいにおいがした。エンジン・オイルか何かだろう。でも少なくともシートは清潔だ。

ケヴィンの家に車で向かう一〇分足らずのあいだに、ジョーはガブリエルが情報提供者としてサインした取り決めをあらためて彼女に確認させた。「もしケヴィンが潔白なら、君の助けは要らないはずだ。罪を犯しているなら、君はどっちみち彼をかばうことはできない」

涼しい風がガブリエルのむき出しの脚と腕、首のわきをかすめていく。ずっと自分の家にいられたらよかったのに。選択の余地があったらよかったのに。

ケヴィンの家にはもちろん何度も行ったことがあったが、ガブリエルはあの家が本当に苦手だった。二階建ての現代風の家は、支柱に支えられて山の斜面に建っており、街の素晴らしい景色を望むことができる。内装には大理石と硬材とスチールがふんだんに使われ、モダン・アートの美術館にいるような雰囲気があった。

ガブリエルとジョーが、ほとんど肩を触れ合うようにして、歩道を一緒に歩いていく。

「ケヴィンの友達の誰かがあなたを見て、正体に気づいたらどうするの？」

「何か対策を考える」

それこそガブリエルが心配していることだった。「たとえば？」

ジョーが呼び鈴を鳴らし、二人は並んでまっすぐ前を見つめていた。「俺と二人きりになるのが怖いのか？」

少し怖い。「いいえ」

「それを心配しているように見えるからさ」

「そんなことない」

「自信がないかもって顔してるぞ」

「何の自信？」

「俺にちょっかいを出さずにいる自信」

ガブリエルが言い返す間もなく、ドアが勢いよく開き、茶番劇が始まった。ジョーが彼女の肩に腕を回し、手のひらの熱がブラウスの薄い生地を通して彼女の肌を温めていく。

「二人とも、都合をつけてくれるのかなと思ってたんだが」ケヴィンが後ろに下がり、ジョーとガブリエルは中に入った。ケヴィンは例によって、『GQ』誌のモデルみたいな格好をしている。

「何時間かなら彼女を家から連れ出せるって言っただろう」

ケヴィンがガブリエルのジャンパースカートをちらっと見て、眉間にしわを寄せた。「ケイブ、目新しい装いだな。面白いよ」

「そんなに悪くないでしょう」ガブリエルは自分を弁護した。

「悪くないさ。カンザスに住んでるならね」ケヴィンがドアを閉め、二人は彼のあとから居間に向かった。

「ドロシーになんか似てないわよ」ガブリエルは、青と白のチェックのジャンパースカートを見下ろした。「でしょ？」

ジョーはガブリエルをわきに引き寄せた。「心配するなって。俺が空飛ぶサルから守ってやるから」

ガブリエルは視線を上げ、彼の目を見つめた。深みのある茶色の虹彩、ぴんと伸びた濃いまつ毛……。彼女を不安にさせたのは空飛ぶサルではなかった。

「君が何やら詰め込んできた、そのでかいバッグ、ケヴィンに頼んでどこかに置いてきてもらったらどうだ？」

「客用の寝室に置いとくよ」ケヴィンが言ってくれた。

「自分で持っていたいの」

ジョーは彼女の肩から引ったくるようにバッグを奪い、ケヴィンに渡した。「滑液包炎《かつえきほうえん》になっちゃうぞ」

「肩が？」

「滑液包炎ってやつは、いつ発症するかわからないんだ」とジョーが言い、ケヴィンがガブリエルのバッグを持って歩いていった。

風通しのいい広々したスペースに居間とキッチンと食堂があり、街の素晴らしい景色を共有していた。少人数の客がバーで談笑し、見えないところにあるスピーカーからマライア・キャリーの曲が流れており、彼女の声帯から絞り出せる限りのオクターブが家じゅうに響き渡っている。ガブリエルは個人的にマライアには何の恨みもなかったが、この歌姫《ディーヴァ》も節度を学べば得るものがあるだろうに、と思ってしまった。それからあたりに視線を漂わせ、革張りのソファの背にかけてあるシマウマの毛皮、部屋中に雑然と置かれているアフリカの工芸品を眺めた。ケヴィンもマライアと同じ教訓を学んでもよかったわね……。

ケヴィンが戻ってきて、ジョーとガブリエルを自分の友達に紹介した。彼らは結束の固い起業家グループであり、ガブリエルに言わせれば、自分の意識の状態よりも銀行口座の状況のほうがはるかに気になる人たちだ。ジョーはガブリエルに腕を回したまま、コーヒー・チェーン店のオーナーとして成功している夫妻と握手をした。ほかの人たちも、ビタミン剤、コンピューター、不動産の販売を手がけており、どうやらとてもうまくいっているらしい。ケヴィンは、ガールフレンドのチャイナも紹介してくれたが、ガブリエルは〝誓ってもいい、この前会ったとき、この人の名前はサンディだった〟と思った。今の名前が何であれ、その女性は小柄で、ブロンドで、どこを取っても非の打ちどころがなく、ガブリエルは下を向いていたいという、抑えがたい衝動を覚えた。

チャイナの隣には同じくらい美人で小柄な友人、ナンシーが立っていたが、彼女はガブリエルが話題にしそうなことに興味があるふりさえしなかった。ナンシーの注意は、ガブリエルに腰を押しつけて立っている男性に向けられている。ガブリエルが横目で観察していると、ジョーの唇が嬉しそうにカーブを描き、これはありがたいと言いたげに口元に笑みが浮かんだ。彼はナンシーの胸にちらっと目をやり、逆の足に体重を移した。彼の温かい手がガブリエルの肩を滑り落ち、背中を横切っていく。それから、彼が両手をズボンのポケットに突っ込み、手の感触は完全に消え去った。

ガブリエルは喜んでいいはずだった。確かに嬉しい。ただ、少し見捨てられたような気がしたし、それ以上の何かを感じた。焼きもちのような、何か心落ち着かない感覚。でも、焼きもちであるわけがない。なぜなら、(A)ジョーは私の本当のボーイフレンドではない。(B)私は彼のことを気にかけていない。(C)私は悟りを得ていない男性には惹かれない。

ケヴィンが何か言い、ジョーはそれがおかしかったに違いない。というのも、彼が頭を少し後ろに傾け、まっすぐな白い歯と、すべすべした日焼けした喉を見せて笑ったからだ。目の端に笑いじわが現れ、太い、柔らかな声がガブリエルの内側まで届き、胸の奥に居座った。

ほかの人も何か言い、皆が笑った。ただしガブリエルを除いて。彼女は、何も笑うべきことはないと思った。胸骨の下に感じる小さなうずきや、押し寄せる白波のように血管を流れ、無視しようにも無視できない肉体的欲望をかき立てる混乱については、おかしなことなど、まったくなかったのだ。

11

ガブリエルはアスパラガスをかじり、左の手首にはめているシルバーの腕時計に目を走らせた。九時半。もっと時間が経っているように思えたのに。

「気をつけてないと、ナンシーに男を取られるぞ」

ガブリエルはちらっとケヴィンを振り返ってから、覆面捜査官に視線を戻した。自分はガールフレンドがいることになっているとか、ヒラード氏のモネを探すためにここにいるという前提を、彼は明らかに忘れている。

ナンシーが首から絵を下げてでもいない限り、ジョーはモネを発見できそうにない。彼は部屋の向こうでカウンターに片腕を置いて立ち、手には半分空になったグラスを持っている。ナンシーのほうに頭を傾けている様子はまるで、この女性の赤い唇からこぼれる魅力的な言葉を一つでも聞き逃したら耐えられないといった感じだ。「心配してないわ」ガブリエルは、ブリーチーズのスライスを載せてトーストしたバゲットに手を伸ばした。

「したほうがいいんじゃないかな。ナンシーは妻やガールフレンドのいる男を奪うのが大好きなんだ」

「今日、店はどうだった？」ガブリエルはわざと話題を変え、ケヴィンに意識を集中させた。

「ガーネットの宝石細工がいくつかと、あの柳細工のピクニック・バスケットが売れた。売り上げは約四〇〇ドル。悪くないと思うよ。六月の末にしてはね」ケヴィンが肩をすくめる。

「君のオイルはどうだった？」

「ほぼ全部、売れたわ。二時にはもう、日焼け止めオイルが何本か残ってただけ。だから、早めに店じまいにして、そのあとは家で絵を描いたり、昼寝をしたりして過ごしてたの」

ガブリエルはバゲットを一口かじり、知らず知らずのうちに部屋の向こうを見ていた。例の二人は互いに微笑み合っている。ジョーはこっそり、ナンシーとデートをする約束をしているのかしら？　二人は美男美女のカップルだ。ナンシーは小柄なだけじゃない。顔も青白いし、か弱そうだし、守ってくれる男性がいないとだめ、という感じがする。彼女を肩にかついで燃え盛るビルから助け出してくれる、筋骨たくましい大柄な男性を必要としているのだ。ジョーのような男性を。

「ジョーとナンシーのこと、本当に気にならないのか？」

「ええ、全然」ガブリエルはそれを証明するべく、二人に背を向け、シャナハン刑事のことは考えまいと決心した。そのままうまくいったかもしれないのに、あの太い豊かな笑い声が室内のほかの雑音よりも大きく聞こえてきたおかげで、彼がバーのどこにいるか、正確な位置を思い出してしまった。それは、小さなドレスを着た小柄なブロンド美人の隣。「今日、誰に会ったと思う？」ガブリエルはあらためて意識を集中させようとした。「私が去年つきあってた、あの人。イアン・レイニーよ。ヒーリング・センターでまだレイキ療法（手を当てて宇宙の生命エネルギーを取り込み、体も心も魂も調和の取れた人間本来の状態に導いていく療法）をやってるんですって。彼、フェスティバルでブースを出していて、オーラ・ヒーリングをやってたわ」

「変わったやつだったよな」ケヴィンがクックッと笑った。

「今やゲイよ」ガブリエルが顔をしかめる。「というか、もしかすると前からゲイで、私が気づかなかっただけなのかもしれない」

「本当に？　なんで今はゲイだとわかるんだい？」

「彼の〝特別なお友達〟を紹介されたの。ブラッドっていう人」ガブリエルはバケットの残りをぽんと口に入れ、白ワインを一口すって流し込んだ。「ブラッドの性的志向に関しては、疑いの余地がなかったわ」

「おかまっぽいやつだったのか？」

「ええ、残念ながら、ぐつぐついってた。ゲイの男とつきあって、そうと気づかなかったなんて、あり得ないでしょう？　兆候はなかったのかしら？」

「彼は君をベッドに誘おうとした？」

「しなかった」

ケヴィンはガブリエルの肩に腕を回し、慰めるようにぐっと力を入れた。「やっぱりね」

ガブリエルは、見慣れた青い瞳をのぞき込み、少しリラックスした気分になった。以前はケヴィンとよくこういう話をしていたっけ。小さな店を経営していると、やらなければいけない細々したことが無数にあったが、退屈な日はそれも無視し、オフィスでありとあらゆる話をして楽しく過ごしたものだ。「すべての男性があなたみたいな人とは限らないわ」

「それは違うな。ただ、女性をものにするチャンスがあると思えば、たいがいの男は本当のことを言わないだろうね。僕は言わない。自分でもわかってる。だから失うものは何もないのさ」

ガブリエルが笑い、ワインをもう一口飲んだ。ケヴィンもほかの友人たちと同様、うわべだけの人にすぎないのかもしれない。でも、私といるときの彼は、決してそんなふうではない。どうすれば別の人格を融合させることができるのかわからないけれど、とにかく彼はそれをやってのけている。彼は正直で、開けっぴろげで、すごく面白くて、部屋の向こうにいるあの男のことや、私がここにいる理由をほとんど忘れさせてくれる。「じゃあ、私たちはセックスをするわけないんだし、あなたは本当のことだけを話してるのよね？」

「まあそんなところだ」

「チャンスがあったら、嘘をつく？」

「いとも簡単に」

「男は皆、あなたと似たようなものだっていうの？」

「絶対そう思う。信じられないなら、君のボーイフレンドに訊いてごらん」ケヴィンはガブリエルの肩から手を下ろした。

「俺に何を訊けだって？」

ガブリエルは振り返り、ジョーの用心深そうな目を見つめた。胃がきゅっとよじれる感じがしたが、ブリーチーズのせいよ、と自分に言い聞かせようとした。こってりした物を食べたせい。それ以外の原因なんて考えたくもない。「何でもないわ」

「ガブリエルは、男が女性をベッドに誘うために嘘をつくってことが信じられないんだ」

「すべての男性がそうとは限らないって言ったのよ」

ジョーはケヴィンをちらっと見てから、ガブリエルに目を戻し、彼女の腰にすっと手を置いた。「これは引っかけ問題ってやつだろう？　どう答えても、俺は落とし穴にはまる」

温かい刺激で背筋がぞくっとし、ガブリエルはその感触から一歩離れた。この人にちょっと触れられたり、ひと目、見つめられただけで簡単に動揺してしまうなんて、なおさら考えたくもない。

「いずれにせよ、君は落とし穴にはまってるようだけどね。ナンシーよりもガブリエルにもっと注意を払ったほうがいいんじゃないか？」ケヴィンはガブリエルの反応に気づき、焼きもちだと解釈したようだ。もちろん、そうではない。

「ガブリエルは、ほかの女性の心配をする必要はないとわかってるのさ」ジョーは彼女のワイングラスを取り上げ、テーブルに置いた。「俺は彼女の太ももの内側にある、あのほくろが大好きなんだ」そう言って彼女の手を口元に持っていき、関節にキスをする。「取りつかれていると言ってもいいかもしれない」

ジョーは手の甲の先にあるガブリエルの目をじっと見つめた。彼女は指を震わせながら、ほくろがあったかどうか思い出そうとしたが、できなかった。

「もう、たくさん食べたのか？」ジョーが手の関節に向かって尋ねた。

「え？」彼は本当に食べ物のことを訊いているの？　「お腹は空いてないわ」

「じゃあ、そろそろ行こうか？」

ガブリエルはゆっくりうなずいた。

「もう帰るのかい？」ケヴィンが尋ねた。

「今日は二人の〝一カ月記念日〟なんだ」ジョーは説明をしながらガブリエルの手を下ろし、そのままずっと握っていた。「俺はそういうことには感傷的になるたちでね。さあ、皆にお別れの挨拶をして、君のバッグを取りにいこう」

「バッグなら、持ってきてあげるよ」ケヴィンが申し出た。

「ありがとう。でも自分たちでやるから、お気遣いなく」ジョーは譲らなかった。

ケヴィンの友人たちに挨拶をするのに三分ほどかかったが、そのほとんどは、本当にすぐ帰らなければいけないのだとナンシーを納得させるために費やされた。ジョーがガブリエルの手に指を絡ませ、二人は手のひらをぴったり合わせて部屋を出た。本当のカップルなら、ここでガブリエルがジョーの頭にもたれかかり、ジョーがガブリエルのほうを向いて頬に優しくキスをするか、耳元で甘い言葉をささやくかしていたかもしれない。しかし、ジョーには優しいところも甘いところもまったくなかった。それに、二人は本当のカップルではない。まがいもののカップルだ。二人を目にしている人たちは、どうして見かけの裏側に隠れているものがわからないのか、ガブリエルには不思議だった。

彼に触れられ、その温かい感覚がさらに熱い肉体的欲望を引き起こしたが、今度は心と精神のコントロールはできていた。それでも念のため、ガブリエルはジョーの手を離し、二人のあいだに数センチ距離を取った。はたしてケヴィンはそう簡単にだまされるかしら？

ケヴィンはガブリエルとボーイフレンドが部屋を出ていくあいだ、ずっと彼女の背中に目を向けていた。そしてガブリエルがジョーの手を離す様子を観察し、何やら動揺しているな、と気づいた。しかし、動揺の原因が何であれ、あのボーイフレンドが忘れさせてくれるに違いない。ジョーのような男はそうなのだ。負け犬になる可能性はあるが、それでも望んだものが差し出され、それを手に入れる。だが、ケヴィンはそうではなかった。望んだものは自分で手に入れなければならないのだ。

ケヴィンは自分の美しい家で、彼が用意した食べ物を食べ、酒を飲んでいる若くて裕福な今夜の客をざっと見回した。この家は、素晴らしい絵画や上等な骨董品、工芸品であふれている。街でも指折りの絶景が望めるし、それを手に入れるために安くはない買い物をしたのだ。だが、丘の上に家を建てることができても、ジョーのような男をひと目見ると、かつて胸の内で感じた、もっと欲しいという渇望感や、これで十分などと決して思ってはいけないと、かつて自分の頭に何度も叩き込んだ教訓がよみがえってくる。自分は地球上を歩いているほかのどの男とも違うのだ、透明な存在ではないのだと感じられるほど、金も、上品な服も、おしゃれな家も、高速で飛ばせる車もたくさん欲しい。美しい女性ともたくさんつきあいたい。心の奥にある渇望は飽くことを知らず、彼はこの先も決して満足しないのではないかと、ときどき怖くなるのだった。

「ここに立っててくれ」ケヴィンや友人たちから見えないところまで来ると、ジョーが指示をした。「もし誰か来たら、大きな声でしゃべるんだ。部屋の中に入れるんじゃないぞ」

「何をする気？」ガブリエルは、二人が最初にやってきた部屋にそっと入っていくジョーを見守りながら尋ねた。彼は質問には答えず、ドアを静かに閉めてしまい、彼女は廊下に独り取り残された。

どうかジョーが急いでくれますように。彼女はぴくりともせず立っていた。心臓がどきどき鼓動する中、それ以外の音を聞き取ろうと努めている。スパイになった気分だ。でもあまり優秀とは言えない。手は震えるし、頭の皮がどんどん引きつっていく。やっぱりボンドガールには向いてない。この家のどこかほかの場所で、キャビネットの扉がばたんと閉まり、ガブリエルはスタンガンで撃たれたかのように飛び上がった。手で髪をかき上げ、悪いものを吐き出す〈浄化の深呼吸〉を何度かやってみる。私には盗みをする度胸はない。ガブリエルは腕時計に目を走らせ、ジョーを待ちながら人生でいちばん長い五分間を過ごした。

再び姿を見せたとき、彼はひどく苦々しい顔をして、眉をひそめていた。満足しているようには見えず、応援を呼んだり手錠を取り出したりもしなかったので、ガブリエルは何も見つからなかったんだと思い、少し緊張を解いた。さあ、これで帰れるだろう。

ジョーはぞんざいにバッグを渡すと、廊下を進み、また別の部屋に音もなく入っていった。ドアがほとんど閉まりかけたとき、いつもの悪態が聞こえてきた。

「勘弁してくれよ！」

ガブリエルの中で、ありとあらゆるものが静まった。ジョーは何か見つけたんだ。彼女はその部屋にこっそり入り、後ろ手でドアを閉めた。壁にかかっているヒラード氏のモネを目にすることになるのだろうと薄々察しながら……。そして、実際に見たものは、確かにショッキングだった。鏡だ。どこもかしこも鏡だらけ。壁も、ウォークイン・クローゼットの扉の裏も、天井も。部屋の真ん中に円形のベッドがあり、上にかかっている白黒のシープスキンのカバーの中央には大きな東洋風のシンボルがついていた。鏡に映る光景を邪魔するようなタンスやナイトテーブルは一つもない。バスルームに通じるアーチ形の入り口のわきには小さなペデスタルテーブルが置かれ、象牙のチェス・セットが載っている。ガブリエルの位置からだと、テーブルまでは部屋幅の半分ほどの距離があったが、チェス・セットが東洋のアンティークであることはわかった。駒には裸像の造りが解剖学的にあまり正確ではなかった時代の特徴がよく表れている。ヒュー・ヘフナー（『プレイボーイ』誌創刊者）のガールフレンドの隠れ家、〈プレイボーイ・マンション〉の一室に足を踏み入れたような気分だ。

「何なんだ、これは。おまえはいったい、ここで何をして、何を見てるんだって訊きたくなるよ」ジョーはほとんどささやくような声で言った。

ガブリエルは頭を後ろに傾け、天井を見上げた。「それに、ガラスクリーナーをどれだけ使うんだろうって思っちゃう」

天井の鏡の中でジョーはガブリエルと目を合わせた。「ああ、そうだな、言われてみれば……」

ガブリエルはバッグを肩にかけ、黙って部屋を横切っていくジョーを見守った。厚みのある白い絨毯が革のローファーの足音を消している。どこを見ても鏡に映ったジョーに囲まれていて、一心に見つめる暗い色の目と、口元の官能的なラインが彼女をとらえて離さない。横から見る彼の鼻はまっすぐで、あごは頑固そう。首のつけ根で髪がカールし、リブ織りのポロシャツに包まれた広い肩が完璧な輪郭を描いている。ガブリエルは彼の背中からギャバのズボンのウエストへと視線を下ろしたが、やがて彼はクローゼットの中へ消えていき、彼女はそこに取り残された。鏡の中の自分とともに。その姿を見て顔をしかめ、少し姿勢を正す。

つまり、ケヴィンは少し倒錯してるんだ。ガブリエルはそう思いながら、カールした髪を耳にかけた。でも私の知ったことではないわ。寝室を鏡張りにしたって法律に反しているわけじゃない。ジャンパースカートの胸当てをなでつけ、首を傾けて、批判的な目で自分を眺めてみる。私はナンシーとは大違い。小柄じゃないし、ブロンドでもないし、男の人といちゃいちゃしたりもしない。そして、また同じことを考えてしまった。ジョーは私を見てどう思っているのだろう？

自分の些細な欠点が部屋中に何倍にも増殖して見える。セックスしている自分を観察するなんて想像もできない。真っ裸の自分を見るなんて。ケヴィンが私と同じ不安を抱いていないのは明らかだ。彼について知りたいことがあるにしても、これはちょっと余計な情報だった。

ガブリエルはバスルームへ向かったが、チェス・セットのわきは素通りした。盤には見事な巨根をぴんと立てたポーンが並んでおり、立ち止まってほかの駒がどうなっているのか念入りに調べたりはしなかった。そんなことは本当に知りたくもなかったのだ。

バスルームも鏡で覆われ、シャワー室と、タイルに囲まれた大きなジャグジー付きのバスタブがその空間をふさいでいた。ガラス張りのフレンチドアが一組あり、そこを通って外に出ると、小さなテラスにもジャグジーが一つ置かれている。鏡を除けば、バスタブにお湯を満たして、ゆったり気持ちよく浸かっている自分を思い描くことができる。イランイランを垂らしてもいいかもしれない。ラベンダーとローズマリーは絶対に入れよう。

ガブリエルはジャグジーのへりに腰かけ、腕時計をちらっと見た。ジョーが急いでくれなかったら、バッグを取ってくるのにこんなに時間がかかった理由をケヴィンにどう説明すればいいのだろう? 彼女は太ももに沿ってスカートを下に引っ張ったが、本当にほくろがあるかどうか確かめてみようと思い、裾をもう一度引き上げた。上体を前に倒すと、パンティのゴムが当たっている部分の二センチちょっと下に、まん丸のほくろが見えた。でも、そこまで目立つものでもない。ジョーはどうして、ほくろのことがわかったのだろう?

「何やってんだ?」

ガブリエルは目を上げてジョーの顔を見つめ、スカートをぐいと引き下ろした。彼が眉根を寄せ、額に線が一本現れる。

「ほくろを見てたのよ。どうして知ってたの？」

ジョーは静かに笑い、洗面台の前に片膝をついた。「君のことは何でも知ってるんだよ」

それからキャビネットを調べ始めた。

ガブリエルは口を開き、私のほくろが警察の記録に載っているとは思えないと言おうとしたが、そのとき寝室のドアが勢いよく開き、人の声がした。ケヴィンだ。

「何が目的だったのかな？」ケヴィンの声が尋ねる。

ガブリエルはかたずをのみ、洗面台の鏡に映ったジョーの反応を目で確認した。ジョーがゆっくり立ち上がり、唇に人差し指を当てる。

ケヴィンに答えたのは、彼のガールフレンドの声ではなかった。「見せたいものがあるの」

ナンシーだ。

「何なんだ？」長い間があって、ケヴィンが再び言った。「いいねえ」

「チャイナからこの部屋のことを聞いてたから。鏡のことをね」

「それで、自分の目で確かめたくなったってわけか？」

「そう」

ジョーはガブリエルの手を取り、フレンチドアのほうへ引っ張っていった。

「本当にいいのかい？　チャイナにばれるかもしれないぞ」

「構わないわ」

絨毯に服が落ちる音がし、ケヴィンが言った。「じゃあ、こっちに来て〝ミスター・ハッピー〞に挨拶してくれ」

ガブリエルとジョーは黙ったまま、そっとテラスに出てドアを閉めた。涼しい風がガブリエルの髪とスカートの裾をあおる。沈みゆく太陽が、空一面に広がる細かい雲にオレンジとピンクの最後の光を投げかけており、眼下の谷では、街の明かりがちらちら輝きだした。こんなときでなければ、ガブリエルも立ち止まってこの光景を堪能したかもしれない。しかし、今夜は景色がほとんど目に入らない。耳の中では心臓がどきどき鳴っている。ケヴィンに関する情報が少し増えたけれど、あんなこと、本当に知らなければよかった。たとえば、ガールフレンドを裏切って、その親友と浮気をしているとか、自分のペニスを「ミスター・ハッピー」と呼んでいたとか……。

「私たちの話、ケヴィンに聞こえてたと思う?」ガブリエルは聞こえるか聞こえないかの声で尋ねた。

ジョーは金属の手すりまで歩いていき、身を乗り出してあたりを見渡した。「いや。あの口ぶりでは、それどころじゃなさそうだった」体を起こし、テラスの左の角に移動する。

「ここから飛び降りればいい」

「飛び降りる?」ガブリエルはジョーのそばに立ち、テラスのわきを見渡した。ケヴィンの家の後ろ半分とテラス全体は、山の斜面から張り出すような構造になっており、それを頑丈な支柱が支えていた。眼下には、侵食防止用のコンクリートで補強がなされた擁壁《ようへき》が段々になって続いていて、上からだと畝のように見える。平らな部分の奥行きは一メートルもない。

「情報提供者の同意書にサインしたとき、ケヴィンの家のテラスから飛び降りて首の骨を折るなんてことは一つも書いてなかったわ」

「骨なんか折らないよ。ここから三メートル半ぐらいしかないんだから。手すりを乗り越えて、テラスの下にぶら下がって、手を離せばいいだけだ。実際に落下する距離は一メートルちょっとってところだな」

　ガブリエルが少し体を乗り出すと、ジョーと肩が触れ合った。ずいぶん簡単そうに言ってくれるわね。「狙いをつけた段を踏みはずさなければばって話でしょう。もしだめなら、さらに一メートルちょっと落ちることになるわ」ジョーのほうを向き、日没後、最初に訪れた夜の影に包まれた横顔を見つめた。「ほかに何か方法があるはずよ」

「わかった。俺たちは、いつでも中に戻ってケヴィンの邪魔をしてやれる。今ごろ、面白いことになってるぞ」ジョーは肩越しにガブリエルを見た。

「ちょっと待ってれば、家を通り抜けられるかも」

「それで、バッグを取りにいくだけで、こんなに時間がかかった理由をケヴィンにどう説明するつもりなんだ？　やつは俺たちがバスルームでずっとやってたと思うだろうな」

「そんなこと、思わないでしょう」と言ったものの、あまり自信はなかった。

「思うさ。で、俺は君の首に大きなキスマークをつけて、髪をぐしゃぐしゃにして、ケヴィンに思ったとおりだと確信させなきゃならない」ジョーが手すりからぐっと身を乗り出す。「君しだいだけどね。でも、飛び降りるなら、これ以上暗くなる前にやったほうがいい。俺はあの段を踏みはずしたくないんでね」彼は体を起こし、ガブリエルを見て、本当に楽しんでいるかのようににやっと笑った。「覚悟はいい?」キスマークをつけられるか、飛び降りて死ぬか、選択肢を与えたわけじゃないんだよと言わんばかりの訊き方だ。

「よくない!」

「怖くないだろう?」

「怖いわよ! 少しでも分別のある人間なら、ぞっとするわ」

ジョーは首を横に振ると、片脚を振り上げ、次にもう一方の脚も振り上げ、手すりを越えてしまった。「まさか高所恐怖症だなんて言うんじゃないだろうな?」テラスの外側のへりに立って金属の手すりを握り、ガブリエルと向き合った。

「違うってば。落ちて死ぬのが怖いの」

「たぶん死なないよ」ジョーは下の地面をちらっと見てから、ガブリエルに目を戻した。

「脚は一本、折るかもしれないけど」

「そんなこと言われても、気休めにならない」

ジョーの笑みが大きくなる。「二つ目は冗談だよ」

ガブリエルは体をほんの少しだけ前に傾け、地面を見下ろした。「冗談を言うには、あまりいいタイミングじゃないわね」

「確かにそうかもな」ジョーはガブリエルのあごの下に手を当て、目を自分のほうに向けさせた。「ちゃんと守ってあげるよ、ガブリエル。怪我はさせない」

そんな約束はできないと二人ともわかっていたが、ガブリエルは真剣に見つめる茶色の目をのぞき込み、ジョーなら危険から守ってくれるに違いないと、もう少しで思ってしまうところだった。

「俺を信じろ」

俺を信じろ？ 彼を信じなければいけないまっとうな理由が浮かばなかったが、ガブリエルは街を見下ろすテラスに立ち、そこから飛び降りることについてじっと考えていた。そして、心を決めた。彼を信じてみよう。「わかった」

「そうこなくちゃ」ジョーがにやっと笑う。それから、彼は手すりのいちばん下まで両手を滑らせて体を下ろし、ついにガブリエルが目にしているのは彼の大きな手だけになった。次の瞬間、その手も見えなくなり、どさっという重たい音が続いた。

ガブリエルがジョーの頭頂部を見下ろすと、彼が顔を上げて彼女を見た。「君の番だ」彼はどうにか聞こえる程度の声を上げた。

ガブリエルは深呼吸をした。できるわよ。薄っぺらい手すりを乗り越えて外に出たら、三メートル半ぐらい宙にぶら下がって、それから手を離して、どうかあの狭い地面にうまく着地できますようにと祈ればいいんでしょう。問題ないわ。彼女はバッグのストラップに頭と一方の肩を通し、大きな袋の部分を腰の周りにぐっと押しつけた。落ちて死ぬことは考えないようにしよう。「できるわ」ガブリエルは小声で言い、手すりのいちばん下の段に乗った。「私は落ち着いている」何とか恐怖を寄せつけないようにしながら片脚を振り上げ、続けてもう片方の脚を振り上げ、手すりを乗り越える。またしても一陣のひんやりした風が吹き、スカートを舞い上がらせたが、ガブリエルは靴のかかとをテラスの端に引っかけ、バランスを取った。手でつかんでいる金属の棒が冷たい。

「いいぞ、その調子だ」ジョーが地面から励ました。

ばかなことをすべきじゃないとわかっているのに、横を見ずにはいられない。ガブリエルは眼下に広がる街の明かりにちらっと目を走らせ、凍りついた。

「ガブリエル、頑張れ。さあ、おいで」

「ジョー？」

「ここにいるよ」

ガブリエルは目をつぶった。「私、怖い。やっぱり、できそうにない」

「できるって。君は公園で俺を襲って尻もちをつかせたじゃないか。何だってできるさ」

ガブリエルは目を開け、ジョーのほうを見下ろした。だが、あたりは暗く、彼は家の影に入ってしまっていて、灰色の輪郭以外、何も見えない。

「少しかがんで、手すりの根元をつかむんだ」

ガブリエルは金属の棒に沿ってゆっくりと手を滑らせ、街の夜景に背を向けながらテラスのへりにしゃがみ込んだ。生まれてこの方、こんなにぞっとしたことはなかっただろう。

「できるわよ」彼女は〈浄化の深呼吸〉をしながら小声でつぶやいた。「私は落ち着いている」

「早くしないと、手が汗ばんでくるぞ」

ああ、そこまで考えてなかった。でも、確かにそう。「あなたが見えないの。私のこと、見えてる？」

しゃがんだまま、必死で手すりをつかんでいるガブリエルのところまで、クックッと、ジョーが低く静かに笑う声が聞こえてきた。「白いパンティは、なかなかいい眺めだよ」

このとき、ジョー・シャナハンがスカートの中を見上げていることなど些細な問題だった。ガブリエルは片足をそろそろと動かし、板張りのテラスからはずした。

「さあ、おいで」ジョーが下から、なだめるように声をかける。

「落ちたらどうするの？」

「ちゃんと、つかまえてあげるから。約束する。ほら、君は手を離せばいいいんだ。早くしないと、すっかり暗くなってパンティが見えなくなっちゃうだろう」

ガブリエルはもう片方の足をゆっくり滑らせてテラスからはずし、暗い地面の上にぶら下がった。「ジョー」と叫んだそのとき、足が何か硬いものに触れた。

「くそっ！」

「今のは何？」

「俺の頭だ」

「ああ、ごめんなさい」ジョーがガブリエルの足首をがっしりつかみ、ふくらはぎから膝へと手をゆっくり動かしていく。

「つかまえた」

「本当に？」

「手を離していいよ」

「本当に大丈夫？」

「ああ、手を離すんだ」

ガブリエルは深呼吸をし、三つ数え、手すりを離した。ジョーの太い腕の中へするすると落ちていくのがわかる。脚をつかまれて引き下ろされ、彼の胸を滑り下りるにつれ、ジャンパースカートがウエストの周りにたまっていく。ジョーの手が脚の裏をはい上がり、むき出しの太ももをがっしりつかんだ。ガブリエルは自分の顔の真下にある、ジョーの陰になった顔をじっと見下ろした。

「私、やったわ」

「わかってる」

「スカートがめくれてるの」

ジョーが微笑むと、彼の歯はとても白く見えた。「わかってる」彼はゆっくりとガブリエルを下ろし、彼女の足がようやく地面に着いたところで、ヒップに手を置いた。「君は美しいだけじゃない。すごく勇気がある。俺はそういう女性が好きなんだ」

正直なところ、今までこういう言葉でガブリエルをほめてくれる男性はいなかった。皆、もっとありふれたお世辞しか口にせず、彼女の目や脚について、あれこれ言うのが常だったのだ。

「君は怖がってたけど、とにかく、あの手すりを乗り越えた」ジョーの熱い手がレースの下着越しに彼女の肌を温めている。「昨日の晩、もう二度とキスするなと言っただろう。覚えてる？」

「覚えてるわ」

「あれは唇にするなって意味？」

「もちろんそうよ」

ジョーは唇を下ろし、彼女の首のわきにキスをした。「つまり、自由にキスできる、すごく興味深い場所がたくさん残ってるってことだな」彼の手がヒップをぎゅっとつかむ。

ガブリエルは口を開いたものの、また閉じてしまった。こんなことをされて、何を言えばいいのだろう？

「その場所を今、見つけてあげようか？　それともあとにする？」

「あの……たぶん、あとにしたほうがいいかも……」ガブリエルはスカートの裾を強く引っ張ったが、ジョーはヒップに置いた手にさらに力を込めた。

「本当に？」彼の声は低く、かすれていた。

ちょっと違うかな……。スカートからヒップをのぞかせたまま、段々になった山腹に立っているると、今いるこの場所以外、行きたいところがあるのかどうかわからなくなる。闇に包まれ、ジョーのがっしりした胸に体を押しつけたままでいたい。「ええ」

ジョーはジャンパースカートのへりをぐいとつかみ、彼女のヒップにかぶせて、手でなでつけた。「じゃあ、そのときになったら教えてくれ」

「そうするわ」ガブリエルは彼の声の魅力と、抱擁の温もりから遠ざかった。「頭はどう?」

「心配いらないよ」ジョーは向きを変え、擁壁の次の段に体を引き上げた。ガブリエルがジョーのシルエットを見上げると、彼が手を伸ばして彼女をつかみ、自分のあとから引き上げた。彼はさらに三回それを繰り返したが、何もかもいとも簡単にやってのけているように見えた。

彼の古いシボレーまで戻ってきたころにはもう、夜の空気が肌寒く感じられ、ガブリエルは家に着いたらお風呂に浸かって温まろうと思っていた。しかし一五分後、彼女はジョーの家でベージュと茶色のソファに座っていた。彼のオウムがビーズのような黄色と黒の丸い目で彼女を見つめ、その場に釘づけにしている。居間の反対側では、ジョーが一方の手で電話機をぶら下げ、もう一方の手に受話器を持ち、背中を向けて立っていた。彼女には聞こえないような低い声でしゃべりながら、長いコードを後ろに引きずって食堂に入っていく。

「ラクニアノヨマデイケルンダ。ウンガヨケリャアナ。サア、ドウスル? クソヤロウ!」

ガブリエルはびくっとし、サムに注意を集中した。「なんですって?」

オウムは翼を二度ばたつかせ、ソファの袖に飛び乗った。足を踏み換えながら体を揺らし、首をかしげて彼女をじっと見つめている。

「ああ……〝クラッカー、ちょうだい〟（オウムに覚えさせる定番フレーズ）」

「サアヤレヨ、オレニモ、タノシマセテクレ」

　ジョーの鳥がダーティ・ハリーのまねをするのは妙に説得力がある、とガブリエルは思った。うろこ状の脚に青い金属バンドを巻いた鳥がソファの背を歩いていくあいだ、彼女はぴくりともせず座っていた。「いい子ね」と静かに言ってからジョーのほうをちらっと見ると、彼はまだ食堂にいて、こちらに背中を向けたまま、片足に体重をかけて立っていた。受話器を一方の耳と肩のあいだに挟み、もう一方の肩を逆側の手でもんでいる。ガブリエルは一瞬、擁壁に上がるのを手伝ってくれたときに痛めたのかしら、と思った。しかしそのとき、サムがヒューと甲高い声を上げ、ジョーのことはどうでもよくなってしまった。鳥は前後に揺れたかと思うと、彼女の肩に飛び乗った。

「オギョーギヨクシナサイ」

「ジョー」ガブリエルはサムの黒いくちばしから目を離さないようにしながら、大きな声を出した。

　サムは彼女のこめかみに頭をすり寄せ、胸を膨らませた。「カワイコチャン」

　ガブリエルは鳥を肩に乗せるどころか、飼ったこともなかった。こういうときに何をすればいいのか、何を言えばいいのかわからない。鳥の習性なんか、何も知らない。でも、サムを怒らせたくないということはわかっている。アルフレッド・ヒッチコックの名作を何度も観ていたから、鳥に目玉をえぐられた女教師のイメージが頭をよぎったのだ。「いい子ね」彼女はそう言って、部屋の向こうに目を走らせた。「助けて」

ジョーはようやく振り返り、彼女を見た。受話器に向かって二言、三言しゃべりながら眉をひそめ、いまやおなじみとなったしかめっ面をする。手短に何か言ったあと電話を切り、居間に戻ってきた。「サム、いったい何のつもりだ?」ジョーはコーヒーテーブルに電話を置いた。「下りなさい」

サムは柔らかい頭をガブリエルにこすりつけるばかりで、肩から下りてくれない。

「さあ、おいで」ジョーが自分の肩をぽんと叩いた。「こっちにおいで」サムは動かない。それどころか頭をちょっと下げ、くちばしをガブリエルの頬にくっつけた。「カワイコチャン」

「いや、まいったな」ジョーは腰に手を当て、首をかしげた。「サムは君を気に入ってる」ガブリエルは信じていない。「本当に? どうしてわかるの?」

ジョーは場所を移動し、彼女のまん前に立った。「サムは君にキスしたんだ」それから身をかがめ、サムの足のすぐ下に手を置いた。「最近、こいつは連れ合いを探したい気分になってってね」彼が指をパチンと鳴らし、手の甲が彼女の白いブラウス越しに胸をかすめた。「ガールフレンドが見つかったと思ってるんだろう」

「私?」

「そう」ジョーの視線はガブリエルの口元に下りていったが、再びオウムに向けられた。

「おいで、サム。いい子だから」サムはようやく言うことをきき、ジョーの手に乗った。

「オギョーギヨクシナサイ」

「俺か？　俺はかわいい女の子に頭をこすりつけたり、キスしたりしてないだろう。お行儀よくしてるよ。とりあえず今夜はね」ジョーはガブリエルににこっと笑いかけ、それから大きなはめ殺しの窓の前に置いてある、巨大な鳥かごのほうに歩いていった。

ガブリエルは立ち上がり、ジョーが慎重にサムの羽をなでつけてから鳥かごに入れる様子を見守った。大柄な性悪刑事は、結局、それほど悪い人ではなかったのだ。「サムは本当に、私がガールフレンド候補だと思ってるの？」

「たぶん。このところ、また新聞紙をずたずたにちぎったり、動物の縫いぐるみの上に止まったりしてるからね」サムが止まり木に飛び移ると、ジョーはワイヤーでできた扉を閉めた。

「でも、君にしていたような行動は一度も見たことがないな。いつもは、俺がうちに連れてくる女性にすごく焼きもちを焼いて、玄関から追い出そうとするんだよ」

「私は幸運に恵まれたのね」ガブリエルは、彼はこの家に女の人を何人連れてきたのだろう、どうしてまたこんなことを気にしなければいけないのだろう、と考えていた。

「ああ。サムは止まり木で君と一緒に寝たいんだ」ジョーは向きを変え、ガブリエルを見た。

「そう思うのも無理はない気がするよ」

ほめ言葉だとすれば、素晴らしい出来とは言えない。しかし、何やら妙な理由で、ジョーの言葉が心臓のそばに留まり、ガブリエルをどきどきさせた。「お世辞がへたくそね、シャナハンさん」

ジョーは、答えるほどばかじゃないよ、とばかりに微笑んだだけで、ドアのほうを身振りで示した。「途中で寄り道していかなくていいのかい？　どこかで夕食を食べてくとか？」

ガブリエルは立ち上がり、彼についていった。「お腹空いてるの？」

「いや。君は空いてるかなと思って」

「ううん。パーティに行く前に食べたから」

「そうか」ジョーはちらっと彼女を振り返った。「なら、いいけど」

家へ送ってもらうまでの道のり、ガブリエルはまた、ジョーが家に連れてくるタイプの女性について考えていた。見た目はどんな感じだろう？　ナンシーみたいな人かしら？　そうに違いない。

ジョーもガブリエルと同様、気が散っているらしく、二人とも何もしゃべらなかったが、家の三ブロック手前まで来たところで、とうとうガブリエルのほうが会話を試みた。「ケヴィンって、面白いパーティをするのね」これに関して、ジョーにはきっと言いたいことがたくさんあるだろう。

いや、なかったようだ。彼はちょっとうなり、「ケヴィンは利用されてるんだよ」と言っただけだった。

ガブリエルは会話をあきらめ、残りの道のり、二人はずっと黙ったままだった。ジョーは彼女と一緒に歩道を歩いていくときも、彼女の手から鍵を取ったときも何も言わなかった。

ピンクのポーチ・ライトの柔らかな光が横顔に当たり、前かがみになってドアを開けているあいだ、耳にかかる柔らかなカールをずっと照らしていた。それから彼は体を起こし、まだ治らないのかといった感じで肩を動かした。

「今日、私に手を貸してくれたときに痛めたの？」

「この前、君の店で例の棚を動かしていたときの筋肉痛だ。でも心配ないよ」

ジョーが姿勢を正すと、ガブリエルは彼の顔を見つめ、疲れた目をのぞきこんだ。ひげがまた伸び始めているし、ストレスで眉間にしわが寄っている。「マッサージしてあげてもいいけど」そう言ってしまってから、つくづく、言わなきゃよかったと思った。

「やり方を知ってるのか？」

「当然でしょう」タオルしか巻いていないジョーの姿が頭の中を漂い、みぞおちが熱くなった。「私はプロも同然なんだから」

「つまり、君がベジタリアンも同然なのと一緒ってことかい？」

「また、からかう気？」マッサージの講座を取ったことがあるのよ。マッサージ師の資格を持ってるわけじゃないけど、私はいわばセミプロ。

ジョーの静かな笑い声が、しんとした夜の空気に広がっていき、男らしい響きがガブリエルを包み込んだ。「当然だろう」しゃあしゃあと言ってくれるわね。

少なくとも彼は正直だ。「賭けてもいいわ。二〇分で今より楽にしてあげる」

「何を賭ける？」

「五ドル」

「五ドル？　一〇ドルにしろよ。それなら受けて立つぜ」

12

ジョーは、ガブリエルが貸してくれた小さなタオルをひと目見て、ソファに放り投げた。下半身を締めつけない、ゆったりしたボクサー・ショーツをはいているほうがいい。大事なところには、ちゃんと余裕を持たせて呼吸をさせてやりたいからな。それにタオルをテントのように持ち上げてしまうリスクを冒すのはまっぴらごめんだ。

　彼は体重を一方の足に移し、腰に手を当てた。なんてざまだ。ガブリエルの家で、居間の真ん中に突っ立ってるのだっておかしいじゃないか。うちに帰って、しっかり睡眠を取らなくてはいけないのに。明日は朝八時に状況説明《ブリーフィング》があり、ケヴィンの家のゲスト・ルームで目にした、盗まれた骨董品について検討することになっている。体を休め、頭がさえている状態で、捜索令状を取る際に使う宣誓供述書を準備しなくてはならない。簡潔明瞭で、引き締まった文章を書かなくては。さもないと、捜査中につかんだ証拠が後の法廷で認められないという危険を冒すはめになる。それに、今夜はほかにもやるべきことがあるだろう。洗濯をしなくてはいけないし、アン・キャメロンに電話をして、明日は一緒にコーヒーを飲めなくなったと伝えなければならない。今朝も約束のコーヒーをごちそうするため、仕事の前に店に寄ったところ、アンは朝食を作ってくれた。本当にいい人だ。ちゃんと電話をして、デートをキャンセルしておかなくては。

しかし、ジョーは自分の家ではなくガブリエルの家にいた。そして、彼女がいけにえの準備でもするように浅いボールにオイルを注ぎ、マントルピースや様々なガラステーブルに置かれたキャンドルに火を灯す様子を見守っている。そこから出ていくのではなく、首をかしげ、なめらかな太ももの裏でずり上がっている不格好なジャンパースカートを眺め、空想の世界に足を踏み入れる一歩手前で留まっている。

ガブリエルは照明を落とし、暖炉のわきにあるスイッチを入れた。するとガスのノズルからオレンジの炎が噴き出し、作り物の薪《まき》に勢いよく広がった。彼女が長いカーリー・ヘアを後ろでまとめてリボンで結ぶ様子を見つめ、ジョーは思案した。彼女に伝えるべきだろうか？　ケヴィンの寝室にあった象牙のチェス・セット、すなわち見事な一物をつけたポーンが並んでいた例のセットは、先月リバー・ラン・ドライブのある家から盗まれたものだという事実を。

ガブリエルがテラスから飛び降りるのを見守ったあのときから、ジョーはずっと、彼女に本当のことを話そうかと考えていた。車で家に戻るあいだも、電話でウォーカー署長と話しているあいだも、電話を切ったあともずっと考えていた。彼女の家の鍵を持ってポーチに立ったときも、疑うことを知らない緑の瞳をのぞき込んだときも考えていた。よくないとわかっていながら、マッサージの申し出を受けたときでさえ考えていた。

署長は、ガブリエルには何も知らせたくないと思っている。しかしジョーは、彼女には知る権利があると考えていた。ケヴィンに関する事実や、彼の家の棚が警察のセントラル・ファイルに盗品として記録されている骨董品であふれていたことを伝えるべきだ。

一時間前までなら、ジョーも署長とまったく同じ意見だっただろう。だがそれは、ガブリエルを見張りに立たせて客用の寝室を調べる前の話であり、彼女の目をじっと見つめて俺を信じろと頼む前の話であり、彼女が彼のために手すりを乗り越えてくれる前の話だった。一時間前まで、彼女が潔白だという確信は持っていなかったし、あまり気にしてもいなかった。そんなことを気にするのは彼の仕事ではなかったからだ。今もそれは変わらない。

「マッサージ用のテーブルを持ってくるわね。そのほうが寝心地がいいから」

「椅子に座ってるほうがいいな。食堂の椅子でいいよ」硬くて座り心地の悪い椅子ならそれほどリラックスはできないだろうから、彼女が情報提供者であって、もっと深く知りたいと思う女性ではないことを忘れはしないだろう。

「本当にいいの？」

「ああ、いいんだ」しかし、手すりを乗り越え、明らかに怖がっているガブリエルを目にしたあのとき、ジョーの中で何かが変わった。彼女に対する見方、心の奥底で感じていることが変わったのだ。頭の上で脚をぶらぶらさせている彼女を眺め、あの白い小さなパンティが視界をふさいだら、喉のどこかに心臓が引っかかってしまった。ぶら下がっている彼女を見上げたとき、もし落ちてきたらつかまえるのは至難の業だとわかったが、それと同時に、絶対に落としはしないと思ったことも確かだった。あの瞬間、ガブリエルは魅力的な肉体を持つ情報提供者以上の存在になった。守ってやりたいと思う存在になったのだ。

ほかにも感じるものがあった。ガブリエルを抱いて首にキスしたとき、危険は去ったあとだというのに、胸が強く締めつけられる感じがした。あれは心のどこかに残っていた不安、あるいは隠れていたストレスだったのかもしれない。ああ、おそらくそうだろう。しかし、その正体が何であれ、突き詰めて考えるつもりはない。それよりも、準備を進めているガブリエルに意識を集中させることにしよう。ちょうどそのとき、彼女が食堂から木の椅子を引きずってきて、暖炉の前に置いた。

ガブリエルにはケヴィンについて知る権利があると確信していたが、ジョーは伝えることができなかった。なぜなら、彼女は極端にわかりやすい人だからだ。感じたことは何もかも目に表れる。嘘をつけば必ず稲妻に打たれる覚悟をしているかのような顔になってしまうのだ。彼女に事実を伝えるわけにはいかない。それに、ここに留まるべきでもない。

ジョーは一歩下がり、ガブリエルの手でマッサージを受けるのは分別のあることなのかと、あれこれ考えていたが、それも長くは続かなかった。ガブリエルが首をかしげ、彼を見る。

「ジョー、シャツを脱いで」その声は、彼女が小さなバーナーで温めているオイルのように彼の中を流れていった。まだ帰らなくていいだろう。俺は三五だし、気持ちのコントロールはできる。これはマッサージだ。セックスじゃない。撃たれたあと、理学療法の一環として、定期的に筋肉の緊張をもみほぐしてもらっていたじゃないか。もちろん、療法士の女性は五〇代で、ガブリエル・ブリードラヴとは似ても似つかない人だったが。

そうさ、ここにいたっていい。ガブリエルは情報提供者であり、彼女とや、っ、てしまったら、自分の仕事が台無しになる。そこを忘れない限り大丈夫だ。それに、そんな事態にはならないだろう。絶対になるもんか。

「服、脱がないの？」

「パンツははいてることにする」

ガブリエルが首を横に振る。「脱いでもらえるといいんだけど……。オイルがついちゃうでしょう」

「つかないほうに賭けてみるよ」

「のぞき見なんかしないってば」声の調子と、への字になった口元から、ばかなことを言う人ね、と思っていることがわかった。それから彼女は宣誓するように右手を上げた。「約束する」

「タオルが小さすぎるな」

「ああ」彼女は居間を出ていき、しばらくすると大きなビーチ・タオルを持って戻ってきて、彼のわきにあるソファの肘かけに放った。「これならどう？」

「いいね」

ジョーがシルクのポロシャツの裾をギャバのズボンから引き出すあいだ、ガブリエルはすっかり魅入られた様子で彼の手に注目していた。腹が立つほどじれったいストリップをするように、彼はリブ織りの布地を引っ張った。だが、平らな腹と黒っぽい胸毛の縦のラインがちらっと見えただけで、彼はすぐに手を離してしまい、シャツの裾はウエストの上にすとんと落ちた。ガブリエルは止めていたことにも気づいていなかった息を吐き出し、彼の顔まで視線を上げた。茶色の瞳をのぞき込むと、その目は自分を観察する彼女をじっと見つめていた。ジョーはシャツの背中に片手を回し、肩の真ん中をつかんだ。そして頭からシャツを脱ぎ、先ほど使わずにソファの上に置いたタオルの横に放り投げた。彼の両手がベルトのバックルへ下りていき、ガブリエルは急いで目をそらした。

蓮《ロータス》の葉柄の浅い琺瑯《ほうろう》のボールに注いでいたアーモンド・オイルに注意を向け、オイル・ウォーマーの上でそのまま温め続ける。口の中がからからに乾いたかと思うと、次の瞬間には唾液でいっぱいになっていた。彼を見ていることに気づかれぬよう目を背けたが間に合わず、輪郭のくっきりした胸の筋肉を覆って、ズボンのウエストバンドの下に消えていく細かい巻き毛を見てしまった。彼の乳首は、私が絵で描いたものより暗い茶色をしていた。胸毛はもっと柔らかそうで、絵ほどぎっしり生えてはいない。

ガブリエルは、アーモンド・オイルに安息香《ベンゾイン》とユーカリを三滴ずつ加え、そのボールと芳香拡散器《ディフューザー》を暖炉のわきの小さなテーブルに載せた。ジョーは椅子をぐるっと回して背もたれを暖炉のほうに向け、座部をまたいで後ろ向きに座った。それから背もたれの上で腕を組み、ガブリエルになめらかな背中を見せた。がっしりした筋肉と、肩のあいだから腰まで続く脊椎の上に、張りのある皮膚がぴんと広がっている。ウエストにニコチン・パッチが貼ってあり、腰の低い位置に引っかかっている厚手の白いタオルで半分隠れていた。

「こんな火の近くにいたら、暑くなりすぎるんじゃないのか？」ジョーが尋ねた。

「皮膚が温まらないと、毛穴が閉じてしまって、ベンゾインとユーカリの治療効果が得られなくなるのよ」ガブリエルはジョーのわきに立ち、一方の手を彼の額に、もう片方の手をうなじに当てた。「頭を少し前に倒して」そう言って、こわばった首の筋肉をそっと握る。「頭の中にある緊張に意識を持っていくの。大きく息を吸って、私が合図するまで止めておいて」彼女は指示をし、背骨のいちばん上のでっぱりを親指の腹でもみながら、細い頭髪の中まで指を入れ、首のつけ根で動きを止めた。そのまま五つ数え、また下に向かってもんでいく。「はい、息を吐いて。一緒に頭の中の緊張も吐き出すのよ。緊張を解放するの」

「ああ……ガブリエル？」

「何、ジョー？」

「頭は緊張してないよ」

リラックス効果のあるラベンダーとゼラニウムの香りが居間を満たす中、ガブリエルは彼の背後に移動した。左右のこめかみに手を当ててマッサージをし、ジョーがないと思い込んでいる緊張を和らげていく。「ジョー、あなたはすごく緊張しているから怒りっぽくなってるの」側頭部の髪をゆっくりと頭頂部に向かって指ですくと、シルクのようになめらかな髪が関節に絡みついた。手のひらに力を加え、頭をもんでいく。「これはどう？」

ジョーがうめく。

「やっぱりね」頭と首のマッサージにいつもより少し時間をかけてしまった。でも指に絡まっている髪がとても柔らかくて、そうせずにはいられなかったのだ。温かい、ちょっとぞくぞくする感覚が腕に伝わり、乳房が張りつめてくる。ガブリエルは無理やり位置を移動し、彼の髪に触れている喜びを手放した。

それから、ロータス・ボールで温めておいたオイルを手のひらに少し注いだ。「大きく息を吸って、止めて」ジョーの左右の肩の後ろに手を当てて筋肉を転がし、強く押してみると、僧帽筋《そうぼうきん》と三角筋が硬くこわばっているのがわかった。手を肩の外側に持っていき、腕から肘へと滑らせる。「首のつけ根が緊張しているのがわかるでしょう。それを息と一緒に吐き出して」リラックスするための呼吸ができていないという感覚がありありと伝わってくるが、それでも呼吸法を指示し、再び肩に向かって筋肉をもんでいく。「悪いストレスが流れ去って、白い気《プラーナ》、つまり清らかな宇宙エネルギーと入れ替わるところを思い浮かべるの」

「ガブリエル、気味が悪いよ」

「しーっ」そんなわけない。私は特別、気味の悪いことをしているとは思ってないんだけど。ガブリエルはオイルに指先をちょっと浸してから、彼の背中に手のひらを当て、まず下へ、次に上へと滑らせ、深部をマッサージする準備として筋肉を温めていく。体に手を密着させ、触った感じはこう、輪郭はこうと記憶しながら。「痛むのはここ?」ガブリエルは両手を右肩に移動させて尋ねた。

「もう少し下」

筋肉痛を起こしている部分にブラックペッパーのオイルを一滴垂らし、そこをもんだり、押したり、さすったりする。暖炉の熱が彼の肌を温め、炎の光が体の表面に影の彫刻を施し、暗い色の髪を輝かせた。嬉しくて、そわそわするような感覚が胃に居座ってしまう。ガブリエルの心と精神は、感情を交えず彼に触れようと努力していた。マッサージ師の資格はないとしても、ヒーリング・マッサージと性感マッサージの違いはわかっている。

「ガブリエル？」

「何？」

「先週の公園でのことだけど、悪かったと思ってる」

「私にタックルしたこと？」

「いや、それは悪かったと思ってない。ものすごく楽しませてもらったよ」

「じゃあ、何を悪く思ってるの？」

「君を怖がらせてしまったこと」

「あなたが悪く思ってるのって、それだけ？」

「まあ、そうだな」

ガブリエルはジョーの肉体にそっと指先を沈めた。彼はめったに謝らない人だという気がするし、最大限の努力をしてくれたと思ってあげよう。

「正直に言って、ストーカーに間違えられたことなんか一度もなかったんだぞ」

「あるんじゃない？　今まで本当のことを言う人がいなかっただけで、私がやっと教えてあげたのよ」ガブリエルはにこっと笑い、引き続き彼の肩から腕にかけての筋肉をさすった。「あなたはときどき、すごく脅迫的なオーラが出ているときがある。何とかするべきね」

「ああ。やってみるよ」

ガブリエルは両手を再び上に滑らせ、首のつけ根の、骨が出っ張っている部分に親指を押しつけた。「脚を傷つけちゃって、ごめんなさい」

ジョーがちらっと振り向くと、ガブリエルの一方の親指が彼のあごをかすめた。濃い茶色の瞳が彼女を見上げ、炉火の明かりが彼の顔に金色の光を投げかける。「いつの話?」

「私が公園で尻もちをつかせてしまった日。あのあと、車まで行くのに脚を引きずってたでしょう」

「あれは古傷のせいだ。君のせいじゃない」

「なんだ……」

「がっかりしたような言い方だな」

「違うわ」ガブリエルは指を開き、手を肋骨のわきに持っていった。「がっかりしてるわけじゃない。ただ、私にとってあなたはすごく恐ろしい人だったから、あの日は私もあなたのことをちょっと苦しめてやりたいって思ったのよ」

ジョーは微笑み、また火のほうを向いてしまった。「ああ、それなら君はちゃんとやってのけた。警察署に行くたびに、俺は君や例のヘアスプレーのことで、さんざんからかわれているからね。この先何年も君の噂を聞かされそうな気がするよ」

「この事件が片づいたら、皆、私のことは忘れるわ」彼のがっしりした筋肉の下にある肋骨は、平らな腹部に向かって少しずつ幅が狭まっていく。「たぶん、あなたもね」

「今さら、そんなの絶対無理だ」ジョーは胸の奥から声を出した。「ガブリエル・ブリードラヴ、君のことは決して忘れないさ」

彼の言葉は、思った以上にガブリエルを喜ばせた。胸の下の心臓の横に居座り、キャンドルの光のように、彼女をほのぼのした気持ちにさせた。ガブリエルはジョーのわき腹からウエストへ、そこからわきの下へ、再び下のほうへと手を滑らせていく。「じゃあ、今度は肩に意識を持っていって。大きく息を吸って止める」彼が腹をへこませ、筋肉が硬くなるのがわかった。「深く息を吸ってないでしょう?」

「うん」

「呼吸を使わないとだめなのよ。完全にリラックスしたいならね」

「無理だよ」

「どうして?」

「本当にできないんだ」

「ワインでも飲んだら役に立つ?」

「俺は、ワインは飲まない」ジョーはいったん言葉を切り、再び話しだした。「一つだけ、役に立ちそうなことがあるよ」

「何なの?」

「冷たいシャワー」

「リラックスしそうには思えないけど」

ジョーがまた笑ったが、面白がっているようには聞こえなかった。「あと、ここに座ってずっと考えていたことが一つある」

「何？」答えはわかっていたが、尋ねてしまった。

彼が口を開いたとき、出てきた声は低く、かすれていた。「いや、何でもない。二人とも裸にならなきゃいけないことだし、そんなのあり得ないからな」

もちろんわかってる。そんなのあり得ない。二人は正反対の人間だもの。彼は私のありとあらゆるバランスを狂わせる。私が求めているのは悟りを得ている人。彼の悟り具合は原始人並みでしょう。私の頭はどうかしていると思っているし。確かにそうかもしれない。一週間足らず前、私は彼をストーカーだと思っていた。それが今、彼は私の家の居間に座っていて、私はといえば、まるで目の前に男性ストリップショー《チッペンデール》のダンサーがいるかのように、彼にオイルを塗っているのだから。たぶん私はどうかしている。それでも、尋ねずにはいられない。「どうして？」

「君は俺の情報提供者だ」

ガブリエルに言わせれば、それは説得力のある理由ではなかった。彼女がサインをした情報提供者の同意書はただの紙切れだ。紙切れが欲望を指図することはできない。つまり、二人は考え方のまったく異なる、まったく別の人間だという事実、それが二人でベッドに倒れこむという大きな過ちを回避するまっとうな理由であるはずだった。

しかし、彼のなめらかな背中でちらちら揺れている炉火の光を眺めていると、二人の違いなど、どうでもいいことに思えてしまう。ガブリエルの手は、流れるような、慰めるような、官能的な動きへ変わっていく。ジョーのおかげで心のバランスが激しく乱れ、感情を交えず彼に触れるという努力をすっかり忘れてしまった。「みぞおちとお腹に意識を持っていくのよ。大きく息を吸って、吐き出して」

ガブリエルは目を閉じると、彼の腰のしなやかな輪郭に手を滑らせ、指先を背骨に走らせた。隆起した筋肉を覆う、ぴんと張りつめた皮膚は熱くなっているのに、彼が身震いするのがわかった。なめらかな肉体を親指でさすっていくと、突然、抑えがたい衝動に襲われた。うめき声を上げ、ため息をつき、身をかがめて彼にかみつきたくなったのだ。「意識を下半身に持っていって」

「遅すぎたな」ジョーは立ち上がり、振り向いてガブリエルと顔を合わせた。「意識はもうそこにある」

ガブリエルは顔を上げ、重たげなまぶたを半分閉じた目と、カーブを描く口元を見つめた。汗が一滴、彼の頬、あご、首をつたって日焼けした喉のくぼみに落ちていく。彼女はジョーの平らな腹部に両手を当て、へその周りで渦を描く黒っぽい毛のラインを親指でなでつけた。

それから、彼の腰まで視線を下ろし、見間違えようもない股間の膨らみを目にした。腹部に置いた手の指先に力が入り、喉が乾いてくるのがわかる。唇をなめ、視線をさらに下へ漂わせると、腰に巻いたビーチ・タオルの境い目からわずかにのぞいている太ももの傷跡が目に留まった。

「ジョー、座って」命ずるように言い、彼を押して椅子に座らせる。タオルが太ももをずり上がり、黒いボクサー・ショーツの裾が現れた。「撃たれたのはここ?」ガブリエルは彼の脚のあいだにひざまずいた。

「ああ」

両手の親指をオイルに浸し、その指で円を描くように傷跡をさする。「まだ痛む?」

「いや。少なくとも以前のように痛むことはない」そう答えた彼の声は荒くなっていた。こんなひどい暴力を受けたんだ。そう思うとガブリエルは胸が張り裂けそうになり、目を上げてジョーの顔を見つめた。「誰があなたにこんなことをしたの?」

ジョーは閉じかけたまぶたの向こうからガブリエルを見下ろしている。いつまでも答えないので、答える気はないのだろうと思った。「ロビー・マーティンという情報提供者だ。君もその事件については耳にしてるだろう。一年ほど前、どこの新聞にも載ってたからな」

聞き覚えのある名前。思い出すのに一瞬かかったが、すぐに若いブロンドの少年の写真が脳裏によみがえった。この事件にまつわる話はしばらくニュースになっていた。致命傷となる一発を発射した覆面捜査官の名前は一度も言及されなかったので、ガブリエルはロビー以外に撃たれた人がいたことをすっかり忘れていた。「あれは、あなただったの?」

またしても、ジョーはかなり経ってから、ようやく「ああ」と答えた。

　ガブリエルは太い傷跡に沿って親指をゆっくりと上下に滑らせ、少し力を加えた。あの事件についてはよく覚えている。というのも、街のほかの人たちと同じように、彼女も友人たちと事件を話題にし、ボイジーには、ちょっとマリファナを吸ったというだけで、むやみに銃をぶっ放しながら若者を追い回す警官がいるんじゃないかしら、と考えたりしていたからだ。「気の毒だわ」

「どうして？　なんで君が気の毒に思うんだ？」

「ああいうことをやらざるを得なかったあなたが気の毒なの」

「俺は、自分の仕事をしていただけさ」彼は言葉をはっきり区切りながら言った。

「わかってる」ガブリエルはジョーの太ももの筋肉に指先をそっと沈めた。「怪我をしたあなたが気の毒なのよ」

「俺がやたらと銃を撃ちたがるやつだと思ってるんじゃないのか？」

　ガブリエルは首を横に振った。「無謀なことをしたり、選択肢がないわけじゃないのに人の命を奪う人だとは思わない」

「新聞に書かれたとおり、俺は血も涙もない人間かもしれないのに。どうして、わかるんだ？」

　ガブリエルは心の奥底で真実だと確信していることを答えた。「あなたの魂を理解しているからよ、ジョー・シャナハンさん」

　ジョーは澄んだ緑色の瞳をのぞき込んだ。ガブリエルには俺の心の内が見えていて、俺がになった。

絶対的確信をもって理解しているわけではない何かを理解している、そう信じてしまいそうガブリエルが唇をなめ、舌の先が口の端にすっと動く様子をジョーはじっと見つめた。すると、彼女は彼の心臓を止め、下半身に純然たる欲望を送り込むようなことをした。頭をかがめ、太ももにキスをしたのだ。

「あなたはいい人だってわかってるもの」

ジョーは喉が詰まった。もしガブリエルに、唇をもう少し上に動かして、もっと大きな、別の痛いところにキスしてくれないかと頼んだら、それでも彼女は俺を「いい人」だと思うだろうか？　ジョーはガブリエルの頭頂部をじっと見下ろしたが、彼女の顔を膝に挟むという、すごく楽しい空想を働かせたそのとき、彼女が顔を上げてしまい、空想は台無しになった。彼女はまるでジョーの魂を本当にのぞけるかのように彼をじっと見つめた。私が目にしているのは、当の本人が自覚しているよりもずっといい人なのよ、と言いたげに。

ジョーは急に立ち上がり、彼女に背を向けた。「君は何もわかってない」暖炉に寄り、マントルピースをぐっとつかむ。「俺はドアを蹴り倒し、自分の体を破壊槌代わりに使う人間だったのかもしれない」

「あら、それはどうかしら」ガブリエルは彼の横にやってきて、言い添えた。「確かにあなたは肉体派よね。でも、あのとき選択の余地があったとは思えない」

ジョーは肩越しにガブリエルをちらっと見たが、すぐに目を背け、マントルピースの上で燃えている小さなキャンドルを眺めた。「いや、選択肢はきっとあったんだ。暗い路地でドラッグの売人を追いかける必要はなかった。でも俺は刑事だ。それが仕事なんだ。悪いやつを追いかけ、何かやると誓ったら、最後までやり遂げる。嘘じゃない。俺はロビーを逮捕すると誓ったんだ」ガブリエルにショックを与えたい。彼女を黙らせたい。彼女の目からその表情を消し去ってしまいたい。「あいつにはもう、本当にうんざりしていた。あいつは俺の情報提供者だったが、俺を裏切ったんだ。だから自分の手で捕まえてやりたかった」再びガブリエルに目を走らせたが、彼女はショックを受けているようには見えない。平和主義者であるはずなのに。こういう男が大嫌いなはずなのに。あなたが気の毒だわと言いたげに俺を見たりするはずないのに。頼むよ……。

「ロビーの銃が発射されるのが見えたんだ」ジョーが続けた。「俺は自分が銃を抜いたと気づく間もなく、あいつの胸を狙って引き金を引いていた。あいつが気づくのを確認する必要もなかった。一度、ああいう音を耳にしたら……。言わずもがなだよな。二度と忘れられなくなる。あとになって、わかったんだ。俺は、あいつが伏せる間もなく撃ち殺していた。それをどう感じるべきなのかわからない。自己嫌悪に陥ることもあれば、俺のほうが射撃がうまくて本当によかったと思うこともある。でも、一人の人間の現在も未来も、すべて奪い去ったと認めるのは最悪だ」ジョーは腕にぐっと力を入れてマントルピースから離れた。「俺は自分を抑えられなかったのかもしれない」

「あなたがそこまで自分を抑えられなかったとは思えないわ」

彼女は間違っている。彼女に促されるまま、どういうわけか、あの狙撃について、誰にも言ってなかったことまで話してしまった。彼女はただ、あの大きな目で、俺を本当に信頼しているかのように見つめればよかったのだ。そして、こっちはばかみたいに、べらべらしゃべってしまった。でも、もう話は終わりだ。この三〇分というもの、ジョーは座り心地の悪い椅子に腰を下ろし、この手のひらで触れたらガブリエルの乳房の収まり具合はどうだろうと考えていた。下半身が猛烈に硬くなり、彼を急かしている。おまえの全身をなで回しているあの柔らかい手をつかみ、ボクサー・ショーツの中に押し込んでしまえ、そうすれば彼女はおまえの肘なんかより、もっと興味深いものをなでられるじゃないか、と。

ジョーはガブリエルに手を伸ばし、唇を重ねた。このふっくらした甘い唇。まるで恋人同士のように、ジョーは彼女の味を覚えていた。まるで昔からずっと彼女のことを知っていたかのように。頭を一方に傾けると、ガブリエルが唇を開き、熱くなめらかな口が彼を迎え入れた。舌が触れ合い、彼女の体が震えているのがわかる。ガブリエルがジョーの首に腕を巻きつけ、しがみついてきた。ジャンパースカートの胸当てがジョーの裸の胸をかすめ、彼に向かって弧を描いている腰が、石のように硬くなったものに押し当てられる。ジョーは彼女の腰をつかむと、賢明な行動を取るべく彼女を押しのけるどころか、下腹部をこすりつけた。痛いほど強烈な快感。ずきずきする苦しみとエクスタシーが襲い、キス以上のものが欲しくてたまらなくなった。

両手を動かし、ジャンパースカートのストラップを握り締め、いとも簡単にフックをはずす。胸当てがウエストまで落ちると、今度は白いブラウスを留めているボタンを素早くはずしていく。そして、左右の身ごろを押しのけるように開き、ジョーはついに、レースに覆われた豊かな乳房を両手いっぱいにつかんだ。硬くなり、ぴんと尖った先端を親指でさすると、ガブリエルは唇を震わせてあえいだ。ジョーが体を引き、ガブリエルの顔をのぞき込む。彼女は何度か瞬きをして目を開け、彼の名前をささやいた。その響きに満ちていたのは、彼の下腹部を痛いほど締めつけているのと同じ、切なる欲求だった。瞳が飢えた欲望に輝き、自分と同じように求めてくれているとわかると、血管を流れる血がかっと熱くなった。ガブリエルはどこもかしこも美しい。手の中にいる彼女は情熱的で、彼を待ち焦がれて燃えている。あともう少しだけ火遊びを続けたい。

ジョーは深く息を吸い、ゆっくりと吐き出しながら視線を走らせていく。ワイルドなカールで美しい顔を囲んでいる赤茶色の髪の毛から、彼のキスで濡れて腫れぼったくなった唇へ、そこから首を伝って、ふっくらした乳房でいっぱいになった両手へ。「今度は君の番だ」ジョーは彼女の顔に視線を戻した。

ブラウスを肩から脱がせるあいだ、ガブリエルはジョーの目をじっと見つめていた。白い布地が腕を通って、するりと床に落ちる。彼の前に立っている彼女のジャンパースカートは腰のところがボタンで留まっており、スカラップ刺繍で縁取られたブラが乳房を丸く包んでいた。カップのちょうど真ん中で、すっかり硬くなったピンク色の乳首が白いレースを押し上げている。ジョーは腰を少しひねってオイルに手を浸した。それから彼女の首元に触れ、胸骨に沿って、しっかりと盛り上がった胸の谷間へと指先を滑らせていく。ブラの中央にあるホックをひねるとき、信じられないくらい柔らかな素肌がジョーの指の背をかすめた。留め金が勢いよくはずれ、カップからはじけるように乳房が現れる。そのあまりの美しさと完璧な形に、ジョーは喉が詰まった。ガブリエルの肩に両手を置き、レースのストラップを腕に滑らせると、ブラはブラウスのわきに落ちた。それから、彼はロータス・ボールを手に取り、二人のあいだに掲げた。ボールをゆっくりと傾け、わずかに残っていたオイルを彼女の白い肌に注いでいく。オイルはふっくらした丸みを流れ落ち、胸の谷間から腹部をたどってへそへ至った。ジョーはガブリエルから目を離すことなくボールを空にし、椅子に放った。

透明のオイルが一滴、片方の乳房の先端できらりと光り、彼はそこを指で触れた。

口を開き、君の乳房は素晴らしいと言おうとしたが、品のない言葉がもつれて出てくるばかり。彼は胸の先端についたオイルのしずくを伸ばし、きゅっとすぼまった肌に円を描いた。ガブリエルは揺れながら片手をジョーのうなじに添えると、濡れた唇を重ね、彼の舌を自分の口の中へそっと吸い込んだ。ジョーは彼女の柔らかい乳房とすべすべした腹部にオイルをくまなく塗りつけていく。彼女が欲しい。こんなことは初めてだ。下腹部を脈打たせる、うずくような欲望に身を任せたいと思うだなんて。ガブリエルの喉の横に手のひらを当て、体を引いて彼女を見る。乳房は炉火の光を受けてきらめき、その先端はキスされたかのように濡れて輝いている。今までこんなに欲しいと思ったことはなかった。ボクサー・ショーツを下ろし、壁でもソファでも床でも、どこにでもいいからガブリエルを押しつけてしまいたい。柔らかい太もものあいだにひざまずき、キャンドルと彼女の甘い香りで頭をいっぱいにしたまま、彼女の中に自分をうずめ、しばらくそこに留まっていたい。熱い、なめらかな体の中で出し入れを繰り返しながら、乳首を口に含んでみたい。彼女も同じくらいそれを求めている。じゃあ、二人が求めていることに身を任せたっていいじゃないか。

　しかし、彼女と愛を交わすわけにはいかなかった。たとえ彼女が情報提供者でなかったとしても、彼は財布に避妊具を入れて持ち歩くような男ではない。ほっとして、もう少しで笑ってしまいそうだった。「コンドームを持ってないんだ」

「私、この八年、経口避妊薬《ピル》を飲んでるの」ガブリエルはジョーの一方の手を動かし、オイルでつやつやした乳房に戻した。「あなたに任せるわ」

　まったく、そんなことを打ち明けて、ゴーサインを出してくれなければよかったのに。下半身がずきずきうずいている。ボクサー・ショーツを下ろすことで頭がいっぱいになってしまう前に、ジョーは無理やり思い出した。ガブリエルが何者で、自分にとってどんな存在なのかということを。それから彼女の髪に顔をうずめ、手を体のわきに下ろした。生まれてこのかた、ほかの女性を求めたことがないかのように彼女を求めている。早くこの状況を何とかしなくては。

「ねえ、ガブリエル、君はエルヴィスと交信できるのか?」ジョーはあえぎながら、わらにもすがる思いで尋ねた。

「ん?」ガブリエルの声は寝起きのようにかすれている。「何?」

「エルヴィス・プレスリーと交信できる?」

「いいえ」ガブリエルがささやき、ジョーのほうに身を傾けた。乳房が彼の胸をかすめ、硬くなった先端が彼の平らな乳首に軽く触れる。

「くそっ……」彼は息を荒らげた。「やってみてくれないかな?」

「今?」

「うん」

ガブリエルは背中をそらせ、半ば閉じた目で彼を見た。「私、霊能者じゃないんだけど」

「じゃあ、死んだ人とは交信できないんだ?」

「できないわよ」

「ちくしょう……」

ガブリエルは手を彼の肩へと滑らせ、咳払いをした。「でも、クジラと話ができるいとこがいる」

ジョーは口の端をひきつらせた。クジラと話ができるいとこは、ほんの少しだけ気を散らしてくれたが、ガブリエルの引き締まった乳房から気をそらせてくれるものなら何だって構わなかった。「本当に?」

「まあ、とにかく本人はそう思ってる」

「クジラの話を聞かせてくれないか?」ジョーはガブリエルの背後に手を回し、サスペンダーを肩にかけてやった。

「どんな?」

「そうだな……クジラは何を考えてるんだろう?」ジャンパースカートにサスペンダーをはめ、できる限り誘惑を覆い隠す。

「わかんない。たぶんオキアミとかイカのことじゃない?」

下半身は相変わらずうずいているものの、ジョーはソファまで歩いていき、タオルを置いてズボンに脚を通した。

「帰るの?」

ジョーは振り返り、混乱したように眉間にしわを寄せているガブリエルと、ジャンパースカートのわきからこぼれている乳房の膨らみを見た。「明日、朝が早いんだ」彼はポロシャツを手に取ると、袖を通し、頭からかぶった。

ジョーがシャツの裾を胸に引き下ろすのを見ても、ガブリエルは彼が帰るということが信じられなかった。彼の口の感触と味がまだ舌に残っているうちは無理そうだ。

「今日、店の収納室のペンキは塗り終わった」ジョーは、彼女がブラウスも着ずに立っていることを無視するかのように言った。「もし、この捜査が長引いて来週も続くようなら、何かやることを考えなきゃならない。ケヴィンはカウンターの板がどうのこうのと言ってたけど、その手の大工仕事はやったことがないんだ」

ガブリエルは暖炉の前に置いた椅子の向こうに回り、背もたれを両手でつかんだ。膝が震えている。彼の大工仕事の経験について話しているなんて信じられない。上半身裸にされて以来初めて、自分が無防備な姿をさらしている気がして、彼女は両手を胸に当てた。「わかった」

ジョーが鍵の束を取り出し、玄関に向かった。「じゃあ、君とまた話すのは、たぶん月曜になってからだな。俺のポケベルの番号は知ってるね？」

「ええ」明日は私に電話をしてみようとか、会いに行こうとは思ってくれないのだろう。それがいちばんいいのかもしれない。数時間前は、彼のことが好きかどうかもよくわからなかったのに。今は彼に会えないのかと思うと、胸にぽっかり穴が開いたような気がしてしまう。長居をしてしまったとばかりに、そそくさと出ていく彼を見守り、玄関のドアが閉まるとすぐ、ガブリエルは椅子にそっと腰かけた。

マントルピースの上でキャンドルの炎が揺らめいていたが、その香りも心をなだめてはくれなかった。ガブリエルの精神は彼女を南北に引っ張っていたが、彼女のあらゆる願望はすべて同じ方向を向いていたようだ。つまり、ジョーのほうを向いている。こんなの、どう考えてもおかしい。ジョーが近くにいると、私の人生はまったくバランスを失ってしまう。〈静かな中心〉などあったものではない。でも、ジョーのすぐそばに立って、素肌の温もりを感じていると、それがとても正しいことに思えた。文句のつけようがない、完全な状態であるように思えたのだ。彼は打ち明け話をしてくれたし、二人はより深い精神的な次元でつながっているような気がした。

知り合ってまだこんなに日が浅いのに、彼が私の胸にオイルを注ぎ、恋人同士のように私に触れるのを許してしまった。彼は私の胸を高鳴らせ、私の五感は活気づいた。そしてついに、体のありとあらゆる部分が、心と精神が、彼に焦点を合わせてしまった。私は別人を前にしたかのように彼に反応してしまった。彼のことをよく知らないというのに。彼の正体を悟ったかのように心臓が激しく鼓動する。これを説明できる理由はただ一つ。ガブリエルはその意味を知るのが怖かった。

陰と陽。

暗闇と光。プラスとマイナス。正反対のものが二つ合わさると、完全にバランスの取れた状態が出来上がる。

つまり、ジョー・シャナハン刑事に恋をしているということ……？

13

警察署の窓から午前中の太陽が降り注ぎ、ジョーの机に流れ込む光が、宗教的偶像のようなぜんまい仕掛けのプラスチック製フラダンサーを照らしている。ジョーは目の前の書類をざっと読み返した。あまり気乗りがしない様子で捜索令状請求に添付する宣誓供述書にサインをすると、それをルチェッティ警部に渡し、ペンを机に放り投げた。青いビックのボールペンが、昨晩作成した報告書の上を転がり、フラダンサーの足に当たって腰を揺らした。

「よさそうだな」警部が書類に目を通して言った。

ジョーは頭の後ろで手を組み、両脚を伸ばした。署内の執務室でほかの刑事たちとヒラード邸の一件を検討し、すでに三時間が経過している。彼はケヴィンの家で目にしたものに関するブリーフィングを行い、まずはゲスト・ルームにあった盗まれた骨董品、続いて象牙のチェス・セット、締めくくりとして寝室の鏡について報告を済ませていた。もうケヴィンを勾留したっていいだろうと思っていたのに。彼はひどくがっかりしていた。「ええ、今日、令状を執行できないのは非常に残念ですけどね」

「君の問題はそこだ、シャナハン。せっかちなんだ」ルチェッティ警部は腕時計にちらっと目をやり、ジョーの机に宣誓供述書を置いた。「一時間ですべて決着をつけたいんだろう。ドラマの刑事みたいに」

せっかちというわけじゃない。まあ、少しそういうところはあるかもしれないな。でも事件を早く解決したいと思う自分なりの理由があり、それはせっかちという性格とはまったく関係ない。すべては赤毛の情報提供者にかかわる問題なのだ。

警部が肩をすくめてスーツの上着に腕を通し、ネクタイを直した。「よくやった。裁判所からカーターの自宅の電話を盗聴する許可と捜索令状を出してもらおう。やつをつかまえるぞ」警部はそう言って、部屋から出ていった。どこにいようが、何をしていようが、ヴィンス・ルチェッティは決して日曜日のミサを欠かさない。警部には、神もしくは妻ソニアよりも怖い存在があるのだろうか？

頭の上に腕を伸ばし、ジョーは宣誓供述書を見つめた。これを書く際、言い回しには細部まで気を配った。だいぶ前に、被告弁護人というのは、あいまいな記述や不適当な記述を逆手に取り、これはおとり捜査だと主張する口実を探す連中だと学んだからだ。それにしても、苦労の甲斐もなく、努力が無駄になるなんて信じられない。もちろん、捜索令状はもらえるだろう。判事には家宅捜索を認めるだけの相当な根拠がある。だが署長と警部は待ったほうがいいと思っている。昨晩、ジョーの調査でモネが見つからなかったため、ケヴィンの家を捜索したら絵を取り戻せるとか、陰で盗みを指示している人物と踏んでいる収集家をケヴィンが白状するとの確信が持てなかったのだ。

つまり、令状はしばらくケース・ファイルに押し込まれてしまうことになる。昨晩ジョーが頑張った結果、今や警察はケヴィンが盗んだ骨董品を故買している動かぬ証拠をつかんでいるのに、彼がめでたく逮捕されるという運びにはなってくれない。仲間は背中を叩いてくれたり、ハイタッチをしてくれたりした。しかしジョーはそれ以上のものを求めていた。ケヴィンに取調室に座っていてほしかったのだ。

「なあ、シャニー」窃盗犯罪担当刑事の中では唯一のアフリカ系で、ケヴィンの尾行を命じられた三人のうちの一人であるウィンストン・デンズリーがジョーのわきに椅子を引っ張ってきた。「カーターの寝室にあった鏡の話、もっと聞かせろよ」

ジョーは含み笑いをし、胸の前で腕を組んだ。「寝室は全面鏡張りで、あいつは、どこからでも自分のしていることをチェックできるんだ」

「とんでもない変態野郎ってことか？」

「ああ」そして、ジョーは変態仕様の鏡の間に立って、あの不格好なジャンパースカートをはいて鏡に映っているガブリエル・ブリードラヴをあらゆる角度からチェックし、ヴィクトリアズ・シークレットで売ってるようなシースルーのブラとおそろいのパンティしか身につけていない彼女はどんなふうだろうとか、ひょっとしてレースのTバックだったら、むき出しのヒップを手でつかめるだろうかと想像してしまったのだ。

ガブリエルがガラスクリーナーのことを考えていたとき、ジョーは上半身裸の彼女はどんなだろうと考えていた。今は考える必要はない。もうわかっている。彼女の胸が思ったより豊かで、彼の大きな手にぴったり収まっていたこと。素肌の柔らかい手触り。先がすぼまった乳首が彼の胸をつついていたときの感触。ほかにもわかったことがある。たとえば、彼女の情熱的なため息とか、誘惑するような緑の瞳の威力とか。髪のにおいも、唇の味もわかっている。あの優しい手に触れられて、自分がとても硬くなり、思考も呼吸も止まりそうになってしまったこともわかっている。

でも、知らないほうがどれほどましか。それも、わかりきっている。ジョーはため息をつき、髪を手でかき上げた。「この件は片をつけてしまいたい」

「事件を解決するには時間がかかる。なんで、そうあせるんだ？」

なんであせるかだって？　こっちは、すんでのところでガブリエルとやってしまうところだったんだ。おまけに、二度とあんなことにはならないという確信も持てない。もうあり得ないと自分に言って聞かせることはできるが、体のしかるべき場所が耳を貸してくれないのだ。ガブリエルのおかげで、キャリアを危うくするところだった。もし彼女が、クジラと話ができる親戚のことを思い出さなかったら、あの居間のソファに彼女を押し倒していたかもしれない。「だんだん、いらいらしてきただけさ」ジョーが答えた。

「相変わらずだな。考えることが元麻薬捜査官らしい」ウィンストンが立ち上がり、椅子を部屋の反対側に押していく。「待つのが楽しい場合だってあるんだぜ。この件はしばらくかかりそうだ」

ウィンストンはそう予測したが、ジョーには時間がなかった。取り返しのつかないへまをやらかして仕事を失うか白バイ・パトロールに降格させられる前に、別の事件の担当にしてもらわなくては。だが、大きな問題がある。正当な理由がなければ、別の事件を担当させてほしいなどと頼むわけにはいかないし、「情報提供者とDNAの交換をすることになるんじゃないかと心配で」では考慮の対象にさえしてもらえない。何とかしなくてはいけないものの、どうすればいいのか見当もつかない。

　ジョーは報告書と宣誓供述書を自分の机に置いたまま、ドアのほうに向かった。急げば、ランチの混雑が始まる前にアン・キャメロンがつかまるかもしれない。ガールフレンドとして、アンはまさにジョーが常々理想としているタイプの女性だった。魅力的だし、料理の腕も素晴らしい。だが、それよりも肝心なのはアンが普通だということ。複雑なところがない。それにバプテストだ。ガブリエルとはまったく違う。

　三〇分も経たないうちに、ジョーはアンの店の小さなテーブルに着いて、パリパリの焼きたてパンと、クリーミーなバジル・ペーストをかけたチキンをごちそうになっていた。死ぬほど美味い、天にも昇る気分だ。ただし、何かが心置きなく食事を楽しむことを妨げている。ジョーは、ガールフレンドに隠れて浮気をしているという気持ちを振り払えずにいた。ガブリエルに隠れてアンと浮気をしている。そんな気持ちになるなんて、まったく筋が通らない。だがその思いが頭の奥をつつき、彼を放っておいてくれなかった。

　アンはテーブルの反対側に座ってしゃべりっぱなしだった。自分の店や生活のこと。二人が育った界隈のこと。ごくごく普通の会話だ。それなのに、これもよくないことをしている気分にさせる。

「一日に水を最低三リットル飲むようにしているし、五キロのウォーキングも欠かさないわ」アンは本当にわくわくしている様子で、目を輝かせていたが、ジョーには水を飲んだり歩いたりすることのどこがわくわくするのか、さっぱりわからなかった。「そういえば、毎晩、犬を散歩させてたわよね」アンが言った。「何ていう名前だったの？」

「スクラッチ」ジョーは答え、池に落ちていたところを助けてやった犬を思い出した。スクラッチは、シャーペイ（中国原産の中型犬）とピット・ブルの雑種で、男の子が飼える犬としては最高だった。現在、ジョーは鳥を飼っている。止まり木でガブリエルと一夜をともにしたいと思っている鳥を。

「私は雄のポメラニアンを飼ってるの。名前はスニッカー・ドゥードル。すごくかわいいのよ」

うわっ、嘘だろ。ジョーは皿をわきにどけてアイスティのグラスに手を伸ばした。まあいい。キャンキャン吠える小型犬には目をつぶることにしよう。アンは本当に料理が上手だし、素敵な目をしている。彼女とつきあえない理由は一つもない。ガールフレンドはいないのだから。

サムはアンを気に入るだろうか？　それとも追い出そうとするだろうか？　そろそろ彼女を家に招いて確かめてもいいかもしれない。それに、罪悪感について言えば、やましいところはまったくない。いっさい何も。皆無。ゼロだ。

ガブリエルは、精油の調合をしながら静かに朝を過ごすつもりだった。それなのに、発狂したゴッホのように絵を描いている。途中だった肖像画を壁に立てかけて、違った絵を描き始めたのだ。母親が電話をしてきて二度、中断させられたため、受話器ははずしてしまった。昼までに、ジョーの肖像画の最新作が仕上がった。もちろん、手と足を除いて。そのほかの絵と同様、彼はオーラに包まれて立っていたが、今回、ガブリエルは彼の男性器を描くのに、少しばかり想像力を働かせた。誇張したとは思っていない。ゆうべ、太ももの内側に触れていたものの硬さから判断して、こんな感じだろうと推測しただけだ。

自分の家の居間で起きたことを考えただけで頬が赤くなる。下心などまるでなかったマッサージをわざわざエロチックなものに変えてしまった女は私じゃない。私があんなことをしたんじゃない。何か説明のつく理由があるはずよ。たとえば、宇宙で何かとんでもない現象が起きたとか。満月が小脳の血流に作用したのかもしれない。小脳の平衡感覚がやられれば、混乱状態に陥るもの。

ガブリエルはため息をつき、筆に赤い絵の具をちょっとつけた。月の満ち欠け理論を自分に信じ込ませることができないし、もう陰陽の理論にも確信が持てない。というより、ジョーは私の「陽」すなわち「男」ではないと確信している。彼は私の魂の片割れなんかじゃない。

彼はヒラード氏のモネを取り戻すために、私の人生に入り込んできて、私のことを気にかけているふりをしているにすぎない。そうすればケヴィンを逮捕できるから。彼は向こう見ずに生きている刑事で、私の理想はばかげていると思っている。私を笑いものにしたり、からかったりしたあげく、手と唇で触れて私をとりこにした。彼は確かに、情熱的なふりをしている男性とは思えないキスをしてくれた。ゆうべは過去の出来事を打ち明け、人生の断片を共有させてくれたし、私は二人のあいだに絆が出来たと思ってしまった。

私を求め、めまいを起こさせた彼は、私を残して行ってしまい、その後、私は独りぼう然と立ち尽くしていた。彼は私に火をつけておきながら、エルヴィスと交信してくれなんて言ってきた。それに、私の頭はどうかしていると言ったでしょう?

ガブリエルは筆をゆすぎ、作業用のシャツを脱いだ。それからカットオフジーンズと、胸に地元のレストランの名前が入ったTシャツに着替えたが、靴は面倒なので履かなかった。

一二時半にケヴィンがフェデラルエクスプレスの筒を持ってやってきた。中にはインターネットのオークションで落札したアンティークの映画ポスターが数枚入っており、彼はポスターの価値について君の意見が聞きたいと言った。キッチンに立って、あれこれ評価をしているあいだずっと、ガブリエルはジョーと自分がテラスから飛び降りたことについて、ケヴィンが何か言うだろうと覚悟していた。しかし、その話題は出なかった。ガールフレンドの親友に「ミスター・ハッピー」を披露するのに忙しかったんでしょう、そのことに感謝すべきね、と思ったが、きっと後ろめたそうな顔をしていたに違いない。というのも、ケヴィンからしょっちゅう、どうかしたのかと訊かれたからだ。

ケヴィンが帰ったあと、ガブリエルはようやく精油の箱をいくつか取り出し、キッチンテーブルの上に置いてある小さなガラスのボールやボトルの横に置いた。今日は保湿剤と洗顔クレンザーを作ってみようと思い、まず傷ついた血管やにきびに効く精油と化粧水をブレンドした。それから、粉末のナチュラル・クレイ、お湯、ヨーグルトを混ぜてフェイス・マスクを作ろうとしていたちょうどそのとき、フランシスが玄関のベルを鳴らした。

友人は青いデニムのブラとおそろいのパンティを持ってやってきた。ガブリエルはお礼を言い、顔のマッサージをしていかないかと誘った。そしてフランシスの髪をバスタオルで包んでから食堂の椅子に座らせ、頭を後ろに倒してもらった。

「肌がすごく突っ張ってくる感じがしたら言ってね」ガブリエルはフランシスの顔にクレイ・マスクを伸ばした。

「リコリスみたいなにおいがするんだけど」友人が文句を言う。

「フェンネルのオイルを入れたからよ」ガブリエルは、タオルにつかないように気をつけながら、フランシスの額にクレイを塗りつけた。フランシスは男性経験が豊富だ。よかったとは言えない経験もあったが、ガブリエルよりははるかに場数を踏んでいる。彼女なら、ジョーとのあいだに起きたことを理解する手助けをしてくれるかもしれない。「ちょっと訊いていいかな？　こんな人、好きじゃないと思ってるのに、空想したり夢に見たりする男性って、今までいた？」

「いた」

「誰?」

「スティーヴ・アーウィン」

「誰それ?」

「『クロコダイル・ハンター』に出てる環境保護活動家よ」

ガブリエルはフランシスの大きな青い目をじっと見つめた。「クロコダイル・ハンターの夢を見るの?」

「そう。彼はちょっと大柄で野暮ったいと思うし、あの人をしゅんとさせるには、躁病の薬でも使うことになるんだろうけど、彼のオーストラリアなまりがたまらないのよ。それに、サファリ・スーツがすっごくよく似合ってる。彼とレスリングをしているところを想像しちゃうのよねえ」

「彼はテリーと結婚してるじゃない」

「だから何? 空想の話をしてるんじゃなかったかしら?」フランシスは言葉を切り、耳をかいた。「あの刑事の空想をしてるんでしょ?」

ガブリエルは手に少しクレイ・ペーストをつけ、フランシスの鼻に沿って伸ばした。「そんなにばればれ?」

「ううん。でも、彼があなたのものじゃなかったら、私が彼の空想をしてるわよ」

「ジョーは私のものじゃないわ。うちの店で働いていて、ちょっと魅力的だなとは思うけど」

「わかった。彼はセクシーよ。でも私のタイプじゃない。ケヴィンが盗まれた美術品の売買にかかわってると確信してるし、いまだに私も仲間だと思ってるかもしれない」ガブリエルはフランシスの頬からあごにかけてクレイを塗り、言葉を続けた。「それに、私のこと、変人だと思ってるの。自分は人にエルヴィスと交信してくれないか、なんて頼んできたくせに」

「嘘ばっかり」

フランシスが微笑み、口の端にクレイが寄った。「できるの？」

「ばかげたこと言わないで。私は霊能者じゃないんだから」

「ばかげてるもんですか。ニューエイジ系のほかのことは信じてるんでしょ。だから、彼がそういうことを頼んだって、私はそれほど変だとは思わない」

ガブリエルは濡らした布で手をふいてから、前かがみになって頭にタオルを巻いた。「実はそのとき、二人でちょっと、いちゃついてたの」弁解しながら体を起こす。

「いちゃついてたって？」

「キスとか……」ここでフランシスと役割を交代し、ガブリエルは椅子に座って、目と口以外、白いペーストで覆われた友人の顔をじっと見上げた。「いろいろ」

「ああ、だったら変だわ」額に塗ってもらったクレイはなめらかで最高に気持ちがいい。ガブリエルは目を閉じ、リラックスしようと努めた。「彼はあなたにエルヴィスになってほしかったの？　それともロックの王様にちょっと質問をしたかっただけ？」

「どこが違うの？　だんだん際どい雰囲気になってきたところで、彼はやめちゃって、私にエルヴィスと交信できるかって訊いたのよ」

「どこが違うって、大違いじゃない。もし、エルヴィスに質問をしたかった、知りたいことがあったってだけなら、彼はちょっと変なだけ。でも、あなたにロックの王様になってほしかったのだとしたら、新しい男を見つけるべきね」

　ガブリエルはため息をつき、目を開けた。「ジョーは私の男じゃないわ」フランシスのマスクのへりと鼻の頭が乾いていた。「今度はあなたの番」ガブリエルはわざと話題を変えた。「ゆうべ、何をしてたか話してくれない？」いつになく混乱してしまい、どうしてフランシスなら彼とのことを理解する手助けをしてくれると思ったのかわからなかった。

　マスクをはがしてから、二人はガブリエルがブレンドした化粧水とコンディショニング・オイルを試した。フランシスが帰るころには、二人とも毛穴がきれいになり、健康そうなつやつやの肌になった。その後、ガブリエルは夕食にベジタリアン用のピザを焼き、テレビの前に座って食べた。リモコンを片手に、『クロコダイル・ハンター』はやっていないかしらと、チャンネルを変えていく。フランシスはワニと格闘する男のどこがそんなに魅力的だと思ったのか、確かめたかったのだが、全チャンネルをチェックする間もなく、玄関のベルが鳴った。コーヒーテーブルに皿を置き、通路に向かう。ドアノブに手をかけた瞬間、ジョーが飛び込んできた。竜巻のように勢いよくわきを通り過ぎたかと思うと、サンダルウッドの香りと夕暮れ時のそよ風が一緒に流れ込んできた。ナイキのロゴマークが入った黒いナイロンのショートパンツ、袖を切り落とし、袖ぐりがウエスト近くまで垂れ下がったビッグ・ドッグのTシャツ、薄汚れた白いソックス、履き古したランニング・シューズ。ジョーはマッチョで粗野な感じがする。アン・モリソン・パークで木に寄りかかり、煙突が煙を吐くようにタバコを吸っている彼を初めて目にしたときとそっくりだ。

「まったく。どこにやったんだ？」ジョーが居間の真ん中で立ち止まった。

ガブリエルはドアを閉めて背中をもたせかけ、彼の力強いふくらはぎから太もも、日焼けした肌と一体化している傷跡へと視線を動かした。

「頼むよ、ガブリエル。こっちに渡すんだ」

ガブリエルは目を上げ、ジョーの顔を見た。〈夕方五時の影〉が三時間分伸び、しかめた眉の下から彼の目がこちらを見つめている。以前なら、彼は私を威嚇している、脅している、図体の大きないじめっ子みたいだと思っただろう。でも今はもう違う。「人の家に勝手に入り込む前に、捜索令状か何かが要るんじゃないの？」

「ふざけるなよ」ジョーは腰に手を当て、頭を一方に傾けた。「どこにあるんだ？」

「何が？」

「もういい」彼はコーヒーテーブルに置かれた皿のわきに財布と鍵を放り投げ、ソファの裏や、コート用のクローゼットの中を探し始めた。

「何してるの？」

「一日放っておいたら、このざまか」ジョーはガブリエルのわきを飛ぶようにすり抜けて食堂に向かった。そこで周囲にざっと目を走らせてから、こんなセリフを残して廊下を進んでいった。「君は頭がいいと思い始めた途端、こんなばかなことをしでかすとはな」

「何なの？」ジョーの足音は寝室に向かっており、ガブリエルは慌てて追いかけた。だが、部屋にたどり着いたときにはもう、彼は引き出しの半分を開けたり閉めたりしていた。「何を探しているのか教えてくれれば、少しは時間を節約させてあげられる」

ジョーは答える代わりに、クローゼットの扉を勢いよく開き、衣類を両わきに押しのけた。

「あいつをかばうのはよせと言っただろう」

ジョーが腰を曲げ、ガブリエルは彼の見事なヒップを見ることができた。体を起こしたとき、彼は両手で箱を一つ持っていた。

「だめよ、それは元に戻して。プライベートな物が入ってるんだから」

「そんなこと、もっと前に考えておくべきだったな。君にはもう、プライベートなんかないんだよ。首を深く突っ込みすぎているし、君が雇った、あの小ずるい弁護士にも君を助けられるとは思えない」ジョーが箱の中身をベッドにぶちまけると、何十着というブラ、パンティ、ビスチェ、ガーターベルトつきのコルセットが羽毛布団の上に散らばった。彼は下着をじっと見つめ、目を大きく見開いた。

ここまでひどく腹を立てていなかったら、ガブリエルは笑いだしていたかもしれない。

「何だこりゃ？」ジョーは黒いビニールのパンティ——もちろんクロッチレスだ——に手を伸ばし、人差し指にぶら下がった下着をあらゆる角度から念入りに調べている。「売春婦みたいな下着を持ってるんだな」

ガブリエルはパンティを引ったくり、ほかの下着と一緒にまとめて、ベッドの上に放り投げた。「フランシスが自分の店の下着をくれるのよ。あまり好きじゃないやつがほとんどだけど」

ジョーは、黒いフリンジがついたチェリー・レッドのコルセットを拾い上げた。まるで、大好きなキャンディを各種取りそろえて目の前にずらっと並べた子供のような顔をしている。濃く垂れ込めた〈夕方五時の影〉で頬がうっすら青くなっている子供だ。「俺はこれがいい」

「ええ、あなたならね」ガブリエルは胸の下で腕を組み、一方の足に体重をかけた。

「着ければいいのに」

「ジョー、なぜここにいるの？」

ジョーはベッドの上の下着からしぶしぶ目を離した。「ケヴィンが何かフェデックスの筒に入った物を君に渡したと連絡があったんだ」

「え？　こんな大騒ぎをしている理由はそれ？　ケヴィンはネット・オークションで買った古い映画ポスターを私に見てもらいたかったのよ」

「じゃあ、やつはここに来たんだな？」

「ええ。どうしてそれを知ってるの？」

「まったく」ジョーはコルセットをベッドに放り、ガブリエルを通り越して部屋を出た。

「なんで家に入れたんだ？」

ガブリエルはすぐ後ろを追いかけ、彼のうなじをかすめる小さなカールから目を離さなかった。「彼はビジネス・パートナーよ。家に入れて何がいけないの?」

「知るかよ、そんなこと。あいつが故買屋で、美術品の盗みにかかわっているからかもな。考えればわかるだろ」

彼の言葉はほとんど耳に入っていない。パニックに襲われ、ほかのことはもう何も考えられない。ガブリエルはジョーを追ってバスルームを通り越し、廊下の端までやってきた。彼の腕をつかんで引っ張ったが、それは雄牛を止めようとしているも同然だった。そこで彼の前に飛び出して両腕を広げ、アトリエに通じる戸口をふさいだ。「ここはプライベートな部屋よ」心臓は止まりそうだし、頭ががんがんする。「入っちゃだめ」

「どうして?」

「だって……」

「もっとましな言い訳を考えろよ」

そんな急に言われたって無理。「だめって言ったら、だめなの」

ジョーは力強い手でガブリエルの上腕をつかみ、通り道からどけた。

「ジョー、やめて!」

ドアが勢いよく開いた。あたりに長々と沈黙が漂い、その間、ガブリエルは祈った。聞いてくださるなら、どんな神様でも結構です、とにかくアトリエの中の様子がさっきと変わっていますように……。

「勘弁してくれよ」

変わってないみたい……。

ジョーはゆっくりとアトリエに入り、等身大の肖像画から少し距離を置いて立った。そのときガブリエルは、ただもう、そこから逃げて隠れてしまいたかった。でも、どこへ行けばいいのだろう？ 彼女はジョーの肩越しにちらっとカンバスに目を走らせた。薄手のカーテンから差し込む夕暮れ時の太陽が板張りの床に斑点を描き、天上から降り注ぐ光のように肖像画を照らし出している。ジョーが自分の絵だと気づかないといいんだけど。

「これって……」彼が絵を指差した。「俺か？」

もう、おしまい。ばれちゃった。釣り合いの取れた手足を描くのが苦手でも、ジョーのペニスを描くのはまったく苦労しなかった。今、できることはただ一つ。平然と振る舞い、このばつの悪さをできるだけ隠さなくては。「すごくいい出来だと思う」ガブリエルは腕組みをした。

ジョーが彼女を振り返った。目が少しぼんやりしている。「裸だ」

「ヌードよ」

「同じことだろ」ジョーが向き直り、ガブリエルは彼の横に移動した。

「手足はどうしたんだ？」

ガブリエルが首を傾ける。「まだ、描く時間がないの」

「でも、あれを描く時間はあったんだな」

何と言えばいいのだろう？「目の形はうまく描けてると思う」

「たまもね」

ガブリエルはもう一度彼の注意をそらそうとした。「口の形のとらえ方は完璧ね」

「あれが俺の唇なのか？　腫れてるみたいじゃないか」彼がそれ以上、性器の批評をしなかったことに感謝すべきだろう。「それに、大きな赤い玉はいったい何なんだ？　火の玉か何かか？」

「あなたのオーラよ」

「なるほど」ジョーは奥の壁に立てかけてある二枚の絵に注意を向けた。「せっせと描いてたんだな」

ガブリエルは上唇をかみ、何も言わなかった。少なくとも、悪魔の姿を描いたほうの絵では、彼は服を着ている。でも、もう一枚は……。

「どっちも手足を描く暇はなかったわけだ」

「まだないわ」

「俺は悪魔か何かなのか？」

「か何かのほう」

「どうして犬がいるんだ？」

「子羊よ」

「ああ……ウェルシュ・コーギーみたいだな」

コーギーになんかちっとも似てないと思ったが、ガブリエルは反論しなかった。何よりもまず、自分の絵の説明は絶対にしないことにしている。それに、無神経な批評には目をつぶれるし、相手があれこれ言うのはショックを受けたせいだと考えることもできる。ドアを開けて、自分のヌード画がこちらをじっと見返していたら、心穏やかではいられないだろう。それは想像できる。

「これは誰なんだ?」ジョーは、自分の顔とダヴィデの体が描かれた肖像画を指差した。

「わからないの?」

「俺じゃない」

「ミケランジェロのダヴィデ像をモデルにしたのよ。あなたに胸毛があるとは知らなかったし」

「今のは、笑うところなのか?」ジョーはいぶかるように首を横に振った。「俺は絶対、こんな立ち方はしない。怪しいやつみたいじゃないか」

変わってるという意味で「怪しい」と言ったのだと思いたいけど、どうもそれは疑わしい。

「ダヴィデはゴリアテとの戦いに臨む覚悟をしているところなの」

「ちくしょう」ジョーは悪態をつき、ダヴィデの股間を指差した。「何だよ、これ。俺は二歳のときから、こんな小さいものは持ち歩いてないぞ」

「あなたは性器に執着しすぎよ」

「俺じゃないだろう、お嬢さん」ジョーは横を向き、ガブリエルに指先を向けた。「そっちがこそこそ、俺の裸の尻《アス》を描いてるんだ」

「私はアーチストだもの」

「ああ。なら俺は宇宙飛行士《アストロノート》だ」

失礼な批評には目をつぶろうと思っていたけど、これまでよ。彼は限度を超えてしまった。

「もう帰って」

ジョーは腕組みをし、一方の足に体重をかけた。「俺を追い出すつもりなのか?」

「ええ」

口元がカーブを描き、男らしさの誇示にほかならない笑みが浮かんだ。「〝私だって、もう大きいから、それぐらいできるわよ〟って?」

「そうよ」

彼が笑った。「ヘアスプレーがないのにできるのかな、おてんばさん?」

いいわ。もう頭に来た。ガブリエルはジョーの胸を強く押し、叩き、一歩後退させた。だが、二度目に押したときには彼も体勢を整えており、これっぽっちも動かなかった。「勝手に人のうちに入ってきて、いじめるなんて許さない。あなたにこんな仕打ちをされる筋合いはないわ」ガブリエルはもう一度ジョーを押したが、手首をつかまれてしまった。「あなたは覆面捜査官。私の本当のボーイフレンドじゃない。あなたみたいな人、絶対にボーイフレンドにするもんですか」

なぜか彼女に侮辱されたかのように、ジョーの笑みが消えた。そんなこと、あり得ない。

でも、きっと彼にも侮辱されたとわかる人間らしい感情があるのだろう。「どうして、だめなんだ？」

「あなたはマイナスのエネルギーに囲まれているからよ」ガブリエルはつかまれた手を振りほどこうとしてもがいたが、無駄だった。「それに、あなたのこと、好きじゃないもの」

ジョーが手を放し、ガブリエルは一歩、彼から離れた。「ゆうべは、すごく好きだっただろう」

ガブリエルは腕組みをし、目を細めた。「ゆうべは満月だったのよ」

「君が描いた、その裸の絵はどうなんだ？」

「どうって？」

「好きじゃない男のあれなんか描かないよな」

「興味があるだけよ。あなたの……その……」言えない。あんな言葉、口にできない。

「遠慮することない。〝ミスター・ハッピー〟って言えばいい」彼が代わりに言ってしまった。「あるいはペニスでもいいけど」

「男性の解剖学的構造よ」ガブリエルは言った。「アーチストが興味を持つのはそこ」

「ほらまた始まった」ジョーは両手をガブリエルの顔に当て、手のひらで頰を包んだ。「君は自分で悪いカルマを作ってる」彼は一方の親指で彼女のあごをさすった。

「嘘なんかついてない」ガブリエルは嘘をついた。喉の奥で息が詰まり、彼がキスをするつもりなのだろうと思った。しかし、彼は笑っただけで手を下ろしてしまい、ドアのほうを向いた。ほっとしたような、後悔したような気持ちが襲ってくる。

「私はプロのアーチストよ」ガブリエルはきっぱりと言い、彼のあとから居間に入っていった。

「君がそう言うならね」

「本当なんだから！」

「じゃあ、こうしよう」ジョーがコーヒーテーブルから鍵を取り上げる。「今度、絵を描きたい衝動に駆られたら、大声で呼んでくれ。で、君があのいかがわしい下着で着飾ってくれたら、俺の解剖学的構造を見せてあげるよ。すぐ近くで、ものすごく個人的に」

14

真夜中近くになって、ガブリエルはジョーが羽毛布団の上にぶちまけた下着を床に押しやり、ベッドにもぐり込んだ。そして目を閉じ、寝室に立っていたジョーの姿や、袖を切り落としたTシャツを膨らませていた彼の広い肩や、彼の指にぶら下がっていたクロッチレス・パンティのことは思い出さないようにした。彼は時代に逆行している。女にとっては、時代錯誤もはなはだしい悪夢のような男。今まで知り合った中で、これほど私を怒らせた男性はいなかった。彼を嫌うべきなのだろう。本当にそうすべきだ。彼は私が信じていることをばかにしたし、今度は私の絵をからかった。それなのに嫌いになれない。彼には何かある。イスラム教徒がメッカへ導かれるのと同じように、あるものが私を彼に引き寄せている。私は行きたくないのに心が言うことを聞いてくれない。

この地球上にガブリエルを知り尽くしている人物が一人いるとすれば、それはガブリエル自身だ。何が自分のためになり、何がならないのかはわかっていたが、ときには判断を誤ることもあった。たとえば、マッサージ師になりたいと思っていたときは、結局、自分にはもっと創造的な道が必要だと気づくことになり、風水の講座を受講していたときは、完璧な平和とバランスを達成すべく部屋のデザインを考えていると、ストレスで頭が痛くなると思い知った。

様々な道を試みた結果、ガブリエルは多種多様な事柄について、少しずつ寄せ集めの知識を得ることになった。そんな生き方を軽はずみ、いい加減と呼ぶ人もいるだろうが、本人の見方は違う。自分はむしろリスクを取ることをいとわない生き方をしているのだと考えていた。私は途中で方向転換するのを恐れない。あらゆることに心を開いていると言っていい。ただし、心の赴くままジョーに夢中になってしまおうという考えは除外だ。二人の関係がうまくいくわけがない。私たちは違いすぎるもの。昼と夜、プラスとマイナス、陰と陽。

ジョーはもうすぐいなくなる。私の人生から消えていく。彼ともう二度と会わなくて済むと思えば、嬉しくなってもいいはずだった。それなのに、ガブリエルは空しい気持ちになり、ほぼ一晩中、起きていた。

翌朝はいつもどおり三キロちょっとのジョギングをし、その後、家に戻って出かける準備をした。まずシャワーを浴び、それから小さな赤いハートをちりばめた白いパンティと、おそろいのブラを身につける。小さな島が点在したようなブラとパンティのセットは、フランシスにもらった下着の中で、ガブリエルが実際に使っている数少ないアイテムの一つだった。髪をとかし、それが乾くまでのあいだにメイクを済ませ、縦に長いビーズ細工のピアスをはめた。

今日はケヴィンが休みを取っている。昼にマーラが出勤してくるまではジョーと二人きり。

それを思うと怖かったけれど、少しわくわくして胸が躍った。彼は先週と同じように、閉じた扉の向こうでケヴィンのファイルを調べて過ごすのかしら？　それとも、彼が作ったり修理したりする物を二人で考えることになるのかしら？　そして、彼はまた腰の低い位置にツールベルトをつけるのかしら？

玄関のベルが鳴り、続いてドアを強くノックする音がした。ガブリエルはパイル地のバスローブに腕を押し込み、ベルトを締めながら玄関に向かった。ローブの内側に入った髪を引っ張り出し、かんぬきをはずす。ジョーはいつものジーンズとTシャツではなく、濃紺のスーツとぱりっとした白いシャツを着て、ワインレッドと青のネクタイを締めていた。目はミラー・サングラスで隠れており、一方の手に、金曜日にサンドイッチを差し入れしてくれたときと同じ、八番通りのデリの袋を提げている。もう一方の手はズボンのポケットの中だ。

「朝食を持ってきた」

「どうして？　ゆうべ私をばかにして、後悔してるとか？」

「君をばかにしたことはない」ジョーは真顔で言った。「中に入れてくれるかい？」

「前はそんなこと訊かなかったくせに」ガブリエルはジョーが通れるようにわきに寄った。

「いつも、ずかずか入ってくるでしょう」

「ドアに鍵がかかってた」ジョーはソファの前のテーブルに紙袋を置き、マフィンとコーヒーを二つずつ取り出した。「クリームチーズ・マフィン、好きだといいんだけど」サングラスを取ってジャケットのポケットに突っ込むと、疲れた目でガブリエルをちらっと見上げ、発泡スチロールのカップにかぶせてあるプラスチックの蓋をはがした。「ほら」

コーヒーは好きではなかったが、ガブリエルはとりあえず受け取った。ジョーがマフィンを差し出し、それも受け取る。玄関のドアを開けて以来初めて、ガブリエルはジョーの口元が緊張で引きつっていることに気づいた。「どうかしたの?」

「まず食べろよ。すぐ話すから」

「まず食べろ？ そんなこと言われて、食べられるわけないでしょう？」

ジョーはガブリエルの頬と口に視線を走らせ、再び彼女の目を見た。「昨日の夜遅く、ポートランドのある美術商がケヴィンに連絡をよこしたんだ。名前はウィリアム・スチュアート・シャルクロフト」

「ウィリアムなら知ってる。ケヴィンの元雇い主よ」

「今もだ。今日の午後三時、ウィリアム・スチュアート・シャルクロフトがデルタ航空二二〇便で到着する。ポートランド発の直行便だ。彼とケヴィンは空港のラウンジで落ち合い、ヒラード氏のモネと現金を交換する計画を立てている。取引が済んだら、シャルクロフトはレンタカーでポートランドに戻るつもりらしい。でもハーツのカウンターには絶対にたどりつけない。取引が済んだらすぐ、二人とも逮捕する」

ガブリエルは目をしばたたいた。「冗談でしょう?」

「ならよかったんだけどな。でも違うんだ。盗みがあった晩以来、ケヴィンはあの絵をずっと持っていた」

ジョーの言葉が耳に入ってくる。とてもはっきり聞こえるけれど、意味をなしていない。こんなに長いつきあいなのに、ケヴィンのことをこんなに思い違いしていたなんて。そんなこと、あるわけない。「きっと何かの間違いよ」

「間違いじゃない」

ジョーの顔は確信に満ち、しゃべり方も毅然としていたため、ガブリエルの脳裏に初めて漠然とした不安がよぎった。「絶対？」

「ケヴィンの家の電話に盗聴器を仕掛け、彼がシャルクロフトと落ち合う段取りをつけているところを押えたんだ」

ガブリエルはジョーを見つめ、茶色の瞳に色濃く表れた疲労と緊張を目にした。「じゃあ、全部本当なのね？」

「だと思う」

彼に手錠をはめられ、警察に連れていかれて以来初めて、ガブリエルは彼の言葉を信じることにした。「ケヴィンがヒラードさんのモネを盗んだの？」

「別の誰かと契約して、実際の盗みを請け負わせた」

「誰と？」

「まだわからない」

ガブリエルはその言葉に飛びついた。「じゃあ、泥棒は実際に盗んだ人だけってこともあり得るんじゃない？」

「それはない。モネのような名画を盗むとなれば、計画を立てるのに時間がかかるし、実行するには、いろいろな仕事を請け負う地下の組織網が必要なんだ。金持ちの収集家を頂点として、そこから下へ下へと仕事が流れていく。警察はこの盗みに関して、計画に最低半年はかけただろうと踏んでるし、ケヴィンとシャルクロフトが組んで盗みにかかわるのはこれが最初で最後ってわけじゃないと思ってる。ケヴィンがポートランドでシャルクロフトに雇われて以来、二人はこの手の計画を実行してきたと確信してるんだ」

すべてありそうなことだが、ガブリエルが知っているケヴィンと一致するかといえば、とても信じられない話だった。「どうして、そんなとんでもないことにかかわってしまったんだろう？」

「金さ。大金を手にするため」

ガブリエルは手に持ったマフィンとコーヒーをちらっと見た。一瞬、なぜこんな物を持っているのか思い出せず、頭が混乱する。「これ……」と言って、食べ物をテーブルに置いた。

「お腹空いてないの」ジョーはガブリエルのほうに手を伸ばしたが、彼女はそこを離れ、ソファの端にゆっくりと沈み込むように腰を下ろすと、両手を膝の上に置き、部屋をじっと見渡した。

家の中は何もかも少し前と変わらないように見えた。マントルピースの上で時計が静かに時を刻み、キッチンでは冷蔵庫が低い音を立てている。古いピックアップ・トラックが一台、家の前を通り過ぎ、通りの向こうで犬が吠えた。毎日、耳にしている普通の音なのに、もう何もかも変わってしまった。私の人生はもう変わってしまった。

「あなたの話を信じてなかったから、アノマリーで働かせたのよ」ガブリエルが言った。「あなたは間違ってると思って、頭の中でこんな空想を作り上げてたの。あなたがやってきて、どれほど後悔しているか私に言わなきゃならなくなって――」声がうわずり、咳払いをした。泣いたり、動揺したり、わめいたりしたくはなかったが、涙があふれてくるのをどうすることもできない。目の前がかすみ、コーヒーカップに巻かれたスリーブの印刷がぼやけて一緒に流れだした。「あの日、公園で私を逮捕したことや、ケヴィンを裏切らせたことを謝らなきゃいけなくなるんだって。でも、あなたの思い違いじゃなかった」

「気の毒だと思ってる」ジョーは脚を広げてガブリエルの隣に腰を下ろし、大きな温かい手で彼女の片手をつかんだ。「こんなことになってしまって、本当に気の毒だ。君はこんなことに巻き込まれるべき人じゃないのに」

「私は完璧な人間じゃないけど、こういう悪いカルマを受けなきゃいけないほど悪いことはしてないわ」ガブリエルが首を横に振った。涙がこぼれて頬を伝い、口元へ流れていく。「どうして、ここまで気づかずにいられたんだろう？　兆候がなかったの？　私って、あり得ないくらい間抜け。ビジネス・パートナーが泥棒だってこと、どうして気づかずにいられたんだろう？」

ジョーは彼女の手を強く握った。「それは、君が人口の八割の人たちと一緒だからさ。君は人と知り合うたびに、こいつは罪を犯してるんじゃないかと思ったりしないし、皆のことを疑いながら街を歩き回ったりしないだろ」

「あなたはするのね」

「それが俺の仕事だからな。ばかみたいに走り回る残り二割の連中をどうにかしなきゃならないんだ」ジョーは親指でガブリエルの指の背をさすった。「わかるよ。こんな状況で、今は希望があるとは思えないだろうけど、君なら大丈夫さ。すごく賢い弁護士がついてるじゃないか。店は必ず維持できるようにすると言ってくれたんだろう」

「店がこの危機を乗り切れるとは思えない」ガブリエルの目から二筋目の涙が、続いて三筋目の涙がこぼれ落ちる。「モネの盗難事件は今もニュースのネタになってるのよ。ケヴィンが逮捕されて、報道されたら……。そんなことになったら、私は二度と立ち直れない」ガブリエルは空いているほうの手で涙をぬぐった。「アノマリーはおしまいよ」

「そんなことない」ジョーの太い声は自信に満ちた響きがあり、ガブリエルは彼の言葉を信じてしまいそうになった。

しかし、二人ともわかっていた。彼女のビジネスは一変してしまうだろう。ガブリエルにはこの先ずっと、ヒラード邸の盗難事件がついて回ることになる。ケヴィンが犯人だった。ケヴィンが私にこんな仕打ちをするなんて。故買人の彼と、私の気分がよくないときに、いつもローズ・ティを入れてくれた人を一致させるのはほとんど不可能。どうして一人の人間がこんなに分裂していられるんだろう？　どうしてケヴィンのことはよくわかっているなんて思ってしまったのだろう？　本当にわかっているとはとても言えなかったのに。「私が逮捕されたとき、盗まれた骨董品のリストを見せられたけど、警察はあれもケヴィンが持ってると思ってるの？」

「ああ」

突然、恐ろしい考えが浮かび、ガブリエルは横にいるジョーを素早く見た。「まだ私がかかわってると思ってる？」

「思ってない」ジョーは手を上げ、指の背で彼女の濡れた頬をぬぐった。「君がかかわってないのはわかってるよ」

「どうして？」

「君のことはよくわかってる」

そうね。私がジョーのことをよくわかっているのと同じように。ガブリエルは彼の顔に目を移し、きれいにひげを剃った頬のかすかなくぼみと、なめらかなあごを見た。「ジョー、私、どうしてこんなにばかなんだろう？」

「あいつは、たくさんの人をだましたんだ」

「そうだけど、私はほとんど毎日、彼と一緒に働いてたのよ。友達だったのに、彼のこと全然わかってなかったんだと思う。彼のマイナスのエネルギーを感じ取れてもよかったはずでしょう？」

ジョーはガブリエルの肩に腕を回し、自分と一緒にソファのクッションに寄りかからせた。「まあ、くよくよするなって。人のオーラは本当に油断がならないってことさ」

「からかってるの？」

「親切にしてるんだ」

泣きたい衝動が喉にこみ上げてきて、ガブリエルはジョーを見た。最初はケヴィン、今度はジョー。私が思ったとおりの人っているのかしら？「どうして私はいっつも、すぐだまされちゃうんだろう？フランシスからしょっちゅう言われるの。あなたは人を信用しすぎる、だから、トラブルに巻き込まれるんだって」ガブリエルは首を横に振り、瞬きをしながら、あふれてくる涙を押し戻そうとした。ジョーの顔は、日焼けした肌の下に隠れたひげが見えそうなほどそばにあり、アフターシェーブ・ローションのにおいがした。「人間はプラスの出来事であれ、マイナスの出来事であれ、自分で引き寄せてるんだと信じている人もいる。つまり、自分にふさわしい人を惹きつけるのよ」

「俺には、ばかばかしい話に思えるけどな。もしそれが事実なら、君が惹きつけるのは、オーラが見えて、カルマを恐れる、堕落したベジタリアンだけってことになる」

「また親切にしようとしてるの？」

ジョーが微笑んだ。「わからないなら、俺の努力もまだまだだな」

ガブリエルは、自分がよく知っているハンサムな顔をのぞきこんだ。真剣な目と、彼女を見るときはいつもしかめている眉。まっすぐな鼻と上唇のくぼみ。昼ごろになると、少しずつ影ができてくる、なめらかな肌。「最近つきあったボーイフレンドはまさしく、オーラが見えて、カルマを恐れる、ベジタリアンだった。ただし、堕落してなかったけど」

「精力的な男って感じだ」

「退屈な人だったわ」

「ほらね。それは、君が堕落した女性だからさ」ガブリエルの頬にまた涙がこぼれ、ジョーは親指でそれをぬぐいながら、彼女の顔に視線を漂わせた。「君に必要なのは、自由奔放で、手に負えない女性をちゃんと理解できる男だ。俺は教区学校に通ってたから、堕落した女性のことは十分理解している。四年生のとき、よくチェックのスカートをたくし上げて、俺に膝を見せてくれるカーラ・ソラザバルって子がいた。困ったもんで、俺はそういうことをする彼女が大好きだったんだ」

私を励まそうとしてくれるあなたが大好きよ。「これで、どうなるの？」

彼の目がまじめな表情になる。「ケヴィンを逮捕したら、警察署に連行して――」

「そうじゃなくて」ガブリエルが言葉を挟んだ。「裁判が終わっても、私はやっぱり、あなたの情報提供者なのかってこと」

「いや、君は取り決めから解放される。何も知らなかったんだから、裁判で証言する必要もないだろう」

ジョーの答えは熱い練炭のようにガブリエルの心臓のわきに留まった。また私と会おうと思う？　もう見せかけのガールフレンドじゃなくなるのだし、電話をしてきてくれる？　そんなことを聞くつもりはなかった。答えに確信が持てないし、訊くのはよそう。「まだ行かなくていいの？」

「しばらく大丈夫だ」

ガブリエルはジョーの腕に手を滑らせ、肩から顔のわきへと持っていった。先の話をするのはよそう。明日のことも、来週のことも。今は考えたくない。彼女の指先がウールのスーツ襟をかすめ、無造作に動きをつけた短い髪をすく。ジョーの目に一瞬、飢えたように光が宿り、彼はガブリエルの口元に視線を下ろした。

「カーラはどうなったの？」

ジョーは彼女の喉を手のひらで包むと、バスローブの内側にすっと指を入れた。「州議会議員をしてる」親指で彼女のあごを上に向かせ、唇を下ろして彼女の唇を軽くかすめる。一回、二回、三回。そして、ゆっくりと、優しいキスへと彼女をいざなっていく。夏の太陽が全身に降り注ぐようなキスの温もりは、頭の先から背骨を通ってみぞおちへと伝わった。うずくような熱い興奮が太もものあいだ、膝の裏、足の裏へと広がっていく。ジョーは甘くて美味しいものを堪能するように彼女を味わい、彼のなめらかな口の中はミントとコーヒーの味がした。

もっとキスしやすいようにガブリエルが頭を傾けると、ジョーは彼女をソファの背に押しつけて、唇と舌と熱い液体とで彼女と交わった。温かい手のひらをバスローブの中にそっと差し込み、すべすべしたブラのへりに指先を走らせ、乳房の膨らみを軽くかすめていく。肌が徐々に張りつめ、ガブリエルはジョーのネクタイの結び目に手を伸ばした。ジョーは彼女を止めず、引っ張られたストライプのネクタイの端が彼の胸にぶら下がった。ガブリエルはジョーの舌を愛撫しながら襟の小さなボタンをはずした。さらに下に向かって指を動かし、白いワイシャツの前が開くと、裾をズボンから引っ張り出した。二人の体に挟まれたガブリエルの両手が硬くなった下腹部に触れ、ジョーが息をのむ。彼女はくすぐったい感触を覚えながら、腹部の細い毛を上に向かって指ですき、左右の平らな乳首を手のひらで覆った。彼の筋肉が硬くなるのがわかる。皮膚の表面がきゅっとすぼまり、胸の奥からうめき声がもれる。

マッサージをしてあげた晩、ジョーはこんなふうに、私を求めているかのように振る舞っていたのに、その後エルヴィスのことを尋ね、帰ってしまった。ここを出ていくのはたやすいことだと言わんばかりに。「マッサージをしてあげた夜のこと、覚えてる？」

ジョーは肩をすくめてジャケットを脱ぎ、床に放り投げた。「あのマッサージはそう簡単に忘れられないだろうな」

「私はあなたが欲しかったし、あなたも私を欲しがってると思ったの。でも、あなたは行ってしまった」

「今日はどこへも行かない」ジョーはガブリエルと視線を絡ませながら、銃とホルスターをはずし、床の上のジャケットのそばにそっと置いた。

「どうして？」

「もう我慢するのはうんざりだから。君が欲しくてたまらない。死ぬほど硬くなってるものを抱えてうちに帰り、冷たいシャワーをいくら浴びても元に戻らないなんて、もううんざりを曲げてシャツの袖口のボタンをはずした。「ピルの話は本当なんだろう?」
もういいだろう。考えてばかりいるのはやめて、実行に移すことにしたんだ」ジョーは手首
君の胸に顔をうずめて、二人で激しいセックスをするところを想像してしまうんだよ。でも、
なんだ。一六歳のガキに戻ったみたいに、裸の君を想像して眠れないのももううんざりだ。

「ええ」

ジョーはシャツを脱ぎ捨て、ジャケットのほうに投げつけた。「じゃあ、今日こそ君と愛し合うべきだ」そう言って襲いかかるようにガブリエルを抱き締め、その勢いで唇を奪うと、背中からヒップへと手を滑らせ、彼女をソファにそっと押し倒して仰向けに寝かせた。それから、彼女の太もものあいだに片膝をつき、もう一方の足を床に置いて体を引くと、飢えた目で彼女を見下ろした。ガブリエルのバスローブは前が開き、右脚と左の乳房の斜面がむき出しになっている。ジョーはベルトをほどき、バスローブをわきへ押しのけた。彼の熱い視線がガブリエルの体のいたるところに触れていく。下腹部を覆う小島のような細い三角形とハート模様の上では、いつまでもぐずぐずしていたが、やがて腹部を通って、左右の乳房を寄せて押し上げているブラのアンダーワイヤーにたどり着いた。

「俺が裏庭に入っていって、子供用のプールに浮いてる君を見つけたときのこと、覚えてるかい?」

「ええ」

「あのとき、こうしたかったんだ」ジョーは身をかがめてガブリエルの肩の下に両手を当て、

胸の谷間に顔をうずめた。そこに優しくキスされたガブリエルは、ジョーのむきだしの肩からなめらかな背中へと手を滑らせ、片脚を彼の腰に巻きつけて体を押しつけた。ジョーも喉の奥で低くうめき、硬くなったものを彼女の下腹部に押しつける。ガブリエルの意識という意識はジョーに、彼に触れられている喜びに、両脚のあいだに感じる鈍いうずきに集中した。彼にそっとキスされると、もっと欲しくてたまらなくなり、彼女は背中をそらせ、乳房のいちばん膨らんだ部分を彼の唇に押しつけている。ジョーは顔を上げ、彼女と目を合わせて微笑むと、口を開き、薄いブラの上から乳房を吸った。それからゆっくりと波打つようなリズムで腰を動かし、ガブリエルを興奮させ、小さなパンティの布とウールのズボン越しに彼女の内側を潤わせた。肌が燃えるように熱くなり、乳首が硬くなる。ガブリエルはジョーの肩に指を食い込ませ、彼に腰をこすりつけた。するとジョーはガブリエルの肩の下から片手を引き抜き、彼女の太ももをつかんで、その動きをやめさせた。

「あせるなよ、ハニー。じゃないと、俺はここで恥をかくことになってしまう。本当のお楽しみはこれからだっていうのに」

「これが本当のお楽しみかと思った」

ジョーの静かな笑いが二人の唇のあいだを満たした。「もっと楽しくなるよ」

「どんなふうに?」

「今にわかるさ。でも、ソファじゃだめだ」ジョーは立ち上がり、ガブリエルも引っ張って立たせた。「手足を広げられるベッドの上がいい」二人は居間から食堂まで来たが、ガブリエルはそこで立ち止まり、ジョーの喉のわきにキスをした。彼のコロンの香りを楽しみ、平らな腹部に手を滑らせ、ズボンの前に下ろしながら、硬くなったものの長さを感じ取ったそのときだった。彼が何をしているのか気づく間もなく抱き上げられ、ひんやりしたテーブルに載せられた。電話が手に当たり、大きな音を立てて床に落ちたが、二人とも気にしていない。

「初めて君を見たとき、君はグリーンベルトをジョギングしていて、俺はこの世でいちばん魅力的な脚とヒップだと思った。こんなきれいな女性にはお目にかかったことがないと思ったんだ」ジョーは、ラダーバック・チェアに座り、ガブリエルのふくらはぎの内側にキスをした。

「重罪犯だと思ってたくせに」

「だからって、裸の君を想像しちゃいけないわけじゃない」彼女の膝の内側に唇を押しつける。「君を裸にして所持品検査することを楽しみにしてなかったわけでもない。今だって俺はなんてラッキーなろくでなしなんだと気づいてないわけじゃないいんだぜ」

ガブリエルは、ジョーの髪と笑顔が太ももの内側を軽くかすめていく様子をじっと見つめた。ジョーの茶色の瞳に情熱の炎がくすぶり、彼の舌が、パンティのわずか数センチ下にあるほくろに触れた。ガブリエルは息をのんだが、ジョーはそこで彼女をとらえたまま動きを止め、彼女の体の内側はますます熱くなった。彼は次に何をするのだろう？「あるいは、ここを味わおうと思ってなかったわけでもない」ジョーはそう言って、温かい口の中に彼女の肌をそっと吸い込んだ。ガブリエルの体の中で、ごく小さな欲望が一つ残らず強さを増し、燃え上がる。彼女はびくっと反応すると同時に、その場で身動きが取れなくなった。ジョーの手が太ももの内側をはい上がり、下腹部を覆っている小島に近づいてくる。彼は薄い生地の上から親指で彼女をさすり、彼女を見上げた。

「これはどう?」

「いいわ、ジョー」

ジョーは椅子をできるだけテーブルに引き寄せた。「こうしてると気が変になりそうだ」ガブリエルの腰に片腕を巻きつけると、彼は頭を少し下げ、ボディ・ピアスのすぐ下にある浅いへそを吸った。と同時に太ももの上部をつかんでいる手にぐっと力を入れ、湿り気を帯びたパンティの上から親指で彼女をそっとなで続けている。ガブリエルは頭を後ろに倒して目をつぶり、ジョーの手と唇がもたらす強烈な快感以外、すべてのものを頭から締め出した。腹部から右の乳房の内側へと、彼は濡れたキスの跡をつけていく。そして、感じやすくなっている彼女の肌を吸い、片方のブラのカップを横にずらすと、熱い濡れた口に乳首を含んだ。

ガブリエルはうめき、首をそらせ、エロチックに肌を吸う唇の力と、なめらかな舌の感触に我を忘れた。ジョーは二本の指をパンティの中に滑り込ませ、なめらかな皮膚に触れ、彼女がいちばん触ってほしかったまさにその場所を、すべての感覚が高まり強さを増しているその場所を愛撫する。脚を閉じてこの快感を抑えようとしたとき、ジョーが膝のあいだで立ち上がった。次の瞬間、湿った乳房の先端をひんやりした空気がかすめ、彼女の名前をささやくジョーの声が聞こえてきた。ガブリエルが瞬きをしながら目を開けると、ジョーの顔がすぐそばにあり、鼻と鼻が軽く触れ合った。

「ガブリエル」彼はもう一度彼女の名を呼び、最初のときと同じように、柔らかな甘いキスをした。ガブリエルが首に腕を巻きつけると、ジョーは彼女を抱いて立ち上がった。彼の濃い茶色の瞳をじっと見つめながら、ガブリエルは思いが募って胸がいっぱいになり、もう気持ちを隠せなかった。どっちにしろ、隠し事は得意ではないのだ。

ブラのホックがはずれ、薄い布切れがはがれ落ちる。ガブリエルはむき出しになった乳房をジョーの胸に押しつけ、わき腹からなめらかな背中へ、背骨をたどってニコチン・パッチが貼ってある腰のくぼみへと片手を滑らせた。彼に触れ、手で彼の素肌を感じるのが大好きだった。メッシュの革ベルトに指を走らせてバックルをはずし、ボタンもはずし、ついにズボンの前が開く。ガブリエルは体を引き、ジョーを眺めた。それから太ももに沿って、いとも簡単にズボンを下ろし、ウエストバンドに「ジョー・ボクサー」のロゴが入った白いボクサー・ショーツをじっと見つめた。ジョーは靴とズボンをわきに蹴飛ばし、靴下を脱ぎ捨て、はだしになった。それからガブリエルの手を取り、今度こそ寝室までたどり着いた。

足が厚みのある白い絨毯を踏むと、ガブリエルは彼のたくましいふくらはぎから、がっしりした太ももについた傷跡へと視線を走らせた。「そこ、マッサージしてあげる」自分の声がかすれて聞こえるのを意識しながら、指先で彼の傷跡をさする。

ジョーはガブリエルの手をつかむと数センチ上にずらし、太く盛り上がっている部分に押しつけた。「こっちをマッサージしてくれ」

「そうね、私はプロも同然なんだから」ガブリエルはショーツのウエストバンドの下へ手を滑り込ませ、とても熱くなって、石のように硬くなっているものを手のひらで包み、根元から、ふっくらしてなめらかな先端へと軽くなでていく。もう一方の手でショーツを下ろすと、ジョーを思う存分見られるようになった。初めてそのたくましい肉体を目の当たりにし、美しいものを深く理解するアーチストとして、また、自分の胸をいっぱいにさせる美しい男性と愛し合いたいと思っている女性として彼を眺めた。

ガブリエルが一歩近づき、乳首がジョーの胸をかすめる。手の中で熱くなっている彼の先端が下腹部に触れ、彼女はそれを自分のへそのあたりにこすりつけた。透明なしずくを肌に塗りつけながら、彼の喉のくぼみ、肩、首のわきにキスをしていく。もう一方の手をジョーの胸へと滑らせ、閉じかかった彼の目をのぞき込んだ。「それで、本当のお楽しみはいつやってくるのかしら?」

ジョーはガブリエルの首のわきに鼻をすり寄せ、うめくように言った。「その手を離してくれたらすぐ」

解放された途端、ジョーはガブリエルのわきの下に手を入れて彼女を持ち上げ、ベッドの上に放り出した。「パンティを脱ぐんだ」そう言うと同時に、羽毛布団の上をはっていき、ベッドの真ん中で彼女と合流した。パンティを下ろしているガブリエルに手を貸し、途中でいったん動きを止めて彼女のヒップにキスをしてから、肩越しにパンティを放り投げ、彼女の脚のあいだにひざまずく。ジョーは彼女の目をじっと見つめ、太もものあいだに視線を下ろした。腹部、ヒップ、なめらかで感じやすい皮膚を指で愛撫し、彼女をぎりぎりのところまで導いたが、そこで動きを止め、片方の前腕をついて体を持ち上げた。「ここからが本当のお楽しみだ。覚悟はいい？」ジョーが尋ね、先端をしかるべき位置に持っていく。

「ええ」ガブリエルがささやくと、ジョーは硬くなったものをすべて彼女の中に押し込んだ。彼女が目を大きく見開き、思いっきり息をのみ、叫び声を上げる。彼はいったん体を引き、さらに奥まで自分をうずめた。

「ああ……」ジョーはうめき、ガブリエルの頬を手のひらで包んだ。キスをし、舌を押し込みながら、彼女の体をゆっくり突いていく。ガブリエルは片脚をジョーの腰に巻きつけ、もう片方の足を彼の膝のわきに置き、体を上下させる彼のリズムに合わせて動いている。ジョーの欲望と情熱に負けないように、彼の肩に指を食い込ませ、キスを返す。ジョーは一突きするたびに、二人をクライマックスへと駆り立てている。ガブリエルは一突きごとにとても奥深いところを刺激され、ついに呼吸ができなくなって唇を引き離し、肺に息を吸い込んだ。快感が徐々に高まり、彼の肩をつかんだ手に力をこめる。

「ジョー」ガブリエルがささやいた。今の気分を彼に伝えたいのに言葉が出てこない。こんなにいい気分で、頭がくらくらして、熱くなったのは初めてだと伝えたい。強く打ち込んでくる彼の緊迫した表情。その顔をじっと見上げ、彼女は思った。こんな素晴らしい気分になったのは初めて、あなたは素晴らしい、あなたを愛してる。あなたは私の「陽」。しかし次の瞬間、ジョーがヒップの下に手を入れてきて、骨盤を上に向かせた。そして、一突きごとにますます強い衝撃を与え、彼女をクライマックスへと追いやっていく。耳の中で心臓が鼓動し、ガブリエルの体と心と魂は一つ残らず、二人をつなぐ濡れてなめらかな部分に焦点を合わせた。口を開いても、出てくるのは短いあえぎ声ばかり。あとは満足げな長いうめきが続いた。

「さあ、おいで、一緒に行こう」ジョーがささやき、その声の響きが引き金になったかのように、ガブリエルはどこまでも勢いよく落ちていった。体が緊張し、弓なりになったと同時に、オルガスムが襲い、すべてを圧倒する。その威力はガブリエルを揺さぶり、彼女の引き締まった体内にいるジョーを締めつけ、彼はさらに強く、さらに深く彼女を突いた。オルガスムは延々と続き、衝撃がガブリエルの体を駆け抜ける。そして、ついにジョーの胸から苦悩のうめきがもれ、荒い息が彼女の耳をかすめた。彼は最後にもう一度、彼女を突き、やがて動かなくなった。

その後、聞こえてきたのは、息を整える音と、遠くで鳴っているサイレンの音だけだった。二人の肌はぴったりと重なっていて、一しずくの汗がジョーのこめかみを流れていく。

彼の口元がカーブを描き、ゆっくりと笑みが浮かんだ。

「今のは素晴らしかった」ガブリエルが言った。

「いや」ジョーはそこでいったん言葉を切り、彼女の唇にキスをした。「君が素晴らしいのさ」

ガブリエルがジョーの腰に絡めた脚をはずした。彼女が去ろうとしていると思ったのか、ジョーは彼女の太ももをつかんだ。離れてほしくないかのように。「どこか、行くところがあるのか？」

「いいえ」

「じゃあ、ここにいればいいじゃないか。俺もここにいる」

「ここに？　裸のまま？」

「そう」ジョーはガブリエルの髪を指ですき、腰をゆっくり動かした。体を引き、もう一度、彼女の中に自分をうずめると、衝撃が再び渦を巻いて盛り上がっていく。「俺はもっと、本当のお楽しみを味わいたい。君はどう？」

ええ、私ももっと味わいたい。もっともっと彼が欲しい。でも、ジョーが欲しいと思う以上に、外の世界と向き合う心の準備ができていない。今はまだだめ。ガブリエルが彼の腰に再び片脚を引っかけ、二人はじらすように軽く触れ合いながら、ゆっくりと二度目をスタートさせたが、事はたちまち激しく燃え上がった。結局、二人ともなぜか床に落ちており、ゆうべガブリエルが放り出した、あのいかがわしい下着の上で転げ回っていた。そして最後は彼女がジョーの腰に馬乗りになった。

「手を頭の下に入れて」ガブリエルが指示をする。

ジョーは怪しむように目を輝かせたが、言われたとおりにした。「何をするつもりなんだ？」

「あなたの頭を吹き飛ばしてあげる」

「大胆な発言だな」

ガブリエルは微笑むばかり。実はベリーダンスのレッスンを半年受けたことがあったのだ。それだけやれば、腰をうまく回転させ、くねらせる術《すべ》はちゃんと心得ている。彼女は両手を高く上げ、前後に揺れながら腰を回した。そして目を閉じ、自分の奥深いところに触れているジョーの感触に夢中になった。

「どう?」

「ああ……!」

ガブリエルの笑みが広がり、彼女はジョーを自分の中に深くうずめたまま、彼の頭を吹き飛ばした。

「本当に女みたいなにおいはしてないだろうな?」ジョーが訊くのはこれで三回目だ。彼は食堂でボクサー・ショーツを引き上げた。

ガブリエルは彼の首に鼻をうずめた。寝室の床から起き上がってから、彼女はジョーをシャワーまで引っ張っていき、ヘチマのスポンジと手作りのライラック・ソープで生き返らせた。ひざまずき、石けんをたっぷりつけて洗ってあげると、ジョーは女みたいなにおいがすると文句を言うのをやめたのだった。「しないと思うけど」ガブリエルは自分のパンティをはき、ブラのホックを留めた。彼女にはジョーらしいにおいに思えた。

ガブリエルは腕組みをしてテーブルに寄りかかり、ジョーがズボンのウエストのボタンを留める様子を眺めた。彼の髪は濡れていて、頭上のライトが黄味がかった茶色いウエーブをそっと照らしている。

「今日は電話に出ないでほしい」ジョーは居間に入っていき、ワイシャツとジャケットを手に取った。「せめて三時を過ぎるまでは。罪状認否手続きのあと、ケヴィンが君と連絡を取ろうとするかもしれないが（アメリカでは罪状認否は裁判の前に行われ、被告人が無罪を主張すれば裁判が始まるが、有罪を認めれば裁判ではなく量刑手続きへ移る）、彼とは話さないほうがいいと思う」彼はシャツに腕を通し、袖のボタンをはめてから身ごろのボタンをはめた。「それと、何か体にいいものを食べなきゃだめだ。病気にでもなられたら困るからな」

食べ物の話なんかして、彼はどうしちゃったの？　ガブリエルは離れたところからジョーを見つめた。彼が愛しくて心が痛む。どうして、こんなことになったのかわからない。でも、なってしまった。自分が求めていると思い込んでいたタイプの男性ではないけれど、彼は私にふさわしい人。早鐘のように高鳴る胸の鼓動と、胃が締めつけられる感覚でそれがわかるし、私の魂もちゃんとわかっている。これは素晴らしいセックスを超えたもの。頭を吹き飛ばすオルガスムを超えたもの。彼と私は対をなすべき雄と雌。プラスとマイナス。

そう思うと、このうえない幸福感を覚えたが、そこにはたった一つ、小さな不安が潜んでいた。彼も同じことに気づいているかどうか、よくわからなかったのだ。

ジョーがジャケットのポケットに手を突っ込み、ポケベルを取り出してディスプレーに目を走らせた。「何日か、お母さんのところにいるのがいいかもしれない……。しまった。電話はどこだ？」

ガブリエルが足元を指で示す。電話機は床に無造作に放り出されていた。ジョーはジャケットとショルダー・ホルスターをつかみ、食堂に戻ってきた。そして片手で電話をすくい上げ、親指でフックボタンを押してから、七桁の番号をダイヤルした。

「シャナハンだ」ジョーは電話をかけながら、ホルスターとジャケットをテーブルに置いた。「ああ。ポケベルは車の中だったし……何て言うか……受話器がはずれてたってことに今、気づいたんだ」彼はシャツの裾をズボンに突っ込み、ジャケットに手を伸ばした。「いい加減なことを言うなよ。まだ昼にもなってないじゃないか！」受話器を耳と肩で挟み、ジャケットの袖に腕を押し込む。「いつだったんだ？　すぐ行く」彼はそう言って受話器を戻した。

「くそっ！」

「何？」

ジョーはガブリエルをちらっと見て、ラダーバック・チェアに腰を下ろし、靴下をはいた。「こんなことになるなんて。信じろって言うほうが無理だ。このうえ、まだこんな目に遭うなんて、信じられない」

「どうしたの？」

ジョーは両手で顔を覆い、肌が突っ張っているかのように額をかいた。「ちくしょう」ため息をつき、両手を垂らす。「ケヴィンとシャルクロフトが落ち合う時間を変更してたんだ。

二人は一五分前に逮捕された。通信指令係が俺に連絡を取ろうとしたが、だめだったってわけさ」彼は立ち上がり、靴に足を突っ込んだ。

「そんな……」

ホルスターをつかみ、ジョーは玄関へ急いだ。「俺がまた説明しにくるまで、誰ともしゃべるんじゃないぞ」肩越しにそう言い残し、さらにいくつか悪態をついてから、彼はさよならも言わずに、ガブリエルの家から走って出ていった。

15

ジョーはハンドルを切り、ガブリエルの家がある通りの真ん中でUターンをした。右のタイヤが縁石に当たってはずみ、彼は腰に貼ってあるニコチン・パッチを引きはがして窓から投げ捨てた。サングラスをかけ、グローブボックスの中をあさり、ようやくマールボロを一箱見つけた。パッケージから一本出して唇にくわえ、ジッポーで火をつける。もうもうたる煙が渦を巻きながらフロントガラスのほうに流れていき、彼はもう一口、長々とタバコを吸った。あごを強く食いしばったものだから、歯がくだけそうな気がした。シボレーに新しいへこみが出来ていることをどう説明したものか。俺の足のサイズとまったく同じ大きさのへこみだ。もし人間に自分の尻を蹴飛ばすことが可能なら、喜んでそうしてやる。

人生最大の逮捕劇だったのに、その現場に行き損うなんて。自分の情報提供者とセックスをしていて行き損ったのだ。厳密に言えば、交わっていた瞬間、彼女はもう情報提供者ではなかったかもしれないが、それはどうでもいい。問題は、勤務中だったのに通信指令係と連絡を取れなかったことだ。きっと、いろいろ訊かれるだろう。でも答えが見つからない。とにかく、これならと思える返事がまったく見当たらない。「シャナハン、いったいどこにいた？」とか何とか訊かれたらどうする？

こう答えればいいのか？「警部、それはですね、三時までは逮捕しないということだったので、情報提供者とセックスをする時間がたっぷりあると思ったんですよ！」額をかき、またタバコを吸う。「いやあ、彼女の体は信じられないくらい、最高なんです。一度抱いたらもう、うずうずしてしまって、また抱かずにはいられませんでした。二度目もこれがすごいのなんのって。止まった心臓をまた動かすには、前戯でショックを与えてもらう必要があると思いましたね。それに警部、ガブリエル・ブリードラヴに石けんでこすってもらったら、そのとき初めて、シャワーを浴びるとはこういうことかとわかりますよ」これを認めたら、おそらく警察バッジを返して、警備員に転職するはめになるだろう。

息を吐き出すと、煙がまた車に充満した。ガブリエルとの情事が誰にもばれない可能性はある。あの出来事を言いふらしたり、真実を話して心を軽くしたりする必要性はまったく感じない。でも彼女は違うかもしれないし、その場合、俺は困ったことになる。この件が裁判にかけられたら、ケヴィンの弁護人は厳しく尋問してくるだろう。たとえばこんなふうに。

「シャナハン刑事、あなたはご自分の情報提供者と性的関係を持ったそうですが、これは本当ですか？　私の依頼人のビジネス・パートナーと関係を持ったのですか？　これは単に依頼人に対する嫉妬ということではないのですか？」

ひょっとするとKマートで夜間の警備員を募集しているかもしれないな。

警察署までは一五分かかり、ジョーはタバコをもう一本吸って、ようやく駐車場に車を入れた。ぎゅっと握り締めたこぶしをズボンのポケットに突っ込み、怒りを抑える。とりあえずブッキング・ルーム（連行された容疑者の氏名、住所の登録、指紋採取、身体検査、写真撮影等を行う部屋）に向かい、その途中、最初に遭遇した人物はルチェッティ警部だった。

「いったいどこにいた？」ルチェッティ警部はどなったものの、言葉の裏に辛らつなニュアンスはそれほど感じられなかった。警部は前の日よりも一〇歳若返って見え、実際、ヒラード邸で盗難事件があって以来、初めて笑顔を見せた。

「それはご存じでしょう」ジョーを始め、担当の刑事たちは、ゆうべも今朝も何時間もかけて逮捕に関する細かな問題、打つべき手段を一つ残らずじっくり検討し、不測の事態の対応策を立てた。その計画がジョー抜きで実行されたことは明らかだ。「ブリードラヴさんのところで、カーターが逮捕される予定だから用心するようにと伝えてたんです。やつはどこですか？」

「カーターもシャルクロフトも、取調室でミランダ権利（黙秘権、弁護士の立ち会いなど被逮捕者の権利）にぬくぬくとくるまってるよ。二人とも何もしゃべらん」ルチェッティ警部が答え、二人は取調室に向かって、そのまま廊下を歩いていく。この一週間半というもの、署内の雰囲気は険しく、緊張感に満ちていた。しかし今、ジョーがすれ違う人たちは皆、刑事から内勤の巡査部長に至るまで、全員ににこにこしている。誰もがほっとしているのだ。ただしジョーを除いて。窮地に追いやられそうだというのに笑ってなどいられない。

「花のにおいがしないか？」ルチェッティ警部が尋ねた。

「何のにおいもしませんよ」

警部は肩をすくめた。「通信指令係は君と連絡が取れなかったそうだな」

「ええ。ポケベルがはずれてたみたいで」基本的に嘘ではない。ポケベルはズボンのポケットに入っていて、ズボンは体からはずれていた。「どうして、こんなことになってしまったのかわかりません」

「私もだ。キャリア九年の刑事が、どうして、いざというときに通信機器を持ってないなんて事態が起こり得るのかわからんね。カーターが密会の時間を変更したとわかったが、君と連絡がつかなかったので、パトカーを一三番通りのあの店に派遣した。報告によれば、玄関も裏口もノックしたが、返事がなかったそうだ」

「店にはいませんでしたから」

「彼女の家にも人をやったんだぞ。君が使ってる警察車両が家の前に止まっていたが、ノックしても誰も出てこなかったと聞いている」

なんてこった。ノックする音など聞こえなかったが、当然だ。最高の瞬間を迎えていたときだとしたら、裸の尻の六〇センチ先でマーチング・バンドが通りかかったって、聞こえなかっただろう。「きっと朝食を買いに出ていたときですね」その場しのぎで話をでっち上げる。「ブリードラヴさんの車で」

二人は課のオフィスに入りかけたが、ルチェッティ警部が立ち止まった。「君がカーターの話をしたら、彼女は朝食を食いたくなったってわけか？　車を運転する気になったっていうのか？」

そろそろ作戦変更だ。ジョーは警部の顔をまじまじと見つめ、ためこんでいた怒りを発散させた。「俺を懲らしめようっていうんですか？　ヒラード邸の盗難事件は、窃盗犯罪課が扱ってきた中では最も重大な事件なんです。文句なしにね。で、俺はその逮捕現場に行き損なった。情報提供者に付き添って守っていたせいで行き損なったんです」怒りをぶちまけるのはいい気分だ。本当に気持ちがいい。「この事件にはものすごく力を注いできたし、時間外の仕事も山のようにした。毎日、カーターのたわごとを我慢しなきゃいけなかったんです。この手であいつに手錠をかけてやりたいと思ってましたよ。逮捕の場にいる資格があったのに、実際にはこのざまだ。うんざりなんてもんじゃなかった。だから、最低な気分にさせてやろうと思っているなら、あきらめたほうがいいですね。これ以上、いやな気分にさせようったって無理ですから」

ルチェッティ警部はあ然とした。「わかったよ、シャナハン。君をいじめるのはやめておこう。二度とこんなことが起きなければの話だがな」

ジョーは、そんなことになりませんようにと神に願った。どうやったってガブリエルとのことは説明できない。自分にも説明がつかないのに。

「本当に花のにおいがしてないか？」ルチェッティ警部が尋ね、鼻をくんくんさせた。「妻が手入れをしているライラックの茂みみたいなにおいがする」

「何のにおいもしませんよ」わかってる。女みたいなにおいがしてるんだ。「カーターはどこですか？」

「三番取調室だ。でも何もしゃべらんよ」

ジョーが取調室に歩いていく。ドアを開けると、ケヴィンはそこに座っていた。一方の手が手錠でテーブルに固定されている。

ケヴィンが顔を上げ、口の片側を上げて、あざけるような表情を浮かべた。「ある警官から、アノマリーに覆面捜査官が入っていたと言われて、君だと確信した。初日からわかってたよ。君がへまばかりやってる負け犬だってことはね」

ジョーは一方の肩をドア枠にもたせかけた。「かもな。でも俺は、ヒラード邸のモネを盗んで捕まるような負け犬でもなければ、自分の家を盗んだ骨董品で埋めつくしているような負け犬でもない。それに、州刑務所で一五年から三〇年の刑を食らいそうな負け犬でもない。負け犬になるのはそっちだろう」

すでに血の気が失せていたケヴィンの顔色がほんの少し青ざめた。「弁護士がここから出してくれるさ」

「それはどうかな」ジョーはわきに寄り、ウォーカー署長を部屋に通した。「生きてる弁護士で、そこまで腕のいいやつはいない」

署長はケヴィンの正面に腰を下ろした。手には書類が詰まった分厚いフォルダーを持っており、その一部がケヴィンと関係ない書類であることはジョーもわかっていた。これは昔ながらの手で、警察にこんな分厚い自分のファイルが出来上がっているのかと犯罪者に思わせるのだ。「シャルクロフトはもっと協力的だぞ」ウォーカー署長が切り出したが、おそらく真っ赤な嘘だろう、とジョーは思った。それに、自分に不利な証拠がこれだけあることを直視したら、ケヴィンは踊るプードルよりも素早く寝返るだろう。ほかのことはともかく、ケヴィン・カーターは熱心な自己保身主義者だ。最後には、絵を盗むために利用した実行犯や、盗みにかかわったすべての人間の名前を吐くだろう。それは間違いない。

「手遅れになる前に、警察に協力することを真剣に考えてみるべきだな」ジョーが言った。

ケヴィンは椅子にふんぞり返り、首を一方に傾けた。「しゃべるもんか。くそったれ」

「わかった。じゃあ、こういうのはどうだ？　おまえが快適な独房に入っているあいだ、俺は家でステーキを焼いて祝杯を挙げる」

「ガブリエルとか？　彼女は君の正体を知ってるのか？　それとも、君は彼女を利用して僕に近づいたのか？」

罪悪感が腹に居座っている。と同時に、あの晩テラスにぶら下がるガブリエルを見ていたときに感じた、彼女を守りたいという気持ちがこみ上げてきた。不意をつかれたジョーは、勢いをつけてドアから離れた。「おまえにガブリエルを利用したと言われる筋合いはない。何年ものあいだ、彼女を法の隠れ蓑にしてきたのはおまえだろう」はらわたが煮えくり返る感覚は、情報提供者を守らなくてはという単なる義務感を超えたものだったが、その感覚に触れたり、自分の心の内側をのぞいてみたりする気にはなれなかった。

ケヴィンが顔をそむける。「彼女なら大丈夫さ」

「今朝、彼女と話したときは、そうは見えなかったよ」

ケヴィンが向き直り、そのとき初めて、傲慢で好戦的な態度以外の表情が目の奥に一瞬、浮かんだ。「彼女に何て言ったんだ？　彼女は何を知ってるんだ？」

「それは、おまえが心配することじゃない。おまえは、俺がアノマリーで自分の仕事をしたということだけわかってればいい」

「そうだな」ケヴィンがあざ笑った。「君がガブリエルを壁に押しつけて、喉に舌をはわせていたときは、仕事を超えていたように見えたがね」

ウォーカー署長が顔を上げ、ジョーは無理やり穏やかな笑みを浮かべた。「たまには、ついてる日もあったってことです」肩をすくめ、ケヴィンはほざいているだけですよ、とばかりに首を横に振る。「俺にひどく腹が立つのはわかるが、少し忠告しておこう。それに従おうが、俺をまたくそったれ呼ばわりしようが構わない。だがいいか。おまえは自分以外の人間に心から興味を示すタイプの男じゃないし、今は良心の呵責など感じている場合じゃない。おまえの船は沈みかけてるんだ。我が身を救える可能性もあれば、ほかのネズミと一緒に溺れる可能性もある。手遅れになる前に、我が身を救うことをお勧めするよ」ジョーは最後にひと目、ケヴィンをちらっと見てから向きを変え、部屋を出て留置場のほうに歩いていった。

署長がケヴィンにかけた言葉とは裏腹に、ウィリアム・スチュアート・シャルクロフトはちっとも協力的ではなかった。監房の中で座っている彼は、いらいらしながら鉄格子の外をじっとにらんでおり、頭上の照明が、はげ頭に灰色がかった光を投げかけていた。ジョーはこの美術商をじっと見つめ、アドレナリンが湧き上がってくるのを待った。いつもなら、詐欺師をだまし、あなたには黙秘権がある、裁判で不利になる供述をする義務はないと告げつつ、相手の口を割らせるときに必ずアドレナリンが湧き上がってくるのに。今日はその興奮がやってこない。その代わり、ジョーは激しい疲労感を覚えた。心も体もくたくただ。

その後一日、署内にあふれる活気のおかげで、眠らずに、きびきびと過ごすことができた。ケヴィンとシャルクロフトの逮捕にまつわる詳細を聞き、話の一部始終が再度、再々度と繰り返されれば、また耳を傾けて頭の中をいっぱいにし、ガブリエルや、彼女をどうするつもりなのかということについては、あまり考えないようにした。

「誰か花を持ってきたのか?」通路の向こうでウィンストンが尋ねた。

「ああ、それっぽいにおいがしますね」新人の刑事、デール・パーカーが追い討ちをかける。

「何のにおいもしないだろ」ジョーは同僚たちにどなり、事務処理に没頭した。そして、午後はずっと、ライラックの茂みのようなにおいをさせ、首に斧が落ちてくるのを待ちながら過ごし、五時になると、書類の束をつかんで帰途に就いた。

サムは玄関のわきに置かれた鳥かごの中で、止まり木に止まって待っていた。「ジョー、オカエリ」ジョーが入ってくるやいなや、挨拶をする。

「ただいま」ジョーはソファの前のテーブルに鍵と書類の束を放り投げ、サムを鳥かごから出してやった。「今日のテレビはどうだった?」

「ジェーリー、ジェーリー」サムは金切り声を上げ、針金の扉からぴょんと飛び出ると、オーク製の運動器具のてっぺんに舞い上がった。

この数カ月、ジョーはサムにジェリー・スプリンガーを見せていなかった。サムが悪い言葉を覚え、まずいタイミングで繰り返すようになって以来、ジェリーは禁止なのだ。

「オマエノカーチャン、フトッタアバズレ」

「まったく」ジョーはため息をつき、ソファにどさっと腰を下ろした。サムのやつ、このセリフは忘れてくれたと思っていたのに。

「オギョーギヨクシナサイ」物まね師がテレビに止まって諭している。

ジョーは頭を後ろに倒し、目を閉じた。俺の人生はまっすぐ地獄へ向かっている。キャリアが水の泡になるところだったし、今も仕事を失う危険にさらされていることに変わりはない。おまけに事務処理にはまって身動きが取れず、ペットのオウムは下品な言葉を口にする。どれもこれも手に負えない。

ジョーは仕事そっちのけでガブリエルのことを考え、彼女を逮捕した日のことを思い出した。一週間足らずのうちに、彼女に対する評価は一八〇度変わってしまった。今ではガブリエルに敬意を払っているし、彼女のビジネスが、おそらく本人が危惧したとおりになることが本当に気の毒だった。今や彼女の名前と店は、アイダホ州では最悪の窃盗事件と結びついてしまっている。店は閉めなくてはいけないかもしれないが、あの口のうまい若い弁護士がついているから、何もかも失うことにはならないだろう。

それから、ジョーは自分の唇に重ねられた彼女の柔らかい唇、胸をかすめていた彼女の硬くなった乳首を思い出した。背中や腹部に触れていた手の感触。彼女は手の中にあるものをなめらかな下腹部にこすりつけ、ボディ・ピアスのすぐそばで上下させていた。おかげでこっちは、すべすべした肌の上で危うくばつの悪い思いをするところだった。彼女の顔をじっと見下ろしたとき、髪と一緒に横たわっていたビーズのピアスが今も目に浮かび、下敷きになっていた体の温もりを今も感じることができる。

服を着ている彼女は美しい。服を脱いだ彼女も素晴らしかった。彼女は俺の世界を激しく揺さぶり、頭を吹き飛ばした。もしも彼女がほかの女性なら、彼女を口説いてもう一度――何度も――服を脱がせる手段を考えようとしただろう。車で彼女の家に向かい、膝の上を裸でまたいでもらうのだ。

ガブリエルが好きだ。いや、認めよう、それ以上だ。彼女がとても好きだ。でも女性をとても好きになることは愛ではない。たとえガブリエルとの関係がひどく複雑でなかったとしても、彼女は身を固める相手として想像できるタイプの女性ではない。彼女を傷つけたくはないが、距離を置くべきだ。

ジョーは深呼吸をし、サイドの髪を指ですき、手を膝に置いた。ひょっとすると、何も心配しなくていいのかもしれない。罪悪感を覚えることはない。彼女は何も期待していないかもしれない。彼女だってもう大人だ。頭もいい。彼女のベッドの中、床の上、シャワー室でしたことは大きな過ちだったと、おそらく理解しているだろう。俺とまた会うことを考えただけでぞっとしているかもしれない。二人は数時間、互いにいい気分を味わった。本当にいい気分だったけれど、もう二度とあんなことは起こらない。彼女もそれを理解すべきだ。二人が何らかの関係になる可能性はまったくない。彼女はそれを理解すべきなのだ。

カーテンを閉め、明かりを消して暗くなった居間で、ガブリエルは独り座って夕方五時半のローカル・ニュースを見た。トップニュースはまたしてもヒラード邸の盗難事件だったが、今回はケヴィンの写真が突然画面に現れた。

「アイダホ史上最大の窃盗にかかわったとして、地元に住む男性が逮捕されました。会社経営者ケヴィン・カーターは……」ニュースが始まった。アノマリーの玄関が映し出され、報道が続く。画面の中で、警官がケヴィンのオフィスにあったナーグルの絵やコンピューター、ファイルを運び出していく。彼らはケヴィンの机の中の物をすべて持ち出し、盗難品がないかと店を入念に捜索した。ガブリエルは警察が触ったり、いじったりしていった物はすべて把握していた。なぜなら、その場にいたからだ。あれから彼女は服を着て車で店に向かい、警察の捜査を見守った。マーラとフランシスと弁護士のロナルド・ロウマンも一緒に。皆、横一列に並んで見ていた。ただしジョーを除いて。

ジョーは戻ってこなかった。

ニュースはコマーシャルを挟み、次のパートに入った。画面の一方の隅にウィリアム・スチュアート・シャルクロフトの写真が、もう一方の隅にケヴィンの写真が現れ、警察のスポークスマンが質問に答えている。「ある情報提供者の協力により……」情報提供者の名前にも、彼女が無実であることにも触れてくれない。「警察はカーター氏をこの数日間、監視下に置き……」スポークスマンの発表が続き、報道は三面記事的な内容へと移った。ヒラード夫妻が登場し、ボイジー警察に感謝の意を表している。

ガブリエルはテレビを消し、ソファに置かれたコードレス電話のわきにリモコンを放った。

ジョーは電話もかけてきてくれなかった。

ガブリエルの人生はテレビの中でばらばらに壊れ、全世界にさらされてしまった。自分のビジネス・パートナーが、親友だと思えるほど信頼していた人が窃盗犯だった。各チャンネルのニュースに彼女の名前は出なかったが、彼女を知る人は、一緒にいたのだから同罪だと思うだろう。ガブリエルとロウマンは、残された選択肢について少し話し合った。いったん店を閉め、名前を変えて商売を再開するといった案も出されたが、ガブリエルは自分に一からやり直す勇気があるのかどうかわからなかった。ショックが消え、頭がはっきりしてきたら考えることにしよう。

ソファの上で、わきに置いてあった電話が鳴り、胃がひっくり返った。「もしもし？」ベルがもう一度鳴る間もなく、電話に出る。

「ニュース、見たわよ」しゃべりだしたのは母親だった。「すぐ行くわ」

ガブリエルは失望を飲み込んだ。「いいの。来ないで。もうすぐ私がそっちに行くから」

「いつ？」

「今夜、遅く」

「独りでいちゃだめよ」

「ジョーを待ってるの」そうよ、ジョーが来てくれれば独りじゃない。電話を切ってから、ガブリエルは風呂に湯を張り、ラベンダーとイランイランの精油を垂らした。電話はバスタブのわきに置いておこう。しかし再びベルが鳴ったとき、かけてきたのは今度もジョーではなかった。

「ニュース、見た?」しゃべりだしたのはフランシスだ。

「見た」ガブリエルはまた失望を隠した。「ねえ、あとでかけ直していい? ジョーがかけてくると思うの」

「かけてみればいいじゃない?」

だって、自宅の電話番号を知らないんだもの。電話帳にも載ってないし。二度も確かめたのよ。「だめ。きっと仕事が終わったらかけてくるわ。それまでは、事件のことで私と話をするわけにはいかないんでしょう」あるいは、二人のことについて。これから二人はどうなるのかということについて。

フランシスが電話を切ると、ガブリエルは風呂から上がり、新しいカーキ色のショートパンツと白いTシャツを身につけた。髪を下ろしたままにしておいたのは、彼がいちばん好きなのはこういう感じだと思ったから。私は電話のそばで待ったりしないわと言ってみる気にもなれなかった。言い聞かせようと必死になったところで、そこまで上手に嘘をつけるわけがない。時計が時を刻むにつれ、神経が少しずつ締めつけられていく。

七時半に、電球のセールスをしている障害者の男性が運悪く電話をかけてきた。「お断りよ！」ガブリエルは受話器に向かって金切り声を上げた。「今日はもう、さんざんな一日だわ！」フックボタンを押し、ソファにどさっと座り込む。間違いない。考えられる限り、最悪なカルマを作ってしまった。体の不自由な人をどなりつけるなんて、いったいどんな女なの？

それは、人生がずたずたになってしまった女。恋愛よりも仕事に集中すべきだったのに、それができなかった女。神経が高ぶっている女。ジョーにしっかりつかまっていれば、何もかも大丈夫だと心と魂でわかっている女。

私はジョーの電話番号さえ知らない。彼と話す必要があれば、警察署に電話をするか、ポケベルにメッセージを残すしかない。ジョーと抱き合ったとき、彼は今までどんな男性もしなかったやり方で私の心を動かした。私の体は彼に触れられ、興奮し、これまで一度もしたことがない反応を示してしまった。あれはただのセックスじゃない。私は彼を愛している。

でも彼が私をどう思っているのかわからないから、胃が締めつけられるのよ。不安で頭がおかしくなりそう。確信が持てないという状態は、これまで味わった中で最悪の感情だ。

二人は愛を交わし、そのあと彼は、ぐずぐずしていられないとばかりに家を飛び出していった。ええ、わかってる。しょうがなかったのよ。頭の理性的な部分では、彼はそうしたくてあんなふうに出ていったんじゃないとわかってる。でも、彼はさよならのキスをしてくれなかった。振り返りもしなかった。

玄関のベルが鳴り、ガブリエルは飛び上がった。ドアののぞき穴を見ると、ジョーがミラー・サングラスの向こうから彼女をじっと見返していた。喉が詰まり、空気を飲み込んでしまったかのように胸が痛んだ。

「ジョー」ガブリエルは勢いよくドアを開けた。そのあとは、胸をふさいでいる感情が邪魔をして、ほかの言葉が出てこない。彼女は飢えた目でたちまち彼をとらえ、濃い茶色の髪のてっぺんから、黒いTシャツ、ジーンズ、黒いブーツの先へと視線を走らせた。それから再び目を上げて、ものすごく男らしい顔を見る。いつもの〈夕方五時の影〉が差し、口元が官能的なラインを描いている。私の太ももの内側に押し当てられた官能的な唇。あれから半日も経っていない。

「ニュースは見た?」ジョーが尋ねたが、彼の声には何かが感じられた。立ち方も意味ありげで、ガブリエルの頭の中で警報ベルが鳴り始めた。「弁護士とは話したのか?」

ガブリエルはようやく声が出せるようになった。「ええ。中に入る?」

「いや。それはよくないと思う」ジョーは一歩下がり、階段のへりに立った。「でも、今朝、二人のあいだで起きたことについて話したかったんだ」

彼が何を言おうとしているのか、口を開く前にわかってしまった。「悪かったなんて言わないでね」ガブリエルは釘を刺した。二人が分かち合ったものが間違いだったかのように、彼が後悔のセリフを口にするのを耳にするのは耐えられないと思ったからだ。「起きてはいけないことだったなんて言わないで」

「あんなことをするのはよくないって言ってるんじゃないんだよ、ガブリエル。あれは俺が悪かったんだ。君は俺の情報提供者で、情報提供者の取り扱いに関しては、厳密な方針と手続きがある。俺はその規則を破ってしまった。もし警察の内務調査委員会に相談したかったら、担当者の名前を教えてあげるから」

ガブリエルはむき出しのつま先を見下ろし、それから再び目を上げて、彼のサングラスに映る自分の顔をのぞき込んだ。彼はまた規則の話をしている。私は規則も方針もどうでもいいし、彼以外、誰とも話したくないのに。彼は二人がしたことについて話しているのであって、自分の気持ちを話しているわけじゃない。彼は私を愛していないかもしれないけど、二人の絆は感じているはずよ。

「俺が間違ってた。謝るよ」

罪を認めるような、その言葉がこたえた。でも、痛みにとらわれている暇はない。ちゃんと伝えなければ、彼は私の本当の気持ちを知らないまま去ってしまう。伝えても去っていくかもしれないけど、その場合、私の気持ちを知っていたら結果は違っていたかしらと、しょっちゅう悩まずには済むだろう。「私は後悔してない。あなたは私がどう考えているか知らないだろうけど、私は相手かまわずセックスをするのがいいなんて思ってない。今朝、あんなことがあったあとだから、まず信じてもらえないでしょうね。でも、私は誰かを心から思っていないとセックスはできないの」

ジョーが口を真一文字に結んだが、ガブリエルはこれではずみがついてしまって、もう後戻りができなかった。「どうしてこんなことになったのかわからない。何日か前まで、あなたが大好きだってことさえ気づいてなかったんだもの」彼女が言葉を発するたびに、ジョーの額にしわが刻まれていく。「私、今まで本気で恋をしたことがなかった。つまり、何年か前、フレッチャー・ワイズヴィーヴァーに恋をしたと思ったけど、あのときの気持ちなんて、あなたに対する気持ちとは比べものにならないのよ。こんな気持ちになったのは初めてなの」

ジョーはサングラスを取り、こめかみと額をさすった。「今日は本当に大変な一日だったし、君は混乱してるんだ」

ガブリエルは彼の疲れた目、濃いダーク・チョコレートのような茶色の虹彩に見入った。「自分の気持ちがわからない人間みたいに扱わないで。私は大人よ。セックスと愛の区別ぐらいつくわ。今日、あんなことになった理由を説明するなら一つしかない。あなたを愛しているからよ」

ジョーが手を下ろし、ぽかんとした表情を浮かべた。気まずい沈黙があたりを満たしていく。

「今、言ったでしょう。あなたを愛してるの。何も言ってくれないの?」

「いや。でも君が聞きたいことじゃないと思う」

「言ってみて」

「もっと納得がいく理由がもう一つある」ジョーが首の後ろをこすった。「俺たちは、ボーイフレンドとガールフレンドのふりをしなきゃならなかっただろう。なんだか、ものすごい勢いで、本当に熱くなって、二人ともその雰囲気に夢中になってしまったんだ。本来の趣旨があいまいになって、わけがわからなくなり、これでいいんだと思い始めた。俺たちは度を越してしまったんだよ」

「混乱してるのは、あなたのほうかも。私じゃないわ」ガブリエルが首を横に振る。「あなたは私の〝陽〟なの」

「何だって？」

「あなたは私の〝陽〟なのよ」

ジョーはもう一歩退き、ポーチの段を一つ下りた。「君の何？」

「魂の片割れ《ソウルメイト》」

ジョーは再びサングラスをかけ、またしても目を隠してしまった。「俺はそんなんじゃない」

「絆を感じないなんて言わないで。あなたも感じているはずだもの」

ジョーがかぶりを振る。「いや。俺は、絡み合う魂とか、赤い大きなオーラが見えるとか、そういうことはいっさい信じてない」さらに一歩後退して歩道に立つと、彼女が見下ろす形となった。「何日かすれば、俺が君の生活から出ていって本当によかったと思うようになるさ」ジョーは深く息を吸い込み、ゆっくりと吐き出した。「じゃあ、元気でな、ガブリエル・ブリードラヴ」そう言って、彼は背中を向けてしまった。

ガブリエルは口を開き、大声で呼びかけようとした。行かないでと言おうとしたが、結局、最後に残ったわずかばかりのプライドにしがみつき、家の中に入った。そして、彼の広い肩が遠ざかっていくイメージ、彼女の人生から出ていくイメージに向かってバタンとドアを閉めた。胸が心臓の上に崩れ落ちてくる感じがする。そのとき初めて泣きたい衝動が喉の奥から一気にこみ上げてきて、ガブリエルはTシャツの左胸をつかんだ。こんなはずじゃなかった。私の「陽」が見つかったら、相手も私に気づき、ああ、この人だと思ってくれるはずだったのに。でも彼はそうじゃなかった。ソウルメイトが私の愛に応えてくれないなんて思ってもみなかった。それがこれほどこたえるなんて、思ってもみなかった。

目の前がかすみ、そのまま背中をドアにもたせかける。私は間違ってた。彼が私を愛してないなんて、知らないほうがましだった。

もう、どうすればいいの？　私の人生はめちゃめちゃ。本当に激変してしまった。ビジネスは台無し、パートナーは刑務所。そしてソウルメイトは、自分が私のソウルメイトだってことがわかってない。心が死にそうなのに、どうやって生きていけばいいの？　彼が同じ街のどこかにいる、でも私を求めていないと知りながら、どうやって暮らしていけばいいのだろう？

ほかにも間違っていたことがある。確信が持てないという状態は、これまで味わった中で最悪の感情ではなかった。

電話が鳴り、ガブリエルは四回目のベルで受話器を取った。「もしもし」自分の声が遠くのほうで、うつろに響いているように思える。

短い間があって、母親の声がした。「あれから何かあったの？」

「ママは霊能者でしょ。お、教えて……」声が途切れ、ガブリエルはすすり泣いた。「私に情熱的な、く、黒っぽい髪をした恋人が、で、できるって言ったとき、どうして彼が、わ、私を傷つけるってことは教えてくれなかったの？」

「すぐ迎えに行くわ。適当に荷造りして。フランクリンのところへ連れてってあげるから、しばらくそこにいなさい。おじいちゃんが話し相手になってくれるわよ」

ガブリエルは二八歳、来年の一月には二九になる。でも、祖父の家へ里帰りするのがこれほど嬉しく思えたことはなかった。

16

ガブリエルは古い革のリクライニング・チェアのわきにひざまずき、祖父の痛む手に温めたジンジャー・オイルを塗りこんだ。フランクリン・ブリードラヴの指は関節炎を患っているせいで、節くれだって曲がっている。毎日、優しくマッサージをしてあげると、だいぶ楽になるようだ。

「おじいちゃん、どう？」ガブリエルは目を上げ、祖父のしわだらけの顔、淡い緑色の目、もじゃもじゃの白い眉毛を見つめた。

祖父はゆっくりと、曲げられるだけ指を曲げた。「よくなったよ」そう言って、年老いた、がにまたのビーグル犬、モリーにするようにガブリエルの頭をなでる。「おまえはいい子だ」祖父の手が彼女の肩に落ちて、そのまま椅子の肘掛けへ滑っていき、目がいつの間にか閉じていた。こういう状態が前よりもさらに頻繁になっている。前の晩は、夕食の途中で眠ってしまい、フォークが唇の前で宙に浮いたように止まっていた。祖父は七八歳。睡眠発作《ナルコレプシー》がかなり悪化しているため、今はパジャマしか着ないことにしている。毎朝、きれいなパジャマに着替えると、廊下を進んで書斎に向かうのだ。ただし、いつも一つだけ譲歩をして、足にウィングチップの靴を履いている。

ガブリエルが覚えている限り、祖父は昼まで書斎で仕事をし、夜も遅くまで仕事をしていたが、何をしていたのかは必ずしもよくわかっていなかった——最近までは。子供のころは、祖父はベンチャー・キャピタリストなのだと思わされていた。しかし、ガブリエルは里帰りをして以来、エディ・〝ザ・シャーク〟・シャーキやグリージー・ダン・マルドゥーンといった人気プロレスラーに「五〇〇賭けたい」「二〇〇〇賭けたい」と電話をかけてくる男たちとの会話を耳にすることがあり、今は、祖父は胴元なのではないかと思っている。

ガブリエルは正座をし、祖父の骨ばった手を軽く握った。これまでの人生、祖父はほぼずっと父親代わりを務めてくれた。昔から無愛想で気難しくて、他人の面倒や、よその子供やペットの面倒は見ない人だったが、自分の家族のこととなると、天地を動かしてでも皆を幸せにしようとする。

ガブリエルは立ち上がり、書斎を出た。この部屋は昔からずっと、本と革と何十年分ものパイプタバコのにおいがした。心を慰めてくれる、慣れ親しんだにおい。私の心と体と魂を癒すうえで大いに助けになってくれたにおい。そう、一カ月前、母とヨランダ叔母さんがうちの裏口のポーチで私を拾い、北に向かって四時間ぶっ通しで車を走らせ、祖父の家に連れてきてくれたあの晩以来ずっと。もうずいぶん前のことに思えるけれど、あの晩の出来事は昨日のことのように思い出せる。ジョーのTシャツの色、ぽかんとした顔。裏庭のバラの香りも覚えている。母のトヨタの助手席に座っていたとき、濡れた頰に勢いよく吹きつけていた冷たい風の感触も覚えている。それに、指に触れていたビーザーの柔らかな毛、絶え間なく聞こえていた、猫がごろごろ喉を鳴らす音、時が経てば心の傷は癒えるし、人生もよくなるわと言っていた母の声の響きも覚えている。

ガブリエルは廊下を進み、アトリエ代わりに使っている応接間に向かった。仕切りつきの精油ボックスやアロマグッズの入った箱が壁際に積み重ねてあり、八月の朝の陽射しをさえぎっている。着る物とアロマグッズの入ったバッグぐらいしか持たずに到着してからというもの、彼女はずっと何かに没頭していた。仕事に熱中し、常に頭を働かせ、ときには自分の心が傷ついていることも忘れようとした。

祖父のもとに身を寄せてから、一度だけボイジーに戻り、アノマリーを売りに出すための書類にサインをした。その際フランシスを訪ね、自分の家にも寄って、芝を刈ってもらう手配をした。スプリンクラーが毎朝四時に作動するようにセットしたので、草が枯れる心配をする必要はなくなったが、芝刈りは業者に頼まなくてはならなかった。それから、郵便物をまとめ、家具にたまった埃をふき取り、留守番電話のメッセージをチェックした。

いちばん声が聞きたかった人のメッセージは何も入っていなかった。一度、オウムの鳴き声が聞こえたと思ったが、そのあと、テープには遠くで鳴っている電話の音が延々と入っていただけで、ガブリエルは、これはいたずらかセールスだと片づけてしまった。

ジョーが玄関のポーチに立って、君はセックスと愛を混同しているといったことを口にしたあの晩以来、彼からは音沙汰がなかった。ジョーに愛していると伝えたら、彼がまるで病気が空気感染するのを避けるかのように彼女から後ずさりをしたあの晩以来、何もない。心の痛みは絶え間なく続いていた。朝、目覚めたときも、夜ベッドに入るときも。眠っているときでさえ、ジョーの記憶から逃れることはできなかった。彼はいつものように、夢の中で彼女のところにやってきた。でも今は、目が覚めると、空しくて、寂しくて、ジョーの絵を描きたい衝動にも駆られなかった。彼がヒラード氏のモネを探しに押しかけてきたとき以来、筆は握っていない。

ガブリエルは応接間に入り、精油やキャリアオイルのボトルをすべて並べた作業用のテーブルに向かった。直射日光が当たるのはよくないのでカーテンは閉めてあり、部屋は暗かったが、数あるボトルの中からサンダルウッドの小さなボトルを選ぶのに、わざわざ見る必要はなかった。キャップをはずし、ボトルを鼻に近づけると、たちまち頭の中に彼のイメージが広がった。彼の顔、閉じかけたまぶたの下から私を見つめる熱い、飢えたような目、私にキスをして濡れた唇……。

昨日もそうだったし、その前の日もそうだった。今日もまったく同じように深い悲しみが心を駆け抜けていく。ガブリエルはようやくキャップを閉め、ボトルをテーブルに戻した。だめ。私は彼を乗り越えていない。まだだめだ。心はまだ傷ついているけど、明日はよくなるかもしれない。ひょっとすると、明日は何も感じないかもしれない。明日はボイジーの自宅に戻って、また自分の人生と向き合う覚悟ができるかもしれない。

「郵便が来てるわよ」母親が勢いよく部屋に入ってきた。クレア・ブリードラヴは摘みたてのハーブと花が入ったバスケットを一方の肘に提げ、手に大きなマニラ封筒を持っていた。鮮やかな刺繍が施されたメキシコのドレスを着て、朝の冷気を寄せつけないために肩掛け《セラーペ》をはおり、お守りとして、マヤの人形、ウォーリー・ドールのネックレスを下げている。メキシコを旅行した際、クレアはすっかり現地の人と化してしまい、その後、元に戻っていないのだ。編んだ赤茶色の長い髪は膝まで届き、白いものがたくさん混じっている。「今朝、強力な予兆があったの。何かいいことが起ころうとしている」クレアが言った。「ヨランダが、ユリに止まっている王様蝶《モナーク》を見つけたのよ。これがどういうことかわかるでしょう？」

わからない。庭で蝶を見るのがどういう意味かなんて、お腹が空いて食べ物を探していたということ以外、何もわからない。あなたは情熱的な色黒の恋人に恵まれる運命だと予言されて以来、母親の霊能力による予言を聞かされるのは癪にさわるのだ。ガブリエルは蝶のことは尋ねなかった。

いずれにせよ、クレアは封筒を手渡しながら蝶の話をした。「今日はいい知らせがあるわよ。モナークはいつだっていい知らせを運んできてくれるんだから」

ガブリエルは包みを受け取り、フランシスの字だと気づいて封を開けた。中身はボイジーの自宅に届いたひと月分の光熱費の請求書、それに様々なダイレクト・メール。彼女は二通の手紙にたちまち注意を引かれた。一つは印刷された封筒で、裏に差出人ヒラード夫妻の住所が手書きで記されている。もう一つはアイダホ州立刑務所からだ。だが、住所を見るまでもなく、誰が手紙をよこしたのかわかった。見覚えのある筆跡。ケヴィンだ。

ほんの束の間、つい油断して、まるで旧友から便りがあったかのように、嬉しくて胸がいっぱいになってしまった。しかし、たちまち怒りとわずかな悲しみが喜びに取って代わった。

ケヴィンとは彼が逮捕される前から話をしていなかったが、弁護士のロナルド・ロウマンから聞いたところでは、逮捕されて三日後に地方検事局と取引をしていた。いち早く危険を察知する炭鉱のカナリアのように、べらべらしゃべったのだ。情報を提供し、共犯者の名前を挙げ、その代わり、起訴の一部を取り下げてくれと懇願したらしい。彼は売買の仲介をしてやった収集家や美術商の名前を一人残らず白状し、ヒラード邸に盗みに入る実行犯として利用した人々の名前も白状した。ロウマンによれば、ケヴィンはあるトンガ人の兄弟を雇っていた。その二人は保釈中の身で、複数の住居侵入・強盗を犯した罪で公判を待っていたが、その後、有罪になったそうだ。

ケヴィンは五年の刑を食らったが、捜査に協力したのだから、二年もすれば出所するのだろう。

ガブリエルはヒラード夫妻から届いた封筒を母親に渡した。「興味あるなら、読んでもいいわよ」それから、自分宛の手紙を持って廊下の反対側にあるモーニング・ルームに移動した。ずんぐりした寝椅子に腰を下ろし、手を震わせながら膨らんだ封筒を開封する。法律用箋《リーガル・パッド》に書かれた四枚の手紙が出てくると、窓越しに差し込む光で斜めに傾いた文字にざっと目を通した。

親愛なるゲイブ

君がこれを読んでいるのなら、僕の考えや、僕がしたことを説明するチャンスがもらえると期待していいんだろうね。まず言わせてほしい。僕が苦痛を与えてしまったことは間違いないわけで、それについてはとても申し訳なく思っている。そんなつもりじゃなかったし、僕が手がけていたほかのビジネスが君に悪い影響を与えるなんて思ってもみなかったんだ。

ガブリエルはそこでいったん読むのをやめた。ビジネス？　盗んだ絵や骨董品を故買することがビジネスだっていうの？　彼女は首を横に振り、手紙に目を戻した。ケヴィンはガブリエルとの友情や、彼女がいかに大切な存在かということ、二人が共有していた素晴らしい時間について語っていた。彼がだんだんかわいそうに思えてきたそのとき、話は自責の念などまったく感じさせない、違う方向へと流れていった。

多くの人が僕の行為を犯罪だと見なすのはわかるし、確かにそのとおりかもしれない。盗品を受け取って売るというのは法に反している。でも僕の本当の罪は、多くを望みすぎることなんだ。僕は人生を幸せにしてくれる物が欲しかった。そのせいで、暴行で有罪になる連中より厳しい刑に服している。妻を殴り、子供を虐待するやつらのほうが刑が軽いんだ。こんなことを指摘するのは、総体的に見た場合、僕の罪はほかの犯罪と比べて実に軽く思えると言いたいからさ。いったい誰が傷ついたんだ？　保険に入っている金持ちが傷ついたのか？

ガブリエルは手紙を膝に落とした。誰が傷ついたかですって？　本気で言ってるの？　手紙の残りにざっと目を通すと、都合のいい理屈と言い訳はさらに続いていた。ケヴィンはいくつか、とても汚い表現でジョーをののしり、君が賢明で、ジョーに利用されていただけだと気づくといいのだが、今ごろあいつが君に捨てられているといいのだがと記していた。驚いたことに、ケヴィンはガブリエルがかかわっていた事実を聞いていないらしく、現に、終わりのほうを読むと、二人がまだ友達であるかのように手紙をくれなどと書いている。そんなのお断りよ。ガブリエルは手紙を持ってまた応接間に入っていった。

「そっちは何が入ってたの？」クレアが尋ねた。作業テーブルの前に立ち、乳鉢と乳棒で摘んできたばかりのラベンダーとバラをすり混ぜている。

「ケヴィンの手紙。申し訳ないと思っていることと、それほどひどい罪は犯していないということを私にわかってほしいそうよ。おまけに、金持ちからしか盗んでいない、ですって」ガブリエルは言葉を切り、手紙をごみ箱に捨てた。「今日はいい知らせがあると教えてくれたっていう蝶は大嘘つきね」

母親は例によって、穏やかに、落ち着いた様子で娘を見た。私は分別がなくなっている。ガブリエルは、平和を愛する愛の申し子を叩き出してしまったような気がした。

気がしたのではなく、実際に叩き出したのだろう。しかし、最近の彼女は自分を抑えられなくなっていた。口を開いただけで、魂の内側にため込んでいた怒りが全部あふれ出てしまうのだ。

つい一週間前も、ヨランダ叔母さんがお気に入りの歌手、フランク・シナトラをほめちぎるのを耳にしていたら、つい噛みついてしまった。「シナトラなんて最悪。そう思わなかったのは、いまだに眉毛をばっちり描いてる女の人たちだけよ」

ガブリエルはすぐに謝り、ヨランダもそれを受け入れて水に流してくれたように思えた。ところが一時間後、ヨランダは気持ちが動揺したときの癖が出て、IGAマーケットから、うっかりターキー・ベイスター（七面鳥をローストする際、肉汁をかけるのに使う、スポイト状の調理器具）を持ってきてしまったのだ。

ガブリエルは自分らしさを失っていた。でも自分が誰なのか、もう、はっきりした感覚がなくなっている。前はちゃんとわかっていたのに、同じ日に別々の男性に信頼と心を傷つけられたおかげで、自分を信じる気持ちも、自分の世界もすっかりおかしくなってしまった。

「今日はまだ終わってないでしょう」クレアはそう言って、印刷された小さな封筒のへりを乳棒で示した。「ヒラード夫妻がパーティを開くんですって。絵を取り戻してくれた関係者全員を招待したいって書いてあった」

「私は出席できない」ジョーに会うのかと思っただけで、みぞおちのあたりがそわそわする。まるで庭にいた不思議なモナークを飲み込んでしまったかのように。

「ここで一生、隠れているわけにはいかないのよ」

「隠れてないってば」

「あなたは自分の人生を避けてる」

ええ、確かに避けてる。私の人生はブラックホールみたいなもの。前途に待ち受けている何もない無の人生。瞑想をして、ジョーのいない人生を思い描こうとしたけれど、だめだった。今まではいつだって決断力を発揮して束縛のない人生を送ってきたのに。何かがうまくいかなくなれば、方向転換をして新しい道を歩いてきた。でも、こんなの初めて。どちらを向いても、今よりも悪くなるように思えてしまう。

「決着をつけなきゃいけないことがあるでしょう」

ガブリエルはミントの小枝をつまみ、指のあいだでくるくる回した。

「ケヴィンに手紙を書いたほうがいいと思うけど。それから、ヒラード夫妻のパーティに出席することも考えてみるべきね。自分をこんなに傷つけ、こんなに怒らせた男たちと向き合わなきゃだめ」

「私はそこまで怒ってないわ」

クレアはただじっと見つめている。

「そうね。ちょっと怒ってる」

ケヴィンに手紙を書くなんてお断りだと思ったけど、ママの言うとおりかもしれない。彼と向き合うべきなのだろう。そうすれば先に進むことができる。でも、ジョーはだめ。彼と会う覚悟はできていない。あの見慣れた茶色の瞳をのぞき込み、私を見返す表情に何の感情も見当たらないのを思い知る心の準備ができていない。

祖父の家にやってきたひと月前、母親とヨランダ叔母さんにケヴィンの話をしたが、そのときガブリエルが口にしたのは、ほとんどジョーに対する思いだった。もっとも、ジョーは私の「陽」だとは言わなかったし、言うつもりもなかった。どちらにせよ、母親にはわかっていたのだろう。

クレアは、ソウルメイトと運命は絡み合っていて、分かつことができないと信じている。母親の考えは間違っていると思いたかった。クレアは人生をがらりと変えることで夫の死に立ち向かったが、ガブリエルは自分の人生を変えたくなかった。今までの人生を取り戻したい。せめて取り戻せる分だけでも。

でも、母親の言うとおりかもしれないと思えることがもう一つあった。そろそろ家に帰るべきなのだろう。決着をつけるべきときが来ているのかもしれない。ちゃんと後始末をして、また自分の人生を歩むべきときなのかもしれない。


ジョーはビデオテープをデッキに差し込み、再生ボタンを押した。機械が回転し、カチッという音が取調室の静寂を満たす。彼はテーブルに寄りかかり、胸の前で腕を組んだ。画像がちらつき、流れたかと思うと、テレビの画面いっぱいにガブリエルの顔が現れた。

「私もアーチストですから」あれからひと月が経ち、こうして彼女の声を耳にすると、まるで長く寒い冬が終わって、顔に日の光を浴びているような気がする。ありとあらゆる隙間や裂け目から流れ込み、彼をすっかり温めてくれる日の光だ。

「では、ヒラード氏が何としても絵を取り戻したいと思っていることは理解できますね」カメラに映っていないところで自分の声がした。

「想像はつきます」ガブリエルの大きな緑色の目は混乱と不安に満ちた表情をしている。とてもおびえていて、それを必死で隠そうとしているが、ジョーは覚えていなかった。おびえているとわかるのは、彼女のことが今はよくわかっているからだ。

「この男ですが、見たか、あるいは会ったことがありますか?」とジョーの声。「名前はサル・カッチンジャー」彼女は頭をかがめ、写真を見てから、それをテーブルの向こうに押し返した。「いいえ。会ったことはないと思います」

「あなたのビジネス・パートナー、ケヴィン・カーターがこの男の名前を口にするのを聞いたことはありますか?」ルチェッティ警部が尋ねる。

「ケヴィンですって? ケヴィンが写真の人と何の関係があるんですか?」

警部がカッチンジャーとケヴィンの関係、二人がヒラード邸のモネ盗難事件に関与した疑いがあることを説明する。ジョーは、ガブリエルの視線がルチェッティ警部と自分のあいだを素早く行き来する様子を観察した。美しい顔に、ありとあらゆる表情が浮かんでいる。そのままじっと見ていると、ガブリエルは髪を耳にかけ、思い切り目を細めて、彼女の友情を受ける資格のない男を必死で弁護した。

「盗品を売っていれば、きっと気づきます。ほとんど毎日一緒に働いてるんですよ。彼がその手の秘密を隠していれば、わかるはずです」

「どうして？」警部が尋ねた。

ジョーは、ガブリエルがルチェッティ警部に向けた目つきに気づいた。悟りを得ていない人間にだけ見せる表情だ。「とにかく、わかるんです」

「ほかに理由は？」

「あるわ。彼、水瓶座なの」

「勘弁してくれよ」自分のうめき声が聞こえてきた。ジョーは自分のひどく苛立った声を聞き、リンカーンは水瓶座だったという彼女の説明に耳を傾け、今回は声に出して笑ってしまった。あの日、ガブリエルは確かに彼の頭をくらくらさせた。そのあともほぼ毎日。キャンディ・バーを盗んだことはあるものの、ものすごく後悔して、それほど美味しいとは思えなかったと彼女が弁解するさまを見て、ジョーはクックッと笑った。その笑いも、彼女が両手で顔を覆う様子を見つめるうちに消えていく。彼女が再び顔を上げたとき、緑の目には涙があふれ、下のまつ毛が濡れていた。彼女が涙をぬぐい、カメラをのぞき込む。とがめるような視線がこたえた。警棒で腹を殴られた気分だ。

「くそっ」ジョーはがらんとした部屋に向かって言い、ビデオの取り出しボタンを押した。こんなもの、見るんじゃなかった。この一カ月、見るのを避けてきたが、それは正解だった。彼女の顔を目にし、声を耳にしたら、ありとあらゆるものが再び心によみがえってきた。混沌、混乱、欲望のすべてが。

ジョーはテープをつかみ、もう帰宅することにした。軽くシャワーを浴びてから実家へ行かなくてはならない。父親の六四歳の誕生日パーティがあるのだ。途中でアンのところに寄って、彼女も連れていくつもりだった。

最近はアンと過ごしている。たいていは彼女の店で。朝食を食べに立ち寄り、昼どきにデスクを離れられないときは、何度か彼女がランチを持ってきてくれた。そして二人でおしゃべりをする。いや、彼女がしゃべるのか。

今のところデートは二回。この前のデートでは、家まで送った際、彼女にキスをした。しかし何かが違う気がして、あっという間に終わりにしてしまった。

アンに問題があるのではない。問題があるのは彼のほうだ。アンには、彼が常々女性に求めているものがすべて備わっていると言っていい。自分が求めていると思っていたものすべてが備わっている。かわいいし、賢いし、料理の腕は抜群だ。子供ができたら素晴らしい母親になってくれるだろう。ただ、彼女はすごく退屈で、そこが耐えられそうにない。といっても、これもまったく彼女のせいではなかった。それでもアンを見ていると、うなじの毛が逆立つような、とてつもなく変なことを口走ってくれたらいいのに、人をがく然とさせ、物事をまったく新しい観点で見ざるを得なくなるような妙なことを言ってくれればいいのにと思ってしまう。ガブリエルはそういう目に遭わせてくれた。彼が望む人生観を見事に打ち砕き、ひっくり返してしまった。おかげで彼はもう、自分の人生や将来像がよくわからなくなっていた。自分は今、仕方なくこうしている、場違いなところにいるという気持ちを振り払うことができない。でも、しばらくそこで我慢して待っていれば、何もかもうまくかみ合って、人生は懐かしい慣れ親しんだリズムを取り戻すだろう。

その晩も、ジョーはまだ待っていた。家族と一緒にとても楽しいひとときを過ごしていてもいいはずなのに、楽しめない。その代わり、彼は独りでキッチンに立ち、そこから裏庭をじっと見つめて、取調べ中のガブリエルのビデオについて考えていた。嘘発見器でテストを受けてくれと言われたときの、度を失った声が今も聞こえてくるようだ。目を閉じれば、彼女の美しい顔とワイルドな髪が浮かんでくる。しようと思えば、彼女の手や唇の感触も想像できる。二人でぴったり体を重ねていたときの、彼女の肌のにおいも思い出せる。彼女が街にいないのは、おそらくとてもいいことなのだろう。

もちろん、彼女の居場所はわかっている。彼女が街を離れた二日後に知ったのだ。一度、連絡を取ろうとしたが、彼女は留守で、彼もメッセージは残さなかった。今ごろ彼女は俺を憎んでいるだろう。自業自得だな。あの最後の晩、彼女の家のポーチで愛していると告白されたのに、君は混乱していると言ってしまったのだから。もしかすると、何もかも対処の仕方を間違えたのかもしれない。でも、いかにもガブリエルらしいじゃないか。彼女の告白には本当にぎょっとした。あんなふうに告白されるなんて。人生最悪とも言える晩に、まさに青天の霹靂《へきれき》だった。もし、あの日に戻って、違った対処の仕方ができるならそうするだろう。戻ったところで、自分が何を言うのかちゃんとわかっているわけではないが、いずれにせよ、今となってはどうでもいい。最近、かなりの確信を持っている。俺は、彼女がいちばん気に入らない人物の一人になってしまったのだ。

母親が裏口から入ってきて、網戸がバタンと閉まった。「そろそろケーキの時間よ」

「わかった」ジョーは重心を一方の足に移し、姉たちとおしゃべりをしているアンをじっと見つめた。姉たちはおおかた、弟がバービー人形を燃やしてしまったときの話でもしているのだろう。甥や姪たちが大きな庭を走り回り、キャーキャー言いながら水鉄砲で水のかけ合いをしている。アンは家族の中にうまく溶け込んでいた。思ったとおりだ。

「公園で会ったお嬢さんはどうしたの？」母親が尋ねた。

どのお嬢さんかと訊くまでもない。「彼女はただの友達さ」

「ふうん」母親は箱に入っているロウソクを取り出し、ケーキに刺し始めた。「言うまでもないだろうけど、友達には見えなかったわねえ」ジョーは何も言わなかったが、予想どおり母親は話をやめなかった。「あのお嬢さんを見ていたときのあなたの目つき、アンを見ているときとは様子が違ったもの」

「目つきって？」

「俺は一生、君を見ていられるぞって感じの目つきだったわよ」

アイダホ州立刑務所は、ちょっとハイスクールを連想させるところがある、とガブリエルは思った。まだら模様のリノリウムの床、あるいはプラスチックの椅子のせいかもしれない。

あるいはパイン・クリーナーのにおいと汗臭さのせいかも。でも、ハイスクールと違って、ガブリエルが座っている広い部屋は女性と赤ん坊でいっぱいだった。それに息が詰まりそうなほど重苦しい空気があふれていて、胸にのしかかってくる。

ガブリエルは膝の上で手を組み、ほかの女性たちと同じように待った。この一週間、何度もケヴィンに手紙を書こうとしたが、そのたびに、数行も書かないうちに手が止まってしまった。彼に会う必要がある。答えてもらわなくては困る質問をするのだから、彼の顔を見て訊きたい。

左側のドアが開き、ブルー・ジーンズと、まったく同一の青シャツという囚人服姿の男たちが列になって部屋に入ってきた。ケヴィンは後ろから三番目だ。ガブリエルを見た途端、一瞬足を止めたが、そのまま面会室にやってきた。ガブリエルは立ち上がり、近づいてくる彼をじっと見守った。見慣れた青い目に警戒の色が浮かび、首と頬が真っ赤になっている。

「僕に会いたいだなんて、びっくりしたよ」ケヴィンが言った。「面会に来てくれる人はあまりいないんでね」

ガブリエルが席に着き、ケヴィンもテーブルの向こうで腰を下ろした。「ご家族は会いにいらっしゃらないの？」

ケヴィンは天井を見上げ、肩をすくめた。「姉たちが来てくれたけど、どっちにしろ、家族に会うのはあまり好きじゃないんだ」

ガブリエルは、チャイナと彼女の親友ナンシーを思い出した。「ガールフレンドも全然、来てくれないの？」

「冗談だろう？」ケヴィンはガブリエルに目を戻し、眉間にしわを寄せた。「こんな姿、誰にも見られたくないね。君と会うのだって、承諾したとは言えないんだ。でも君にも訊きたいことはいくつかあるだろうし、僕は君にそれだけの借りがある」

「というか、訊きたいことは一つだけよ」ガブリエルは深呼吸をした。「私をわざわざビジネス・パートナーに選んだのは、隠れ蓑として利用するためだったの？」

ケヴィンは椅子にふんぞり返った。「何だって？　お友達のジョーと話してないのか？」

彼の質問と、その言葉の裏にある怒りに、ガブリエルは驚いた。

「逮捕された日、あいつがやってきて言ったんだ。僕が君を利用してたって。あいつだって、実はこの件で、ずうずうしくむかつくことをやってるんだぞ。それから次の日も独房にやってきて、僕がどれほど君を利用したかってことで怒りをぶちまけた。笑わせるだろう？　僕を捕まえるために、あいつのほうが君を利用してたんだから、なおさら笑えるよ」

ガブリエルは一瞬、ジョーと自分の関係や、ケヴィンの逮捕で自分が果たした役割について本当のことを話してしまおうかと思ったが、結局、黙っていた。この件で議論をする気力がなかったし、とにかくもう、どうでもよくなっていたからだ。それに、これでケヴィンに借りができるとも思っていない。「私の質問に答えてないでしょう」ガブリエルは念を押した。「私をわざわざビジネス・パートナーに選んだのは、隠れ蓑として利用するためだったの？」

ケヴィンは首をかしげ、しばらくガブリエルをまじまじと見つめた。「ああ、最初はね。でも、君は思ったより賢い人だった。それに観察力もある。で、結局のところ、当初のもくろみほどあの店は商売にならなかったってわけさ」

ケヴィンと話をして自分がどんな気持ちになるか、ガブリエルはわかっていなかった。怒り、痛み、裏切り、もしかすると、そのすべてを少しずつ味わうと思っていたのかもしれない。しかし、感じたのはほとんど安堵感だった。これで前に進める。私は少し大人になって、ちょっと賢くなった。それに、人を信用しすぎる部分はだいぶ減ったようだ。テーブルの向こうに座っている男のおかげで。

「実は、完全に合法的な仕事をやっていこうと思ってたんだ。警察が僕の人生に首を突っ込んでくるまではね」

「つまり、ヒラードさんのモネを売って、お金が手に入ったからってこと?」

ケヴィンは体を前に倒し、首を横に振った。「ヒラードのために泣いてやることはない。あいつらは金持ちだし、保険をかけてる」

「だから大丈夫だって言うの?」

ケヴィンは後悔をしている様子などこれっぽっちも見せず、肩をすくめた。「あんなお粗末な警報装置しかない家に、高価な絵を置いとくからいけないんだ」

あ然として、思わず口から笑いがもれてしまった。自分の行動に対する責任はないと言うのね。たとえ肺がんになればタバコ会社のせいにし、ピストルで人が殺されれば銃製造業者のせいにする世の中であっても、ヒラード氏が絵を盗まれたのは自業自得だと言うなんて、ぞっとするのを通り越している。まさに反社会的人格障害。でも、本当に恐ろしかったのは、ケヴィンのこういう一面に今までまったく気づいていなかったこと。

「精神科のお世話になるべきね」ガブリエルはそう言って立ち上がった。

「金持ち連中が絵や骨董品を盗まれて、気の毒だと思わないからか？」

説明しようと思えばできるけど、聞く耳を持たない人に言ってもしょうがないだろうし、どうでもいいことだ。

「それに、君だってそれほど悪い結果にはならなかった。州政府は僕が所有していた物をすべて取り上げたけど、君はあの店を手放さずに済むんだから、好きにすればいい。今も言ったけど、悪くないだろう」

ガブリエルはスカートのポケットから車のキーを取り出した。「もう、私に手紙をよこしたり、連絡を取ろうとしたりしないでちょうだい」

刑務所の門を通ったとき、解放された感覚が背筋をかすめたが、それは今あとにした金網やカミソリ刃つき有刺鉄線《レーザー・ワイヤー》とは何の関係もなかった。私は過去の一部に幕を下ろし、もう未来に向かって歩きだそうとしている。新たな方向へ進み、人生が自分をどこへ連れていくのか見てみる覚悟ができている。

アノマリーを失ったことは、これからもずっと悔やむだろう。自分の店を愛していたし、成功させるために一生懸命努力してきたのだから。でも今は頭の中に新しいアイディアが湧いてきて、夜中に目を覚ましては、ノートにメモをしている。久しぶりにわくわくし、前向きなエネルギーがあふれている。私のカルマはよくなっているし、そろそろ許されたっていいころでしょう。積み重ねた過去の悪事のせいで罰を受けるのは、もう本当にうんざり。

新しい人生のことを考えていたら、ジョー・シャナハンのことを思い出した。そんなはずはないと思い込もうともしなかった。ジョーへの思いを完全に乗り越えることは決してないだろう。でも、気持ちは日に日に少しずつ楽になっている。アトリエで彼の絵を見ても、心臓をえぐり取られるような気持ちになることはなくなった。ときどき空しさを覚えるのは相変わらずだけど、痛みは和らいだ。今は彼を思い出さなくても、何時間も過ごすことができる。来年の今ごろは、そろそろ新しいソウルメイトを探そうという気持ちになっているかもしれない。

17

フロントガラスの雨粒をワイパーで静かに払いながら、リムジンがヒラード邸に向かって曲がりくねった山道を上っていく。タイヤがはねを上げ、リボンのように続くアスファルトの上を車が少しずつ進むにつれ、ガブリエルは緊張し、胃がよじれた。どんなにほかのことを心に思い描いてみても、深呼吸をしてみてもどうにもならないのは経験からわかっていた。それどころかジョー・シャナハンに関しては、この方法が役に立ったためしがない。あれから一カ月と二週間と三日が経った。愛の告白をし、彼が去っていったあの日から。そろそろ彼と再び向き合うべきなのだ。

覚悟はできている。

ガブリエルは膝の上で両手を組み合わせ、あかあかと照明が灯る大邸宅に目を移した。玄関から車道のほうへ天蓋形のひさしが張り出し、リムジンがその前で停車する。そして、待機していたドアマンが手を貸してくれた。

遅刻だ。

おそらく最後の到着客だろう。そうしようと思って遅れてやってきたのだ。何もかも、彼女がもくろんだこと。ゆるくねじって編んだヘアスタイルもそう。体にぴったりした、膝よりだいぶ短い細身の黒いドレスもそう。ドレスは前から見ると地味で、オードリー・ヘップバーンが着そうなデザインだが、背中は腰までV字型に切れ込みが入っている。「セクシーな服」だ。

ガブリエルは準備万端でここにやってきた。

ヒラード氏の自宅の内部は少々ホテルを思わせた。いくつかの部屋の扉が開け放たれ、そこに出来た広々した空間に人があふれている。寄木張りの床、蛇腹《コーニス》模様や浮き彫の装飾が施された壁面、アーチ型の戸口や円柱は驚くほど豪華で、一気に圧倒されたが、眼下に望む谷の景色の素晴らしさにはかなわなかった。疑問の余地はまったくない。ポテト王、ノリス・ヒラードの家からは、間違いなく、この街の最高の全景が見渡せる。

少人数編成のバンドが奏でるソフト・ジャズが部屋を満たし、人の群れが心地よい音楽に合わせて踊っている。ガブリエルの立っている場所から、左側の奥の壁に設置されたバーとビュッフェ・カウンターが目に入った。ジョーの姿は見えず、彼女は心を浄化するために深く息を吸って、ゆっくり吐き出した。

でも彼はどこかにいるはず。ほかの刑事や巡査部長、警部補たちはスーツ姿でここにいる。妻やガールフレンドと腕を組み、今夜のパーティもほかのパーティと変わらないかのようにおしゃべりをしたり笑ったりしている。私が胃をきりきりさせていることも、緊張のあまり、ぴくりともせず無理やり立っているしかないことも知らないといった様子で。

そのとき、一瞬、視線を感じ、ガブリエルの目は彼の目に釘づけになった。愛さずにいられなくさせておきながら、私の心を引き裂いたあの人だ。彼は小さな輪を作っている人たちに交じって立っていた。暗い色の眼差しが彼女の奥深くまで届き、ぼろぼろになったハートに触れる。自分がこういう危なっかしい反応をするであろうことは覚悟していた。全身が熱くなることも覚悟していた。こうなることはわかっていたのだ。だから彼女は無理やりそこに立ち、視界に入ってくる限り、彼の顔を夢中になって見た。頭上の豪華なシャンデリアが柔らかな光で彼の耳にかかるカールを照らしている。ガブリエルは彼のまっすぐな鼻と、体じゅうにキスしてほしいと夢見たあの唇に目を移し、どんな小さな脈の乱れも、呼吸の乱れも無理やり感じ取ろうとした。驚くことじゃない。こうなると思っていたもの。

人込みが二手に分かれ、ガブリエルの目がとらえたのは、彼の体にぴったり合ったダークグレーのスーツと白いシャツ。それに彼の広い肩と明るいグレーのネクタイ。ほら、彼を見たでしょう。でも私は死ななかった。私は大丈夫。人生のこの章に幕を下ろすことができる。次の章を始めることができる。でも、この前ケヴィンに会ったときと違って、ジョーから解放された気分にはなれない。

解放されるどころか、胸の中に怒りがあふれてきた。最後に彼に会ったとき、彼にも愛してほしくてたまらなかった。彼も何かを感じているはずだと心から信じていたのに、彼は何も感じていなかった。そして私の心には痛みが、魂には怒りが残されただけ。本当の恋もこれでおしまい。

ガブリエルはあともう少し、彼の顔に視線を留めていたが、やがて背を向け、バーのほうに歩いていった。もう二度と、自分のほうが夢中になるような愛し方はするもんですか。本当の恋なんて、がっかりするだけ。

ガブリエルが背を向けた。行ってしまった。ジョーは誰かに胸を蹴飛ばされた気分だった。人込みを縫って進む赤茶色の髪を目で追い、彼女が一歩、また一歩と遠ざかるたびに、胸が少しずつ締めつけられていく。だが、それと同時に、今まで感じたことのない生き生きした気分を味わっている。小さな喜びが勢いよく神経を駆け巡り、腕の毛が逆立った。ヒラード邸に集う人々は視界から消え、彼らの声は一塊になって耳の中で低い雑音と化した。自分の周りにあるものが何もかも実に無意味で取るに足りない存在に思える。彼女以外、何もかも。

ずっと期待していたノックアウト・パンチを食らうようなことは起こらなかった。稲妻が走り、一生、この人と一緒にいたいと悟らせてくれたわけでもない。びびっと痛みを覚えるようなことは何もなかった。彼女を愛するのはもっと、涼しいそよ風や暖かい陽射しが顔に当たるような、そんな感覚に似ている。単純な真実。この感覚こそ、ガブリエルそのものだ。それを確かめるには、自分の行く手を邪魔しているがらくたを片づけさえすればよかったのだ。

「あの野郎、鏡張りの部屋でガールフレンドといちゃつくのが趣味だったんだぜ」制服組のある警官が言った。例の絵が盗まれた晩、ヒラード氏の通報を最初に受けたのはこの男だ。

ほかの警官が笑い、妻たちも笑ったが、ジョーは別だった。部屋の向こうが気になり、頭がいっぱいになっている。

ガブリエルは記憶していたよりもずっときれいに見える。こんなのあり得ないだろう。だって、覚えている限り、彼女はいつも太陽を崇拝する女神みたいな格好をしてたじゃないか。今夜、ガブリエルは来るだろうかと考えてはいたが、彼女が入ってきた瞬間、自分がかたずをのんで待っていたことにようやく気づいたのだ。

彼はひと言、断って席をはずし、人込みを縫って歩いていった。職場の仲間やその妻たちに会釈をしながら進んでいるが、一方では背中がぱっくり開いたドレスを着た赤毛の女性から目を離さずにいる。彼女を見失わないようにするのは簡単だった。くるっ、くるっと彼女を振り向く人たちの頭をたどっていけばそれでいい。ケヴィンのパーティにセクシーな服を着てきてくれと頼んだ晩のことを思い出す。ちょっと怒らせてやろうと思い、からかい半分にそう言ったら、彼女はわざと、あのひどいチェックのジャンパースカートを着てきたのだ。でも今夜は確かにセクシーな服を着ている。ジョーは彼女の肩に上着をかけてやりたい衝動に駆られた。

友人や同僚のそばを通ると、声をかけられて話に誘われ、何度も足止めを食らった。バーの端でようやくガブリエルに追いついたころにはもう、職場で彼以外の唯一の独身、デール・パーカーが狙いを定め、彼女と話を始めていた。普段、この新人刑事には何の恨みもなかったが、ガブリエルのドレスにあからさまに注目しているデールを見ると、ジョーはひどくいらいらした。

「シャニー」赤ワインのグラスをガブリエルに渡しながらデールが声をかけてきた。彼女がにこっと微笑み、若い刑事に感謝を示すと、ジョーの人生に初めて嫉妬が押し寄せ、彼をつかんで水面下に引き込んだ。

「ああ、パーカーか」ジョーは、彼女が肩をこわばらせ、振り向く様子をじっと見ていた。

「やあ、ガブリエル」

「どうも」

彼女の声を聞き、緑の瞳をのぞき込むのはずいぶん久しぶりだった。ビデオの映像ではない。本物だ。彼女の声をじかに聞き、本人を目の前にしたら、胸がいっそう重苦しくなり、あのかたずをのむような感覚がまた襲ってきた。こんなに近くにいると、どれほど彼女が恋しかったか思い知らされる。だが、彼女の冷たい、よそよそしい目を見つめ、何かが違うと悟った。もう手遅れなのかもしれない。

ジョーの人生において、恐怖で首のつけ根が締めつけられる感じを味わったことは何度もあった。重罪犯を追跡し、追い詰め、最後に何が待ち受けているかまったくわからない状況で感じることがほとんどだったが、彼はその恐怖を今、感じている。以前は自分に自信があった。勝てると確信が持てた。だが今回はあまり自信がない。これは、あまりにも大きな賭け、見えない追跡だ。望みどおりの結果が得られるかどうかわからないが、選択肢はない。彼女を愛している。「元気にしてた?」

「ええ、あなたは？」

それほど元気だったわけではない。「まあ、なんとか」後ろから人がぶつかり、ジョーは一歩、彼女に近づいた。「最近はどうしてたんだ？」

「新しくお店を出そうかと考えているの」

ジョーは彼女の肌のにおいがわかるほどそばに立った。ライラックの香りだ。「何を売るつもりなんだい？」

「精油とアロマグッズ。クール・フェスティバルですごく評判がよかったから、うまくいくと思う」

彼女は、あの日二人で愛し合ったあと、シャワー室で彼の全身に塗りつけた石けんのにおいがする。「またハイド・パークで？」

「いいえ。新しいタイプの事業には、人口統計学的にオールド・ボイジーのほうがいいのよ。もう場所は物色しているの。家賃はハイド・パークより高いけど、アノマリーを売れば、工面できるでしょ。人を雇うつもりはないし、在庫はあり余るほどあるし、準備費用はかなり低く抑えられるわ。賃貸契約をしたら……」

とても近くにいながら、彼女に触れずにいるのは、ありったけの自制心を使いきらなければならなかった。ジョーは彼女の唇に視線を下ろし、彼女がしゃべるのをじっと見つめていたが、そのとき本当に望んでいたのは、唇を重ねることだった。彼女を家に連れて帰って、独り占めすることだった。母親の言ったとおりだ。彼女のことなら一生見ていられる。頭のてっぺんからつま先まで全部。ジョーは彼女に触れたかった。彼女と愛し合いたかった。そして眠っている彼女をずっと見ていたかった。今も彼を愛しているのか訊きたかった。

「……そうなんでしょう、シャニー？」

ジョーはデールが何を訊いているのか見当もつかなかったし、どうでもよかった。「ガブリエル、少し話せるかな？」

「実は――」彼女の代わりにデールが答えた。「彼女をダンスに誘ったところだったんです。そこへ、あなたがやってきたわけで。彼女、オーケーしてくれたんですよ」

こんな経験は初めてだ。嫉妬が胸の内で溶岩のように燃えている。ジョーはガブリエルの顔をのぞき込んで言った。「じゃあ、今、断ればいい」その言葉が口をついて出た瞬間、まずかったと気づいた。彼女は目を細め、彼に思い知らせてやろうとばかりに口を開いた。

「ガールフレンドは来てないんですか？」だがデールに先を越され、地獄へ落ちろとののしるチャンスを失った。

ガブリエルは口を閉じ、すっかり固まっている。

くそっ。なんで、こんなでたらめを言われなきゃいけないんだ？「俺にはガールフレンドなんかいない」ジョーは歯を食いしばって言った。

「じゃあ、八番通りでデリをやってるあの女性は何なんです？」

「ただの友達だ」

「ただの友達がランチを届けてくれるんですか？」

この新人は、鼻が左耳の下に届くまでぶん殴られたいのだろうか。「そうだよ」デールがガブリエルに顔を向けた。「行こうか？」

「ええ」彼女はジョーには目もくれず、カウンターにワイングラスを置くと、ダンスフロアを目指して行ってしまった。デールの手が彼女の腰に当てられる。

ジョーはバーでビールを注文してから、アーチ型の戸口越しに、隣の部屋の暗くなったダンスフロアをじっと見つめた。ガブリエルの居場所を示すのに矢印はいらない。背が高いから、すぐに見つかる。

愛する女性がほかの男の腕の中にいるのを見るのは最悪だ。彼女がくだらないジョークに笑い、輝くばかりの笑みを浮かべるのを見つめながら、それをどうにかしようにも、何をやっても嫉妬深い間抜け野郎のようになってしまう。ジョーはガブリエルから目を離すことなくビールを一口飲んだ。今夜、彼女がここに入ってくるまで、自分がどれほど彼女を愛しているか、ちゃんとわかっていなかった。だが、だからといって、体じゅうの細胞という細胞がそれを感じ取っていなかったわけではない。胸がずきずき痛むたびに、彼女への愛を自覚しなかったわけでもない。

ウィンストン・デンズリーが連れの女性と一緒に、カウンターに沿ってジョーの隣ににじり寄ってきた。二人の刑事は仕事の話をした後、もっと興味深い、ヒラード邸のトイレの特徴――温かい便座のついた金の便器――を話題にした。自分でも驚いたが、ジョーは五分と経たないうちにビールをカウンターに置き、人込みを縫ってダンスフロアに出ていった。いつも人食いバクテリアのように避けているケニー・Gっぽいサックスの曲が終わると同時に、ジョーはパーカー刑事の肩に手を置いた。「割り込ませてもらうよ」

「あとにしてください」

「だめだ」

「ガブリエルしだいでしょう」

二人を隔てる薄暗い空間の向こうからガブリエルの目がジョーの視線をとらえた。「いいのよ、デール。この人、話があるみたいだから、聞いてあげることにする。そうしたら、あとは一晩中、ほっといてくれるでしょ」

「本当にいいの？」

「ええ」

デールはジョーを見て、首を横に振った。「あんた最低だ」

「ああ。そう思うなら俺を訴えろ」再び音楽が始まり、ジョーはガブリエルの手を取り、もう片方の腕を彼女の腰に回した。彼女は腕の中で彫像のようにしゃちこばって立っていたが、こうしてまた彼女を抱き締めると、長いあいだ留守にしていた家に帰ってきたような感じがした。

「何の用？」耳のそばで彼女が尋ねた。

君が欲しい。でも、今は答えを聞いても心から喜んではくれないだろう。彼女をどう思っているか伝える前に、お互いの誤解を解いておく必要がある。「もうアンと会うのはやめた。

一週間以上前にね」

「何があったの？　彼女に振られたんだ？」

ガブリエルは傷ついている。償いをしよう。ジョーは彼女を胸に抱き寄せた。上着の襟の折り返しに彼女の胸が軽く触れ、ジョーは彼女のむき出しの背中に手のひらを滑らせた。あの慣れ親しんだうずきがみぞおちに留まり、下腹部へと広がっていく。「そうじゃない。アンがガールフレンドだったことは一度もないんだ」

「またそれ？　彼女とも恋人ごっこをしてただけだっていうの？」

彼女は怒っている。俺はそれだけのことをした。「違う。彼女は君がやってたような情報提供者じゃない。子供のころからよく知ってるんだよ」ジョーは彼女のなめらかな肌に置いた手を上に滑らせ、彼女の髪に鼻を押し込んだ。目を閉じて、においを吸い込むと、彼女が小さなプールに浮いていたあの日のことが思い出された。「昔、彼女のお姉さんとつきあってたんだ」

「彼女のお姉さんは本当のガールフレンドだったの？　それとも、にせ者？」

ジョーはため息をつき、目を開けた。「俺が何を言おうが、腹を立ててやろうと決めてるんだろう」

「腹なんか立ててないわ」

「立ててるよ」

ガブリエルが体を引き、彼を見た。思ったとおりだ。かんかんに怒った目をしている。もはや冷たい、よそよそしい目ではない。これはいい傾向とも悪い傾向とも取れる。見方によるな。

「教えてくれ。どうしてそんなに怒ってるんだ？」ジョーは強く迫った。これであの晩、ポーチで彼女をどれほど傷つけてしまったのか聞かせてもらえるだろう。彼女が気持ちをすっかり打ち明けてくれたら、何もかもうまくいくようにしよう。

「私を抱いた日の朝、あなたが持ってきたマフィン、ガールフレンドのデリで買ったやつだったのね！」

そんなことを聞かされると思っていたわけじゃない。というより、予想していた答えと全然違う。「何だって？」

ガブリエルは彼の左の肩越しにどこかを見ている。まるで彼が視界に入るだけで耐えられないとばかりに。「あなたが持ってきた――」

「それは聞いた」ジョーは彼女の言葉をさえぎると、周囲に素早く目を走らせ、ほかのカップルに聞こえていないかどうか確認した。彼女は声を落としたわけではなかったから。マフィンを買ったことが、あの日の朝、二人が愛し合ったこととどう関係があるのかわからない。アンのデリで買ったターキー・サンドも持っていったことがあるじゃないか。大した問題じゃないだろう。だが、ジョーはサンドイッチの件は口にしなかった。この手の議論は自分には絶対に理解できないし、絶対に勝てないと悟ったからだ。その代わり、彼女の手を口元に持っていき、指の背にキスをした。「一緒に帰ろう。うちで話をすればいい。君がいなくて寂しかった」

「どれくらい寂しかったか、太ももに当たってる部分でわかるわ」ガブリエルはそう言ったが、相変わらず彼を見ようとしない。

体が興奮しているのがはっきりわかると言ってやれば、ばつが悪くて困るだろうと思ったのなら、作戦は失敗だ。「君のことを求めたって恥ずかしいとは思っていない。ああ、そうさ。君に触れることができなくて寂しかったし、君を抱けなくて寂しかった。それにまたあいうことをしたいと思ってる。でも、君が街を出ていってから、俺がずっと恋しく思っていたのはそればっかりじゃない」ジョーは両手を彼女の頬に当て、もう一度自分のほうに向かせた。「今にもカルマに襲われそうだってとき、君があたりを見回す様子が恋しかった。君が歩いたり、髪を耳にかけたりする様子を見られないと寂しいんだ。君の声が聞こえないと寂しいし、ベジタリアンになろうとしても失敗する君がいないと寂しいんだよ。巻き尺で人の手に不意打ちを食らわせるくせに、自分は平和主義者だと思ってる君がいないと寂しい。

ガブリエル、君のすべてが恋しかった」

ガブリエルが二度瞬きをし、ジョーはこれで彼女の態度が和らぐかもしれないと思った。

「私が街を出ているあいだ、どこにいたか知ってたんでしょう?」

「ああ」

ガブリエルは彼の抱擁から身を引いた。「じゃあ、寂しかったなんて言っても、どの程度本気だったのかしらね?」

その質問には簡単に答えられなかった。

「私の人生にかかわらないで」ガブリエルはそう言って、ダンスフロアから出ていった。ジョーは追いかけなかった。今度は自分のほうが歩き去る彼女をじっと見ているはめになったが、それはかつて味わったことがない地獄の苦しみそのものだった。とはいえ、彼はキャリア九年の刑事だ。追跡から身を引き、事態が落ち着くのを待つべきときは経験で心得ている。

ただし、とても長く待つことになるだろう。自分が求めている女性、自分の人生で必要としている女性を我慢して、さんざん時間を無駄にしてしまった。毎晩六時までに夕食が用意されていても、靴下が左右ちゃんとそろっていても幸せにはなれない。俺を幸せにしてくれるのはガブリエルだ。あの晩、彼女がポーチで言ったことが今は理解できる。ガブリエルは俺の魂。俺は彼女の魂。彼女を愛しているし、彼女も俺を愛している。その事実は消えてはいない。ひと月半しか経っていないのだからなおさらだ。

ジョーは我慢強い男ではなかったものの、その欠点を不屈の精神で埋め合わせていた。今回はガブリエルに時間をやったが、ジョーは彼女を口説くつもりでいた。確かにその方面の経験は豊富とは言えないが、女性はロマンチックなことが大好きだろう。きっとできるさ。

ガブリエル・ブリードラヴをとことん口説いてみせる。ジョーはそう確信していた。

18

翌朝九時に最初のバラが一ダース分、届いた。華やかな純白のバラ。送り主はジョーだ。カードに名前が走り書きしてあったが、それだけだった。名前しか書いていない。ガブリエルにはどういうことかさっぱりわからなかったが、意味を読み取るつもりはなかった。それは前に一度やっている。彼のキスの仕方、彼女を抱いたときの様子を深読みし、代償を払うことになったのだ。

二度目に届いたのは一ダースの赤いバラ。三度目は一ダースのピンクのバラ。ガブリエルの家はバラの香りに包まれた。彼女は相変わらず、絶対に意味など見出すまいと思っていたが、ケヴィンが逮捕された日と同じように、ジョーの電話を待っている自分に気づくと、Tシャツとランニング用のショートパンツに着替えて走りに出かけた。

もう待つのはたくさん。頭をすっきりさせなくちゃ。どうすべきか答えを出さなくちゃ。だって、ゆうべと同じことがまた繰り返されたら、耐えられるとは思えないもの。彼を目にするとものすごく心が痛む。魂の片割れと向き合えるだけの強さがあると思っていたけど、そうじゃなかった。愛しているのに、向こうは私を愛していないとわかっている男性の目を見つめることはできない。私を抱いた日の朝、彼はまずガールフレンドのもとを訪れていた。それがわかってしまった今はなおさらだ。デリをやっている女性の話は、すでに傷ついている心に追い討ちをかけるようにぐさっときた。デリのオーナーなら料理が大好きなのだろう。たぶん家を掃除したり、ジョーの服を洗濯したりするのもいとわないはず。あの日、店の収納室でジョーが口にしたことは、彼にとってとても大事な条件だった。そして、あのとき彼は私を壁に押しつけ、息ができなくなるほどキスをしたのだ。

ガブリエルはジョギングを続けながら、自宅から数ブロック先にあるセント・ジョンズ教会を通り過ぎた。教会の扉は開け放たれていて、パイプオルガンの奏でる音楽が古い聖堂の木の入り口に漂っていた。ジョーはカトリック？　プロテスタント？　それとも無神論者かしら？　そういえば、教区学校に通っていたと言ってたっけ。ならカトリックだ。今となっては、もうどうでもいいけれど。

ボイジー・ハイスクールを通り越し、学校のトラックを四周してから、再び家の方向へ走っていく。ジョーから送られたバラでいっぱいになったあの家へ。彼と出会ってからずっと感じていた混乱へ逆戻り。今は前にも増して混乱している。新鮮な空気もちっとも頭をすっきりさせてはくれなかった。確かにわかっていることはただ一つ。もしジョーが電話をしてきたら、やめてくれと言ってやろう。もう電話も花もお断りよ。彼には会いたくない。

二人がばったり出くわす可能性は低いと思う。彼は窃盗犯罪担当の刑事だし、この先、うちが泥棒に入られることはないだろう。アロマ・ショップを開いてブレンド・オイルを売るつもりだけど、ジョーが見込み客になることは想像できない。二人がまた顔を合わせる理由はまったく見当たらない。

ただし、彼のほうが待っていたら話は別。ジョーは玄関の前に腰を下ろし、両足をポーチの下の段に載せ、前腕を太ももの上に置いて待っていた。一方の手に持ったサングラスが膝のあいだでぶらぶら揺れている。彼は顔を上げ、近づいてくるガブリエルを見て、ゆっくり立ち上がった。自分に何と言い聞かせようと、彼女の心は頼りにならず、ジョーの姿を見ただけで胸がいっぱいになってしまった。彼はそのとき、聞きたくないことをガブリエルが言おうとしていると思ったのか、片手を上げて彼女を制した。実際には、彼女は何を言うべきかわかっていなかった。というのも、筋の通った考え方がいまだにできずにいたからだ。

「ポーチから出ていけと命令される前に」ジョーが口を開いた。「君に聞いてほしいことがある」

彼はカーキ色のズボンに、上までボタンを留めた綿のシャツという格好で、長袖を肘までまくり上げている。とても素敵で、ガブリエルは手を伸ばして触れたくなったが、もちろんそんなことはしなかった。「あなたの言い分はゆうべ聞いたわ」

「昨日は何がどうなってしまったのかわからないけど、俺は、言うべきことを全部伝えてない」ジョーは片足に体重をかけた。「中に入れてくれる?」

「だめ」

ジョーはしばらく彼女をじっと見つめていた。「バラは受け取ってくれたのかな?」

「ええ」

「ああ、よかった」彼は開いた口を閉じ、もう一度言ってみた。「何から言えばいいのかわからないんだ。また変なことを言ってしまうかもしれない」そこでいったん言葉を切り、再び続ける。「君を傷つけてしまったこと、後悔してる」

ガブリエルはジョーを見ることができず、足元に目を落とした。「だからバラを送ったの?」

「ああ」

それを聞いた途端、ガブリエルは訊くべきじゃなかったと悟った。それに、マゾヒスティックな心の片隅で希望にすがりついている自分にも気づいてしまった。彼が花を送ってくれたのは、私と同様、彼も私を愛しているからだと思いたかったのだ。「もう終わったのよ。私は乗り越えたから」

「そうは思えない」

「じゃあ、好きに思ってれば」ガブリエルは彼を通り越し、泣きだしてしまう前に家の中へ逃げ込もうとした。泣くところを見られるのはいちばんいやだったのだ。

ジョーは手を伸ばし、彼女の腕をつかんだ。「頼むから、もう俺に背を向けないでくれ。わかってるよ。君が愛していると言ってくれた晩、俺はあの場を立ち去り、君を傷つけた。でもガブリエル、君はもう俺に二度、背を向けただろう」

ガブリエルが立ち止まった。腕をつかまれたからではない。ジョーの声にこめられた何かが彼女の注意を引き、彼女をつかんで離さなかったからだ。彼の声には今まで耳にしたことのない何かがあった。彼女の名前を呼んだときの響きに何かがあった。「私がいつ、あなたに背を向けたっていうの？」

「ゆうべだよ。君が行ってしまうのを見るたびに、胸が死ぬほど痛んだ。さっきも言ったとおり、俺は本当に君を傷つけた。それはわかってる。でも、俺たち、休戦してもいいと思わないか？」ジョーはガブリエルの腕に手のひらを滑らせ、彼女の手をつかんだ。「そろそろ、俺に償いをさせてくれてもいいと思わないか？」彼はポケットから何かを取り出し、彼女の手のひらに押しつけた。「俺は君の魂の片割れだ。そして、君は俺の魂の片割れ。二人が一緒になれば、お互い完全な形になれる」

ガブリエルは手を開き、シルバーのチェーンにぶら下がった白と黒の平らな丸いペンダントを見下ろした。陰と陽。彼はわかってくれたんだ。

「俺たちは二人で一つだ」ジョーはガブリエルの頭のてっぺんにキスをした。「君を愛してる」

彼の言葉は聞こえたけれど、胸の中で感情が風船のように膨らんでしまい、しゃべることができない。ガブリエルはネックレスをじっと見つめ、それが表現しているものをじっと見つめた。もし彼の言葉を信じ、彼を信用したなら、彼は私の心が望むものを何もかも与えてくれるだろう。

「それと、君がまた〝私の人生にかかわるな〟と言うつもりでいるといけないから、念を押しておくよ。君にはもう一つ、考えなきゃいけないことがある。君は俺を改心させ、自分でいいカルマを作っている。それについて考えてごらん」

ガブリエルはちらっとジョーの顔を見上げた。涙で目の前がかすむ。「本気で言ってるの？」

「ああ。君には俺を改心させる力がある。試してみればいい」

ガブリエルが首を横に振り、涙が頰を滑り落ちた。「そうじゃなくて。ジョー、私のこと、本当に愛してるの？」

「息をするたびに思う」ジョーはためらうことなく答えた。「これから一生かけて、君を幸せにしたい」彼女の濡れた頰を手の甲でぬぐい、彼は尋ねた。「ガブリエル、今も俺を愛してる？」

彼の声はとても不安そうで、目がとても緊張していたため、ガブリエルは口元がほころんでしまうのを抑えることができなかった。「ええ、今も愛してる」すっかり安心したのか、彼の目が和らいだところで、彼女は言い添えた。「私はあなたにはもったいないと思うけど」

「もったいないのはわかってるさ」

「とにかく、中に入ったら？」

ジョーがヒューと息を吐いた。「うん」

彼はガブリエルに続いて家に入り、彼女がドアを閉めるのを待ってから彼女に手を伸ばし、肩をつかんで自分の胸に抱き寄せた。「君がいなくて、ずっと寂しかった」彼女の顔と喉にキスをすると、彼はいったん体を引いて彼女の目をのぞき込み、奪うように勢いよく唇を重ねてきた。ガブリエルの口に舌が差し込まれ、彼女がジョーの首に腕を回す。と同時に、彼の手がむさぼるように彼女の背中、ヒップを愛撫し、乳房を覆った。彼の親指が胸の先端をかすめ、乳首がたちまち硬くなる。彼の腕に包まれ、抱き締められ、ガブリエルは焼き尽くされた気分だった。彼を愛してる。彼が愛してくれるのと同じくらい彼を愛してる。

ガブリエルは体を引き、息を継いだ。「汗かいちゃったから。シャワーを浴びなきゃ」

「いいよ、そんなの」

「私がよくないの」

ジョーは息を吸い込み、手を下ろした。「わかった。君をせっついて心の準備ができていないことをやらせるためにここに来たんじゃない。君を傷つけたことはわかってるし、今すぐ俺と愛し合いたい気分じゃないんだろうなってこともわかってる。待ってるよ」彼は息を吐き出し、髪をかき上げた。「ああ、待つことにする。ちょっと――」そこで言葉を切り、あたりを見回した「雑誌でも読んでるかな……」

ガブリエルは頑張って笑わないようにした。「それでもいいし。一緒に来てもいいし」

ジョーが飛びつくように目を合わせ、ガブリエルは彼の手を取った。彼を連れてバスルームに向かう途中で、なぜか彼女のシャツはなくなっており、彼のシャツもなくなっていた。ジョーが立ち止まり、唇を開いてガブリエルの首のわきに押しつける。彼女がぴったりしたスポーツ・ブラのホックをはずし、解放された乳房はそれを待ち構えていた彼の手の中に収まった。ジョーの真紅のオーラが二人を取り巻き、ガブリエルは彼の情熱と、これまでは存在しなかった何かに囲まれた。愛だ。彼の愛が熱波のように全身に降り注ぎ、腕の毛が逆立った。

「君はとても美しい」ジョーは、ガブリエルの喉のくぼみに向かって言った。「一生、君を見ていたい。君と一緒にいたい。君を幸せにしたい」

ガブリエルはジョーと長く激しいキスを交わし、彼の舌に触れ、それを追いかけた。ジョーが硬くなった彼女の乳首の上に手のひらを滑らせ、乳房を軽く握り締める。欲望が体を駆け抜け、ガブリエルはジョーのズボンの中にぐっと手を下ろし、信じられないくらい硬くなったものをつかんだ。たとえるならサテンのようになめらかな皮膚に覆われた石。ガブリエルは彼をなで、熱くなっている先端に親指を走らせた。彼を感じ、その形や感触をあらためて確かめる。だが、とうとう彼が一歩後ろに下がり、彼女の手をそこから引き離した。

ジョーのまぶたは閉じかかっていて、ガブリエルは彼の輝く目をほとんど見ることができなかった。「本当にシャワーを浴びたいのかい?」と尋ねるジョー・シャナハンは興奮し、すっかりその気になっている。

ガブリエルがうなずくと、彼はほとんど引っこ抜くように靴を脱がせ、彼女を引っ張ってバスルームに入った。彼女が蛇口をひねり、お湯の温度を確かめているあいだに服を脱ぎ、続けて彼女の服も脱がせ、二人でシャワー室に入った。温かいお湯を頭から浴びながら、ジョーはラベンダーの石けんに手を伸ばした。両手で石けんを泡立て、彼女の全身に塗りつけていく。乳房と硬くなった乳首には特に念入りに。それから腹部と太もものあいだの泡を洗い流し、その場所を舌と唇でゆっくりと、じらすように愛撫する。さらに乳房とへそも。そのあと、彼はひざまずき、ガブリエルの一方の足を自分の肩に載せ、大きな手で彼女のヒップをつかむと指で短い恥毛をすき、骨盤を自分の口のほうに引き寄せてキスをした。ガブリエルは頭を後ろに倒し、シャワー室の壁にもたせかけた。体の内側の緊張がどんどん高まっていく。それから、ジョーが立ち上がり、ガブリエルは両脚を彼の腰に巻きつけた。なめらかな熱いものが腹部に当たって滑り、彼女はぞくっとした。

「俺のお気に入りはこれだ」ジョーはガブリエルをいったん持ち上げてから下ろし、彼女の奥深くまで自分をうずめた。「すっかり熱くなった、すべすべした君に触れること。すごく気持ちのいい場所、君がすごく感じる場所に触れることだ」

「〝本当のお楽しみ〟でしょう」

「そう」ジョーは体を引き、腰を上下させて彼女を突いた。最初はゆっくりと。

「ジョー、愛してる」彼の動きはだんだん速く、激しくなり、彼女を攻めながら息遣いも荒くなっていく。ほどなく、めまいがするほどのクライマックスが二人を粉々にし、ジョーは危うく膝をついてしまうところだった。ガブリエルの耳の中では心臓がどきどき鳴り、ジョーのほうは息を整えるのにずいぶんかかってしまった。彼がシャワーを止め、ガブリエルはそのときようやく、お湯が水になっていたことに気づいた。

「まいったな」ジョーは体を引き、ガブリエルを下ろして床に立たせた。「ジョギングと、ジャグリングと、セックスを全部いっぺんにやろうとしたみたいな感じがするよ」

「すごくよかったわ」ガブリエルはささやき、ジョーの首にキスをした。

「文句を言ったわけじゃないさ」ジョーはにやっと笑い、彼女のヒップを軽く叩いた。「何か食べるものある？　たぶんベーコン・エッグぐらいできるだろう？　運動したもんだから、腹ぺこなんだ」

　ガブリエルはコーンフレークを出してあげた。そして二人は、タオルと満面の笑み以外、何一つまとわず、食堂のテーブルに着いた。ガブリエルは、横にいる愛する男性を見て思った。自分が望んだものすべてを手にできる資格があるほど、私は正しいことをしたのかしら？　答えはわからない。でも、この数カ月の行いに対し、そろそろカルマが報いてくれる時期なのだろう。

　その晩、ガブリエルはジョーの腕に抱かれてベッドに横たわり、完璧なバランスと完全な幸福が体と心と精神を満たす感覚を味わった。この世に少しばかり涅槃《ねはん》を見つけたのかもしれない。でも、一つ訊きたいことがあった。

「ジョー？」

　彼の手がガブリエルのわき腹からヒップへと滑っていく。「うーん……」

「私を愛しているといつ気づいたの？」

「たぶん先月。でも、ゆうべ、ヒラード邸のパーティ会場に君が入ってきて、初めて確信が持てた」

「どうして、そんなに時間がかかったの？」

ジョーはしばらく黙っていたが、やがて言った。「撃たれたあと、考える時間がたくさんあってね。そろそろ家庭を持ってもいいころだと思ったんだ。それで、妻になる人はきっと、料理が好きで、俺のためにいつもきれいな靴下を用意してくれるような女性だと想像した」

「私とはちょっと違うタイプね」

「わかってる。でも君は俺が求めていた人なんだ。やっと自分が本当に求めていたものに気づいたんだよ」

「そうね、理解できる気がする。私もずっと、自分が恋に落ちるのは、一緒に瞑想をしてくれる人だと思ってたもの」

「俺とは全然違うタイプだ」

「わかってる。でも、あなたこそ私が求めていた人よ。やっと自分が求めていたものに気づいたの」ガブリエルは体を引き、ジョーを見上げた。「今も私の頭はおかしいと思ってる？」

「俺が思ってるのは――」ジョーはガブリエルを抱き寄せた。「頭がおかしくなるほど君に夢中だってことさ」

エピローグ

ジョーはガブリエルのアトリエに入り、彼女が描いているサムの肖像画をしげしげと眺めた。当のモデルはといえば、止まり木に逆さまにぶら下がって、彼女をじっと見つめている。カンバス上の鳥は、オウムというよりウズラにそっくりで、頭の周りに太陽のような黄色い光が描かれていた。それがサムのオーラであろうことはジョーにもわかっていたし、自分の意見は言わずにおくだけの分別もあった。

「本当に、それじゃなくて、俺の裸の絵を描かなくていいのか？　こっちはやる気満々なんだけどな」ガブリエルの絵のモデルになると、そのうち二人で柔らかい小ぶりの筆を持って、絵の具を塗り合う遊びに変わってしまう、というのがお決まりのパターンだった。おかげでジョーは、まったく新しい目でアートを鑑賞できるようになったのだ。

ガブリエルはにこっと笑い、明るい黄色の絵の具を筆に少しつけた。「あなたの〝ミスター・ハッピー〟の絵はたくさん描いたでしょう」彼女は壁際に積んであるカンバスの山を指差した。「今日はサムを描きたいの」

ちくしょう。鳥にモデルの座を奪われた。

ジョーは壁に一方の肩をもたせかけ、絵を描くガブリエルを見守った。結婚して三カ月。気づくと、彼女をただじっと見ていることがある。母親が言ったとおりだ。ガブリエルのとなら一生見ていられるだろう。絵を描いていようが、精油をブレンドしていようが、眠っていようが見ていられる。二人で愛し合っているときの彼女の目を見つめるのは特に好きだ。あと一週間で、ガブリエルにスプレーを吹きつけられた日を祝うことになる。勝手に記念日を作って祝うなんて、本当は興味がない。それに、あれは自分ではなく、ガブリエルの口元がより大きくほころぶ思い出だ。でも彼女を喜ばせるために祝うことにしよう。

ジョーはガブリエルの腹部に視線を下ろし、想像した。目を凝らせば、かすかに丸みを帯びた腹が見えるはず。その中で自分の子供が育っている。二カ月前、この新居に越してきた晩に授かったのだろう、と二人は思っている。あれこそ記念すべき日だ。

サムが甲高い声で鳴き、止まり木からジョーの肩に飛び移った。胸を膨らませ、足を踏み替えながら左右に揺れている。

「ラクニアノヨマデイケルンダ。ウンガヨケリャアナ。サア、ドウスル？　クソヤロウ！」

ジョーは、絵の具のはねが飛んだ白いシャツを着ている妻を見つめた。自分が求めたもの、この先なくてはならないものがすべて、この部屋にある。愛するあまり、胸が痛くなってしまうほど大切な美しい妻がいて、彼女のお腹の中では子供が安全に、そして確実に育っている。おまけに、なんとも行儀の悪いオウムもいる。男がこれ以上、何を望めるというのだ？

「ああ、そうだよ。俺は運のいいクソ野郎だ」

訳者あとがき

レイチェル・ギブソンの新作『夢で遭いましょう』（原題 It Must Be Love）をお届けします。『あの夏の湖で』ではアイダホの架空の街が舞台でしたが、今回の舞台は州都ボイジー。著者が暮らす街でもあり、物語に登場する公園や通り、スーパーマーケットなどは実在します。アイダホというと「ポテト」のイメージが強いですね。しかしボイジーはハイテク産業の街でもあり、私たちがよく知る大企業も本拠地を置いています。都市でありながら、のどかな雰囲気がある、大自然も堪能できる、他の大都市と比べると治安もよいというわけで、とても暮らしやすい街のようです。

本書のヒロイン、ガブリエルは、そんなボイジーの古い街並みが残るハイド・パークで、ビジネス・パートナーのケヴィンとアンティーク・ショップを営んでいます。あるとき、地元の大富豪の邸宅からモネの名画が盗まれ、ケヴィンに盗品故買の容疑がかかります。警察はガブリエルにも疑いの目を向け、事件を担当する刑事ジョー・シャナハンが数日間、彼女の行動を監視していました。そうとは知らないガブリエルは、自分をつけ回すジョーをストーカーと勘違いし、ジョギングの途中で待ち伏せをして、ヘアスプレーで撃退します。ところが彼が刑事だったとわかり、逆に暴行の容疑で逮捕される始末。おまけに警察署でケヴィンの容疑を聞かされ、暴行の件を不起訴にする条件として、情報提供者になることを要求されます。ガブリエルは動揺しますが、ケヴィンの無実を信じ、これで彼の潔白が証明できればと、条件をのむことにしました。かくして、彼女の店に覆面捜査官が便利屋として、しかも彼女のボーイフレンドとして入り込むことになったのです。その捜査官とは、ほかでもない、彼女を逮捕したジョー・シャナハンです。ばか正直で何でも顔に出てしまうガブリエルは、この難役を無事に果たせるのでしょうか？

毎回、楽しい作品を提供してくれるギブソンですが、今回は、考え方も好みも境遇もまったく異なる二人の人物のギャップ、とまどいぶりで楽しませてくれます。ジョーはダーティ・ハリーが好きで、正義感と男気にあふれる刑事。女性の好みも保守的で、結婚するなら普通の家庭的な女性がいいと思っています。片やガブリエルは霊能者を母に持ち、自分もカルマを信じ、人のオーラが見えるというニューエージ系の女性で、男性を判断する基準は魂の悟り具合。ジョーに言わせれば「変人」です。相容れない二人ではありますが、恋人同士として行動をともにするうちに、互いの意外な一面を目にし、徐々に惹かれていきます。

二人のバックグラウンドを描くうえで、重要な役割を果たしているのは、おかしな脇役たちです。ジョーを五番目の妹のように扱う四人の姉や、下品な言葉ばかり覚えてしまうペットのオウム、サム。「変人」という点ではガブリエルの上を行きそうな母親クレア。気持ちが動揺すると、その辺にある物を勝手に持ってきてしまう癖がある叔母ヨランダ。皆、ある意味、困った人たち（鳥）なのですが、お互い、家族をとても大切に思っていることがわかります。主役の恋愛模様を描きつつ、そこへさりげなく家族の絆をユーモラスに織り込ませるのは、ギブソンの特徴であり魅力と言えるでしょう。

さて、ここで本書の補足を少ししておきましょう。まず、なかなかの役者ぶりを発揮するジョーの相棒サムについて。アフリカ灰色オウムの分類は、正確にはオウム目インコ科、日本では「洋鵡（ヨウム）」と呼ばれています。二〜三歳、場合によっては五歳児程度の頭脳を持ち、人間の言葉をまねするだけでなく、訓練しだいではコミュニケーションの手段として用いることができる、とても賢い鳥。アメリカではペットとして人気があります。ちなみに、サムの大好きな「ジェリー・スプリンガー・ショー」はいわゆるお悩み相談番組。出演者の乱闘はお約束で、会場がひーとアップすると、観客がなぜか「ジェーリー、ジェーリー」と司会者の名前を連呼するのです。

ヘア・アートは本文にもあるとおり、故人の髪の毛を並べて描いた「絵」のことで、ヴィクトリア朝時代に流行しました。人の髪の毛だと言われると確かに感想は分かれるところかもしれませんが、柔らかな線で描かれた絵はとても繊細で美しく、日本人の目で見ると、少し墨絵のような趣が感じられます。

最後に、「オーラ測定器」も「食べられる下着」もちゃんと存在しますので、興味のある方はご参考までに……。

ライムブックス

夢《ゆめ》で逢《あ》いましょう

著　者　レイチェル・ギブソン
訳　者　岡本《おかもと》千晶《ちあき》

2009年5月20日　初版第一刷発行

発行人　成瀬雅人
発行所　株式会社原書房
〒160-0022東京都新宿区新宿1-25-13
電話・代表03-3354-0685　http://www.harashobo.co.jp
振替・00150-6-151594
ブックデザイン　川島進（スタジオ・ギブ）
印刷所　中央精版印刷株式会社

落丁・乱丁本はお取り替えいたします。
定価は、カバーに表示してあります。
 ISBN978-4-562-04362-0 Printed in Japan